Tracy Sue Bormes

DER SEELENVERKÄUFER

novum pro

Dieses Buch ist auch als
e-book
erhältlich.

www.novumverlag.com

Bibliografische Information
der Deutschen Nationalbibliothek:

Die Deutsche Nationalbibliothek
verzeichnet diese Publikation in
der Deutschen Nationalbibliografie.
Detaillierte bibliografische Daten
sind im Internet über
http://www.d-nb.de abrufbar.

© 2016 novum Verlag

ISBN 978-3-99048-324-4
Lektorat: Dr. Annette Debold
Umschlagfoto: Ramon Burghoff
Umschlaggestaltung, Layout & Satz:
novum Verlag

Gedruckt in der Europäischen Union
auf umweltfreundlichem, chlor- und
säurefrei gebleichtem Papier.

www.novumverlag.com

1. KAPITEL

Die Vergangenheit kann nicht geheilt werden.
  (Queen Elizabeth I.)

Thomas Terenz und Kimberly Terenz

Und schon wieder saß ich hier. Auf demselben abgenutzten Stuhl, auf dem ich auch die letzten Male gesessen hatte – zumindest fühlte er sich genauso an. Die Lehne, an die ich meinen Rücken presste, fühlte sich an, als ob sie jeden Moment abbrechen würde, wenn sie nicht an die Wand gelehnt wäre. Der blaue Stoff mit dem orangen Rautenmuster hatte an einigen Stellen kleine Löcher, in denen der gelbe Schaumstoff zum Vorschein kam. Dabei fiel mir wieder einmal auf, wie gut der gelbe Schaumstoff zu den orangen Rauten passte. An den metallenen Füßen des Sitzes befanden sich halb abgerissene Aufkleber der letzten Fußballweltmeisterschaft. Ich legte meine Unterarme sich kreuzend auf meine Oberschenkel, senkte den Kopf und schloss meine Augen. Mir schossen Tausende und Abertausende Gedanken durch den Kopf, einer schlimmer als der andere. Ich wollte nicht daran denken, dass wieder etwas schiefgehen könnte. Das würde ich nicht mehr überstehen, und noch viel schlimmer würde es meine Frau treffen. Wenn gleich die Flügeltür aufginge und der Arzt herauskäme, mitfühlend den Kopf schüttelte und ich in seinen ehrlichen Augen die Worte »Es tut uns sehr leid, Herr Terenz« läse. Und ich durch die Flügeltür ginge und meine Frau daliegen … »Nein«, schrie ich laut und hob den Kopf, um mich selbst aus meinen Gedanken zu reißen. Ich öffnete langsam wieder die Augen und bemerkte, dass sich noch zwei andere Männer in die kleine Nische zu mir gesellt hatten. Einer der Männer stand vor der Sitzreihe, die in einer U-Form platziert war. Er hatte einen hellblauen Anzug an, der nicht sehr gut an seinen Körper passte. Er wirkte am Rumpf zu groß, schien aber an den Schultern wieder zu eng zu sein. Das weiße

Hemd, das er unter der Jacke des Anzuges trug, schien auch seine besten Tage hinter sich zu haben. Das ehemalige weiße Hemd wich einem ausgewaschenen Grau. Zudem schien es dem Mann auch zu klein zu sein, da die Knöpfe einem das Gefühl gaben, sie rissen jeden Moment ab. Die Hose zu der hellblauen Jacke war verwaschen und hatte unterhalb des rechten Knies ein kleines Loch, welches ich nur sehen konnte, da seine Hose genau dort eine Falte schlug. Seine Schuhe waren im Vergleich zu dem Anzug wohl neu. Es waren typische Schuhe, die man anzog, wenn man einen Anzug trug. Schwarz, schlicht, zum Schnüren. Seine braunen Haare waren so gekämmt, dass sie den leichten Ansatz einer kahlen Stelle an seinem Hinterkopf verbergen sollten. Der andere Mann saß mir vor Kopf. Er schien sehr nervös zu sein. Er bewegte seine rechte Fußferse immer wieder auf und ab, in einem wohl unbewussten ¾-Takt. Er hatte schwarzes, längeres Haar, welches ihm ungefähr bis zur Schulter hing. Es sah sehr strähnig aus, als hätte er es einige Zeit nicht gewaschen. Dazu passten auch seine nicht zu übersehenden Augenringe. Seine Ellenbogen waren so auf seinen Oberschenkeln platziert, dass er sein Kinn in seine Handflächen legte. Seine Finger reichten über die Wange bis in seine Haare, wo er sich eine Haarsträhne nahm und damit spielte. Seine ganze Kleidung ließ darauf schließen, dass er diese schon länger trug. Beide hatten mich auch gemustert, so wie ich sie gemustert hatte. Ich fragte mich, zu welchem Urteil sie gekommen waren.

Was sehen sie, wenn sie mich sehen? Einen 191 cm großen Mann, mit braunen, kurzen Haaren, einer leicht ausgewaschenen blauen Jeans und einem roten Langarmshirt und dazu weiße, schlichte Turnschuhe. Ich fragte mich, ob die letzten paar Tage auch bei mir Augenringe hinterlassen haben.

Fragen über Fragen, die mich beschäftigten. Ich schob den Ärmel meines Poloshirts hoch, um auf meine Armbanduhr zu sehen. Es war der 14.09.2013, 14:27 Uhr und 17 Sekunden. Ich erinnerte mich daran, woher ich diese Uhr hatte. Meine Frau schenkte sie mir zum zweiten Hochzeitstag. Als sie und ich zwei Monate vor diesem Hochzeitstag durch die Stadt zogen und an einem Juwelier hielten, weil sie sich Ohrringe kaufen wollte, habe ich mich nach Uhren umgesehen und nach einiger Zeit dann diese Uhr gefunden. Eine Uhr mit Schweizer Uhrwerk und einem schwarzen Lederarmband. Eine selten schöne Uhr, doch bevor ich mich zum Kauf entschließen konnte, zerrte meine Frau mich aus dem Laden mit der Begründung, sie müsse schnell nach Hause. So eilten wir dann zu unserem schwarzen Kombi, der in der Tiefgarage des großen Einkaufszentrums stand, und fuhren auf dem schnellsten Weg nach Hause. Erst zu unserem zweiten Hochzeitstag erfuhr ich, warum sie mich tatsächlich aus dem Geschäft zerrte. Sie wollte mir die Uhr zu unserem Hochzeitstag schenken. Ich musste lächeln, als ich an diesen Tag zurückdachte. Damals hatten wir noch nicht solche Probleme, und meiner Frau ging es gut. Sie lächelte mehr und war lebensfroher.

Langsam fing auch meine Fußferse immer wieder an, sich auf und ab zu bewegen. Während meine Füße sich nach einem unbekannten Rhythmus bewegten, ging ich im Kopf die letzten Male durch, bei denen ich hier auf den Arzt gewartet hatte. Ich versank wieder ganz in meinen Gedanken, und während sich mein Kopf wieder dem Erdboden entgegenneigte und meine Augen sich wieder langsam schließen wollten, musste ich aus diesem irrsinnigen Kreislauf ausbrechen. Ich wusste, wenn ich mich wieder meinen Gedanken hingeben würde, würde ich nur an die Vergangenheit denken, und das durfte ich nicht zulassen. Ich hob meinen Kopf, legte die Handflächen auf meine Oberschenkel und stand langsam auf. Während ich mich aufrichtete, überkam mich der dringende Wunsch nach einer Zigarette. Ich fragte mich, warum man solche Gelüste immer dann bekommt, wenn man vor Nervosität platzen könnte. Als ich meine Frau heiraten wollte und vor der Kirche stand, überkam mich dasselbe Gefühl nach einer Zigarette. Dieser Zwang, mir eine Zigarette zu besorgen und langsam das Nikotin Zug für Zug zu inhalieren. *Oh Mann,* dachte ich in dem Moment, *was würde ich jetzt alles für eine Zigarette geben?* Die beiden Männer in der kleinen Nische beobachteten mich, während ich mich nach der Mühe, die das Aufstehen mit sich brachte, streckte. »Guten Tag, die Herren. Hat einer von euch eventuell eine Zigarette für mich? Das Warten macht mich verrückt, und ich hab nun keine Zigarette dabei«, sagte ich lachend. Der Mann mit dem hellblauen Anzug wühlte in seinen Jackentaschen herum und hielt mir kurze Zeit später eine rote Zigarettenschachtel hin. »Ich muss auch immer rauchen, wenn ich auf etwas warte. Es bringt einen um den Verstand«, sagte er lächelnd. Ich bedankte mich mit einem Nicken und einem verstehenden Grinsen. Ich drehte mich um und ging den Gang hinauf, bis ich zu dem Fahrstuhl gelangte, mit dem ich herunterfahren konnte. Ich drückte an der silbernen Tafel neben dem Fahrstuhl den Knopf mit dem Pfeil nach unten. Einige Augenblicke später stand ich auch schon in der Eingangshalle des St.-Stephanus-Krankenhauses, ging an der Rezeptionistin mit einem Lächeln vorbei und passierte die zwei Glasschiebe-türen, bis ich auf dem Bürgersteig vor dem Krankenhaus stand und mir endlich die Zigarette anzünden konnte. Der Weg von dem Fahrstuhl bis zu dem Moment, als ich den Genuss einer Zigarette genießen konnte, kam mir vor wie eine Ewigkeit. Jeder Schritt glich einem Kilometer. Ich nahm einen kräftigen Zug aus der Zigarette und genoss die wohltuende Wirkung des Nikotins. Meine Nervosität wich mit jedem Zug, den ich von der Zigarette nahm, immer mehr. Nach zehn entspannenden Zügen war mein kurzes Glück auch wieder verbrannt, und ich drücke die Zigarette am Boden aus. Ich ging zurück zu dem Fahrstuhl. Um in den Flur zu fahren, in dem ich schon so einige Stunden verbracht hatte. Im Fahrstuhl angekommen drückte ich auf die Taste mit der Fünf, neben der Kreißsaal stand. Mein Herz raste immer schneller, je höher wir kamen. Die Wirkung des eben noch so wohltuenden Nikotins ließ schlagartig nach, und meine gewohnte Nervosität kam zurück. Nach qualvollen Sekunden, die sich wie Stunden anfühlten, kam ich endlich im fünften Stock des Krankenhauses an und beschritt den Gang, der zu der kleinen Nische führte, wo die beiden Männer eben noch saßen. Nach wenigen Augenblicken kam ich wieder in der Ecke an, wo mich der Mann mit dem hellblauen Anzug lächelnd er-wartete. »Und, hat die Zigarette geholfen?«, fragte er. »Solange die

Zigarette an und ich außerhalb des Krankenhauses war, ja. Aber als ich wieder im Fahrstuhl war, war meine gewohnte Nervosität wieder da.« Die beiden Männer mussten lachen, weil es bei ihnen nicht anders war. Ich zwinkerte dem Mann zu und stellte mich auf die andere Seite der Nische, mit dem Rücken an die Wand und mit den Augen auf die gegenüberliegende Wand gerichtet. Dabei fiel mir ein Bild auf, das an der Wand hing. Es war das Bild von Dali mit dem Titel »Laufende Uhren«. Ich konnte mir kein Bild vorstellen, welches besser und gleichzeitig ungeeigneter für diese Situation gewesen wäre. Es symbolisiert die Vergänglichkeit des Menschen, besonders die Potenz der Männer, die Zeitlosigkeit in der Welt und den Zerfall.

Das Bild schaffte es, meine Gedanken zu fesseln. Die Gedanken über den Zerfall und die Vergänglichkeit der Menschen. Aber auch über die Zeitlosigkeit auf dieser Welt. Ich hatte das Gefühl, dass die Zeit am Rennen war, während ich mich auf die laufenden Uhren von Dali konzentrierte. Es fühlte sich an, als ob ich die Uhren um mich herum sehen kann, wie ihre Zeiger nur so rennen und die Zeit im Fluge vergeht. Ich hatte alles um mich herum ausgeblendet und konzentrierte mich nur auf die Uhren und das, was sie mir zu zeigen schienen. Plötzlich riss mich eine Stimme aus den Gedanken, und die Uhren, die mich bis eben noch umgeben hatten, sind in Luft aufgegangen. Ich stand nicht mehr in einem Meer von laufenden Uhren, sondern wieder auf dem Boden des fünften Stockwerks des Krankenhauses. Ich schaute zu meiner Linken und sah, dass die Flügeltür aufging, ein Mann aus der Tür herauskam und einige Schritte später stehen blieb. Weit genug von der Tür weg, dass sie wieder zufallen konnte, aber auch nicht sehr nahe bei uns. Es herrschte ein angenehmer Abstand zwischen dem Arzt und uns. Als ich verstand, dass der Arzt etwas gesagt haben musste, ich dies aber durch meine Gedankenwelt nicht mitbekommen hatte, sah ich zu den beiden Männern, die denselben verwirrten Gesichtsausdruck hatten wie ich. »Herr Jakob. Sie haben eine gesunde Tochter bekommen. Ihrer Frau geht es gut! Herzlichen Glückwunsch. Kommen Sie bitte mit mir, ich möchte sie Ihnen gerne vorstellen«, sagte der

Arzt mit einer zum Nachfolgen motivierenden Geste. Der Mann im hellblauen Anzug strahlte von einer Sekunde auf die nächste und ging mit dem Arzt durch die Flügeltür zu seiner Frau und seinem Kind. Als diese sich hinter den beiden schloss, merkte ich, dass meine Nervosität immer mehr in mir anstieg. Um mich abzulenken, beschloss ich, einige Runden im Kreis zu laufen. Ich hoffte, dass dabei die Zeit vergehen würde. Dabei verschloss ich meine Hände hinter dem Rücken und senkte meinen Kopf. Ich ging eine Runde um die nächste. Doch leider verging die Zeit immer noch im Schneckentempo. Je mehr ich wollte, dass die Zeit verflog, desto langsamer wurde sie. Nach gefühlten dreißig Runden kam ich mir wie Dagobert Duck vor, der in seinem Zimmer umherwanderte, bis er Laufrinnen im Boden hinterließ. Bei dem Gedanken drehte ich mich um, schaute auf den grauen Linoleumboden und erkannte, dass ich zum Glück noch keine hinterlassen hatte. Genervt setzte ich mich wieder auf den Sitz, auf dem ich eben schon saß. Ich stieß einen großen und tiefen Seufzer aus, und der Mann mit den Augenringen sah mich an und fragte: »Wie lange wartest du denn schon?«

Ein Blick auf meine Uhr verriet mir, dass wir 17:33 Uhr und 20 Sekunden hatten. »Drei Stunden. Ich hoffe nur, dass bei meiner Frau alles okay ist. Ich mache mir große Sorgen.« »Das wird schon. Meine Frau bekommt heute ihr drittes Kind. Ich bin total stolz auf sie.« Wieder musste ich einen großen und tiefen Seufzer über mich ergehen lassen. *Seine Frau bekommt nun das dritte gesunde Kind. Ich wünschte, meine Frau …* Bevor ich den Satz zu Ende denken konnte, fragte der Mann mich, wie ich heiße und was denn los sei. »Ich heiße Thomas. Thomas Terenz. Meine Frau Kimberly ist heute das dritte Mal im Krankenhaus. Es zerreißt mir das Herz. Jedes Mal, als sie hier ihr Kind auf die Welt bringen wollte, hatte sie eine Fehlgeburt. Das erste Mal, dass wir hier waren, war vor gut acht Jahren. Sie war Mitte zwanzig und kerngesund. Die Schwangerschaft verlief ohne Probleme. Und dann gab es wohl Komplikationen während der Geburt. Das Baby bekam nicht genug Luft, da die Nabelschnur sich um den Hals meines kleinen Mädchens gelegt hatte, und somit … und somit gab es eine Unterversorgung der Luftzufuhr. Die Ärzte haben versucht, meine kleine, süße Prinzessin wiederzubeleben, aber ohne Erfolg. Ihr kleines Herzchen schlug einfach nicht mehr. Das zweite Mal, als wir hier waren, war vor knapp vier Jahren. Wir waren guter Dinge und hatten gerade die traumatischen Erfahrungen als Paar verarbeitet. Wir gingen zweimal die Woche zur Therapie, zur Trauerbewältigung. Die Schwangerschaft war für uns ein Neuanfang. Bis zur Geburt meines Sohnes. Er verstarb … er … er verstarb direkt nach der Geburt. Er hatte eine Mutation eines lebenswichtigen Organs. Eine sogenannte Trisomie 13, oder wie die Ärzte das auch nennen wollen. Diese wurde zwar schon in der dreißigsten Schwangerschaftswoche entdeckt, und meine Frau war am Anfang innerlich zerstört. Ihr zweites Kind war krank. Der Arzt machte ihr Hoffnung, dass es in Deutschland nur sehr wenige Totgeburten geben würde und dass das Kind sicherlich gut zur Welt kommen würde. Aber unser Sohn würde es nicht leicht haben, versicherte uns der Arzt. Er hätte nur eine kurze Lebenserwartung, aber wir könnten ihm eine schöne Zeit bereiten. Meine Frau war geradezu wild entschlossen dem Kind ein wundervolles Leben zu gestalten. Wir hatten schon das Zimmer für den kleinen Knirps vorbereitet. Und dann starb er. Sie hatte nach der Geburt einen Nervenzusammenbruch. Sie wollte gar nicht mehr rausgehen. Sie aß kaum noch etwas. Manchmal lag sie Tage über Tage nur im Bett und weinte sich die Augen aus. Es brach mir das Herz, meine Frau so leiden zu sehen. Nachdem sie sich etwas gefangen hatte, ging sie zum Arzt, um sich untersuchen zu lassen. Sie verstand es nicht, warum ihre Kinder immer starben. Der Arzt meinte, dass er nicht sicher wäre, ob er den Grund wirklich herausfinden könnte. Er bat uns auch, eine Frauenärztin aufzusuchen. Er hat meiner Frau versichert, alles zu versuchen, um die Fehlgeburten aufzuklären. Er bat meine Frau zu seiner Arzthelferin zu gehen, um ihr Blut abnehmen zu lassen. Die Ergebnisse würden in drei Tagen vorliegen, und wir sollten uns bis dahin keinen Kopf machen. Nach dem Arztbesuch gingen wir nach Hause und meine Frau vereinbarte den schnellsten Termin bei einem Frauenarzt. Die nächsten drei Tage waren die Hölle. Bei jedem Telefonanruf hat sie Dr. Resting erwartet, der ihr ihre Untersuchungsergebnisse mitteilen sollte. Aber die meisten Anrufe waren Werbeanrufe, ob wir Küchengeräte erwerben wollten. Als die drei Tage mit schlaflosen Nächten dann überstanden waren und wir bei Dr. Resting im Sprechzimmer saßen, war Kimberly nervöser als nervös. Sie ging in dem kleinen Sprechzimmer auf und ab und ließ sich kaum davon abbringen, sich nicht aufzuregen, dass der Arzt auf sich warten ließ. Nach gefühlten zehn Minuten kam der Arzt mit einer grimmigen Miene in das Sprechzimmer. Ich sah in das Gesicht meiner Frau, und man merkte, dass eine Tür in ihrer Seele zufiel. Ihr Herz zersprang in eintausend Teile, ohne dass sie wusste, was passiert sein könnte. Der Arzt bat uns, uns zu setzen, als er uns mitteilte, dass meine Frau Translokations-Trisomie 13 habe. Das sei eine Umlagerung eines Chromosoms oder eines Chromatinabschnittes auf ein anderes Chromosom, wobei das Erbgut in einem Gleichgewicht bliebe. Für die betreffende Person bestehen keine phänotypischen Auswirkungen. Es brach eine Welt für meine Frau zusammen. Die Tür, die ich vor dem Gespräch in ihr zufallen sah, glich jetzt einer kleinen Luke. Und es kam noch schlimmer. Einen Tag später hatten wir einen Termin beim Gynäkologen. Nach einem ausführlichen Gespräch über die zwei Fehlgeburten und die Untersuchung des Blutes mit den Chromosomen. Der Arzt war der Auffassung, dass eine erneute Schwangerschaft nicht nur dem Kind, sondern auch meiner Frau schaden könnte. Nach den ganzen Terminen beschlossen wir, das Thema Kinder erst einmal auf Eis zulegen. Vor fünf Monaten hatte meine Frau einen Kontrolltermin zur normalen Untersuchung, bei der herauskam, dass sie erneut schwanger war. Wir suchten nach Erklärungen, wie es trotz der Verhütung zu einer Schwangerschaft hatte kommen können. Die einzig logische Antwort war, dass die Pille wohl nicht geholfen hatte. Und deswegen saß ich heute erneut hier und hoffte, dass meine Frau und mein Kind es schafften.« Bevor der Mann mit den Augenringen, der mir direkt gegenübersaß, antworten konnte, flog die Flügeltür auf, und ein ca. 180 cm großer Mann in einem dunkelblauen

Kittel kam durch die Tür mit schnellem Schritt zu mir geeilt. Mein Herz rutschte in den Keller, als ich die Mimik des Arztes zu deuten versuchte. Es war eine Mischung aus Angst und Verzweiflung. Bevor ich mir über die Bedeutung dieses Gesichtsausdruckes richtig klar werden konnte, stand er vor mir und fragte mich, ob ich der Ehemann der Frau Terenz sei. Ich war starr vor Angst und brachte keinen einzigen Laut hervor. Auch konnte ich nicht mit dem Kopf nicken, um dem Arzt zu signalisieren, dass er vor dem richtigen Mann stand. Alles in mir war starr und bewegungsunfähig geworden, und es schien, als hörte kein Muskel mehr auf meine Befehle. Es dauerte eine gefühlte Ewigkeit, bis ich ein stammelndes und kurzes »Ja« aus meinem Mund pressen konnte. Die tiefblauen Augen des Arztes wurden weicher und mitfühlender, aber auf eine Art mitfühlend, die ich nicht deuten konnte. Er reichte mir seine rechte Hand, nachdem er den Latexhandschuh ausgezogen hatte, damit ich die Hand greifen konnte, um ihm in die Hölle zu folgen. Eine Hölle, in der der Teufel den Namen Schicksal trug und die lodernden Flammen die Gesichter meiner toten Kinder und meiner verzweifelten Frau zeichneten. Ich griff mit zitternder Hand die des Arztes und ließ mich mitnehmen, durch die Tore in die Hölle. Als ich stand und meine ersten vagen Schritte unternahm, hörte ich von dem Mann mit den Augenringen, dass er in Gedanken bei mir sei und mir und meiner Frau alles Gute wünsche. Die wenigen Schritte bis zu der Flügeltür, aus der der Arzt eben gekommen war, fühlten sich wie unendliche Kilometer an. Ein Gang aus Glasscherben, über die man mit nackten Füßen ging. Jeder Schritt fiel schwerer als der andere, und jeder weitere Meter war ein weiterer Stich in mein Herz.

2. KAPITEL

Leider wird eine Zunahme von
Träumen mit einem wachsenden
Potenzial an Albträumen bezahlt.
(Sir Peter Ustinov)

Miljana Koleva

Monolog

Alles ist dunkel. Keine normale Dunkelheit. Es ist eine andere, bedrohlichere Art von Dunkelheit. Eine allumfassende schwarze Färbung. Es ist nicht die fleckige Dunkelheit wie die, wenn man plötzlich die Augen schließt und vor dem inneren Auge helle Blitze erscheinen. Ich weiß nicht, wie ich diesen Zustand beschreiben soll. Es macht keinen Unterschied, ob meine Augen geschlossen oder ob sie geöffnet sind. Doch, einen Unterschied gibt es. Wenn ich die Augen schließe, kann ich versuchen mich an meine Familie zu erinnern. An die schönen Tage, an denen ich morgens bei den ersten, wärmenden Sonnenstrahlen aufgewacht bin.

Ich kann mich noch an den schönen Sommermorgen erinnern. Auch an dem Morgen wurde ich von den Sonnenstrahlen geweckt, und ich bin zu meinem Fenster gelaufen, mit meinen halb verschlafenen Augen, und habe meine weißen Vorhänge mit einem kräftigen Ruck zur Seite gezogen, um all die herrlichen Sonnenstrahlen an dem schönen Morgen persönlich zu begrüßen. Man merkte schon am Fenster, dass es ein warmer Tag werden würde. Ich schlenderte zu meinem Kleiderschrank, der gegenüber dem Fenster stand. Ich öffnete die Flügeltüren meines weißen, verspiegelten Wandschrankes, um mich von der Vielfalt meiner Kleider inspirieren zu lassen, in welches ich heute schlüpfen möchte. Nach kurzer Zeit entschied ich mich für das gelbe Kleid, das so gut zu den ebenso gelben, wärmenden Sonnenstrahlen passte, durch die ich an dem Morgen geweckt wurde. Ich hüpfte die Wendeltreppen, ausgelegt mit einem roten, weichen Teppich mit einem Lächeln hinunter und begrüßte meine Mutter, die gerade eine Schüssel mit Brötchen in den Garten brachte. Meine Mutter ist eine warmherzige Frau mit einem sehr großen Herzen. Mein Bruder und ich fanden einmal einen alleingelassenen Hund auf der Straße, die an unsere grenzt. Wir brachten den kranken, traurigen Hund mit nach Hause und meine Mutter erlaubte uns, ihn zu behalten. Wir haben in ihm einen tollen Spielgefährten gefunden. Viele andere hätten ihn nicht zu Hause aufgenommen, doch Mama pflegte immer zu sagen: »Jedes Wesen Gottes hat ein liebevolles und warmes Zuhause verdient.« Sie meinte immer, die Familie sei das Wichtigste im Leben. Ihr war es wichtig, dass wir zusammen unsere Mahlzeiten einnahmen. Bei schönem Wetter aßen wir immer auf unserer Terrasse. Meine Eltern haben erst vor drei Jahren neue Möbel gekauft, weil es zur Tradition wurde, dass wir gemeinsam in der Sonne auf der Terrasse aßen. Es war ein viereckiger Tisch aus feinem Rattan, und die Stühle, die einem Sessel glichen, waren auch aus Rattan und mit einem Kissen aus einem weiß-cremefarbenen Baumwollstoff ausgestattet. Der Tisch stand in der Mitte unserer quadratischen Terrasse, die mit einem bestimmten Holz ausgelegt war. Ich habe jeden Morgen den frischen Wind in meinen Haaren gespürt, der mich sanft umgab. Der Geruch von Rosen und frisch gemähtem Gras der Nachbarn umspielte meine Nase bei jedem neuen Windstoß. Das sind schöne Erinnerungen, doch wenn ich die Augen öffne, ist nichts mehr davon da. Dann habe ich nur noch die Kälte und die Dunkelheit, die mich umgibt. Der Geruch von Rosen wich dem Geruch von Zigaretten und abgestandener Luft. Ich weiß nicht, wieso das alles passiert ist oder warum es mir passiert ist. Aber ich weiß, ich bin nicht die Erste. Ich bin in einem kleinen Käfig gefangen, der keine Chance bietet, sich zu drehen oder sich aufzusetzen. Ich kann nur liegen und warten, wann ich wieder hier rauskomme.

Der eiserne Käfig war gerade breit genug für mich, sodass ich ansatzweise bequem darin liegen konnte. Bis zu den Wänden blieben mir auf jeder Seite höchstens 10 cm. Von der Länge her konnte ich mich nicht beschweren. Der Käfig schien noch sehr viel Spielraum in der Länge zu bieten. Ich war ca. 165 cm groß, und ich berührte noch nicht das Ende der Kiste. Der Boden war mit einem merkwürdigen Stoff ausgepolstert, sodass ich nicht auf dem nackten Boden lag. An der Decke befand sich kein Stoff, da war nur der kalte, schwere Deckel, der sich keinen Spalt öffnen ließ. In dem Deckel waren leichte Kratzer, als ob die anderen Menschen, die hier drin waren, mit aller Gewalt versucht hätten auszubrechen, wohl ohne Erfolg; somit habe ich nach meinen verzweifelten Versuchen, den schweren Deckel meines Käfigs zu öffnen, auch recht schnell aufgegeben. Ich habe versucht, die Kratzer zu entziffern, die in dem Deckel verewigt worden waren. Sie schienen nicht ohne Grund da zu sein, als wäre es eine Botschaft, die ich nicht entschlüsseln konnte. Ich habe nur H. E. L. P. mit vagen Vermutungen erkennen können. Ich fragte mich, warum man HELP in die Decke kratzte. Keiner war imstande, ihr oder ihm zu helfen, der das lesen konnte. Aber was würde ich wohl schreiben? Ich vermutete, nichts anderes. Ich war froh, dass meine Mutter mir Englisch beigebracht hatte. In Bulgarien ist es nicht gang und gäbe, noch Englisch zu lernen. Mein Vater verdiente ganz gut, und daher konnte er mich auf eine bessere Schule schicken. Aber diese würde ich wohl nie mehr besuchen können. Neben dem HELP habe ich noch andere Buchstaben entdeckt.

Ich kannte das Wort nicht und auch keine Abkürzung, weder im Englischen noch im Bulgarischen:

A. P. U. A. Was konnte das nur bedeuten? Nach den hoffnungslosen Versuchen, die Buchstaben Wörtern zuzuordnen, machte ich mir Gedanken, wo der Käfig war, in dem ich mich befand. Durch das Ruckeln, welches ich durch den Käfig noch spürte, konnte ich mich nicht auf festem Untergrund befinden. Vermutlich also ein Lastwagen, ein Transporter oder sogar ein Schiff? Aber das Schiff konnte ich sofort wieder ausschließen, da ich letzten Sommer mit meiner Familie auf einer Kreuzfahrt war, und dort hatte es eher geschaukelt als geruckelt. Das wusste ich noch so gut, weil mir nachts durch das Schaukeln schlecht wurde und ich einige Nächte damit verbracht habe, im Bett zu sitzen und mich zu konzentrieren. Hätte ich mich nicht konzentriert, hätte ich womöglich die Nacht im Bad verbracht. Mein Bruder machte sich sehr große Sorgen um mich und weckte jede Nacht, in der es mir schlecht ging, meine Mutter, die mit meinem Vater eine eigene Kabine bezogen hatte.

So war jede Nacht meine Mutter in meinem Bett, während mein Bruder bei meinem Vater schlief. Meine Mutter saß mit mir auf dem 200 cm × 220 cm großen Bett, welches an der einen Wand der Kabine stand, von der auch die Tür ins Bad abging. Das Zimmer war ca. 16 m² groß, da jede Wand die gleiche Länge zu haben schien und das Bett zwei Meter und zwanzig Zentimeter einnahm und die Tür ins Bad noch einmal ca. einen Meter. Die Wände waren in schlichtem Weiß gehalten und rechts von dem Bett mit zwei Bullaugen versehen. Der Boden war mit flauschigem Teppich ausgelegt, den man auch mit nackten Füßen betreten konnte. Wie weich der Boden war, konnte ich jeden Tag nach dem Duschen feststellen, wenn ich mit nackten und noch nassen Füßen über den Teppich schlurfte. Es war vollkommen egal, welches Wetter draußen tobte, der Teppich wärmte meine Füße und gab mir ein angenehmes und wohliges Gefühl. Diese Erinnerungen trieben mir ein wärmendes, wohlwollendes Gefühl in den Bauch und zauberten mir trotz meiner scheinbar hoffnungslosen Situation ein kleines Lächeln auf die Lippen.

Doch nun ist der Wunsch noch größer, dass ich wieder bei meiner Familie wäre, die sich sicherlich große Sorgen um mich macht. Meine Mutter bekommt bestimmt einen Nervenzusammenbruch. Und meine kleiner Bruder … Sie überlebt das nicht, wenn ich weg bin. Ich möchte wieder in die Arme meines Vaters und seine Stimme hören. So einfache und bescheidene und doch so weit entfernte Wünsche, wie es mir scheint. Ich möchte gerne wissen, wieso ich hier bin, was die Menschen mit mir vorhaben und warum ausgerechnet mir das passiert. Ich habe doch nichts falsch gemacht, ich war doch immer eine gute Tochter, eine gute Schülerin. Ich hab das nicht verdient!

3. KAPITEL

*Glückliche Familien sind alle gleich,
jede unglückliche Familie ist auf
ihre eigene Weise unglücklich.
(Leo Tolstoi)*

Thomas Terenz

Tausend Gedanken schossen mir durch den Kopf. Ein Gedanke wurde schneller durch einen neuen ersetzt, als er in Ruhe durchdacht werden konnte. Es war, als würden Erinnerungsstücke kurz eingeblendet werden. Nicht schnell genug, um sich genau daran erinnern zu können, wo die Erinnerung genau herkam, aber lang genug, um zu wissen, dass man das schon einmal erlebt hatte. Diese ganzen verschiedenen Eindrücke, die in mir in Sekundenschnelle wechselten, machten mich schwindelig. Je mehr Bilder in meinen Kopf kamen und je mehr Gedanken durchschossen, umso wackliger wurde ich auf den Beinen. Ich fing an zu taumeln und konnte mich kaum noch aufrecht halten. Alles um mich herum drehte sich im Kreis. Das, was eigentlich oben sein sollte, war plötzlich rechts neben mir und Sekunden später unter mir und dann wieder über mir. Das Taumeln wurde wohl immer schlimmer. Ich reagierte auf nichts mehr. Ich nahm nichts mehr wirklich wahr; weder den Schrei des Arztes nach einer Schwester und einem Rollstuhl noch die Patienten und Schwestern, die mich umgaben, oder das klirrende Geräusch, das ich erzeugte, als ich ein Tablett vom Tisch zog, an dem ich mich versuchte festzuhalten, als meine Beine mich nicht mehr tragen wollten. Und plötzlich wurde alles schwarz.

»Herr Terenz, verstehen Sie mich?«, fragte der Arzt mit besorgter Stimme, die mir meilenweit weg schien. Wie ein entfernter Ruf, der nur durch ein Echo leise an mich herangetragen wurde. Das Gefühl der wackligen Beine, die meinen Körper nicht mehr tragen konnten, war auf dem Weg, dem Gefühl der möglichen Sicherheit zu weichen. Der erste Versuch, meine Augen zu öffnen, misslang mir. Die Augenlider fühlten sich an, als hängen Gewichte daran, die das Öffnen unmöglich machten. Nach einigen weiteren Versuchen gelang es mir, die Gewichte abzuwerfen und meine Augen zu öffnen. Alles vor meinen Augen war verschwommen, wie in einem 3D-Film, den man versucht ohne 3D-Brille zu sehen. Alle Menschen um mich herum waren nur schemenhaft zu erkennen. Es dauerte einige Momente, bis das verschwommene, schemenhafte Bild langsam besser wurde. Ich erkannte den Arzt. Es war der, der mich an seine Hand nahm, um mich dem Teufel persönlich auszuliefern. Die Frau daneben kam mir nicht bekannt vor. Sie war ca. 170 cm groß, hatte einen weißen Kittel an, und neben ihr stand ein schwarzer, lederner Rollstuhl, den sie mit der rechten Hand festhielt. Es schien ein älteres Modell zu sein, das Leder wies Abnutzungsspuren auf. Es hatte an einigen Stellen leichte Risse bekommen, und das Metallgerüst hatte schwarze Spuren und einige Dellen, die wohl von Zusammenstößen mit Wänden kamen. Mein Blick wanderte durch den Raum. Es war ein großer Bereich des Flurs, durch den ich eben noch ging. Ich sah eine Sitzecke, die eine Art Couch aufwies. Die Couch hatte ein helles Holzgestell, vermutlich von einer Buche, und war mit hellroten, leicht ausgewaschenen Bezügen versehen, die sowohl auf der Sitzfläche als auch an der Lehne zu finden waren. Es schien mir, als wäre ich nicht mehr im Krankenhaus, sondern bei meiner Mutter. Die hellgelbe Farbe an der Wand, die sich zu meiner Linken befand, der gräuliche Linoleumboden unter mir und die Sitzecke mit den ausgewaschenen roten Bezügen erinnerten mich an meine Kindheit. Es schien mir, als wäre ich wieder zwölf Jahre alt und im Wohnzimmer bei meiner Mutter. Wir hatten im Wohnzimmer einen ähnlich gräulichen Linoleumboden, der mit kleinen grünen Punkten versehen war. Fast so klein, dass sie mit bloßem Auge von Weitem nicht einzeln zu erkennen waren, und mit so einer Häufigkeit pro Platte vertreten, dass sie nicht zu zählen waren. Ich verbrachte eine Vielzahl von Stunden damit, auf dem Boden zu liegen und die einzelnen

Punkte zu zählen. Doch jedes Mal zählte ich eine andere Anzahl. Es war eine Herausforderung, die Punkte zu zählen, während meine Mutter auf einer hellroten Couch saß und mich dabei beobachtete, wie ich langsam an der mir selbst aufgetragenen Aufgabe immer mehr zu verzweifeln schien. Immer als ich kurz vor dem Aufgeben stand, reichte meine Mutter mir ein großes Glas mit Milch und einen kleinen Teller selbst gebackener Kekse. Ich liebte es, mit meiner Mutter Kekse zu backen. Sie hat immer so getan, als würde sie nicht sehen, wenn ich versuchte so heimlich wie möglich an den Teller mit rohem Teig zu schleichen, um mir etwas davon zu klauen. Das war immer das Beste am Plätzchenbacken. Der rohe Teig, von dem meine Mutter immer sagte, dass man davon Bauchweh bekäme. Irgendwann fand ich heraus, dass sie das nur sagte, damit sie mehr zum Naschen hatte. Wenn der Teig ausgerollt war, holten wir die verschiedenen bunten Ausstechformen aus dem oberen Schrank in der Küche, und ich durfte mir dann die Formen aussuchen, die die Plätzchen bekommen sollten. Meine Lieblingsformen waren die zwei verschiedenen Sterne und der Tannenbaum. So gab es bei uns auch im Hochsommer tannenbaumförmige Kekse. Selbst als ich schon viel älter und von zu Hause bereits ausgezogen war, kam ich jeden Sonntag zum Essen und zum Plätzchenbacken, und immer noch naschte ich vom Teig, während meine Mutter mir erklärte, dass man von rohem Teig Bauchschmerzen bekäme. Den Sonntag darauf gab es dann immer zum Nachtisch diese Plätzchen.

»Herr Terenz! Können Sie sich aufrichten? Haben Sie irgendwo Schmerzen?«, fragte der Arzt und riss mich aus meinen schönen Erinnerungen an die Plätzchen und das große Glas Milch, welche meine Mutter mir mit Liebe hingestellt hatte, damit ich die Geduld wiederfände. Ich sah den Arzt an und verstand noch nicht richtig, was passiert war. Ich erblickte den ersten Ansatz eines Lächelns in seinem Gesicht, und er reichte mir erneut seine Hand, um mir aufzuhelfen.

»Danke sehr«, sagte ich, während ich mir helfen ließ und langsam wieder auf meinen Beinen stand, die mich ebenso kläglich im Stich gelassen hatten. »Mir geht es gut, ich hab mir wohl nichts getan. Nur kann ich mich bloß noch daran erinnern, dass wir durch die Tür gingen und mir plötzlich schwindelig wurde und ich mich nicht mehr auf meinen Beinen halten konnte«, erklärte ich dem Arzt, während ich von meiner Jeans den Staub und den Dreck abzuschütteln versuchte.

»Als wir gerade durch die Tür gingen, wurden Sie immer langsamer und blieben immer mehr zurück. Ich drehte mich zu Ihnen um und bemerkte, dass Sie taumelten. Ich rief eine Schwester, doch bevor diese reagieren konnte, waren Sie zu der Sitzgruppe getaumelt und haben dort ein Tablett heruntergeworfen. Und bevor wir etwas machen konnten, waren Sie auch wieder bei uns. Und wenn es Ihnen gut geht, möchte ich mich, ohne dass ich drängeln möchte, gerne wieder mit Ihnen auf den Weg zu Ihrer Frau machen. Frau Terenz erwartet Sie schon.«

Der Satz »Ihre Frau erwartet Sie schon« hatte einen erstaunlichen Effekt. Alle leichten Beschwerden und meine ganze Unsicherheit waren wie weggezaubert. Es ging um meine Frau, die Frau, die ich über alles liebe, und um mein Kind, falls mein Kind das überlebt hatte. Meine Augen wurden immer größer, je mehr ich daran dachte, dass meine Frau unser Kind gesund geboren haben könnte. Dieser einfache, aber elementare Gedanke wirkte wie ein Motor für meine Beine. Sie setzten sich schneller in Bewegung, als ich mir nach meinem Zusammenbruch vorstellen konnte, und eilten, nein, rasten auf den Arzt zu. »Bringen Sie mich bitte zu meiner Frau!«, bettelte ich ihn mit großen Rehaugen an. Meine Frau sagt mir immer, wenn ich etwas von ganzem Herzen möchte, kann ich meine sonst sehr kalten und rationalen braunen Augen in liebliche und flehende Rehaugen verwandeln, mit denen ich alles bekommen kann, was ich möchte. Als wir vor neun Jahren unser Haus gekauft haben, wollte ich unbedingt die dunkelbraunen Massivholzdielen für das Wohnzimmer haben. Meine Frau fand diese Dielen absolut unansehnlich und ganz und gar abscheulich. Sie meinte, dass diese nicht zu der Couchgarnitur passen würden, die wir uns drei Tage vorher gekauft hatten. Wir haben uns in einem Designergeschäft beraten lassen und uns nach etlichen Stunden für eine weiße Ledercouch entschieden, die kleine, in Silber lackierte ovale Füße hat: Ich fand, dass die Dielen perfekt zu der Couch und zu den anderen Möbeln passen würden. Ich benutzte meine einzigartige Gabe und schaute meine Frau mit meinen großen Rehaugen an, als es um die Entscheidung des Fußbodens ging, und nach einigen Momenten, in denen ich meine Frau mit meinen Augen gefangen gehalten habe, lenkte sie schließlich ein und hat mich meine dunkelbraunen Massivholzdielen kaufen lassen. Als diese verlegt waren und alles stand, gab sie auch kleinlaut zu, dass der Dielenboden wirklich gut zu allem passen würde. Ich grinste wie ein Weltmeister, der gerade eine weitere Goldmedaille gewonnen hatte.

Das Seufzen des Arztes riss mich erneut aus meinen Gedanken. Ohne eine weitere Minute verstreichen zu lassen, machten der Arzt und ich uns auf den Weg zu meiner Frau. In meiner Eile habe ich ihn ganz vergessen zu fragen, wie es ihr denn ginge. Wir eilten den Weg entlang und kamen einige wenige Sekunden später an der Tür an, hinter der meine Frau lag. Ich wusste, dass gleich all meine Fragen eine Antwort finden würden. Die Frage, wie es meiner Frau geht, und vor allem, lebt mein Kind, oder ist mein drittes Kind auch …? Nein, der bloße Gedanke an das Unheil ließ alles in mir verkrampfen. Meine Beine wurden wieder weich, und wieder schossen mir Tausende Gedanken durch den Kopf. Ich ging einen Schritt näher auf die Tür zu. Währenddessen drehte ich meinen Kopf nach links und sah über meine linke Schulter zu dem Arzt.

»Danke Doktor«, sagte ich mich mit einem aufgesetzten Lächeln, welches wohl sehr künstlich aussah. »Auf geht es. Das ist also nun der Eingang zum Fahrstuhl, der in Sekundenschnelle entscheidet, ob es in den Keller, Richtung Hölle, geht oder ob der Fahrstuhl hochfährt in den Himmel«, erklärte ich mir selbst. Der Arzt schien wohl durch die ganzen Umstände, die Nervosität von mir, die bis zum Zusammenbruch geführt hatte, vergessen zu haben mir mitzuteilen, was nun mit meinem Kind passiert sei. *Sehr unprofessionell,* dachte ich mir, während ich meinen Kopf wieder zur Tür drehte, nachdem der Arzt in den langen Fluren des Krankenhauses verschwunden war. *Na ja,* dachte ich mir, *finde ich es selbst heraus.* Noch einmal tief ein- und ausatmen, bevor ich die Klinke in die Hand nehme, nach unten drücke, dann mit einem leichten Druck aufstoße und schon im Fahrstuhl stehe, der sich gerade dann entscheidet, in welche Richtung es gehen soll.

Ich sah mich beängstigt auf dem Gang um. Ich wusste nicht, was ich zu finden glaubte. Einen Grund, die Tür nicht zu öffnen, einen Hinweis, in welche Richtung der Fahrstuhl fahren würde? Ich wusste es selbst nicht. Eventuell war es einfach ein banaler Grund, um Zeit zu schinden, damit ich meinem Herzen noch etwas Ruhe gönnen konnte, das immer schneller schlug, je länger ich vor der Tür stand, die in das Zimmer meiner Frau führte. Ich legte meine zitternde Hand auf die Klinke, und mein Herzschlag erhöhte sich auf mindestens einhundertsechszig. Ich hatte Angst, dass mein Herz aus meiner Brust springen würde, so nervös war ich. Ich weiß nicht, wie lange meine Hand auf der Klinke lag, bevor ich mich traute sie nach unten zu drücken. Während ich die Tür mit einem leichten Druck aufschob, lief mir eine Schweißperle die Stirn herunter. Ich weiß nicht, ob das Öffnen der Tür mich nun restlos überfordert oder die Nervosität ihren Höhepunkt erreicht hatte. Als die Tür sich einen Spalt geöffnet hatte, war es zu spät, um einen Rückzieher zu machen. Mit dem Rest meines Mutes und meiner Energie legte ich mehr Kraft in das Aufdrücken hinein und überschätzte das Gewicht der Tür. Ich hatte viel zu viel Kraft reingelegt, verlor leicht das Gleichgewicht und stolperte in das Zimmer meiner Frau. Ich richtete mich auf und sah auf das Bett, in dem meine Frau lag und mein Kind …

4. KAPITEL

Wir alle tragen Masken, und
irgendwann wird der Zeitpunkt
kommen, an dem wir sie
nicht mehr abnehmen können,
ohne Teile unserer Haut abzuziehen.
    (André Berthiaume)

Miljana Koleva

»Aua!«, schrie ich, bemerkte meine weinerliche Stimme und wurde sofort auf mich selbst sauer. *Wie kannst du nur so schwach sein? Du musst STARK bleiben – für deine Familie! Sie brauchen dich JETZT mit all deinem Mut und deiner Vernunft!*, dachte ich und sprach mir selbst Mut zu. *Ich muss hier auf irgendeine Art und Weise rauskommen, sonst werde ich noch verrückt!* Ich nahm meinen ganzen Mut zusammen und presste meine Hände gegen die Decke. Mit all meiner Kraft, die mir noch blieb, versuchte ich den Deckel anzuheben. Nicht primär aus dem Grund der Flucht, sondern um Sauerstoff zu bekommen. Frischen Sauerstoff; der in meinem Käfig war verbraucht und wurde langsam immer weniger, zu wenig, um noch lange hier drin genug Sauerstoff zum Leben zu finden. Der Deckel ließ sich keinen Millimeter bewegen, egal wie viel Kraft ich auch in den Versuch steckte. Ich drückte und drückte immer weiter in der leisen Hoffnung, dass sich der Deckel auch nur ein Stück bewegen würde, aber meine Hoffnung platzte wie eine Seifenblase. Es kam mir vor, als wäre der Deckel mit irgendwelchen Gewichten beschwert worden. Ich verzweifelte bei dem Versuch und konnte es nicht glauben, dass meine Hoffnung zerplatzt sein sollte. In meiner Verzweiflung ballte ich meine Fäuste und schlug auf den Deckel ein, und je länger ich auf ihn einschlug und je größer meine Verzweiflung wurde, desto mehr Energie steckte ich in meine Schläge. Ich schlug und schlug und schlug, doch nichts bewegte sich. Meine Verzweiflung verkehrte sich augenblicklich in pure Angst. Mir schossen die Tränen in die Augen. Ich versuchte nicht zu weinen und für meine Familie stark zu bleiben, doch ich konnte nicht mehr. Mit dem letzten Faustschlag rollten meine Tränen die Wangen hinunter. Plötzlich merkte ich, wie das permanente und schon längst normale Ruckeln jäh aufhörte. Mit einem Schlag wurde mein Herz, das eben noch durch die Schmerzen, die von den Schlägen kamen, wie wild pochte, ganz ruhig und rutschte von Augenblick zu Augenblick immer weiter hinunter. Alles in mir verstummte und verkrampfte sich. Durch die Verkrampfungen konnte ich keinen Körperteil mehr an mir bewegen, alles war wie gelähmt. Die Hände, die immer noch zu einer Faust geballt waren. Die Arme, die in einem 90-Grad-Winkel nach oben gingen, um den Deckel des Käfigs zu erreichen; die Beine, die noch leicht angewinkelt waren und die Bauchmuskeln anspannten. Mein Kopf neigte sich leicht nach rechts, sodass mein Kinn meine rechte Schulter berührte und auf ihr ruhte. Ich versuchte so ruhig zu bleiben, wie es mir in der Situation gerade möglich war, und meine Atmung auf das Minimum zu reduzieren. Und doch dachte ich, ich würde so laut atmen, dass ich jeden Menschen neben mir locker wecken könnte. Aber nach einigen Versuchen konnte ich meine Atmung in der Weise reduzieren, dass sie mich nicht selbst um den Verstand gebracht hat. Ich versuchte mich so zu konzentrieren, wie ich es auf dem Schiff getan hatte. Und in der Tat schaffte ich es, etwas zu vernehmen. Es hörte sich an wie Schritte … Aber nicht von einem Menschen, es waren verschiedene Schritte … Ich versuchte die Richtung zu bestimmen, wo die Schritte herkamen. Die ersten Schritte kamen von der Seite, zu der mein Kopf zeigte, die nächsten kamen von der rechten Seite, und andere kamen von der Seite, wo meine Füße lagen. Zu den Schritten mischten sich noch Stimmen, die ich nicht verstehen konnte, da sie sich außerhalb der Reichweite meines Käfigs bewegten und auch nicht meine Sprache sprachen. Es war eine ganz unangenehme Situation, in der ich mich plötzlich befand.

Der Lastwagen, oder der Transporter, in dem ich wohl gefangen gehalten wurde, hielt an, und die Menschen, die mich entführt hatten, waren rund um mich herum. Zumindest kam es mir so vor. Ich fühlte mich so hilflos wie eine gefallene Beute, die einem Raubtier schutzlos ausgeliefert ist. Es stieg ein Gefühl in mir auf, welches ich nicht recht deuten konnte. Mir war sehr unwohl bei dem Gedanken, meinen Entführern gleich in die Augen zu sehen oder sie nur zu riechen. Das Gefühl der Angst stieg erneut in mir auf, und mir liefen nun noch mehr Tränen die Wangen runter, an meinem Hals vorbei und verfingen sich dann in meinen Haaren. In meinem Bauch sammelte sich die Wut über die Tränen sowie auch die pure und blanke Panik, dass mir etwas Schlimmes passieren könnte.

Ich schloss meine Augen und mein Herz fing an zu rasen. Das letzte Mal, dass mein Herz so raste, war zu meinem elften Geburtstag. Meine Eltern hatten sich etwas ganz Besonderes für mich ausgedacht. Sie hatten in unserem Garten einen großen Pool aufgestellt, den sie für meinen Geburtstag extra gekauft hatten. Er hatte einen Durchmesser von etwa zwei Metern und dreißig Zentimetern. Das Tollste an dem Pool war, dass man eine Leiter brauchte, um ihn betreten zu können. Damit war ich bei all meinen Freunden, die auf meiner Geburtstagsfeier waren, ganz beliebt. Die meisten meiner Freundinnen hatten einen kleineren Pool ohne Leiter, der nur dafür da war, um darin zu planschen. Es waren tolle Sommertage, die ich in dem Pool verbracht habe. Ich habe dort meine schlimmsten Sonnenbrände erlitten, wenn ich in der knallen Sonne zu lange mit meinen Freundinnen herumgespielt habe oder wir zu lange auf den Holzliegen lagen, die meine Eltern jahrelang im Keller liegen hatten und zur Einweihung des Pools wieder ans Tageslicht holten. Einige Tage später fuhren wir zu einem Gartenfachmarkt, um uns Auflagen für die Liegen zu kaufen. Meine Eltern beschwerten sich im Sommer meist über die gesunkenen Lebensmittelvorräte bei uns im Keller. Nachdem ich mit meinen besten Freundinnen in der Sonne gelegen und Musik gehört hatte und ab und zu in den Pool gesprungen war, hatten wir uns danach immer etwas zu essen gekocht. Es waren die schönsten Momente in meinem Leben. Doch übertrifft ein Moment die restlichen, die ich mit meinen Freundinnen und meiner Familie in dem Pool und dem Garten erlebt habe. Ich bekam meinen ersten Kuss von Anjo Dimitrova. Eines Tages, als ich von der Schule nach Hause ging, lief er mir nach und fragte, ob wir ein Stück zusammen gehen könnten. Ich war sehr verwirrt, da das Haus seiner Familie im Osten Sofias lag und das Haus meiner Familie in Norden der Stadt. Aber dass er mich fragte, schmeichelte mir sehr. Er war der Mädchenschwarm in der gesamten Schule. Jedes Mädchen himmelte ihn an, und jedes Mädchen wäre froh gewesen, wenn er sie angesprochen hätte. Auch ich gehörte zu den Mädchen, die ihn anhimmelten. Trotz meiner Verwirrung freute ich mich, und wir gingen einige Zeit zusammen. Er fragte mich, was ich jetzt am Wochenende machen würde. Ich traute meinen Ohren kaum und blieb stehen, um in sein Gesicht zu sehen. Ich dachte, er wollte mich nur auf den Arm nehmen. Ich sah in seine großen hellbraunen Augen, die mir zeigten, dass er es ernst meinte. Mein Herz schlug immer schneller, als ich das immer größere Lächeln auf seinen Lippen sah, und die Schmetterlinge in meinem Bauch vermehrten sich im Sekundentakt. Er hatte so ein extrem süßes Lächeln, dem man einfach nicht widerstehen konnte. Ich sagte ihm, dass ich noch nichts vorhätte an dem Wochenende, und ohne zu warten, lud er mich ins Kino ein. Ich hätte in dem Moment in die Luft springen können vor Freude. Ich hatte ein Date mit ihm, mit Anjo Dimitrova. Ich freute mich so sehr, dass ich ihm vor Glück in die Arme gefallen bin, und antwortete ihm mit einem lang gezogenen Ja. Nachdem er die Umarmung erwidert und sich höflich mit einem Grinsen verabschiedet hatte, hüpfte ich weiter nach Hause. Am Wochenende war es dann so weit. Nachdem wir im Kino gewesen waren und ich den Film hatte aussuchen dürfen, bestand er darauf, mich nach Hause zu bringen. Ich war skeptisch, da meine Eltern noch nichts von meinem Glück wussten und ich keine Ahnung hatte, wie sie auf ihn reagieren würden. Dennoch willigte ich ein, von ihm nach Hause begleitet zu werden. Er wusste genau, wie man die Herzen der Frauen erobert.

»Du siehst heute Abend umwerfend aus, Miljana«, versuchte er mir den Kopf zu verdrehen, was er allein dadurch schaffte, dass er mich anlächelte.

»Da-a… danke.« »Es war echt ein wundervoller Abend mit dir. Ich weiß, du wirst es mir nicht glauben, aber ich traute mich eine ganze Weile nicht, dich um dieses Date zu bitten, weil ich Angst hatte, dass du nicht mit mir ausgehen möchtest«, erklärte er mit einem warmen Lächeln. Und ob er es glaubte oder nicht, mir war es in diesem Augenblick vollkommen egal, ob er log oder die Wahrheit sagte.

»Hey, ihr habt doch einen Pool, oder?«, fragte er. Mein Nicken verriet ihm, dass er richtiglag. »Was hältst du von einer ganz verrückten Idee? Wir springen gleich in den Pool und kühlen uns ab. Nach dem Abend heute mit dir brauche ich dringend eine Abkühlung«, meinte er mit einem allwissenden Lachen. »Aber was ist, wenn meine Eltern uns hören? Ich meine …«, konnte ich noch aussprechen, bevor er mir in meinen Satz fiel. Ich mochte seine Macho-Art irgendwie. »Du bist nun siebzehn Jahre alt. Also alt genug mit einem Jungen nachts in den Pool deiner Eltern zu steigen, um sich etwas abzukühlen.« Er lächelte mich an, nahm gleichzeitig meine Hände in seine und küsste meine Handoberfläche. Meine Schmetterlinge im Bauch mussten eine Party feiern, die jede Vernunft zum Schweigen brachte oder so laut war, dass die Stimme der Vernunft nicht mehr zu hören war. Wir rannten zu meinem Haus und gingen an der rechten Seite an der Garage vorbei, entlang an dem Zaun und den ganzen Bäumen und schlängelten uns in den Garten. Dort angekommen fing er an, mich langsam auszuziehen. Als Erstes war mein Oberteil an der Reihe. Er knöpfte meine Bluse langsam auf. Ich war begeistert. Ich dachte, nach dem Kino könnte es nicht besser werden. Selbst die verrückte Idee, in den Pool zu springen, ließ nicht darauf schließen, dass er mich so zärtlich berührte. Es war der Traum, den ich schon mein ganzes Leben erleben wollte, zumindest dachte ich das genau in dem Moment. Als er meine Bluse fast komplett aufgeknöpft hatte, ging ich einige Schritte zurück und habe ihm rezessiv zugezwinkert. Ich deutete mit dem rechten Zeigefinger an, dass er mir folgen sollte, während ich meine linke Hand in seinem Hemd am Kragen festhielt und ihn schon in meine Richtung zog. Es war eine gelungene Einladung für ihn, mir zu folgen. Wir gingen einige Schritte rückwärts, während unsere Lippen sich sehr nahe kamen, doch noch nicht nah genug, um sich zu küssen, aber schon zu nahe, um den kommenden Kuss noch abzuwenden. Es war nur eine Frage der Zeit, bis er mich das erste Mal küssen würde. Als ich beim Rückwärtsgehen die Liege spürte, die hinter meinen Füßen stand, setzte ich mich darauf und war nun mit meinem Kopf in der Höhe der Hose von Anjo. Ich sah von meiner unteren Position zu ihm auf, um ihn dabei voller Lust zu beobachten, wie er sein Hemd auszog und weit nach vorne warf. Nachdem er sich mit der Zunge über die Lippen gefahren hatte, beugte er sich hinunter zu mir, wobei er die Hände, die zu einer Faust geballt waren, auf der Kante der Liege abstützte, um mir seine muskelbepackten Oberarme zu präsentieren. Sein Kopf näherte sich immer mehr meinem Gesicht. Ich spürte seinen warmen Atem. Er breitete sich über das gesamte Gesicht aus. Es war ein Gefühl völliger Erregung. Seine Lippen näherten sich meinen immer mehr. Ich fing an, mich leicht nach hinten zu lehnen und meine Unterarme auf dem Holz der Liege abzustützen. Meine Atmung wurde wieder schneller, und ich fühlte mich begehrter als je zuvor in meinem Leben. Ich glaube, ich hätte in diesem Moment alles mit mir machen lassen. Er legte seine rechte Hand auf meinen Hinterkopf und streichelte mir über mein Haar. Er kam mit seinem durchtrainierten Oberkörper immer und immer näher an meinen fast bebenden Körper und berührte ihn beinahe. Er drückte mit seiner rechten Hand meinen Kopf näher an seinen heran und stoppte, kurz bevor wir uns geküsst hätten. Es war ein Moment der Stille, ein Moment, in dem die Erde stillstand und es nur uns gab. Alles andere um uns herum war ausgeblendet. Ich dachte, dass er mich jeden Moment küssen wollte, und schloss in völliger Innigkeit meine Augen, doch genau in dem Moment entfernten sich seine Lippen von meinen, und er nahm seine Hand von meinem Hinterkopf, während er sich wieder aufrichtete. Ich war mehr als nur sichtlich enttäuscht. Ich hatte das Gefühl, dass mein Märchenprinz bloß mit mir spielen würde.

»Miljana? Kommst du mit in den Pool? Ich glaube, du brauchst nun auch eine Abkühlung«. Er lachte und zwinkerte mir zu, als wäre das alles nur ein Spiel. Aber ich konnte diesem Lachen einfach nicht böse sein. So erhob ich mich von der Liege, zog meine Hose und meine Lieblingsschuhe aus und stieg mit ihm in den Pool. Er schwamm an das Ende, welches sich gegenüber der Leiter befand, und wartete dort wohl sehr sehnsüchtig auf mich. Seine Blicke waren hungrig. Doch damals verstand ich noch nicht, wonach ihm der Appetit war. Ich schwamm zu ihm, in seine tollen Arme, welche mich auch sofort umschlossen, sobald er mich ganz für sich haben konnte. Ich sah in seine Augen, die mir zeigten, dass er nur mich wollte. Und wieder überkam mich dieses Gefühl der tobenden Schmetterlinge in meinem Bauch und das Gefühl völliger Erregung und Machtlosigkeit über meine Vernunft. Die Schmetterlinge haben der Vernunft wohl wortwörtlich den Stecker herausgezogen, sodass dieser dem ganzen Geschehen nicht dazwischenfunken konnte.

Er zog mich immer näher an sich ran und flüsterte, dass er mich ganz toll finden und es niemanden geben würde, den er je mehr begehrt habe. Bei dem Wort *begehrt* setzte alles bei mir aus, und ich bewegte mich noch näher auf ihn zu und schloss meine Augen, während ich mich meiner Erregung völlig hingab und ihn küsste.

»Hiiiiiiiiiiiiiiilfe!«, schrie ich, während ein grausamer Lichtstrahl in meinen Käfig fiel. Der Lichteinfall riss mich aus meinen wundervollen Gedanken an meinen ersten Kuss. Was auf eine Art nicht schlecht war, weil es nach dem Kuss keine schöne Erinnerung mehr mit Anjo gab. Nur Erinnerungen, die ich gerne für immer löschen wollte, doch genau diese blieben in meinem Hirn kleben, ohne mir die Chance zu lassen, mich dieser Peinlichkeit nicht mehr in der Erinnerung auszusetzen. Als meine Augen sich langsam von dem plötzlichen Lichteinfall erholten, fragte ich mich, wie viele Stunden oder gar Tage ich in diesem Käfig verbracht haben musste. Doch bevor meine Augen sich an das für mich sehr grelle Licht gewöhnen konnten und bevor ich überhaupt etwas sehen konnte, spürte ich die Hände einer fremden Person unter meinen Achseln, die mich hochhievten, sodass ich sitzen konnte. Meine Beine und mein Po fühlten sich wie betäubt an und fingen an zu kribbeln, sobald ich saß. Das Kribbeln erinnerte mich an das, was man spürt, wenn ein Körperteil eingeschlafen ist und langsam wieder aufwacht. Noch bevor ich etwas erkennen konnte, wurden mir die Augen verbunden und meine Hände auf dem Rücken festgeschnürt. Der Mann, der mir die Augen und die Hände fest- und zugebunden hat, hatte starke und sehr raue Hände. Als würde er sehr schwer mit ihnen arbeiten müssen. Er fasste mich mit einer Brutalität an, dass mir die Schmerzen, die die Berührungen auslösten, wieder einmal die Tränen in die Augen trieben. Der Mann versuchte mich aufzurichten. Doch meine Beine waren noch nicht, oder nicht mehr, stark genug, um mich zu tragen. Ich taumelte immer mehr, bis ich einen Schlag mit dem Ellenbogen in meinem Rücken spürte. Die Intensität dieses Schlages war stark genug, um meine wackligen Beine zum Einknicken zu bringen. Bei meinem Sturz muss ich wohl mit meinen Knien auf etwas Schweres gefallen sein. Vermutlich etwas aus Metall. Meine Knie schmerzten ohne Ende, und meine Tränen liefen noch heftiger über meine Wangen. Ich versuchte mich hinzusetzen und meine Knie, auf denen ich eben verweilte, zu entlasten. Aber bis dahin kam ich nicht einmal mehr. Kurz bevor ich mich anders hinsetzen wollte, spürte ich wieder diese rauen Hände unter meinen Achseln. Mit einem kräftigen und ruckartigen Hieb stand ich wieder auf meinen Füßen. Erst da bemerkte ich, dass ich keine Schuhe mehr trug. Ich stand auf etwas Kaltem und Hartem. *Eventuell stehe ich auf Beton,* dachte ich. Ich versuchte mit meinen nackten Füßen den Boden abzutasten, um eventuell Auffälligkeiten zu erkennen, die mir verraten würden, wo genau ich war!

Doch gab es keine Auffälligkeiten auf dem Boden. Es war eine gerade und ebene Fläche aus einem kalten, harten Material, das nicht nur die nackten Füße einfrieren ließ, sondern auch jeden Mut und jede Hoffnung in mir. Die Brutalität, mit der ich zum Laufen animiert wurde, war ein Witz im Vergleich zu der Brutalität, die mich wohl noch erwarten würde. Das Herumgeschubse, damit man sich schneller bewegt, und die Schläge in den Rücken, die durch die bloße Faust oder andere Gegenstände erzeugt wurden, sollten wohl nur der Anfang sein. Die Schläge dienten dazu, von vornherein klarzustellen, dass ich das machen sollte, was von mir verlangt wurde. Und ihr zweiter Zweck war, mich gefügiger zu machen, mich zu schwächen. Nach einigen Schlägen in den Rücken, die ich bekam, weil ich mich weigerte zu gehen, war ich aus dem Lastwagen gekrochen. Dort kam ich aber von dem Regen in die Traufe. Ich stand mit meinen nackten Füßen in einer Lache, die gefüllt war mit Regenwasser gemischt mit Erde und Schlamm. Diese Mischung reichte mir bis zu den Fußknöcheln. Es war einfach nur ekelig. Und der Umstand, dass ich nichts sehen konnte, verschlimmerte das Ekelgefühl noch um einiges. Ich bemühte mich tapfer zu sein, da die Männer bei dem kleinsten Anzeichen von Schwäche noch brutaler wurden, als sie es schon von Natur aus waren. Es fiel mir sichtlich schwer, die sich anbahnenden Tränen zu unterdrücken und weiter durch den Matsch zu laufen. Gerade als ich einen Schritt machen wollte, brüllte ein Mann nur »Go!«. Ich fing an zu zittern vor Angst und überlegte, welche Strafe mich nun erwarten würde, da ich nicht schnell genug gelaufen war. Noch bevor ich den Gedanken zu Ende denken konnte, bekam ich einen Schlag von hinten, meine Beine knickten ein, und ich flog in den Matsch, ohne die Chance zu haben, mich abzustützen, da meine Hände auf meinem Rücken zusammengebunden waren. Nach meinem Fall hörte ich nur Gelächter von den Männern, denen ich wohl den Schubser zu verdanken hatte. Das Gelächter wurde immer lauter, als sie bemerkten, dass ich mich nicht allein aus dem Schlamm ziehen konnte. Ich kam mir so minderwertig und hilflos vor. Ich lag im Schlamm und konnte mir selbst nicht helfen. Plötzlich spürte ich etwas Kaltes an meinem Oberschenkel. Es war dünn, aber ich hatte das Gefühl, dass es nichts Gutes sein konnte. Der kalte Gegenstand, der auf meinem Oberschenkel lag, fuhr immer höher und schob mein Nachtkleid unablässig weiter nach oben. Ich fühlte mich genau in diesem Moment noch wehrloser als in der ganzen Zeit zuvor. Ich konnte mir selbst nicht helfen und war das Spielobjekt einiger verrückter Männer geworden. Sie schoben mein Nachtkleid immer höher, bis es über meinem Po war. Ich hörte sie nur noch lachen und wollte bloß noch sterben. Ich kam mir so verdammt blöd vor, dass ich glaubte, der Aufenthalt in dem Gefängnis sei die Hölle auf Erden. Plötzlich spürte ich, wie der kalte Gegenstand an meinem nackten Po war und meine Unterhose runterzuziehen versuchte. Ich malte mir schon im Kopf aus, wie das wohl weitergehen würde. Ich hatte panische Angst, dass die Männer mich vergewaltigen wollten. Ich hörte, wie sich mir ein Mann näherte und irgendetwas zu den anderen sagte. Ich vermute, er befahl ihnen aufzuhören. Als er wegging, hörten die eben noch lachenden Männer auf und zogen mir mein Nachtkleid wieder richtig an; sie halfen mir auf und brachten mich in einen anderen Wagen. Der unterschied sich deutlich von dem, in dem mein Gefängnis gewesen war. Hier hatte ich eine Sitzbank, die einigermaßen bequem und gepolstert war. Meine Hände wurden an der Wand befestigt, an der auch die Sitzbank stand. Einer der Männer stieg ebenfalls ein und hockte sich genau neben mich hin. Ich konnte seinen Atem auf meiner Haut spüren.

Er sagte: »Неказвайдума! Премахнапревръзката!« (Übersetzt: Sag kein Wort! Ich nehme dir die Binde ab!)

Völlig erschöpft von den Demütigungen und der Schikane, die ich bis eben noch über mich ergehen lassen musste, antwortete ich: »разбран!« (Übersetzung: Verstanden!) Er nahm mir vorsichtig die Augenbinde ab und säuberte mit einem Tuch mein Gesicht, bevor er sich umdrehte und aus dem Transporter ausstieg. Es dauerte wenige Augenblicke, bis ich verstand, dass der Mann eben mit mir auch Bulgarisch gesprochen hatte. Ich war verwirrt. Dennoch machte ich mir keine weiteren Gedanken darüber. Ich öffnete langsam die Augen, die immer noch etwas gereizt von dem plötzlichen Lichteinfall waren, und erkannte zu meinem Entsetzen, dass ich nicht alleine im Transporter war. Es saßen noch neun andere junge Frauen mit mir in dem Transporter. Sie hatten sowohl die Hände auf dem Rücken verbunden als auch die Augenbinde noch auf, die der Mann mir abgenommen hatte. Was mir zugleich auffiel, war, dass die Frauen auch ein Tuch um den Mund gebunden bekommen hatten. Womöglich, damit sie nicht schreien könnten. Je länger ich in dem Transporter mit den anderen blinden und stummen Frauen gefangen gehalten wurde, desto mehr fiel ich wieder in die Erinnerungen an die Vergangenheit zurück. Plötzlich wurde es mir klar. Es war, als fielen mir Schuppen von den Augen! Der Typ, der mir die Augenbinde abgenommen hatte, war …

5. KAPITEL

Das Sterben ist bitter, doch
der Gedanke, sterben zu
müssen, ohne gelebt
zu haben, ist unerträglich.
(Erich Fromm)

Thomas Terenz, Kimberly Terenz

Meine Frau strahlte so hell, dass selbst die Sonnenstrahlen neben ihr blass erschienen. In liebevoller Hingabe hielt sie unser Kind in ihrem Arm. Sie bemerkte am Anfang nicht einmal, dass ich in den Raum gestolpert bin. Ihre ganze und volle Aufmerksamkeit bekam der kleine Sonnenschein, der in ihrem Arm lag. Mein Herz ging in diesem Moment auf, all die dunklen Wolken, die eben noch den Blick verdunkelt und meine Hoffnung vergraben hatten, waren wie weggezaubert. Der Fahrstuhl, in dem ich bis eben noch stand, fuhr ganz eindeutig nach oben. Dahin, wo die Sonne den ganzen Tag schien und den dunklen, bedrohlichen Wolken keine Chance gab, sich zu entfalten. Es dauerte einige Momente, bis ich wirklich verstanden hatte, dass die Frau, die ich über alles liebe, unser Kind im Arm hielt. Der Anblick meines kleinen Sonnenscheins trieb mir die Tränen in die Augen. Tränen der unübertrefflichen Liebe und unvorstellbaren Freude. Selbst die Enttäuschung über den Arzt, der mich bis zum Ende im Ungewissen gelassen hatte, war wie nie da gewesen. Alles, was in diesem Moment zählte, war meine kleine, wundervolle Familie. Meine Beine fingen wieder einmal an zu zittern, und ich ging wacklig auf meine Frau zu. Erst als ich kurz vor dem Bett stand, bemerkte sie, dass ich überhaupt da war.

»Sieh sie dir an, Thomas. Unsere kleine Prinzessin! Ist sie nicht das schönste Baby der Welt?«, fragte mich meine Frau. Während sie mit mir sprach, nahm sie nicht einmal für einen kleinen Moment die Augen von ihr. Ich konnte es ihr auch nicht verdenken.

35

»Ja, sie ist mit Abstand das Schönste, was ich je gesehen habe! Sie ist wundervoll, genau wie du, mein Schatz!« Die Augen von Kimberly schauten mich kurz voller Hoffnung und Glückseligkeit an, bevor unsere kleine Prinzessin wieder alle Blicke auf sich zog. Meine kaputte Welt wurde durch ein kleines Wesen komplett repariert. Ich hatte in meinem Leben noch nie so viel Glück gespürt wie das, welches ich gerade empfand, während ich mein Kind auf dem Arm meiner Frau sah.

»Darf ich sie auch mal halten?«, fragte ich Kimberly. Sie löste ihren Blick von unserem Kind und atmete einmal tief aus, bevor sich auf ihren Lippen ein Lächeln bildete. Sie gab mir das Kind und ermahnte mich sofort, dass ich aufpassen sollte. Ihre Art, alles kontrollieren zu müssen, regte mich für gewöhnlich sehr auf, aber zu diesem Zeitpunkt hätte nichts den Moment zerstören können. Ich hielt meine Tochter im Arm und konnte meine Tränen nicht mehr unterdrücken. Selbst Kimberly, die sonst sehr stark war, konnte ihre Tränen kaum noch zurückhalten. Ich glaube, ich habe meine Frau noch nie so emotional gesehen. In diesem Moment habe ich alles ausblenden können. Die Geräusche auf dem Flur, die Geräusche, die die Maschinen erzeugten. Ich habe sogar das gesamte Krankenzimmer ausblenden können. Ich fand mich auf einer riesigen Wiese wieder, die mit schönen, großen und bunten Blumen bedeckt war. Ich hielt meinen kleinen Engel hoch und zeigte ihr die ganze Welt, die sie bald sehen würde. Ich tollte mit ihr auf der Blumenwiese herum und flocht ihr aus den Blumen eine schöne Kette.

Nun konnte ich verstehen, wieso meine Frau mich eben nicht wahrgenommen hatte, als sie den süßesten Schatz der Welt auf dem Arm hielt. Ich selbst realisierte nicht einmal, dass Kimberly aus ihrem Bett aufgestanden war und sich an meine rechte Seite gestellt hatte. Sie riss mich aus meinen Gedanken, als sie ihren Kopf an meinen Oberarm lehnte. Da sie ein ganzes Stück kleiner war als ich, konnte sie sich nur an meinen Oberarm anlehnen. Sie sagte immer, sie sei stolze ein Meter und 61 cm groß. Dabei stellte sie sich immer auf ihre Zehenspitzen, um noch etwas größer auszusehen. Ich bin ungefähr einen Meter und 91 cm groß. Wenn wir nebeneinanderlaufen, sehe das wohl immer sehr amüsant aus, teilten uns unsere Freunde und Verwandten mit. Sie meinten stets, dass wir sie an das Märchen von dem Riesen und dem Zwerg erinnern würden. Am Anfang fühlten wir uns von diesen zynischen Aussagen leicht angegriffen, doch mit den Jahren haben wir uns nicht nur daran gewöhnt, sondern fanden dies auch recht erheiternd. Wenn wir es wieder einmal nicht zu dem verabredeten Zeitpunkt schafften, schrieb meine Frau immer eine SMS mit dem Inhalt: »Der Zwerg brauchte mal wieder Jahre zum Anziehen, meint der Riese, aber wir kommen gleich.« Alles war perfekt. Bis zu dem Zeitpunkt, als die Tür zu dem Kranken-zimmer aufflog und der Arzt, der mich hierhergeführt hatte, plötzlich mit zwei Krankenschwestern in das Zimmer kam und uns bat, uns zu setzen.

6. KAPITEL

Ein Unglück ist wie ein starker
Wind. Er entreißt uns alles,
außer den Dingen, die er
nicht fassen kann, sodass wir
uns dann sehen, wie wir wirklich sind.
    (Arthur Golden)

Thomas Terenz, Kimberly Terenz, Dr. Lorenz

Die eine Krankenschwester mit den braunen, kurzen Haaren, die ungefähr einen Meter und siebzig Zentimeter groß war, ging auf uns zu und blieb vor uns stehen.

»Herr und Frau Terenz. Darf ich Sie bitten, mir Ihr Kind zu geben? Sie wird bei mir in guten Händen sein«, fragte die eine Krankenschwester sehr einfühlend. Ich schaute meiner Frau in die Augen, um dort eine Antwort auf die Frage zu finden. Auf die Frage, ob wir unser gerade erst gefundenes Glück der Schwester wirklich übergeben würden.

Aber in den Augen meiner Frau fand ich eine andere Antwort, auf eine Frage, über deren Notwendigkeit ich mir bis dato noch keine Gedanken gemacht hatte. Die Frage, ob das Gespräch, welches der Arzt mit uns führen wollte, etwas mit dem Gesundheitszustand unseres Kindes zu tun hatte. Die Antwort auf die Frage, die meine Frau sehr beschäftigte, habe ich in ihren Augen gelesen. Die blanke Panik, dass unser drittes Kind auch an der Krankheit Trisomie 13 erkrankt sein könnte.

Als meine Frau erfuhr, dass sie erneut schwanger war, haben wir darüber diskutiert, ob wir eine Fruchtwasseruntersuchung machen lassen wollten. Um schon vorher zu wissen, ob auch dieses Kind an Trisomie 13 erkrankt ist. Wir haben uns tagelang darüber den Kopf zerbrochen und alle Argumente gegeneinander abgewogen. Ich war eigentlich dafür, damit wir, und vor allem meine Frau,

Gewissheit hätten, ob dieses Kind, das in ihr heranwuchs, eine Chance auf ein glückliches und vor allem langes Leben haben würde. Meine Frau war komplett anderer Meinung. Sie wollte nicht wissen, ob das Kind niemals das Licht der Welt erblicken könne. Sie wollte nicht wissen, ob sie noch weitere fünf Monate ein zum Sterben verdammtes Kind in sich trage. Sie sagte zu mir: »Ich habe eine Bindung zu ihm oder ihr schon aufgebaut. Das Wissen, dass er oder sie sofort oder kurz nach Geburt versterben wird, wird mich nur noch unglücklicher machen. Du weißt, dass das Kind eine fünfzigprozentige Chance hat, meine Trisomie geerbt zu haben und daran erkrankt zu sein. Ich bitte dich! Ich bitte dich von ganzem Herzen. Bitte lass mir die Hoffnung, dass unser Kind deine Gene bekommen hat und überleben wird. Bitte … Bitte nimm mir nicht den Glauben an ein gutes Ende. Ich möchte einfach nicht die Gewissheit haben.«

Ich schaute sie damals voller Verzweiflung an. Ich wusste, dass sie eine starke Persönlichkeit ist. Aber ich wusste auch, dass ich nicht so stark sein könnte wie sie. Ich kam fast um bei dem Gedanken, weitere fünf Monate im Ungewissen zu sein, ob ich ein neues Kinderbett bestellen dürfte oder einen neuen Sarg. Meine Frau hasste mich dafür, dass ich so rational dachte. Aber ich konnte diese Eigenschaft einfach nicht abstellen. Immerhin machte sie einen großen Teil meiner Arbeit aus. Ich habe mit zweiundzwanzig Jahren eine Ausbildung bei der Polizei angefangen und seitdem eine steile Karriere gemacht. Nach meiner Ausbildung habe ich fünf Jahre lang auf dem Revier in Frankenberg gearbeitet und wurde dabei von meinem Hauptkommissar, Herrn Walter Kügler, beobachtet. Er musterte meine Arbeitsweisen bis ins kleinste Detail. Er war sehr akribisch, was die richtige Arbeitsweise von seinen Beamten anging. Alles, was er tat, diente dazu, mich weiterzubringen. Er entdeckte in mir den Willen zur Gerechtigkeit. Einer Gerechtigkeit, die viele andere Polizisten nie für möglich hielten. Mir war es nicht wichtig, jemanden festzunehmen. Mir war es immer wichtiger, den Richtigen festzunehmen. Ich studierte jeden Fall sehr gründlich und entdeckte dabei Details, die den anderen nie aufgefallen wären. Details, die uns zu den richtigen Schuldigen brachten und nicht zu denen, die die Polizei gerne hinter Gittern gesehen hätte.

Durch diese Methode machte ich mich bei den anderen Polizisten sehr unbeliebt. Ich weiß, das klingt sehr kindisch, aber in dem Revier, in dem ich gearbeitet habe, war es nicht üblich, nach den Indizien zu gehen, sondern nach der persönlichen Abneigung der Menschen. Meist waren es Drogendealer oder ehemalige Prostituierte, die sie gern auf dem Kieker hatten. Sie waren schneller wieder in der Zelle als auf freiem Fuß. Ich verstand diese Vorgehensweise nicht und zweifelte sie oftmals an. Hauptkommissar Kügler fand meine Vorgehensweise sehr speziell und lobenswert. Er stärkte mir öfters den Rücken, wenn die Selbstzweifel wieder hochkamen. Ich weinte mich nicht bei ihm aus, aber ich habe mit ihm geredet.

Auch habe ich seine Hilfe und seinen Rat eingeholt, als es meiner Frau wegen der Fehlgeburten so schlecht ging. Es schlug auch auf meinen Gemütszustand. Ich war sehr launisch und gerade dabei, mich zu dem Polizisten zu entwickeln, der ich niemals sein wollte. Jemand, der Menschen nach dem Aussehen beurteilt und nicht nach dem Charakter. Ich wollte meinen ganzen Frust loswerden. An dem Tag kam mir die Verhaftung von Pitor Piecek ganz recht. Wir erhielten einen Notruf, dass ein Mann in ein Wohnhaus eingebrochen sei. Wir fuhren mit Blaulicht und Martinshorn zu der uns genannten Adresse. Dort fanden wir ein sechsstöckiges Wohnhaus vor, dessen Fassade mehr als nur dringend eine komplette Erneuerung nötig hatte. Es war dieses Viertel, in dem die ganzen Ausländer wohnten und es sich dort gemütlich gemacht hatten mit all ihren Kindern und Waffen. Eine Frau mittleren Alters kam in Hausschuhen und einem schmutzigen Bademantel bekleidet zu uns und versuchte uns mit ihrem gebrochenen Deutsch die Lage zu schildern.

»Das Mann habe in Etage vier reingestiegen. Es eingetreten die Tür der Wohnung der Nachbarn. Es vermummt sein gewesen.« Da wir schon öfters mit Migranten gearbeitet hatten, verstanden wir ihre Versuche der deutschen Sprache recht gut. In der vierten Etage des Wohnhauses angekommen, fanden wir eine eingetretene Tür vor, die zu einer Wohnung führte. Mit geladener Pistole sind wir dann in die Wohnung reingegangen. Der Erste von uns folgte dem Flur, der nach rechts führte, und sicherte die Küche. Ich ging währenddessen nach links und fand dort ein Badezimmer vor, welches keiner großen Überprüfung benötigte, da es nicht mehr als 6 m² groß war. Nach einem kurzen Blick in das Zimmer schrie ich zu meinem Partner »Gesichert!«, und wir gingen gemeinsam in das Wohnzimmer, wo wir den Dieb auf frischer Tat ertappten.

Wir verlangten von ihm, die Beute, die er in der Hand hielt, fallen zu lassen und mit erhobenen Händen aus dem Wohnzimmer zu kommen. Wir hatten erwartet, dass er unseren Aufforderungen nachkäme und die Beute fallen lassen würde. Doch dem war nicht so. Sein Blick hatte sich genau in dem Moment geändert. Aus einem überraschten und überrumpelten Blick wurde ein sehr aggressiver. Oft wird so ein Blick auch als Killer-Blick interpretiert. Zudem hatte sich die Körperhaltung des Diebes geändert. Er hatte seine Muskeln gespannt und stand mit gerader Wirbelsäule im Wohnzimmer, während er sich von uns wegdrehte. Mein Partner machte mich auf das veränderte Verhalten aufmerksam. Ich war ja noch ein Greenhorn, und mir fielen solche Veränderungen bei Menschen noch nicht so genau auf. Bald aber würden auch meine Augen solche Veränderungen sofort bemerken. Mein Partner, namens Lars Müller, flüsterte mir ins Ohr, dass ich genau auf die Bewegungen des Täters achten sollte. Müller wiederholte noch einmal, dass er die Beute fallen lassen und mit erhobenen Händen aus dem Zimmer kommen solle, sonst würden wir reinkommen. Der Täter, der uns nun den Rücken zugewendet hatte, schien auf das, was mein Partner sagte, nicht zu reagieren. »Komm, wir gehen nun rein. Er hatte genug Zeit rauszukommen«, flüsterte Lars Müller mir zu. Bevor wir unsere ersten Schritte gemacht hatten, ließ der Täter die Beute fallen und blieb erst einmal stehen. Ich versuchte eine Erklärung für diese Reaktion zu finden, aber mir fiel auf die Schnelle keine passende Erklärung ein. Ich wollte nun in das Zimmer gehen, um den Mann zu verhaften, doch mein Partner hielt mich auf. Er versperrte mir mit seinem rechten Arm den Weg. Gerade als ich ihn fragen wollte, was das soll, drehte der Mann sich blitzartig um und rannte auf uns zu. Die knapp vier Meter, die uns von ihm getrennt hatten, schienen viel kürzer zu sein. Wir hatten kaum die Chance, uns zu organisieren, als der Mann sich auf meinen Partner stürzte und beide zu Boden gingen. Der Mann war voller Wut. Er schlug meinem Partner, der wohl von dem Aufprall bewusstlos geworden war, das erste Mal mit der Faust genau ins Gesicht und traf dabei die Nase von Lars Müller. Den zweiten Schlag, der sofort an den ersten anknüpfte, bekam mein Partner in den Magen. Das ist genau der Moment, auf den jeder Polizist hinarbeitet. Keine Angst zu zeigen und sofort reagieren zu können. Doch in dem Moment versagte ich das erste Mal. Ich stand neben meinem Partner und konnte nicht einmal schreien. Der Schock saß tiefer, als ich gedacht hatte. Ich konnte auch nicht wegschauen, meine Augen hafteten auf dem Szenario, das sich vor mir abspielte. Den dritten Schlag bekam mein Partner wieder ins Gesicht. Neben den ganzen Prellungen, die er von dem Zusammentreffen als Erinnerung zurückbehalten würde, sah ich auch das all das Blut, welches ihm aus der Nase herunterlief. Ich weiß nicht, welcher Anblick genau den Schalter in mir umlegte, doch plötzlich konnte ich mich wieder bewegen. Ich schlug dem Mann mit völliger Genugtuung meine Faust in sein Gesicht. Der Schlag hatte genug Wucht, dass der Aufprall meiner Faust in seinem Gesicht dazu führte, dass er von meinem Partner runtertaumelte. Das war genau mein Moment, zu zeigen, dass ich kein Schmusecop bin. Ich fühlte mich wie Sherlock Holmes in dem Film »Im Spiel der Schatten«. Ich ging auch genau wie er im Kopf durch, welche Schläge er wohl als Nächstes ausüben würde und wie meine Schläge, die er einstecken musste, sich auf seine auswirkten. Als der Mann sich aufrichtete, versuchte er möglichst taumelfrei in meine Richtung zu rennen. Mit erhobenen Fäusten, die mir zeigen sollten, dass er vor nichts Angst habe, kam er mir immer näher. Im Kopf ging ich durch, dass er aufgrund des Taumelns keine Zielgenauigkeit mehr hatte. Womöglich könnte ich einen Schlag in seinen Bauch setzen, bevor er selbst dazu kommen würde. Noch ehe er mir einen Schlag verpassen konnte, hatte er meine Faust in seinem Bauch zu spüren bekommen. Ich traf dabei seinen Solarplexus. Er krümmte sich vor Schmerzen und fing leicht an zu weinen. Ich fühlte mich genau in dem Moment wie ein Krieger. Wieder ging ich die nachfolgenden Schritte im Kopf durch: *Wenn er sich aufrichtet, werde ich ihn an die Wand hinter ihm pressen und mit meinem rechten Unterarm dort festhalten, während ich ihm meine linke Faust vorstellen werde, die mehrmals in seiner Magengegend wie eine Bombe einschlagen wird. Und wenn die linke Faust nicht reicht, werden seine Genitalien auch noch mein rechtes und mein linkes Knie kennenlernen. Er wird schon spüren, was es heißt, sich mit einem Polizisten anzulegen!*

Noch bevor der Mann richtig stand, ging ich schon auf ihn zu, um meine Pläne in die Tat umzusetzen. Doch der aggressive Blick war nicht mehr vorhanden. Ich sah Angst und Schmerzen in seinen verweinten Augen. Normalerweise hätte ich Mitleid mit dem Mann gehabt. Doch nicht in diesem Moment. In diesem Moment, wo die Bilder meiner verzweifelten Frau wieder hochkamen, die ihr Kind verloren hatte, wofür ich keinen hatte büßen lassen können. Auch die Bilder meines Partners, der blutend am Boden lag, schürten nur die rasende Wut in mir, die langsam rauswollte. Und ich hatte in diesem Augenblick den perfekten Sündenbock für meine angestaute Aggression gefunden. Es war nicht ganz fair, aber das Schicksal war ja auch nicht fair zu mir! Ich sah ihn am Boden vor meinen Füßen liegen, zusammengekauert und vor Schmerzen am Weinen. Ich wollte ihn gerade hochziehen, um ihm die nächsten Lektionen beizubringen, da spürte ich eine Hand auf meiner rechten Schulter. Die Hand meines Partners. »Ist gut, mein Junge! Wir nehmen den Dreckskerl nun fest! Im Knast wird er schon seine Lektionen lernen!«, erklärte er mir, mit einer Stimmlage, die auf mich sehr beruhigend wirkte. In mir drehte sich alles. Zum einen der Wunsch, den Kerl, der mir zu Füßen lag, für all das Unglück, das ich in der letzten Zeit durchleben musste, bluten zu lassen. Zum anderen der Wunsch meines Partners, den Mann in Ruhe zu lassen. Ich entschied mich letztendlich dazu, auf meinen Partner zu hören. Wir legten den Typen in Ketten und nahmen ihn mit aufs Revier.

»Schatz? Gib ihr unseren Sonnenschein«, bat mich meine Frau mit sehr weinerlicher Stimme.

Ich war schon wieder in meine Gedanken eingetaucht und hatte alles um mich herum ausgeblendet. »Natürlich«, sagte ich mit zitternder Stimme und übergab mit großen Zweifeln der Krankenschwester unseren kleinen Sonnenschein. Sie nahm die Kleine ganz vorsichtig und sagte, dass wir uns von unserem Sonnenschein verabschieden sollten. Ich verstand nicht, was sie damit meinte. Wir bekämen sie doch nach dem Gespräch wieder?

Oder hatte ich mich geirrt? Nein, ich hatte mich sicherlich nicht geirrt. »O. k.! So, mein süßer Schatz! Wir sehen uns gleich wieder«, versuchte ich überzeugend zu erklären, während ich ihr einen Kuss auf die Stirn gab. Auch meine Frau ging zu unserem Kind, das auf dem Arm der Krankenschwester lag, und verabschiedete sich auf ihre Art. »Mama hat dich über alles geliebt, mein größter und tollster Sonnenschein.« Ihr Satz klang authentischer als meiner. Ohne ihrem Kind einen Kuss zu geben, trat sie von der Krankenschwester zurück, damit diese das Kind aus dem Raum bringen konnte. Ich atmete tief durch, während ich die Hand von meiner Frau nahm und sie in meine Arme schloss. »Alles wird wieder gut! Vertrau mir!«, flüsterte ich in ihr Ohr.

»Ich möchte es auch gerne glauben. Aber ich weiß, dass es nie mehr gut werden wird!«, weinte sie in mein Hemd. »Glaube mir! Alles wird gut, lass uns nun erst einmal hören, was der Arzt uns zu sagen hat!« Die zweite Krankenschwester, die ungefähr einen Meter und 80 Zentimeter groß war und blondes, schulterlanges Haar hatte, ging zu der kleinen Sitzgruppe, die sich in unserem Zimmer unter dem Fenster befand, und stellte noch einen weiteren Stuhl zu den zwei schon vorhandenen hin. Als die letzte Krankenschwester auch aus dem Raum gehen wollte, hielt der Arzt sie kurz auf, um sich zu bedanken. »Danke sehr, Schwester Claudia.«

Auch der Arzt musste einmal tief durchatmen, bevor er zu den Stühlen gehen und uns dort einen Platz zum Sitzen anbieten konnte. Kimberly und ich gingen beide mit wackligen Beinen zu den zwei Stühlen. Auf dem kurzen, aber für uns unendlich langen Weg flüsterte ich meiner Frau ins Ohr, dass ich sie sehr liebe. Ohne etwas zu erwidern, ging meine Frau zielgerichtet auf den Arzt zu, der bereits mit wartender Miene auf einem der drei Stühle Platz genommen hatte. Meine Frau saß schon auf dem äußersten Stuhl, als ich auch bei der Sitzgruppe ankam. Es war ein quadratischer Tisch aus hellem Holz. Vermutlich von einer Fichte. Solche Tische gibt es zu einem Spottpreis bei dem schwedischen Möbelhersteller, auf den meine Frau immer so schwört. Meinen Geschmack traf es nicht, genauso wenig wie der Tisch in diesem Zimmer. Aber ich musste mir nichts vormachen. Ich versuchte mich nur selbst abzulenken. *O. k.! Dann wollen wir uns nun in den zweiten Fahrstuhl begeben, der wieder innerhalb weniger Sekunden entscheidet, welche Richtung eingeschlagen wird*, dachte ich, als ich mich auf den letzten freien Stuhl gesetzt habe. Nun gab es kein Entrinnen mehr. In mir kam das entsetzliche Gefühl auf, völlig machtlos zu sein.

»Herr und Frau Terenz. Ich weiß selbst nicht, wie ich es Ihnen sagen soll«, seufzte der Arzt »Sie haben sich ja vor fünf Monaten dazu entschlossen, keine Fruchtwasseruntersuchung vornehmen zu lassen, obwohl der damals behandelnde Arzt Ihnen dringend zu der Untersuchung geraten hat.« »Ja, meine Frau und ich haben uns damals entschlossen dem Schicksal seinen Lauf zu lassen und einfach einmal nicht im Voraus zu wissen, was auf uns zukommt«, fiel ich dem Arzt ins Wort. Er atmete erneut tief ein und aus. Man merkte, dass ihm das Gespräch sichtlich schwerfiel. In der Pause, in der er sich selbst erst einmal sammeln musste, betrachtete ich das Zimmer. Es sah wie ein gewöhnliches Krankenhauszimmer aus. Es gab an der Wand, wo die Tür in und aus dem Zimmer führte, einen großen Schrank, in dem die Habseligkeiten der Patienten verstaut werden konnten. Der Schrank war in demselben Holzton gehalten wie der Tisch, an dem wir gerade saßen. An der längeren Wand des rechteckigen Zimmers stand nur ein Bett, obwohl mindestens drei Betten Platz gehabt hätten. Neben den Betten gab es eine Tür, die wohl zu dem Badezimmer führte. Gegenüber der Tür stand nun unsere Sitzgruppe mit den Holzstühlen und dem Holztisch. An der Wand, an dem unser Tisch stand, war eine große Fensterfront, die sich fast über die gesamte Fläche verteilte. Wenn man rausschaute, sah man die parkähnliche Anlage hinter dem Krankenhaus.

Es war ein schöner Tag. Der Himmel war so blau. Ich glaube, dass nicht einmal das Meer noch blauer sein könnte. Selbst die Augen des Arztes waren im Vergleich zu der Intensität des Himmelsblaus nur ein kleiner Farbklecks auf einer sehr großen Leinwand.

»Ja, das hat man mir mitgeteilt. Da Sie, Frau Terenz, an der Krankheit Translokations-Trisomie 13 erkrankt sind, liegt die Wahrscheinlichkeit, dass Ihr Kind auch an Trisomie 13 erkrankt ist, bei über 50 %.«, erklärte uns der Arzt. Ich überlegte kurz, was ich darauf sagen sollte. Sein Blick verriet mir, dass er auf eine Antwort von uns warten würde, bevor er weitererzählte. Noch bevor ich den Ansatz einer Äußerung hatte, vernahm ich die weinerliche und stotternde Stimme meiner Frau.

»Ja, aber. Aber sie lebt doch. Hätte sie Trisomie 13, wäre sie doch bei der Geburt gestorben? Ich meine … Ich versteh das nicht.« Diese Verzweiflung in der Stimme meiner Frau trieb mir die Tränen in die Augen. Ich nahm vorsichtig ihre Hände, die sie auf den Tisch gelegt hatte, in meine und fing an mit meinem rechten Daumen ihre Hände zu streicheln.

»Trisomie kann in verschiedenen Formen auftreten. Auch bei der Trisomie am 13. Chromosom kann es zu verschiedenen Krankheitsverläufen kommen. Einige Betroffene können nur erblinden und damit ein paar Jahre überleben. Bei anderen Kindern kann eine große Fontanelle, ein narbiger Defekt der Kopfschwarte, vorliegen. Und wiederum andere können einen Herzfehler haben.

Wie Sie sehen, kann die Trisomie in verschiedenen Formen auftreten. Und es wäre für uns und vor allem für Ihr Kind, Frau Terenz, besser gewesen, wir hätten vor der Geburt erfahren, mit welcher Form der Trisomie 13 es geboren wird und ob es eine Trisomie hat. Wir hätten sofort die nötigen Maßnahmen treffen können. Nun müssen wir das Kind erst einmal untersuchen.

Und um noch einmal auf Ihre Frage einzugehen, Frau Terenz. Kinder die Trisomie 13 haben und die Geburt überleben, haben es leider noch nicht ganz geschafft. Diese Kinder sterben meist innerhalb der ersten Monate beziehungsweise des ersten oder zweiten Jahres. Nur sehr wenige werden älter als zwei Jahre.

Aber nun müssen wir erst einmal den Befund des Labors abwarten, bevor wir wichtige Maßnahmen unternehmen können.« Der Arzt überbrachte uns die Information recht nüchtern. Damit wollte er uns zeigen, dass wir alles falsch gemacht hatten. Ich fühlte mich so schuldig.

»Und wann … Wann werden die Ergebnisse vorliegen?«, fragte ich weinend. Ich konnte die Tränen nicht mehr zurückhalten. Der Gedanke, durch unseren Willen der Unwissenheit unser Kind gefährdet zu haben.

»Ich habe dem Labor gesagt, dass der Fall Vorrang habe. Das Labor wird innerhalb der nächsten Minuten das Ergebnis hochbringen.« Der Arzt, der uns nicht gerade sehr große Hoffnung gemacht hat, lehnte sich auf seinem Stuhl zurück und verschränkte seine Arme hinter seinem Kopf. Er sah weder angespannt noch nervös aus. Genau das machte mir Sorgen. Wenn er doch so besorgt um das Wohlergehen unseres Kindes war, warum lehnte er sich dann völlig entspannt zurück? In mir kam immer mehr der Verdacht auf, dass hier irgendetwas nicht stimmen konnte. Ich wusste nicht genau, was es war, dass nicht stimmen konnte. Aber in mir läuteten die Glocken der Verwirrung und der Vorsicht. Es war wie damals. Die Verhaftung von Pitor Piecek, als mein damaliger Partner meinte, ich solle auf seine Bewegung und sein Verhalten achten. Selbst das wenige, was ich wahrnahm, konnte ich nicht deuten. Hier ging es mir genauso. Ich sah ein deutlich verändertes Verhalten bei dem Arzt. Doch konnte ich es nicht verstehen. Egal wie sehr ich mich bemüht habe, es schien eine hoffnungslose Herausforderung zu werden.

Ich atmete tief ein und aus. Diese Wartezeit war eine große, seelische Belastung. Nicht nur für mich, sondern auch für Kimberly. Man sah es ihr förmlich an. Man konnte sehen, dass sie innerlich gerade den Dritten Weltkrieg führte. Die beiden größten Streitmächte waren ihr Selbstzweifel, der gerade ihre Entscheidung von vor fünf Monaten stark anzweifelte, und ihr Vertrauen in ihr Bauchgefühl, welches ihr bestätigte, was auch immer bei der

Untersuchung rauskommen würde, es sei der richtige Weg. Ihr Blick war nach unten gerichtet. Ihr schönes, langes blondes Haar hing herunter, sodass man ihr Gesicht kaum sehen konnte. Sie saß gekrümmt auf dem Stuhl und stützte ihr Gesicht mit ihren Händen ab, wobei sie die Ellenbogen auf ihre Oberschenkel abgestützt hatte. Es war grausam, sie so zu sehen. Ich weiß nicht, wie lange ich sie angestarrt habe. Ich hatte kein Zeitgefühl in diesem Moment. Doch dieser Moment wurde unterbrochen, als meine Frau aufgestanden ist und mir ins Ohr flüsterte: »Können wir draußen reden?«

Sie redete gerade laut genug, dass ich es verstehen konnte. Der Arzt schien nichts mitbekommen zu haben, da er immer noch in entspannter, zurückgelehnter Haltung uns gegenübersaß. Selbst als sie sich und mich entschuldigte, da wir uns was zu trinken holen wollten, verzog der Arzt nicht eine Miene. Ich stand mit großer Vorsicht auf, als meine Frau fast die Tür schon passiert hatte. Mein Weg führte an dem Krankenbett vorbei und geradewegs zu der Tür, in dessen Rahmen meine Frau auf mich wartete.

»Thomas. Ich habe große Angst. Angst um unser Kind, dass ich damals die falsche Entscheidung getroffen habe«, erklärte mir meine Frau mit großer Sorge, als ich die Tür hinter uns geschlossen hatte. »Was ist, wenn? Wenn auch sie stirbt? Ein Opfer meiner Selbstsucht wird? Ich ertrage den Gedanken nicht!« Der Weltkrieg in meiner Frau wurde mit dem letzten Satz von ihrem Selbstzweifel gewonnen. »Kimberly. Du bist nicht selbstsüchtig, und WIR haben zusammen die Entscheidung getroffen. Gib dir nicht die Schuld daran.« Gerade als ich Kimberly in den Arm nehmen wollte, um sie zu trösten, kamen zwei Männer auf uns zu und fragten uns, ob wir die Tür frei machen würden, sie müssten zu Dr. Lorenz. Es war das erste Mal, dass ich seinen Namen hörte, und erst da fiel mir auf, dass ich selbst vergessen hatte, mich persönlich vorzustellen. Aber in der Situation, in der ich mich befand, konnte man so was mal vergessen. Kimberly sah mich mit sehr großen und wunderschönen blauen Augen an. »Das sind die Ergebnisse! Los, wir gehen mit rein!«, befahl sie, als die Männer an uns vorbei durch die Tür gingen und eine Akte auf den Tisch vor Herrn Dr. Lorenz legten. Ohne Umwege gingen die beiden Männer sofort wieder an uns vorbei durch die Tür und schlossen diese hinter sich.

»Hat das Wasser geschmeckt?«, fragte Dr. Lorenz mit einem misstrauischen Lächeln.

»Setzen Sie sich bitte. Wir haben nun die Ergebnisse der Untersuchung.«

7. KAPITEL

Die Menschen häufen die Fehler
ihres Lebens an und erschaffen
daraus das Ungeheuer, das sie
Schicksal nennen.
  (John Hawks)

Dr. Lorenz, Thomas und Kimberly Terenz

Kimberly und ich sahen den Männern noch nach, bis die Tür hinter ihnen ins Schloss fiel. Wir drehten uns zu Dr. Lorenz um und setzten uns auf die Stühle, auf denen wir schon bei dem ersten Gespräch Platz genommen hatten.

Dr. Lorenz räusperte sich einmal, bevor er die Akte öffnete, die vor ihm auf dem Tisch lag. Es war keine besonders dicke. Man konnte zwischen der Pappe, aus der die Akte war, weiße Blätter erkennen. Dr. Lorenz öffnete sie langsam und starrte mir dabei unablässig in die Augen. Als würde er versuchen mir etwas Wichtiges mitzuteilen. Der Blick war nicht strafend, wie es durch das Vorgespräch mit den Vorwürfen zu erwarten gewesen wäre, sondern eher ängstlich.

Als die Akte geöffnet war, wanderte sein Blick langsam von mir ab und auf die Blätter. Er las die Blätter sehr akribisch und ließ sich nicht einmal von den Vögeln vor dem Fenster ablenken.

Mir kam das alles wie ein schlechter Traum vor. So surreal.

»Okay. Ich habe schlechte Nachrichten für Sie, Herr und Frau Terenz.« Als diese Worte über die Lippen des Arztes rollten, kamen mir die Tränen hoch. Niemand möchte in dieser Situation so eine Nachricht hören. Aber ändern konnten wir daran nichts mehr. Mich überkamen so viele Gefühle auf einmal, dass ich dachte, ich könnte darin ertrinken. Plötzlich merkte ich, dass Kimberly meine Hand nahm. Es musste ihr verdammt nahegehen. Ich traute mich nicht meine Frau anzusehen. Ich würde ihren Anblick nicht ertragen.

»Ihre Tochter leidet unter der sogenannten Trisomie. Im Fall Ihrer Tochter tritt die Trisomie am 13. Chromosom auf. Sowohl ihr Herz als auch ihr Gehirn sind von der Krankheit beeinträchtigt. Zum einen liegt eine Fallot-Tetralogie vor. Das ist eine angeborene Herzfehlstellung. Dabei ist der Ausgangstrakt der rechten Herzkammer zur Lunge verengt. Aufgrund der Verengung des Ausgangstraktes bleibt die Aortenwurzel zur rechten Herzkammer positioniert, sodass es zu einem Überreiten der Aorta kommt. Auch ist ihr Ventrikelseptum defekt. Bei diesem Defekt ist ein Loch in der Scheidewand, welche die beiden Herzkammern abtrennt. Zudem wird der Muskelzuwachs durch die chronische Belastung verhindert. Hinzu kommen die Erkrankungen in der Hirnregion. Hier ist Ihre Tochter an Holoprosencephalie erkrankt. Das heißt, dass es nur zu einer unvollständigen Teilung des Vorderhirns kam. Daraus folgte, dass auch die anderen Teile des Hirns sich nicht vollständig teilen konnten. Es ist selten, dass ein Kind, welches so schwere Verletzungen und Missbildungen hat, die Geburt überhaupt überlebt«, erklärte uns der Arzt nüchtern. Er hätte auch im gleichen Atemzug etwas zu essen bestellen können. Das heißt nicht, dass er nicht bei uns war oder uns nicht ernst nahm, es heißt nur, dass er in seiner Stimme und in seinem Gesicht keinen Ausdruck von Mitleid für uns übrighatte. Nicht einmal Trauer oder sonst eine Emotion waren zu sehen. Ich fühlte mich leer. In mir war gar nichts mehr zu finden. Weder Trauer über den Verlust meines dritten Kindes, noch Wut über die unvernünftige Entscheidung meiner Frau! Wäre sie nicht so stur gewesen, hätten die Ärzte bei der Geburt eventuell noch etwas machen können. Aber nein! Sie musste ja wieder ihren verdammten Willen durchsetzen, und das haben wir nun davon!

»Heiß… heißt das … unsere Tochter wird st… sterben?«, brachte meine Frau gerade so noch raus. Ich fragte mich, wie doof man sein kann. Klar, unser Kind hatte ein defektes Hirn und Herz, und sie hegte die Hoffnung, dass sie es überleben würde? Wie dämlich diese Frage doch war. Ich konnte es nicht fassen. Meine Frau war an allem schuld. Ich konnte ihre Berührungen nicht mehr haben. Ich wollte nicht, dass sie mich nur noch einmal anfasste! Ich zog mit aller Macht meine Hand aus den Klauen von ihr weg. Sie war das Monster, das Kinder immer nachts im Schrank sehen, das Monster, das Kinder tötet! Ich hatte das Monster geheiratet!

»Es tut mir unheimlich leid, Frau Terenz, aber ja, Ihre Tochter wird leider nicht mehr lange leben. Aufgrund ihres erkrankten Herzens haben wir beschlossen, dass wir Ihr Kind in einen separaten Raum bringen, um mögliche Infektionen zu verhindern. Sie müssen verstehen, dass ihr Immunsystem sehr geschwächt ist und so ihr Leiden noch schlimmer werden könnte. Ich werde Sie gleich zu dem Zimmer bringen und Ihnen Schutzanzüge geben, damit Sie sich verabschieden können. Der Zustand Ihrer Tochter ist sehr heikel. Und leider … Leider müssen wir Ihnen mitteilen, dass sie die Nacht vermutlich nicht überleben wird. Sie können gern hierbleiben, aber Sie können nicht in ihrem Zimmer bleiben. Wir geben Ihrer Tochter Schmerzmittel, sodass ihre Beschwerden etwas zurückgehen können. Doch da sie schon mehrere Kinder verloren haben, würde ich Ihnen nicht raten hierzubleiben. Sie können sie morgen noch einmal sehen, bevor wir sie einem Bestatter übergeben. Es tut uns wirklich leid. Ich … Ich werde sie nun erst einmal alleine lassen. Wenn Sie bereit sind, Ihre Tochter zu verabschieden, rufen Sie bitte eine Schwester. Sie oder ich werden Sie dann begleiten. Noch einmal. Unser herzlichstes Beileid, Frau und Herr Terenz«, erklärte er uns, während er aufstand, um uns alleine zu lassen. Während er noch in der Tür stand, warf er mir einen Blick zu, der mir einen kalten Schauer über den Rücken laufen ließ. Es war kein Blick wie davor, wo er uns die Krankheit unserer Tochter erklärte. Nein, der Blick war voller Schuldgefühle. Aber er trug doch gar keine Schuld an dem baldigen Tod meiner Tochter. Ich musste an das bevorstehende Hinscheiden meiner Tochter denken, an die Schmerzen, die sie gerade durchmachen musste. Falls sie sie überhaupt spüren konnte? Ich meine, ihre Gehirnteile waren ja nicht richtig getrennt worden. In mir drehte sich alles. Die ganzen Empfindungen, die mich gerade alle überrollten. Die Angst vor dem Sturz in ein Loch, das schwärzer war, als das umstrittene Schwarze Loch in unserem Universum. Ein Sturz, der nie enden wollte. Ich stand an der Klippe und hielt ein Bein schon über den Abgrund, um bereit zu sein, in meinen unendlichen Sturz zu fallen.

»Thomas … Es tut mir so leid. Es ist alles meine Schuld. Ich wollte ja nicht auf dich hören. Ich wollte ja auch nicht auf den Arzt hören. Ich wollte auf keinen mehr hören. Ich … Ich war in meiner eigenen kleinen Welt, in der ich weder etwas wissen noch hören wollte. Ich hab einfach nur gehofft, dass es gar nicht eintritt, wenn ich es nicht wahrnehmen will. Einfach, dass alles wieder gut wird, wenn ich das Negative überblende … Dass der Sonnenschein durchkommt, wenn ich die grauen Gewitterwolken gar nicht sehen will. Aber dadurch habe ich den Blitz und den Donner förmlich herbeigeschworen. Ich hab alles nur noch schlimmer gemacht. Ich hasse mich dafür. Und ich weiß, dass du mich hasst. Und ich verstehe das voll und ganz, Thomas.« Meine Frau brach unter Tränen zusammen. Egal welche Wut ich auf sie hatte, egal wie sehr ich sie in dem Moment hasste … Alles war vollkommen egal geworden. Meine Frau war am Boden zerstört, sie gab sich an allem die Schuld, und das Schlimmste, ich gab ihr auch die Schuld. Ich sah sie, wie sie mich mit ihren vollkommen verweinten Augen anschaute, und ich wusste, sie war nicht das Monster, wovor sich die Kinder im Kleiderschrank fürchteten. Nein, sie war ein armes kleines Kätzchen, welches im Schatten wie ein bedrohliches Wesen aussah, aber im Inneren harmoniebedürftig war. »Schatz! Nein, du bist nicht schuld …«, wollte ich ihr erklären, aber sie unterbrach mich mitten im Satz.

»Ich bin nicht dumm, Thomas. Ich hab deinen Blick gesehen. Er war voller Wut und Enttäuschung, und dieser Blick galt mir. Verkauf mich bitte nicht für blöd! Ich bin zwar blond und bin blauäugig, aber ich bin sicherlich nicht doof.« Sie war vollkommen aufgebracht. Sie hielt sich kaum auf ihrem Stuhl und wollte mir am liebsten an die Gurgel gehen. »Schatz! Jetzt komm runter. Ja, ich hab dir die Schuld gegeben. Aber es war falsch, das zu machen, und es tut mir auch wirklich leid. Ich war aufgewühlt. Ich war, nein, ich bin immer noch am Boden zerstört. Und ich hab einfach jemanden gesucht, an dem ich meine ganze Wut abladen konnte. Und du bist die falsche Person. Das ist mir wirklich klar. Ich hoffe wirklich, du kannst mir noch einmal verzeihen. Denn du weißt, ich liebe dich über alles, Kimberly.« Ich sah in das Gesicht meiner Frau und versuchte ihre Träne von ihrer Wange wegzuwischen, doch meine zitternde Hand hat die Träne nicht schnell genug erwischt, und sie kullerte ihren Hals hinunter. »Ich denke, wir sollten uns verabschieden gehen«, sagte ich vorsichtig, während ich auf eine Reaktion meiner Frau wartete. Nach einiger Zeit sah ich den Ansatz eines Lächelns auf ihren wunderschönen Lippen und ein leichtes Nicken. Sie nahm meine Hand, und ich gab sie ihr. Die Berührungen, die ich eben noch als Qual empfunden hatte, glichen nun einem sanften Kuss auf meiner Haut. Es fühlte sich richtig an. Wir gingen aus dem Zimmer, in dem alles Gute begann und ein Ende fand, und gingen rechts den Flur hinunter. Da stand die Schwester, die uns eben noch die Stühle hingestellt hatte. Als sie uns sah, nickte sie und führte uns zu unserem Kind. Wir gingen einen langen Flur entlang und durch einige Flügeltüren hindurch, bis wir an einem Fahrstuhl standen und in die sechste Etage fuhren. Von dort aus gingen wir links weiter. Die Schwester lief voraus, und meine Frau und ich folgten ihr Hand in Hand, bis sie vor einem Raum stehen blieb und uns Schutzkleidung gab. Sie bat uns diese zu tragen und nicht länger als zehn Minuten bei ihr zu bleiben.

Nachdem wir uns umgezogen hatten und von einem Arzt, den wir beide nie zuvor gesehen hatten, begutachtet worden waren, gewährte man uns Zutritt. Die Kleidung, die wir über unserer normalen trugen, war hellgrün und von einem eigenartigen Material. Von außen fühlte es sich an wie Plastik, doch von innen war sie leicht gefüttert. Auch trugen wir einen Mundschutz, der in demselben grünen Ton gehalten wurde. Selbst über unsere Schuhe hatten wir Schutzbekleidung bekommen.

Es sei zum Schutze unserer Tochter, sagte der Arzt. Wir gingen durch die erste Glastür, die manuell geöffnet werden musste. Dies erfolgte nicht über einen Schalter an der Wand, sondern über eine Steuerung an einem der Computer. Als wir langsam durch die Tür gingen, die sich sofort hinter uns schloss, mussten wir einige Augenblicke warten, bevor die zweite Glastür aufging. Wir standen in einem Raum mit Glaswänden, die wir nicht selbstständig öffnen konnten. Die Zeit da drin kam mir wie eine Ewigkeit vor. Unter der Schutzkleidung liefen mir schon die ersten Schweißperlen herunter. Auch meine Frau war sehr nervös. Ihr Druck auf meine Hand vergrößerte sich von Sekunde zu Sekunde, in der wir in diesem Glasgefängnis stehen mussten. Es kam uns wie eine Erlösung vor, als wir bemerkten, dass die zweite Tür sich langsam öffnete.

Ich stürmte zu meinem Kind. Sie lag so friedlich in diesem Bett, aber die Unbeschwertheit ihres Ansehens wurde durch die ganzen Schläuche und Monitore, die um und an ihr waren, gestört. Ich gab meiner Frau den Vortritt, sich von ihrem Kind zu verabschieden. Sie trat näher an das Bett heran, nahm langsam die Hand ihrer Tochter in ihre eigene und versuchte zu vergessen, dass sie sie nicht wirklich spüren konnte, da sie einen Latexhandschuh anziehen musste. Was für ein Gefühl musste das sein, wenn die letzte Berührung des eigenen Kindes getrübt von einem Handschuh war? Es heißt zwar, dass es keinen Unterschied machen würde, doch das stimmt nicht. Es macht einen großen Unterschied. Ob man die Haut, die Wärme der eigenen Tochter auf der eigenen Haut spüren darf oder durch einen Latexhandschuh erahnen muss.

Nachdem sie ihr noch etwas zugeflüstert hatte, ist Kimberly von unserer Tochter zurückgetreten und überließ mir den Platz, um mich zu verabschieden. Ich wusste nicht, wie ich es machen sollte. Sollte ich es kurz machen? Kurz und schmerzlos? Oder sollte ich ihr mein Herz ausschütten? Ich wusste nicht weiter. Ich kämpfte gegen die Tränen an, die sich in meinen Augen wieder zu einem lodernden Fluss ausbreiten wollten, und ich wusste, dass ich eine lange Verabschiedung nicht schaffen würde. Ich würde es emotional nicht aushalten.

»Ich habe dich über alles geliebt, mein Sonnenschein«. Ja, das waren meine letzten Worte an das Kind, welches für einen kurzen Augenblick das Leben meiner Frau und mir bereichert hatte. Auch ich trat von dem Bett weg und stellte mich neben meine Frau hin. Ich wollte sie in den Arm nehmen und ihr Trost spenden, doch bevor es so weit war, hatte sie mich schon längst umklammert.

Zusammen gingen wir raus, von wo aus ich noch einen letzten Blick auf mein Kind geworfen habe.

Es war so ein grausamer Moment. Der Fahrstuhl fuhr nicht in die Hölle. Nein, das, wo ich gerade war, war viel schlimmer als die Hölle. Es ist die Realität, die in einigen Angelegenheiten grausamer sein kann, als die Hölle sich das jemals vorstellen kann.

8. KAPITEL

Die Dinge sind nicht
immer das,
was sie zu sein scheinen,
der erste Eindruck
täuscht viele.
    (Autor unbekannt)

Kimberly und Thomas Terenz, Dr. Sievers

Als wir die beiden Glastüren durchquert und unsere Schutzkleidung abgelegt hatten, standen wir noch an der Glasscheibe,
die uns einen Blick in das Zimmer ermöglichte, in dem unser
Sonnenschein lag. Ich konnte meinen Blick nicht von dem Bett
nehmen; auch wenn ich sie nicht wirklich sehen konnte, spürte
ich doch im Inneren, dass sie da war. Ich hätte schwören können,
dass ich ihr kleines Herz schlagen gehört hab, aber das war ja
nicht möglich durch die Wand. Ich konnte das alles noch nicht
realisieren. Erst der Zusammenbruch auf dem Flur und die Erinnerung an meine Kindheit. Die bedrohliche Angst, die ich
vor der Tür spürte, bevor ich in das Zimmer meiner Frau ging.
Danach das unfassbare Hochgefühl, als ich mein Kind auf meinem
Arm hielt und meine Frau vor Glück strahlte; und dann die
komplette Wende, dass auch dieses Kind von uns sterben würde,
weil es krank war. Und nun der Abschied von meiner Prinzessin.
Ich konnte das alles nicht glauben, und ich wollte es auch nicht
glauben! Ich wusste weder ein noch aus. In mir brodelte alles!
Mich überkamen so viele Gefühle, die alle kaum zu beschreiben
waren! Die Wut über mich und meine Frau, die Angst, dass mein
Kind gerade unheimliche Schmerzen hatte, und die Furcht, wie
meine Frau das alles hier verkraften würde. Ich hatte so eine
Angst, dass sie wieder in dieses Loch fallen würde, das all die
Hoffnung nahm und nur Angst und Trauer zurückließ. In das

Loch, in welches sie nach dem Tod unseres zweiten Kindes gefallen war. Ich schaute sie an und sah nicht nur Verzweiflung in ihrem Blick, sondern auch unendliche Schmerzen. Ihr Herz brach nicht in zwei Stücke, sondern in Millionen, die alle zu klein waren, um sie wieder zu einem Herzen zusammenzusetzen. Ich konnte sie so nicht sehen. Ich wollte sie so nicht sehen. Ich wollte gern, dass sie glücklich war. Ich wollte endlich, dass wir eine richtige Familie waren. Als ich meine Frau damals in der Schule kennengelernt hatte, sprach sie Tag ein, Tag aus darüber, wie es wäre, ein Kind zu haben. Damals waren wir *nur* befreundet. Ich war wohl nicht ganz der Mann, den sie sich erträumt hatte. Sie war schon immer eine Schönheit in Person. Sie hatte langes blondes Haar, welches in der Sonne gestrahlt hat. Ihre Lippen waren so rot und ihre Augen so himmlisch blau. Wenn sie den Raum betrat, ging die Sonne auf. Sie erntete jeden Blick. Doch was unter dieser wunderschönen Fassade war, hielt sie gut verschlossen. Ein geheimes Buch, eine Bürde, die sie alleine ertragen wollte. Doch nach zwei Jahren enger Freundschaft erzählte sie mir eines Tages alles. Jedes Detail, das ihre Seele nur noch empfindlicher machen sollte. Ein Geheimnis, das jeden Blick wie ein Messer in ihr Herz stechen ließ. Erst in diesem Moment erfuhr ich, was es wirklich bedeutete, auf die Männerwelt attraktiv zu wirken. Sie erklärte mir alles. Nie zu wissen, ob der Mann, mit dem man gerade flirtete, nur am Körper und Sexuellen interessiert war, oder ob die Person hinter dem Aussehen auch von Bedeutung war. Einmal erzählte sie mir, dass sie mit einem Typen ausging, der zwei Jahrgangsstufen über ihr war. Er schwärmte ihr vor, dass sie das schönste Mädchen sei, das er jemals gesehen hätte.

Zudem sei sie so charmant und witzig. Was er vor allem an ihr bewundere, sei ihre Bildung. Er hatte es geschafft, ihr den Kopf zu verdrehen. Und das nutzte er schamlos aus. Er schlief mit ihr und hatte einen Film davon, wie sie seinen Penis in den Mund genommen und ihn oral befriedigt hatte. Sie sagte, dass er sie zwang sein Sperma zu schlucken, wenn sie ihn wirklich lieben würde. Er sagte ihr, dass das der Beweis für wahre Liebe sei. Also schluckte sie sein Sperma. Als sie am folgenden Tag in der Pause nicht mit ihm auf die Toilette kommen wollte, zeigte er ihr das Video von ihrem Oralverkehr und drohte ihr, es jedem Jungen auf der Schule zu zeigen, wenn sie nicht machen würde, was er wollte. Er nannte es eine Versicherung auf ewige Liebe. Er zwang sie nicht nur dazu, ihn regelmäßig oral zu befriedigen, sondern auch ab und an seinen besten Freund. Jedes Mal, wenn er sie aus *Liebe* dazu zwang, musste sie so schrecklich weinen. Sie erklärte mir, dass es die Kerle anmachte, wenn sie dabei weinte. Ich wurde in diesem Moment so sauer. Doch das war noch nicht alles. Sie erklärte mir, dass er das schon einmal mit einem Mädchen gemacht haben sollte. Also das mit dem Video. Das hatte er wirklich an jeden Jungen geschickt. Leider war das wohl, bevor ich hier an die Schule kam; niemand hatte mich vorgewarnt. Ich fasste nicht, was sie sagte. Ich wusste, dass es wohl so was mal gegeben hatte, aber nicht, von wem das Video war. Ich war so extrem sauer auf die Welt. Ich schwor ihr, dass er sie niemals mehr dazu erpressen würde. An einem Dienstag, nachdem der Typ aus der Sporthalle kam, die etwas abgelegen von unserer Schule lag, lauerte ich ihm auf. Ich wartete in einem Busch auf ihn. Darauf, dass er an mir vorbeiging. Darauf, dass ich ihn überraschen konnte. Ich wartete geduldig in meinem Versteck, in meinem Hinterhalt. Und dann ging der selbstgefällige Musterknabe an mir vorbei. Ganz alleine auf seinem Weg zum Mathe-Unterricht. Ich sprang aus meinem Hinterhalt hervor und stand hinter ihm. Ich war ein ganzes Stück kleiner und schmächtiger als er. Aber das spielte in diesem Moment keine Rolle. Ich dachte an Kimberly und was er ihr angetan hatte. Die Wut kochte in mir hoch. Ich dachte an gar nichts, außer an ihr verweintes Gesicht, als sie es mir erzählte. An das Video, das er noch hatte, und an ihre Angst. Er bemerkte mich nicht. Ich nahm allen Mut zusammen, griff die Eisenstange, die ich auf dem Weg zur Sporthalle gefunden hatte, ganz fest und schlug von hinten auf ihn ein. Es war ein Gefühl der Erlösung. Wie er da wimmernd auf dem Boden vor meinen Füßen lag und nicht wusste, was mit ihm geschah. Ich setzte mich mit all meinem Gewicht auf seinen Oberkörper und wartete auf eine Reaktion von ihm. Als er endlich wieder zur Besinnung kam, drückte ich mein Gewicht auf seinen Oberkörper, sodass er sich nicht mehr bewegen konnte. Ich setzte ihm meine Daumen jeweils rechts und links direkt über die Wangenknochen und drückte sie in die Haut rein. Augenblicklich kamen dem Jungen, auf dem ich saß, krokodilsgroße Tränen aus den Augen. Er schrie nur, dass ich aufhören solle. Doch ich ließ nicht ab. Nein, ich drückte noch fester zu. Er versuchte sich mit den Beinen zu wehren, doch alles vergebens. Ich sagte zu ihm, wenn er ruhig sei, würde ich die Daumen lockern; bei einer falschen Bewegung würde ich sie wieder zudrücken. Er nickte nur noch. Die Rotze lief ihm die Nase raus und vermischte sich mit den Tränen, die er vergoss. Ich lockerte meine Daumen etwas, erhielt aber einen leichten, doch beständigen Druck aufrecht. Ich erklärte ihm die Lage.

»Lass Kimberly in Ruhe! Wenn du sie oder eine andere Frau noch einmal so verarschst, komme ich dich noch einmal besuchen, und dann wünschst du dir, dass ich es nur bei der Daumenpresse beließe. Aber da irrst du dich. Ich werde mir gleich dein Handy nehmen, Arschloch, und das Video und jedes andere, was in die Richtung geht, löschen und es nach gründlicher Untersuchung zurückgeben. Solltest du Kimberly noch einmal ansprechen, verspreche ich dir, schlage ich dich windelweich. Und solltest du jemanden von unserem kleinen Treffen hier erzählen, werden die Konsequenzen alles übertreffen, was du dir je vorstellen konntest. Nick, wenn du das verstanden hast!« Und der Typ nickte. Ich stand von ihm auf, nahm die Eisenstange und stellte sie zwischen seine Beinen, ganz nah an seinen Penis. Ihm war klar, dass ich richtig zustechen würde, wenn er nicht machte, was ich sagte. Er wühlte in seiner Tasche und gab mir sein Handy. Ich löschte alles, was mit Kimberly zu tun hatte, und warf das Handy danach auf den Schotterweg. Ich nahm die Stange in die Hand und ging meines Weges. Es war das letzte Mal, dass ich was von ihm gehört habe. Auch Kimberly hat er in Ruhe gelassen. Sie hatte in sicherer Entfernung auf mich gewartet; ich ging zu ihr und erklärte ihr, dass das Arschloch sie nun in Ruhe lassen würde. Das war der Anfang der schönsten Zeit meines Lebens. Langsam vertraute sie mir immer mehr, und je mehr sie mir vertraute, umso einen größeren Platz hatte ich in ihrem Herzen.

»Thomas. Ich will nicht, dass sie stirbt.« Wieder riss mich meine Frau aus meinen Gedanken. Meiner Kimberly standen die Tränen in den Augen. Ich musste einmal tief ein- und ausatmen, bevor ich überhaupt in der Lage war, ihr etwas zu erwidern.

»Ich will es auch nicht … Aber …« Alles in mir drehte sich. Ich war nicht imstande, den Satz zu beenden. Ich hatte Angst, dass ich sterben würde, wenn ich den Gedanken Realität werden ließe. Und es würde Realität werden, wenn ich mich zu dem Gedanken bekennen würde. Ich wollte es einfach nicht wahrhaben. Ich kniff vor der Realität. In diesem Moment war sie ein Monster mit großen, spitzen Zähnen, welches sich vor mich hingestellt, den Mund ganz weit aufgerissen und mir damit eine Einladung gegeben hat, in sein Maul zu steigen und mich von seinen spitzen Zähnen auffressen zu lassen. Und das wollte ich einfach umgehen. Ich wusste, dass meine Frau sich damit nicht zufriedengeben würde. Mit einem Satz, der als ganzer gedacht war, aber nur als halber ausgesprochen wurde. Doch ich konnte und vor allem wollte ich es nicht. Ich wollte ihn nicht aussprechen. Kimberly sah mich mit großen Augen an, als sie verstand, dass ich den Satz nicht beenden würde. Ihre Augen sprachen eine sehr klare und deutliche Sprache. Sie sagten mir, dass sie nicht mehr weiterwisse. Es war keine Verzweiflung. Es war schlimmer. Es war mehr als reine Verzweiflung. Es war etwas, was mehr Spuren in der Seele hinterlassen würde. Ich kann es einfach nicht in Worte fassen.

Ich nahm Kimberly in den Arm, um ihr zu zeigen, was ich nicht auszusprechen vermochte. Es war keine normale Umarmung. Sie war inniger als je eine zuvor. Ich hatte das Gefühl, ich könnte in meine Frau reinkriechen. Ich wusste, dass niemals mehr eine Umarmung dieser gleichen würde.

»Entschuldigen Sie bitte. Sind Sie Herr und Frau Terenz?«, erfragte eine sehr weiche, harmonische Stimme, von der allein ich auf einen Mann Mitte dreißig, tätig vor allem im Bereich der Seelsorge, getippt hätte. Er schien hinter uns zu stehen und auf eine Reaktion von uns zu warten. Ich hörte, wie er mit seinen Schuhen auf dem Boden nervös tippte. Das Tippen folgte keiner Melodie, die mir vertraut erschien. Aber dieses Tippen übermittelte ein sehr bedrohliches Gefühl. So ein Gefühl, dass gleich etwas sehr Schlimmes passieren würde. Es aktivierte bei mir automatisch einen Reflex, den jeder Mensch in sich hat. Er ist so alt, wie auch die Menschheit selbst. Wenn ein Mensch sich bedroht fühlt, reagiert er entweder durch den gradlinigen und gezielten Angriff, um die Gefährdung zu verringern oder gar zu eliminieren. Eine andere mögliche Reaktion ist die Flucht. Es ist die logischste und vernünftigste Reaktion in einem Moment, in dem man erkennt, dass man die Gefahr nicht verringern kann. Unser Hirn analysiert innerhalb weniger Bruchteile von Sekunden die Situation und stuft sie ein. Dieses Tippen war der komplette Gegensatz zu seiner Stimme. Langsam löste ich mich aus der Umarmung mit meiner Frau. Doch bevor ich mich zu dem Mann umdrehte, der uns eben angesprochen hatte, schaute ich meiner Frau tief in die Augen. Ich versuchte ihr durch meine Augen zu sagen, dass ich alles tun würde, was in meiner Macht stand. Ich atmete noch einmal tief ein und aus, bevor ich mich langsam umdrehte. Mein Magen fing an sich zu verknoten. Das Gefühl, welches das Tippen vermittelte, zog sich durch meinen ganzen Körper und sammelte sich in meinem Magen. Dieses belastende Gefühl erschwerte mir nicht nur das Atmen, sondern sorgte auch für eine Übermenge an Schweißperlen auf meiner Stirn, die sich, eine nach der anderen, auf den Weg über mein Gesicht machten, bis sie auf den Boden der Realität aufschlugen und zerplatzten. Genau wie die vernachlässigten Träume der Menschen. Sobald sie in die Nähe der Realität kamen, zerplatzten sie und wurden somit zerstört. Unerfüllbar für die Menschen, die sie mal hatten. Ich ließ meine Frau nun endgültig los und versetzte meinen Körper in Bewegung. Durch den Knoten, der in meinem Magen immer größer wurde, kamen mir meine Bewegungen nicht fließend vor. Ich hatte das Gefühl, mich wie ein Roboter zu bewegen. Ich schloss meine Augen und wollte sie eigentlich nie wieder öffnen. Ich wusste, dass ich vor dem Mann stand, doch wollten meine Augen sich nicht mehr öffnen lassen. Ich hatte Angst, was nun noch folgen würde. Welchen Stein das Schicksal noch auf uns werfen würde. Neben all diesen dunklen und schlechten Gedanken kam mir aber auch der Einfall, dass der Mann eventuell doch gute Nachrichten für uns haben könnte. Wie sagte Friedrich Nietzsche einmal? Die Hoffnung ist das übelste aller Übel, weil sie die Qual der Menschen verlängert.

»Ja, sind wir. Was … was wollen Sie von uns?«, erfragte ich forsch, nachdem ich den Mut zusammenhatte, meine Augen zu öffnen. Sofort als ich die Frage aussprach, bedauerte ich sie schon. Der Mann konnte rein gar nichts für unsere Situation, und ich ließ meinen Frust an ihm aus.

»Entschuldigen Sie bitte. Das war so …« »Es ist schon okay, Herr Terenz. Wenn ich in Ihrer Situation wäre, würde ich nicht anders reagieren. Ich wollte Ihnen nur mein Mitgefühl ausdrücken zum Verlust ihrer Tochter. Ich bin Dr. Steven Sievers, Chefarzt in diesem Krankenhaus«, unterbrach er mich und reichte mir mitten im Satz die Hand zur Begrüßung. Dr. Sievers war ein sehr kleiner, grünäugiger Mann mit vollem schwarzem Haar. Schätzungsweise einen Meter und fünfundfünfzig Zentimeter groß. Er trug eine sehr auffallende Krawatte. Sie war schwarz mit lila-roten Kreisen versehen. Vielen unterschiedlich großen Kreisen. Sie fiel mir sofort ins Auge, denn sie passte so absolut nicht zu seinem samtblauen Anzug. Was mich auch verwundert hatte, war, dass er keinen Arztkittel trug. Aber eventuell hatte er schon Feierabend. Das Nächste, was mir ins Auge stach, waren seine Schuhe. Er hatte keine schwarzen Schuhe an, die man sonst zu einem Anzug trug, sondern weiße Turnschuhe. Zurückhaltend und mit leichten Bedenken gab ich ihm auch meine Hand. Danach ging er einen Schritt auf meine Frau zu, die immer noch hinter mir stand und unserem Gespräch gelauscht hatte.

»Seien Sie versichert, dass ich alles tun werde, damit ihre Tochter nicht allzu große Schmerzen erleiden wird. Ich kann mir gar nicht vorstellen, wie Sie sich in der Situation fühlen müssen. Wenn meinem kleinen Sohn etwas passieren würde, wüsste ich nicht, was ich machen sollte. Ich hoffe, dass es Ihnen und ihrer

Frau bald besser gehen wird und sie diese traumatischen Erlebnisse als Paar verarbeiten können. Es tut mir leid, aber ich muss sie wieder verlassen. Ein Patient wartet auf mich.« Zum Abschied reichte er mir noch einmal die Hand. Während ich mich auch von ihm verabschiedete, ging er an mir vorbei und hinterließ mir ein Präsent in meiner Handfläche.

Es war eine rechteckige Visitenkarte. Sehr schlicht gehalten. Weißer Untergrund und schwarze Schrift. Aber es war keine von einer Firma oder einem Unternehmen. Es stand nur drauf *Sie werden schon wissen, wann Sie diese Nummer anrufen werden.*

Ich verstand nur noch Bahnhof. Es stand nicht einmal eine Nummer drauf. Weder auf der Rückseite noch auf der Vorderseite. Bevor ich fragen konnte, war der Arzt schon über alle Berge verschwunden, und ich stand mit meiner Frau auf dem Flur vor dem Fenster, das den Blick zu unserem Kind gewährte. Meine Frau sah nur die Visitenkarte in meiner Hand und fragte: »Was ist das, Thomas?«

»Ich weiß es noch nicht, Kimberly ... Aber ich glaube, nichts von Bedeutung«, sagte ich ihr, doch ich dachte das komplette Gegenteil. Ich wusste nur noch nicht, was Dr. Sievers mir damit sagen wollte. Aber eins war mir klar, er hatte mir die Karte aus einem bestimmten Grund gegeben. Meine Aufgabe war nun herauszufinden, wofür er mir sie gab. »Schatz? Sollen ... Sollen wir nach Hause gehen? Ich ... Ich möchte nicht sehen, wie sie stirbt. Und ich glaube ... dir würde es auch nicht guttun. Behalte sie so in Erinnerung, mein Schatz!« Ihre Augen wurden wieder ganz leer und füllten sich langsam mit Tränen. Ich wusste, wenn ich sie jetzt nicht hier wegbringe, werde ich es für immer bereuen. Ich ging langsam, Schritt für Schritt auf meine Frau zu, nahm bedachtsam ihre Hand und gab ihr einen Kuss auf die Handfläche. Ich blieb stehen und wartete auf eine Reaktion von ihr. Einfach nur eine Veränderung der Mimik oder Gestik, die mir verriet, dass sie mit mir gehen würde.

Sie atmete einmal tief ein und aus. »Du hast ja recht«, erklärte sie, während sie ihre Tränen verstecken wollte. Sie löste ihre Hand aus meiner und ging noch einmal zu dem Fenster, um einen letzten Blick auf unsere Tochter zu werfen. Ich konnte die Enttäuschung spüren. Aber ich wusste, dass es das Beste war. Also nahm ich ihre Hand, und wir gingen über den Flur zum nächsten Fahrstuhl und fuhren nach unten. Raus aus dieser Hölle. Hinein in die nächste?

9. KAPITEL

Es gibt keinen größeren Schmerz,
als sich in der Not an die Zeit zu
erinnern, in der wir glücklich waren.
  (Dante Alighieri)

Miljana Koleva

Nein, dachte ich. *Nein, er konnte es nicht sein!*, redete ich mir immer mehr ein. Er sollte längst in Westeuropa sein und an irgendeiner Universität studieren. Er hatte einen der besten Abschlüsse unserer Schule, wenn nicht sogar des Landes. Warum ist er hier? Wie kam er hierher? Vor allem, was machen die mit uns? Mich überrollten meine Gefühle wie eine Lawine. Die schönen Erinnerungen an Anjo Dimitrova, die ich eben noch hatte, waren durch die grausamsten Vorstellungen eingetauscht worden. Vermutlich hatte er mich entführt. Ja, vermutlich! Er weiß ja, wo unser Pool ist. Ich bin so ein verdammter Idiot! Wie konnte ich dem Kerl nur trauen. All die schönen Gefühle und Erinnerungen an die gemeinsame Zeit wurden durch Charme, Wut und Hass abgelöst. Nicht abgelöst, das ist das falsche Wort dafür. Dann müssten die schönen Gefühle ja dafür bereit sein. Nein, sie wurden überraschend überrollt und unschädlich gemacht. In mir drehte sich alles. Er war der Gedanke, der mich in meinem kleinen Käfig am Leben gelassen hatte. Der mir die Zeit vertrieb. Und was ist er nun? Der Boss, der die Fäden einer Marionette bedient? Eine Marionette, die mir verdammt ähnlich ist? Ich wollte in diesem Moment einfach nur sterben. Das Bild der Frauen vor mir, die gefesselt waren. Die weder etwas sehen noch sich bewegen konnten. Sich nicht wehren konnten. Die Schikane der Männer. Der Fall einer Person, an die ich mich nur zu gern erinnerte. Das alles war viel zu viel für mich. All der Horror, den ich in kürzester Zeit ertragen musste. Ich hatte in diesem Transporter genauso wenig ein Zeitgefühl, wie in meinem Käfig. Ich wollte nur wissen, was man mit uns vorhatte. Mehr wollte ich nicht wissen. Doch auf diese Frage bekam ich keine Antwort. Von wem denn auch? Die Frauen, die mit mir hier drinnen gefangen gehalten wurden, wussten noch viel weniger als ich. Mir schossen Tausende Gedanken durch den Kopf, die dafür sorgten, dass mir nicht nur schwindelig wurde, sondern zudem auch noch übel. Ich hatte panische Angst. Angst vor meinen eigenen Gedanken. Ich malte mir die schlimmsten Szenarien bildlich aus. Wir hatten daheim mit Freunden erst über einen grausamen Mord an einer jungen Frau gesprochen. Sie wurde gefoltert. Sie hatte viele Verbrennungen. Vor allem in der Handfläche, aber auch an der Brust und am Bauch. Einige stammten von Zigaretten, die auf der Haut ausgedrückt worden waren, einige von einem Feuerzeug, welches man wohl an ihre Haut gehalten hatte. Meine Freunde erzählten auch, dass sie an ihrem Arm lauter Schnittwunden hatte. Einige davon seien oberflächlich und einige tiefer gewesen. Das Schlimmste war … Oh Gott. Sie hatte auch unzählige Einstiche von dem Messer. Nicht nur im Bauch und in der Brust. Nein … man … man hatte ihr auch das Messer zwischen die Beine eingeführt. Allein der Gedanke daran brachte mich um den Verstand. Ich wollte nicht daran denken, ich gab mir die größte Mühe, doch ich bekam die Bilder nicht aus dem Kopf. Die Bilder, wie ich mit einem Messer bedroht werden könnte und sie mir auch Wunden damit zufügten. Oder noch Schlimmeres machten! Der bloße Gedanke drängte Tränen der Verzweiflung in meine Augen. Mein ganzer Magen war ein brodelnder Vulkan aus Gefühlen. Ein Gemisch aus unbeschreiblicher Angst, purer und nackter Verzweiflung und dem innigen Wunsch, wieder bei meiner Familie zu sein. Diese Mischung glich einer Ladung TNT. Plötzlich merkte ich, wie der Transporter langsamer wurde, bis er schließlich zum Stillstand kam. Die Mädchen, die mit mir darin gefangen gehalten wurden, wurden nervös. Nicht dass sie es vorher nicht waren, aber jetzt war es anders. Es war wie ein stummer Hilfeschrei. Der Versuch, den Hilfeschrei durch den Knebel an die Menschheit zu bringen. In der leisen Hoffnung auf Rettung? Noch bevor sich die Mädchen beruhigen konnten, wurde die Tür geöffnet, und schwaches Licht fiel in den Ladebereich, in dem wir gefangen gehalten wurden. Mir kam es vor, als würden die Frauen trotz der Augenbinde das Licht bemerken. Als würde das Licht eine Gefahr darstellen. Oder das, was mit dem Licht folgen könnte. Es war ein Bild der Trauer und der Angst vor der Unwissenheit. Sie kannten sich alle nicht. Sie sahen sich nicht einmal, aber in dem Moment war das alles egal geworden. Doch sie teilten in dem Moment die Angst. Die Angst, die ich auch empfand. Nur war sie bei den anderen viel stärker und präsenter. Aber das war in dem Moment mehr als unwichtig. Wir wuchsen in den paar Sekunden zu Schwestern heran. Wir wussten alle, dass wir nun eine Familie waren. Warum? Weil wir alles waren, was uns noch bleiben würde. Das wurde uns allen in dem Moment klar, als die Tür zum Laderaum aufgerissen wurde und das Licht uns in der Hölle begrüßte. Jedes Körnchen Hoffnung wurde eliminiert. Meine Augen brannten so sehr. Ich hatte seit meiner Befreiung aus meinem Käfig kein Licht mehr gesehen. Es kam mir vor, als wäre ich Wochen mit diesem Transporter gefahren. Ich sah nur noch Sternchen und Kreise vor mir. Egal wie sehr ich es auch versucht habe, etwas zu erkennen, es half nichts. Die Sternchen und Kreise wurden nicht kleiner, sie wurden eher noch größer. Jeder neue Versuch war eine schmerzliche Erfahrung. Aber ich musste doch wissen, wo ich war! Damit ich wieder nach Hause finden konnte …

Einer der Männer, die sich vor der Ladetür versammelt hatten, zog mich zu sich. Er packte seine rechte Hand um mein Genick, und mit einem festen Zug hatte er mich genau da, wo er wollte. Er hatte wohl vergessen, dass meine Hände hinten an den Transporter gefesselt waren. Er zog mich weiter, als die Ketten es zugelassen haben. Mein Gesicht war nun genau vor seinem, und meine Nase hat fast seine Wange berührt. Er atmete tief durch den Mund ein und aus, und dabei überrollten mich die Gerüche nach Alkohol, Zigaretten und einem anderen Geruch, den ich nicht genau identifizieren konnte. Es roch auf jeden Fall dreckig und abgestanden. So als wenn man drei Wochen nicht zu Hause war und die Fenster zuhatte. In seiner linken Hand hatte er etwas aus Stoff. Schwarzer Stoff, das konnte ich gerade noch so erkennen. Ein anderer Mann nahm den Stoff und verband mir damit meine Augen. Ihm war es sichtlich egal, dass er meine Haare dabei mit verbunden hat. Ich hatte die größte Mühe, mir den Schmerz nicht anmerken zu lassen. Ich habe schon einmal am eigenen Leib erfahren, dass diese Kerle jede Form von Schwäche zu ihrem Vorteil ausnutzen. Diese Schikane wollte ich kein zweites Mal über mich ergehen lassen. Also blieb mir nichts anderes übrig, als die Starke zu spielen, die ich noch nicht war, aber zu der ich sicherlich noch werden würde. Langsam ließ er auch mein Genick los, und ich konnte die Anspannung aus meinem Körper langsam wieder lösen. Ich verstand erst in diesem Moment, was es bedeutete, wenn man nichts sieht, und die Gefahr genau vor einem steht. Ich hatte jeden Mut zum Kampf verloren. Alles in mir war müde. Ich wollte nur noch schlafen und am besten nie wieder aufwachen. Ich sank in mir zusammen. Ich hatte keine Kraft mehr. Die Begegnung mit diesem Mann war zu viel.

Wenn das die Zukunft sein sollte, war es besser, nicht zu kämpfen, keinen Mut zu haben.

Ich hörte, wie die Fesseln einer anderen Frau abgenommen wurden und auf den Boden fielen. Mein Herz rannte. Ich hatte panische Angst, was nun als Nächstes passieren würde. Solange wir zusammen waren, waren wir stärker, als wenn wir alleine waren. Plötzlich spürte ich eine raue Hand an meinen Armen. Sie tastete sich von meinem Ellenbogen bis zu meiner Hand hinunter, um das Schloss zu finden und mich hier zu befreien. Aber ich hatte die starke Vermutung, dass der nächste Ort nicht besser sein würde als dieser hier. Ich hörte ein Klicken und wusste, dass das Schloss geöffnet wurde. Ich wünschte mir so, dass ich eine Chance zur Flucht haben könnte. Aber ehe ich auch nur an einen Ausbruch denken konnte, griff jemand die Kette, die meine Hände noch zusammenhielt, und führte mich mit grober Hand aus dem Transporter.

Ich versuchte mich auf dem kalten Boden zu halten. Ich wollte meine Schwäche nicht zeigen. Meine Beine und vor allem meine

Knie waren butterweich. Meine größte Angst war hinzufallen. Dass meine Beine mich nicht mehr tragen könnten und dass ich dann wieder den Schikanen der Männer ausgeliefert wäre. Ich versuchte mich zusammenzureißen und auf dem kalten Boden einen sicheren Halt zu finden. Ich konnte mich schließlich nirgendwo festhalten, da meine Hände auf dem Rücken festgekettet worden waren. Doch bevor ich einen sicheren Stand finden konnte, spürte ich eine Art Stab, der mir an den Rücken gedrückt wurde. Mir war sofort klar, dass ich mich bewegen sollte. Doch wohin? Ich fühlte mich so verwundbar in diesem Moment. Bekleidet mit einem dreckigen, abgestandenen Nachthemd, keine Schuhe oder Socken an den Füßen, verletzt und am Humpeln und gedemütigt. Ich war ein Nichts, nicht einmal ein Objekt. Ich glaubte, jedes Sandkorn am Meer wäre wichtiger als ich. Nach einigen Metern der schwankenden, unsicheren Schritte kam ich vor einer Hürde an. Ich wusste nicht, ob es eine Wand war oder eine Tür oder sonst was. Ich fühlte, dass sich von hinten jemand näherte. Ich hatte Angst, und mein Körper fing an zu zittern. Mir schossen tausend Gedanken durch den Kopf, und jeder war wieder einmal schlimmer als der davor. Ich kam mit der ganzen Situation einfach nicht klar. Noch vor wenigen Wochen war meine größte Angst, die Prüfungen in der Schule zu verhauen. Ich dachte nicht, dass ich jemals in dieser Situation stecken würde. Ich hatte einfach nie gelernt die Starke zu sein und Stärke zu zeigen. Doch genau das hätte mir mein Leben von nun an erleichtern können. Aber ich war und bin ein kleines, verletzliches Kind. Der Mann näherte sich immer mehr an, bis er hinter mir stand. Mein Herz raste immer mehr, je näher er mir kam. Mein ganzer Körper war voller Spannung und Angst. Ich schreckte zusammen, als der Mann mich leicht berührte. Ich hasste mich sofort für diese Reaktion. Es zeigte den Männern nur wieder, dass ich schwach war. Ich wollte nicht mehr für ihre Gelüste herhalten. Nicht mehr ihre Marionette sein. Ich wollte einfach nur noch nach Hause, meine Familie in den Arm nehmen und mein normales und langweiliges Leben! Ich spürte die raue Hand, die ich auch eben im Transporter gespürt hatte, an meinem Hinterkopf. Ich hoffte, dass er mir die Augenbinde abmachte, sodass ich wenigstens etwas sehen konnte. Aber eine Sache lernte ich sehr schnell. Jede Hoffnung wird mit Angst bezahlt. Als er mir die Augenbinde abnahm und mir die Tür, vor der ich stand, geöffnet hat, sind wir noch etwa zwanzig Meter geradeaus gegangen und dann nach links abgebogen. Ich wusste aus den ganzen TV-Krimis, dass man sich solche Details merken sollte. Direkt an der linken Abbiegung schloss sich eine Treppe an, die nach unten führte. Ich sah ein flackerndes Licht an ihrem Ende, welches in mir ein Gefühl von Unbehagen auslöste. Ich wollte nicht da runtergehen, doch wollte ich nicht wissen, was die Kerle machten, wenn man einen auf stur versuchte. Also beschloss ich meine Angst einfach hinunterzuschlucken und die Treppen hinunterzugehen. Meine Knie wurden immer wackliger, und ich hatte Probleme, mich auf meinen Füßen zu halten. Der Mann folgte mir auf Schritt und Tritt. Unten angekommen gingen wir rechts weiter. Der Boden war nass, und an Vertiefungen hatten sich Pfützen gebildet, durch die ich gehen musste. Das Wasser fühlte sich so dreckig an und ich fühlte mich so schmutzig und unwohl. An der rechten Wand sah ich rote kleine Flecken. Es sah aus wie Blut. Bestimmt wurden hier andere Mädchen geschlagen, wenn sie nicht das taten, was von ihnen verlangt wurde. Je weiter wir gingen, umso mehr Blut bekam ich zu sehen. Ich glaubte nicht, dass es noch schlimmer kommen konnte. Doch ich irrte erneut. Ich weiß nicht, wie weit ich ging, doch nach einigen Metern bogen wir wieder links ab und standen vor einer großen und wohl sehr schweren Tür. Der Mann trat vor mich und zog sie mit aller Kraft auf. Ich versuchte mir den Mann zu merken. Er war ca. 190 cm groß, hatte eine Glatze und Tattoos am Hinterkopf. Er trug schwarze Kleidung. Mehr konnte ich mir nicht merken, es ging alles so verdammt schnell. In dem Gang hinter der Tür waren wieder diese flackernden Lichter, vor denen mir so gruselte. Doch das war nicht das Schlimmste.

Ich sah einen riesig langen Gang, der irgendwann in der Dunkelheit verschwand. Auf dem Boden lag Erbrochenes, und das Schlimmste waren die Käfige, die sich jeweils rechts und links neben dem Gang befanden. Ich konnte nicht weitergehen. Ich wollte nicht weiterleben, wenn das hier nun mein Leben sein sollte. Ich blickte zu meiner Rechten und sah ein junges Mädchen, welches auf ihrem Bett lag. Neben dem Bett sah ich eine Toilette und ein Waschbecken. Kein Fenster, kein Teppich, nur nackter Beton. Diese Frauen hatten nur ein Bett und Sanitäranlagen?

Und so was werde ich in Zukunft wohl auch mein Heim nennen.

Der Mann nahm meinen Arm und zog ihn leicht, um mir zu zeigen, dass wir meine Station noch nicht erreicht hatten. Doch ich konnte nicht reagieren. Ich sah dieses Mädchen, und ich hatte Angst. Ich wollte so ein Leben nicht haben, ich wollte das alles hier nicht. Der Mann hatte wohl genug und zog mich nun härter am Arm, und ich folgte ihm. Wir gingen noch an mindestens sieben Käfigen vorbei, bis wir an einem anhielten, wo die Tür offen stand. Ich stand davor, doch wollte ich nicht da reingehen. Das konnte nur ein schlechter Traum sein, versuchte ich mir vehement einzureden. Aber um weitere Übergriffe zu vermeiden, ging ich lieber in den Käfig und hoffte, dass ich bald aus diesem Albtraum aufwachen würde. Einen kleinen Trost konnte ich zumindest mit in meinen Käfig nehmen. Der Mann nahm mir meine Handketten ab, sodass ich immerhin meine Hände wieder benutzen konnte. Ich habe das gemacht, was ich nun nur machen konnte. Ich versuchte mein neues Zuhause zu erforschen. Dabei bemerkte ich, dass ich nicht einmal Licht in dem Ding hier hatte. Ich probierte mich vorsichtig bis zum Bett vorzutasten, um mich hinzusetzen. Nun konnte ich zusehen, wie sie die anderen Mädchen aus dem Transporter in ihre Käfige brachten.

Ich konnte das alles nicht fassen. Ich lag auf meinem Bett, wenn man das Bett nennen kann, und versuchte etwas Positives an dieser ganzen Situation zu finden. Wieder schossen mir unendlich viele Gedanken durch den Kopf, doch keiner war so klar und prägnant wie ein Gedanke.

Was werden sie mit dir vorhaben? Sie haben dich nicht aus Spaß entführt und tagelang transportiert, um dich NUR! in eine Zelle zu sperren.

Das hatten sie schon in diesem Lastwagen, in dem du als Erstes gefangen warst. Also überlege dir mal, was die mit dir oder von dir wollen.

Dieser Gedanke beschäftigte mich sehr lange. Ich nahm nichts wahr, was um mich herum passiert ist. Ich fokussierte mich alleine nur auf diesen Gedanken. Ich weiß nicht, wie viel Zeit vergangen war, doch ich war keinen Schritt weiter, und die Möglichkeiten, die ich mir ausgemalt habe, wollte ich nicht wahrhaben. Lieber hier gefangen gehalten werden und mich zu Tode langweilen, als dass ein gedachtes Szenario Realität würde. Auf einmal räusperte sich jemand, und ich sah, dass jemand vor meiner Zelle stand. Ich richtete mich auf und ging langsam und vorsichtig zu der Zellentür.

Aufgrund der schlechten Beleuchtung konnte ich den Mann nur schemenhaft wahrnehmen. Doch eines erkannte ich sofort. Es war keiner der Männer aus dem Transporter. Er trug feine Kleidung, ein Anzug, der in einem dunklen Ton gehalten war. Er war ca. Mitte bis Ende dreißig und ca. eins neunzig groß. Ich wusste nicht, was er wollte, und vor allem nicht, welche Sprache er sprach. Ich wusste ja noch nicht einmal, in welchem Land wir waren.

Ich schaute ihn mit feuchten, verzweifelten und ängstlichen Augen an. Ich hoffte, dass ihn das milde stimmte. Er sah mich eine lange Zeit mit einem Gesichtsausdruck an, den ich nicht richtig verstand. Er senkte den Kopf leicht nach rechts und schaute mich komisch an. Es war eine Mischung aus Teilnahmslosigkeit, Langeweile und Desinteresse. Er blieb mehrere Minuten in der Pose, bis er anfing auf Englisch mit mir zu reden. *(Übersetzt auf Deutsch:)*

»Hallo Nummer 79. Schön, dass du es hierhergeschafft hast. Es gibt einige Regeln hier, die du beachten solltest, Nummer 79. Die Folgen bei Missachtung der Regeln werden nicht angenehm sein.

Zu den Regeln:

1. Das, was als Essen gebracht wird, morgens mittags und abends, wird vollständig aufgegessen.
2. Jeden Tag wirst du zwei Stunden trainieren, um deinen Körper fit zu halten.
3. Wenn du von einem Mann abgeholt wirst, gehst du mit.
4. Wenn wir sagen, dass geschlafen werden soll, wird auch geschlafen.

Wenn du doch meinst, eine der Regeln brechen zu müssen, kann ich dir einen kleinen Vorgeschmack dessen geben, was dich dann erwartet.

Wir haben einige Folterinstrumente für euch bereitgestellt.

Wir fangen natürlich klein an, können uns aber erheblich steigern.

Zuerst haben wir das Auspeitschen. Eine Folter über zwei Stunden. Nach den zwei Stunden wird etwas Säurehaltiges auf die frisch zugefügten Wunden gegossen. Damit ihr noch länger etwas davon habt. Diese Lektion führen wir bis zu acht Mal durch, wobei sich die Länge der Folter steigern wird.

Dies gilt als Bestrafung für einen Verstoß gegen Regel Nummer 3.

Wenn du gegen Regel Nummer 2 verstößt, werden wir dir mit einer Zange deine Fingernägel entfernen. Wenn keine Fingernägel mehr vorhanden sein sollten, werden wir dir Säure auf bestimmte Körperstellen gießen. Nur geringe Mengen, aber glaube mir, diese reichen auch schon.

Verstöße gegen Regel Nummer 1 haben eine erhebliche Anzahl von Verbrennungen und Schnittwunden zur Folge, die wir dir an sehr schmerzhaften Stellen deines Körpers zufügen werden.

Und ein Verstoß gegen die 4. Regel hat Dauerstehen zur Folge. Wir haben einen kleinen Raum, wo es unmöglich ist, sich hinzusetzen. Der erste Verstoß wird mit einem Tag Stehen bestraft, aber auch hier verlängert sich die Folter, je öfter wir sie gebrauchen müssen.

Ich hoffe, dass wir von keiner Strafe Gebrauch machen müssen. Wir brauchen dich schließlich gesund«, erklärte er mir, wobei ich größte Mühe hatte, jedes Wort zu verstehen, doch war mir der Gesamtzusammenhang klar geworden. Ich sah dem Mann, der mir das gerade erklärt hatte, hinterher, nachdem er sich umgedreht hatte, wie er an den Käfigen entlangging, um nach draußen zu gelangen. Mir war nun alles egal. Egal ob ich weinen musste, hinfallen würde oder sonst was. Ich wollte hier raus. Ich wollte nicht gefoltert werden. Ich versuchte mich wieder zu meinem Bett zu tasten, um mich daraufzulegen und mich in den Schlaf zu weinen.

10. KAPITEL

Egal wie dunkel der Augenblick
ist — Liebe und Hoffnung sind
immer möglich.
    (George Chakiris)

Kimberly Ternez, Thomas Terenz

Im Radio lief von der Band Linkin Park das Lied »In the End«.
Die Wörter, die Strophen sie paralysierten mich. Ich konnte
weder das Hupen der anderen Autos hören noch das, was meine
Frau gesagt hat. *I tried so hard and got so far but in the end it doesn't*
even matter. I had to fall to lose it all. Wie verdammt recht er damit
hatte. Mir kam es vor, als wäre das Lied mir auf den Leib ge-
sungen worden. *Doesn't even matter!* Mit dem Ende des Liedes
endete auch meine Fixierung auf das Lied. Mein sehr steif ge-
wordenes Gesicht löst sich langsam wieder, und ich konnte meine
Umwelt wieder wahrnehmen. Ich schüttelte meinen Kopf, damit
ich wieder richtig zu mir käme. Ich wusste nicht genau, was
gerade mit mir passiert war. Es erschien mir wie eine verblasste
Erinnerung, die verschwommen den Weg in mein Bewusstsein
gesucht hat. Langsam nahm ich auch wieder die Stimme meiner
Frau war. Sie klang hohl und wie ein Echo, als wäre sie einige
Hundert Meter von mir entfernt. Doch sie saß genau neben
mir auf dem Beifahrersitz. Mein Blick fiel auf meine Hände,
die krampfend das Lenkrad einnahmen. Langsam wurde alles
wieder deutlicher, und die Geräusche wirkten nicht mehr weit
weg, sondern kamen immer näher. Ich setzte den Blinker nach
rechts und fuhr an den Straßenrand, damit ich die Chance hatte,
wieder ganz zu mir zu kommen.

   »Was ist mit mir passiert Kimberly?«, fragte ich voller Sorge.
Ich drehte meinen Kopf langsam zu meiner Frau, meine Hände
immer noch in krampfender Haltung am Lenkrad. Meine Frau

sah mich fragend an. Sie stützte ihren linken Ellenbogen an die Sitzlehne, und mit der Hand fasste sie sich an die Hüfte. Sie ging sich mit der anderen Hand erst durch das Haar, bevor sie sich den Mund zuhielt und vehement mit dem Kopf schüttelte.

»Was war mit mir? Sprich doch mit mir! Du machst mir Angst!« Doch meine Frau schien immer noch nicht zu reagieren. Sie fixierte mich mit ihrem Blick. In mir stieg eine Angst auf, die ich so noch nie empfunden hatte. »Nein, Thomas … Du … Du machst mir Angst. Dei… Dein Blick eben.« Sie schluckte. »Ich habe so einen Blick noch nie … nie bei dir gesehen. Du hast auf nichts reagiert! Nicht auf meine Worte, nicht auf die Autos, die dich angehupt haben. Dein Blick wurde kalt und tödlich.« Sie hatte die größte Mühe, ihre Augen trocken zu halten.

»Inwiefern tödlich? Wie ›Wenn Blicke tödlich wären, wäre ich nun ein Haufen Asche‹?«, erfragte ich vorsichtig. Ich wusste, dass ich nichts Falsches sagen durfte. »Nein … Anders … Als wenn du mich wirklich umbringen wollen würdest«, erklärte Kimberly. Ihre Stimme war klar und kalt. Sie hatte wirklich Angst vor mir. Es war ein Schutzmantel, den sie auflegte, wenn sie sich bedroht fühlte. Sie wurde kalt und abweisend. Langsam streckte ich meine Hand zu ihr aus, um auch ihre zu ergreifen.

»Es tut mir leid, mein Schatz. Ich war gerade nicht ich selbst«, versuchte ich glaubwürdig rüberzubringen. »Okay … Aber bitte mache das nie mehr!« »Versprochen«, sicherte ich meiner Frau zu. Doch hatte ich keine Ahnung, was ich nun genau gemacht hatte. Ich ließ mich in meinen Autositz fallen und fuhr mir mit meinen Händen durch das Haar. Ich atmete noch einmal tief aus, bevor ich in den Rückspiegel sah und den linken Blinker betätigt habe, um mich wieder in den Verkehr einzufädeln. Nach einigen Metern, die ich auf der Hochstraße fuhr, drehte ich das Radio auf null. Ich wollte keine Musik mehr hören. Ich wollte nicht riskieren, dass es noch einmal zu dem kam, was auch immer eben passiert war. Die ganze Autofahrt über starrte meine Frau mich an, doch keiner von uns wollte den Anfang machen. Wir glaubten, dass Schweigen in diesem Fall noch mehr als Gold wert war. Wir wussten auch, dass jeder Kommentar die ganze Situation noch verschlimmern würde. So schwiegen wir den gesamten Weg nach Hause. Während meine Frau auf ihre Füße schaute, sah ich nach draußen. Es war schon spät geworden. Die Dämmerung ist über uns hineingebrochen, und langsam wurde es immer dunkler. An Tagen wie diesen war mir nach einem großen Schluck meines besten Kognaks und einer schönen Zigarette. Ich würde diesen Tag am liebsten aus dem Kalender streichen lassen, doch geht dies ja nicht. Ich wusste in der Tat, wie sehr meine Frau es hasste, wenn ich trank. Ihr war klar, dass ich dann kein Ende finden würde. Und ich würde es auch ihr zuliebe nicht machen. Sie bräuchte ihre Zeit, um zu verstehen, was heute passiert war. Und wenn sie so weit wäre, bräuchte sie mich nüchtern und bei Verstand. Ich hatte meine eigene Art zu trauern. Ich steckte meine Trauer, meine Wut und meinen Hass in meine Arbeit. Das machte mich so gut. Als Kriminalkommissar der Mordkommission kann man es sich nicht leisten, seinen Frust in Alkohol, Drogen und leichte Mädchen zu stecken. Man musste immer 100 % bei der Sache sein. Ich habe gelernt meinen Sorgen in meine Arbeit zu stecken. Ich werde akribischer, je größer meine Wut ist. Ich weiß nicht, wieso mir dies hilft. Doch ich bin froh, dass es so ist. Ich habe immer versucht eine Erklärung zu finden. Meine beste Erklärung war, dass ich schon privat versagt hätte und nicht noch im Beruf versagen wollte. Umso mehr ich das Gefühl hatte, dass im Privaten alles kreuz und quer ging, umso mehr wollte ich beruflich alles perfekt machen.

Ich bog von der Weselstraße links in unsere kleine Straße, den Fluderweg, ein. Es war eine der Straßen, wo man denken könnte, dass hier jeder jeden kennt. Eine ca. 500 Meter lange Straße, in der rechts und links schmucke Einfamilienhäuser stehen. Eins schöner und größer als das andere. Die Vorgärten waren alle gepflegt. Man hätte glauben können, dass die Gräser mit einer Schere geschnitten worden wären. Einer der Nachbarn machte einmal den Spaß und sagte, dass hier die Wiesen mit einem Zentimetermaß gemäht würden. Jeder Grashalm, der einen Zentimeter höher wäre als die anderen, würde noch einmal per Hand auf Maß geschnitten werden. Wir haben uns alle köstlich darüber amüsiert, bis wir auf unsere Gärten geschaut haben und ihm recht geben mussten.

Auch heute kann einem Außenstehenden der Gedanke kommen, dass wir wirklich nachmessen.

Ich fuhr auf unser Haus zu. Es ist ein zweistöckiges weißes Einfamilienhaus mit einer Doppelgarage. Im Gegensatz zu den meisten unserer Nachbarn haben wir auf einen großen Vorgarten verzichtet. An meinem Rückspiegel im Auto hatte ich die Fernbedienung für unsere Garage angebracht. Kurz bevor ich auf unsere Zufahrt auffuhr, betätigte ich den Knopf, damit sich das Tor öffnen und ich sofort in die Garage fahren konnte. Als das Tor sich langsam wieder schloss, stieg Kimberly aus dem Auto. Sie hatte auf der gesamten Fahrt kein Wort mit mir gesprochen, und auch jetzt schwieg sie mich an. Sie würdigte mich nicht einmal eines Blickes, als sie von der Garage in das Haus ging. Ich wusste, dass sie tief verletzt war und dass sie mich nun brauchte, auch wenn sie es mir nicht zeigen wollte. Ich ging ihr hinterher und fand sie in der Küche. Sie war gerade dabei, sich einen Rotwein einzuschütten. Ich beobachtete sie von unserem Wohnzimmer aus, welches direkt an unsere offen gehaltene Küche grenzt.

»Willst du nun deinen Kummer im Alkohol ertränken, Kim?«, fragte ich forsch.

»Besser, als uns die ganze Zeit anzuschweigen.« Ich wollte gerade etwas darauf erwidern, als sie mir in mein noch unausgesprochenes Wort fiel. »Du hast keine Ahnung, wie es gerade in mir aussieht, Thomas. Auch wenn du glaubst denselben Schmerz zu fühlen, ist es nicht derselbe.« Diese Äußerung machte mich sauer. Wie konnte meine Frau mir so etwas an den Kopf werfen?

»Und was macht bitte dein Gefühl so gottverdammt anders als mein Gefühl? Ich mache dasselbe durch, Kimberly! Auch ich habe drei Kinder verloren!« Ich erstarrte. Ihr Gesichtsausdruck veränderte sich schlagartig. Sie stellte das Weinglas auf die Arbeitsplatte der Küche. »Du hast keine drei Kinder verloren. Ich habe drei Kinder verloren. Ich habe jedes der drei geboren und musste mit ansehen, wie sie mir weggenommen wurden!« Sie pausierte kurz. »Ich weiß.« »Du weißt einen Scheiß, Thomas Terenz! Du warst doch nie dabei! Du hast doch immer deinen Arsch bequem draußen geparkt, während ich Höllenqualen durchlebt habe. Und gerade als ich dachte, dass ich doch noch einmal erfahren darf, was es heißt, Mutter zu sein, wird mir alles wieder weggenommen! Ich hielt unsere Tochter im Arm!«, schrie Kimberly, während sie die Flasche Rotwein nahm und sie gegen die Wand warf. So extrem hatte ich sie noch nie erlebt. Die Flasche landete mit solch einer Wucht neben unserem Kühlschrank, dass ich vermutete, nun sei ein Loch in der Wand. »Dir waren unsere Kinder doch immer scheißegal«, schrie sie erneut, während sie auch noch in Tränen ausbrach. Ich konnte das nicht glauben. Wie konnte sie mir so etwas an den Kopf werfen? »Mir … Mir waren unsere Kinder nie scheißegal, Schatz … Und das weißt du auch!« Nun kamen mir ebenfalls die Tränen. Sie hatte mich so tief verletzt. Ich konnte das kaum glauben. Mir wurde so schlecht. War das echt die Frau, die ich geheiratet hatte? »Ach, weiß ich das? Wirklich? Als ich Geburtsvorbereitungsstunden hatte, wo warst du da? Lass mich kurz nachdenken. Ach ja, richtig. Auf der Arbeit. Als ich Termine beim Frauenarzt hatte, wo warst du da? Richtig, du warst in Berlin auf einer Fortbildung. Als ich mit Schmerzen zu Hause lag, wo warst du da? Im Einsatz! Du warst doch nie da, wenn ich dich brauchte! Also erzähle mir nicht, dir wären unsere Kinder nicht egal gewesen.« Ihr Blick wurde kalt und hart. Ich konnte es nicht glauben, was sie gerade gesagt hatte. In mir drehte sich alles. Ich wurde von den ganzen Eindrücken und Gefühlen geradezu überrollt. »Soll ich nun etwa dankbar sein, dass du bei mir im Krankenhaus warst, als ich mein drittes Kind bekam?« Sie schüttelte nur den Kopf, während sie sich umdrehte und zu ihrem Weinglas ging. Ich wusste nicht, was ich noch sagen sollte. »Es tut mir leid, Kimberly. Ja, ich habe einen stressigen Job. Und ja, ich konnte an einigen Terminen nicht da sein und dich unterstützen, so wie ich es gewollt hätte. Aber wenn ich abends daheim war, habe ich dir was gekocht und mit dir darüber geredet. Und als du, nein, wir unser erstes Kind verloren haben, war ich der Erste, der eine Therapie vorgeschlagen hat. Ich war jedes Mal bei der Geburt im Krankenhaus. Ich wollte sogar mit reinkommen, aber die Ärzte ließen mich nie. Daher.« Nun fiel mir meine Frau ins Wort, aber ihre Stimme und ihr Gesicht waren nicht mehr hart. Sie klang fast etwas traurig. »Das … Das hast du mir ja nie erzählt, Thomas«, antwortete Kimberly. »Weil ich es nicht ändern konnte, Kimberly. Egal, wie sehr ich es auch wollte, ich hätte nicht dabei sein dürfen. Aber ich war da und habe auf dich gewartet! Darauf, dass ich meinen Sonnenschein sehen konnte. Also glaube nicht, dass ich nicht dabei sein wollte«, erklärte ich ihr. Ich hoffte, dass sie mir Glauben schenkte. Ihre Augen wurden butterweich. »Schatz! Ich möchte mit dir wieder zur Therapie. Ich möchte nicht, dass unsere Ehe nun scheitert. Ich kann mir ein Leben mit keiner anderen Frau vorstellen. Hast du die Karte noch?«, fragte ich. Ich versuchte sehr mitfühlend zu sein. Sie war schon aufgebracht genug. »Ist … Ist das dein Ernst, Thomas?«, fragte sie, während ich nicht deuten konnte, ob sie nun aufgebracht war oder glücklich. Ich musste mich entscheiden und blieb bei der Wahrheit. »Ja, natürlich ist es das, mein Schatz. Dr. Morens hat uns schon einmal sehr gut geholfen bei der Trauerbewältigung. Geben wir ihm eine zweite Chance.« Ich wartete auf eine Reaktion von ihr, ob ich die richtige Entscheidung getroffen hätte. Sie stand einfach nur in der Küche, mit dem Weinglas neben sich auf der Arbeitsplatte und einem sehr verweinten Gesicht. Sie schluchzte immer noch, während ich sie ansah. Sie wollte gerade ihre mit Mascara vermischten Tränen mit ihrem Ärmel abwischen, als ich vorsichtig auf sie zuging und aus meiner Jacke eine Packung Taschentücher holte, um sie ihr zu geben. »Das wollte ich auch vorschlagen … Aber … Aber ich hatte Angst. Angst, dass du das nicht noch einmal mit mir durchmachen möchtest. Angst, dass du mich für schwach hältst«, erklärte sie, während sie sich ein Taschentuch nahm und sich ihre Tränen abwischte. Ich nahm vorsichtig ihre Hand und führte sie aus der Küche in unser Wohnzimmer. Vorbei an unserer Kochinsel mit unseren drei schwarzen Barhockern. Zur Linken befand sich dann unser weißer Esstisch mit den neuen Stühlen, und rechts waren zwei kleine Stufen, die zu den anderen Räumen führten. Gegenüber von der Küche stand unsere weiße Ledercouch. Ich führte sie genau dahin. Sie sollte sich setzen und an was anderes denken. Als sie saß, setzte ich mich neben sie auf die Couch, nahm ihren Kopf ganz sanft in meine Hände und sah ihr ins Gesicht. »Ich werde immer für dich da sein, mein Liebling. Und … Ich weiß nicht, wie ich es sagen soll.« Kimberly sah mich an, doch ich schwieg nur. Ich wusste nicht, wie ich es ihr sagen sollte. Ihr Blick änderte sich nach einiger Zeit. Er wurde auffordernd, sie wollte unbedingt wissen, was ich meinte. »Ich möchte auch unbedingt Vater sein. Das Gefühl, einen kleinen Sonnenschein aufwachsen zu sehen. Ich will eine Familie mit dir, Schatz! Ich würde gern ein Kind adoptieren.« Ich konnte den Satz nicht einmal komplett zu Ende aussprechen. Meine Frau sprang mir um den Hals und fing an zu weinen. Aber keine Tränen der Trauer, hoffte ich. »Ich danke dir«, flüsterte sie mir ins Ohr. »Hey. Wenn ich morgen von der Arbeit komme, schauen wir mal im Netz, wie das mit einer Adoption abläuft. Welche Voraussetzungen wir dafür benötigen und wie wir an eine Vermittlung kommen, okay?«, erklärte ich mit einem wohligen Gefühl des Glückes. Meine Frau kuschelte sich an mich, und ich bemerkte, dass sie anfing zu zittern. »Ist dir kalt, mein Schatz?«, fragte ich. »Etwas.« Ohne ein Zögern griff ich neben die Couch nach einer Decke, um sie damit zuzudecken. »Erzählst du mir eine deiner Geschichten? Ich höre dir so gerne zu«, bat sie mich. Ich konnte ihr keinen Vorschlag ausschlagen. So legte sie ihren Kopf auf meine Beine und kuschelte sich in die Decke, während ich anfing eine meiner Geschichten zu erzählen. Nichts konnte diesen Augenblick zerstören.

11. KAPITEL

Manchmal ist das Schwierigste
nicht das Loslassen, sondern zu
lernen, von vorn anzufangen.
    (Nicole Sobon)

Thomas Terenz, Sarah Porte, Jim Corta und Sam Weiss

Ein leises, aber beständiges Geräusch schlich sich in meinen Gehörgang. Es war eine harmonische Melodie, die einem unbewusst ein Lächeln auf das Gesicht zaubern konnte. Langsam wurde diese Melodie immer und immer lauter, und ich fing an zu begreifen, dass das mein Wecker sein sollte. Das glaubte ich zumindest. Ich zog meinen rechten Arm vorsichtig unter der Decke weg und suchte auf dem kleinen Nachttisch, der neben meinem Bett stand, nach meinem Handy, um den Wecker auszuschalten. Zuerst ertastete ich mein Buch, welches ich vor dem Schlafen eigentlich immer lese, daneben lag meine Uhr. Sie war kalt, und diese Kälte an meinen Fingern missfiel mir sehr. Nachdem ich die Uhr beiseitegeschoben hatte, fand ich schließlich mein Handy, dessen Melodie allmählich zu laut wurde. Ich griff nach dem Handy und drückte auf die oberste rechte Taste, um den Alarm abzustellen. Als der ohrenbetäubende Lärm nachließ, fragte ich mich, wie viel Uhr wir wohl hatten.

Langsam öffnete ich meine Augen, und die Sonnenstrahlen, die durch das Fenster an unserem Bett einfielen, kitzelten meine Augen. Nach mehrfachem Blinzeln hatten sich auch endlich meine Augen an die Sonnenstrahlen gewöhnt. Ich riskierte einen Blick auf mein Handy, dessen Display schwarz war. Genervt drückte ich einen Knopf, um das Display zu beleuchten. Doch bevor ich die Chance hatte, einen Blick auf die Uhr zu werfen, fielen mir die drei Nachrichten auf, die ich in meiner Abwesenheit bekommen hatte. Zudem hatte ich auch zwei verpasste Anrufe. Ich fuhr mir mit der linken Handinnenfläche über mein Gesicht. Angefangen bei der Augenbraue bis runter zu meinem Kinn. Ich drückte meine Tastensperre raus und wünschte mir, die Nachrichten würden nicht von meinem Chef, dem Kriminaloberkommissar Jim Corta, kommen. Doch als ich auf das Symbol für Nachrichten ansteuerte und es betätigte, öffnete sich der Ordner, und ich las den Namen Jim Corta. Er schrieb mir die letzten drei Nachrichten. Ohne diese gelesen zu haben, schloss ich den Ordner wieder und navigierte mich zu dem Symbol *Anrufe*. Auch dort öffnete ich den Ordner und fand seinen Namen ganz oben auf der Liste.

Ich klickte mich zu seinem Namen hoch und drückte dann die grüne Taste auf meinem Telefon. Noch vollkommen müde und lustlos lag ich in meinem Bett, während mein Mobiltelefon die Verbindung zu Jim Corta aufnahm. Ich wusste nicht, was er wollte, doch wusste ich, dass es nichts Gutes sein konnte. Er rief mich nie an, außer es gab einen Fall. Was mich besonders beunruhigte, war die Tatsache, dass er zweimal anrief und drei Nachrichten bei mir hinterließ. Das konnte nur auf einen sehr großen und komplizierten Fall hindeuten. Nach dem siebten Klingeln nahm Jim endlich ab. »Corta!«, sprach er in sein Mobiltelefon. Er klang wütend und frustriert. »Jim. Thomas hier. Du hattest mich angerufen. Was ist ...?« Mitten im Satz unterbrach er mich. Das ist absolut nicht seine Art, jemanden mitten in seinem Satz zu unterbrechen. Nicht einmal bei einem Verhör macht er das. Ich hatte Angst, was er mir nun erzählen würde. Ich hörte ihn am Telefon schwer atmen. Zu den Geräuschen seiner schweren Atmung mischten sich noch die Geräusche von Tastaturen und Drucker. »Hör zu, Thomas. Du bewegst deinen Arsch aus dem Bett, ziehst dich an und kommst sofort zum Revier. Wir haben hier die Scheiße am Dampfen. Keine Fragen, kein Wenn und kein Aber. Ich erwarte dich in dreißig Minuten hier!« Mir ist mein Herz buchstäblich in die Hose gerutscht. Diese Stimme kannte ich gar nicht bei Jim. Bevor ich noch etwas erwidern konnte, hatte er das Gespräch schon beendet. Ich nahm das Mobiltelefon von meinem Ohr weg und starrte irritiert auf das Display.

»Wer war da denn dran, Thomas?«, fragte Kimberly, während sie wohl noch halb am Schlafen war. Ich richtete mich auf und nahm ihre Hand. »Jim war da dran. Es gibt wohl einen großen Fall. Ich soll mich auf den Weg machen. Ich rufe dich später noch einmal an«, erklärte ich ihr. Ich war froh, dass sie in diesen Dingen sehr tolerant war. Sie verstand das sofort, wenn ich wegmusste wegen der Arbeit. Eventuell war das aber auch nur so, weil sie Jim und die anderen sehr gut kannte.

Ich stand auf und reckte mich einmal. »Okay, Thomas. Ich leg mich noch einmal hin. Mir geht es wirklich nicht gut«, sagte sie, während sie gähnen musste. Ich ging zu ihrer Bettseite, gab ihr einen Kuss auf die Schulter und wünschte ihr noch eine gute Nacht. Ich schaute nun endlich auf die Uhr. 6:30 Uhr. Viel zu früh. Aber etwas daran ändern konnte ich nun nicht mehr. Ich schlenderte ins Badezimmer, das direkt an unser Schlafzimmer grenzte. Ich war schon immer ein Fan davon, morgens in Schlafsachen vom Schlafzimmer direkt ins Bad gehen zu können ohne die Notwendigkeit, das Zimmer verlassen zu müssen. Ich ging auf das Waschbecken zu, welches gegenüber der Tür lag, und erledigte meine morgendliche Hygiene. Ich wagte einen vagen Blick in den Spiegel. Ich hoffte, dass die Augenringe weggegangen waren. Immerhin hatte ich mir extra so ein Kosmetikprodukt gekauft, das versprach die Augenringe *wegzuzaubern*. Doch zu meiner Enttäuschung versagte das Produkt auf voller Linie. Meine Augenringe waren immer noch da. Es machte den Eindruck, als hätte ich drei Tage durchgefeiert. Ich fühlte mich auch gerädert, aber leider lag es nicht an ausgiebigen Partynächten. Aus meinem Kleiderschrank holte ich mir eine Jeans und ein T-Shirt. Es schien ein schöner Tag zu werden, dachte ich mir, als ich die Gardine beiseitezog und einen langen Blick aus dem Fenster genoss. Ich schlich mich möglichst lautlos aus dem Schlafzimmer heraus und schloss hinter mir die Tür. Ich ging links den Flur runter, vorbei an meinem Arbeitszimmer, das auf der rechten Seite lag. Am Ende des Flurs führte eine schmale Treppe in die Küche. Mit wackligen Beinen ging ich hinunter, um noch einen Schluck Milch zu trinken und mir dann meine Schuhe anzuziehen und in meinen Wagen zu steigen. Ich weiß, ein Polizist, der keinen Kaffee trinkt, ist so selten wie eine freie Autobahn zur Rushhour. Ich sah auf meine Armbanduhr und stellte mit Erschrecken fest, dass wir schon 6:45 Uhr hatten. Ich nahm in Eile meinen Wagenschlüssel und marschierte zu meinem Wagen.

Ich schloss noch die Tür zum Haus ab und stieg ein. Ich fuhr meine Einfahrt hinunter, durch meine Straße und bog dann am Ende links ab. An der ersten Ampel, die Rot anzeigte, befestigte ich mein Handy an meiner Freisprechanlage und rief Corta an. Diesmal nahm er schon nach dem zweiten Klingeln ab. »Thomas. Wo bist du?«, fragte er. Seine sehr schroffe Stimme war endlich seiner normalen Stimme gewichen. »Ich bin auf der Krummstraße. Wenn kein Verkehr ist, bin ich in zehn Minuten am Revier«, erzählte ich ihm, während ich die Krummstraße runterfuhr. »Sehr gut. Heute Morgen wurden einige Leichen gefunden, Thomas. Nichts für schwache Nerven. Aber mehr erzähl ich dir und den anderen, wenn ihr alle da seid. Ich werde nun aber auch auflegen, Thomas. Ich hab hier noch alles vorzubereiten«, erklärte er sehr hastig, als wenn er noch hundert Dinge zu erledigen hätte, aber nur zehn Minuten Zeit dafür. Nach ca. 7 km bog ich von der Krummstraße links auf die Seebergerstraße. Ich fuhr an Feldern vorbei, die gerade bestellt wurden. Vorbei an kleinen Seen, die mal Felder waren, aber wegen des vielen Regens überschwemmt waren. Es war ein schöner Morgen trotz aller Umstände. Auf den Wiesen und Feldern ruhte der Tau, der sich in der vergangenen Nacht wie ein Schleier daraufgelegt hatte. Der Blick über die Felder, die im Antlitz der Sonne glitzerten, brachte einem ein Gefühl von Unverwundbarkeit. Ein Gefühl, das sich falsch anfühlte. Doch war ich genau an diesem Morgen am verwundbarsten.

Ich fuhr noch weiter an Feldern und Wäldern vorbei, bis ich die nächste Stadt erreicht hatte. Im Radio liefen die ganze Fahrt über Lieder aus den 90er-Jahren. Ich schwebte in Erinnerungen, als auch eines meiner Lieblingslieder abgespielt wurde. Es erinnerte mich an den Sommer 97. Ich war mit Kimberly in Amerika gewesen. Wir hatten uns dort einen Wagen gemietet und zwei Monate lang die amerikanischen Straßen unsicher gemacht. Ich konnte schwören, ich würde genau in diesem Moment den Wind um meine Nase spüren. Den Wind, den wir damals gespürt hatten, als wir mit einer Harley die Route 66 runtergefahren sind. Wir hatten einen Abend in einer Kneipe angehalten, um etwas zu essen, und da lief genau dieses Lied, was auch jetzt im Radio gespielt wurde. Seitdem verbanden wir diesen Song mit der Fahrt. Gerade als ich in die Tiefgarage fahren wollte, endete auch das Lied. Es war in diesem Moment sehr symbolisch. Der Gedanke an die Freiheit, die man auf einer Harley spürt, endete in dem Augenblick, als der Ernst des Lebens anfing.

Vor der Zufahrt zu der Tiefgarage stand Peter. Peter Gelau war unser Sicherheitsbeauftragter. Herr Gelau sah auf den ersten Blick nicht wie der typische Sicherheitsbeauftragte aus. Er war ca. 175 cm groß. Ich glaube bis heute noch, dass meine Oberarme dicker sind als seine. Sein braunes, leicht gelocktes Haar und seine Brille aus den 30er-Jahren des letzten Jahrhunderts lassen seine Erscheinung an einen Nerd knüpfen. Aber zu unterschätzen ist er auf keinen Fall. Ich habe ihn einmal in Aktion gesehen. Er lief einem Verdächtigen hinterher, der mehr als hundert Meter Vorsprung hatte. Er richtete noch seine Brille und nahm dann die Verfolgung auf. Es hört sich zwar übertrieben an, aber man sah die Staubwolke, die er durch das Rennen auf dem Schotterweg aufgewirbelt hatte. Er war das perfekte Beispiel dafür, dass man Leute nicht nach dem Aussehen beurteilen sollte. Sein Job war es nicht nur, jeden zu überprüfen, der in die Tiefgarage fahren wollte, sondern auch jedem, der passieren durfte, einen frechen Spruch mit auf den Weg zu geben.

Am Anfang war es sehr komisch, von ihm solch einen Spruch zu bekommen, doch mittlerweile würde mir dieser Spruch fehlen. Ich fuhr vor, bis ich vor der Schranke stand. Peter kam auf mich zu, und ich drückte den Knopf an meiner Fahrertür, um das Beifahrerfenster zu öffnen.

»Guten Morgen, Herr Terenz. Wollen Sie wieder bösen Jungs den Popo verhauen?«, fragte mich Peter. Es war diese Normalität, die mich einfach glücklich machte. Jeden Tag fuhr ich bis zur Schranke vor, jeden Tag kam Peter auf mich zu, und jeden Tag kam er mit einem neuen frechen Spruch an. Es war schön zu merken, dass sich hier wohl nie etwas ändern würde.

»Nicht nur bösen Jungs, Peter«, antwortete ich ihm. Es war ein kleines Spiel. Nur zwischen ihm und mir, und heute hatte ich es so richtig genossen. »Wenn Sie nicht aufpassen, lasse ich ihren Popo auch mal verhauen.« Ich konnte ebenso gut mal freche Antworten auf Lager haben. Es kam zwar nicht oft vor, aber doch öfters, als man denkt. »Gut, dann freue ich mich darauf. Aber wenn, möchte ich die heiße Mietze aus ihrem Team haben.« »Gut, ich werde sehen, was sich machen lässt. Doch eventuell müssen Sie sich dann auch von mir Ihren Po verhauen lassen.« Wir beide mussten lachen. Er klopfte zwei Mal auf die Beifahrertür und gab mir ein Zeichen, dass er mich durchlassen würde. Ich ließ das Fenster automatisch wieder hochfahren, während ich den ersten Gang einlegte und in die Tiefgarage fuhr.

Oh, wie cool, dachte ich, als ich in der ersten Reihe sofort einen Parkplatz gefunden habe. Normalerweise musste man bis in die letzten Reihen fahren, um einen zu finden. Seit die Kollegen für Internetkriminalität in den elften Stock eingezogen waren, war die Suche nach Parkplätzen noch schwerer geworden. Ein letzter Blick auf die Uhr verriet mir, dass ich noch ca. drei Minuten hatte, bis Corta mich im Büro im fünften Stock erwarten würde. Die Plauderei mit Peter hatte mich etwas zu viel an Zeit gekostet, aber das war es mir wert gewesen. Ich verschloss meinen Wagen per Schlüssel, während ich auf dem Weg zum Fahrstuhl war. Ich hatte Glück, er war noch in der Tiefgarage, und ich konnte sofort einsteigen, in den fünften Stock fahren und würde sogar noch pünktlich ankommen. Und tatsächlich schien das Glück heute auf meiner Seite zu stehen. Der Fahrstuhl fuhr ohne Pause in den fünften Stock. Während der kurzen Fahrt musste ich an Peter Gelaus Aussage denken: *Aber wenn, möchte ich die heiße Mietze aus Ihrem Team haben.* Damit meinte er Sarah Porte. Und er hatte verdammt recht mit seiner Aussage. Ich liebe Kimberly, aber ich muss mir selbst zugestehen, dass ich kaum eine Frau gesehen habe, die attraktiver ist als Sarah. Als die Tür vom Fahrstuhl aufging, sah ich Jim, der nervös auf mich gewartet hat. »Da hast du aber noch einmal Glück gehabt, Thomas. Wir warten alle schon auf dich«, rief er mir leicht erregt zu, während er seinen linken Arm hob und auf seine Uhr tippte. Corta war ein typischer Polizist im mittleren Alter. Er ist ein ziemlich großer Mann, schätzungsweise 190 cm groß, mit schütterem Haar und einem ziemlich großen Ansatz eines Bauches. Aber er will es sich selbst nicht zugestehen, dass er zugenommen hat. Er trägt immer noch die Hemden, die er vor fünfzehn Jahren bekommen hat. Damals war er ein sehr durchtrainierter junger Mann, der hoch hinauswollte. Er hatte durch sein Engagement und seine harte Arbeit die Bosse da oben sehr schnell beeindruckt, von sich überzeugt und wurde daher sehr schnell befördert. Vor drei Monaten wurde er zum Kriminaloberkommissar ernannt und somit Teamleiter unserer kleinen Einheit, zu der er selbst vor drei Monaten noch zählte. Seitdem ist er noch schlimmer geworden. Früher war er schon sehr perfektionistisch und hatte eine ziemlich besessene Tendenz. Aber seitdem er Teamleiter ist, wurde das alles noch einen Takt schlimmer. Doch genau diese Charaktereigenschaften, die eigentlich sehr negativ sind, lassen ihn so erfolgreich sein bei dem, was er macht, und verhelfen uns zu großen Erfolgen. Er möchte alles, und das am besten sofort, und er lässt nicht locker, bis er das auch bekommt. Und genau dieser Ehrgeiz und diese Verbissenheit macht sich das Team, bei der Jagd auf Verbrechern, zum Vorteil. Wir gingen den rechten Flur, neben dem Fahrstuhl, entlang und kamen an mehreren Büros vorbei. Darunter auch das von mir, Sarah Porte und Sam Weiss. Am Ende des Flurs, also vor Kopf, lag das Büro von Jim. Es war um einiges größer als unseres, aber damit kamen wir schon zurecht. Rechts neben seinem Büro führte eine kleine Treppe zu einem Raum, welcher höher gelegt war. In diesem Raum hielten wir unser Meeting ab. In der Mitte stand ein großer achteckiger Tisch mit acht schwarzen, gepolsterten Stühlen. An der rechten Wand hatten wir unsere großen Tafeln, an denen wir unsere Beweise analysierten. Zu unserer linken Seite hatten wir einige Karten von Deutschland, an denen wir Standorte von Verbrechen lokalisieren konnten. Und vor Kopf hatten wir einige Monitore des Rechners stehen, um mögliche digitalisierte Nachrichten zu empfangen und digitale Beweise zu sichten. Sam Weiss und Sarah Porte saßen schon am Tisch, als Jim mit mir die Treppe hinaufging.

»Hast du deinen Arsch auch endlich aus dem Bett bekommen?«, fragte Sarah. Wer sie nicht kennt, würde diese Aussage als Angriff werten, doch mit der Zeit lernt man ihren Sarkasmus rauszuhören.

»Danke für die Nachfrage. Aber ich denke, wir haben es eilig?« Ich hatte einfach nicht den Nerv, auf ihre Frage die passende Antwort zu suchen. Sie runzelte die Stirn, als sie meine Antwort hörte, doch das konnte sie nicht von ihrer ziemlich guten Laune abhalten. »Oh, da ist jemand mit dem falschen Bein aufgestanden. Armes Tucki«, sagte sie, während sich ein großes Grinsen auf ihren Lippen abzeichnete. Wenn Sarah über die Straße geht, kenne ich keinen Mann, der sich nicht umdrehen würde. Sie ist eine ein Meter und achtzig Zentimeter große Frau und die Verkörperung des Ideals. Sie ist weder zu dick noch zu dünn. Das ist ein wahres Talent als Frau. Viele sind zu dünn und wollen immer noch dünner werden, andere sind dicklich, sehen dies aber nicht oder wollen es nicht sehen. Ihr braunes Haar schmiegt sich um ihr dünnes, eher längliches Gesicht und ist etwas mehr als schulterlang. Meist trägt sie ihr Haar offen, aber im Einsatz macht sie sich einen Zopf, der ihr mindestens genauso steht wie ihre Haare, wenn sie offen sind. Es macht ihr Gesicht noch hübscher, und ihre blauen Augen kommen neben den brauen Haaren sehr gut zur Geltung.

Das, was ich an ihr am meisten bewundere, ist ihr Lächeln. Sam sagte einmal: *Dein Lächeln kann Berge versetzen.* Und damit hatte er verdammt recht. Das Weiß ihrer Zähne strahlt noch heller als die Sonne. Und wenn sie lacht, bilden sich kleine Grübchen in ihrem Mundwinkel.

»Setzen wir uns«, sagte Jim sehr besorgt. Auch jetzt verstummte das Lächeln von Sarah.

Ich ging zu einem der vielen freien Stühle und setzte mich, während Jim jedem von uns eine Akte mit identischem Inhalt gab. »In der Nacht haben zwei Jogger im Wald am Stadtrand eine

Kinderleiche gefunden. Das Opfer war in eine Plastiktüte gewickelt und oberflächlich begraben worden«, erklärte Jim uns, während wir die Akte öffneten, um uns die Bilder anzusehen. »Einer der Jogger musste pausieren, da sein Schnürsenkel offen war, und sah dabei die Plastiktüte. Der Zeuge näherte sich der Tüte, um deren Inhalt zu bestimmen, und fand dadurch die Leiche. Derzeitig wird sie autopsiert, da ein natürlicher Tod auszuschließen ist, laut dem Kollegen, der in der Nacht vor Ort war. Es gab zahlreiche Hämatome und oberflächliche Schnittwunden.« Das war unser Stichwort, zu den restlichen Bildern umzublättern. Es war üblich, dass wir uns zurückhielten, bis Jim fertig war. So war es auch diesmal. Wir schwiegen, während wir uns die Bilder von dem möglichen Tatort ansahen. »In zwei Stunden sollten wir alle Autopsieberichte haben«, fügte Jim hinzu. »Alle? Das heißt, es gibt mehr als eine Leiche?«, unterbrach Sam ihn. Es war ungewöhnlich, vor allem Sam war nie einer, der dazwischensprach. Irgendetwas musste an dem Fall sein, dass er von seinem gewohnten Muster zurückwich. »Ja, Sam. Als die Spurensicherung die Leiche bergen wollte, fand sie noch drei weitere Leichen, ungefähr im selben Alter. Die Leichen wiesen schon fortgeschrittene Verwesungsspuren auf. Daher können wir davon ausgehen, dass sie schon vor längerer Zeit vergraben wurden. Vermutlich haben wir einen Friedhof entdeckt. Die Spurensicherung ist noch am Tatort, um den Ort nach weiteren Leichen und Spuren abzusuchen. Auch dieser Bericht müsste bis zum Mittag hier vor Ort sein. Wir werden nun versuchen herauszufinden, zu wem diese Kinder gehören und was mit ihnen gemacht wurde. Sam, du wartest auf die Obduktionsberichte und suchst anhand des Alters der Kinder und des geschätzten Todeszeitpunkts nach Vermisstenmeldungen. Sarah, du nimmst dir die Beweise vor, die am Tatort gesammelt wurden, und überprüfst sie auf Anomalien und Besonderheiten. Thomas, du kommst mit mir zum Tatort, wir werden uns alles noch einmal genau ansehen. Und wir werden uns die Zeugen vornehmen, ob ihnen sonst noch etwas aufgefallen ist. Ich möchte diesen Fall, so schnell es geht, aufklären«, erklärte Jim uns. In mir war alles dunkel. Nicht nur, dass meine Tochter im Sterben lag, nun hatte ich auch noch vier Kinderleichen. Der Tag war die Hölle, in mir war alles starr, als würde ich in einen Abgrund blicken. Nur wollte ich mir nichts anmerken lassen. Wir waren zwar ein sehr harmonisches Team, doch hatte ich Angst, dass meine Gefühle ein Zeichen von Schwäche wären. Jim und der Rest vom Team standen auf, um an ihrer jeweiligen Aufgabe zu arbeiten. Ich musste nun all meine Emotionen beiseiteschieben und wieder zu meiner gewohnten Professionalität zurückkehren. »Kommst du, Terenz, oder brauchst du eine Sondereinladung?«, schrie mir Jim zu, als er schon die Treppen runterging. *Okay, Thomas. Du schaffst das! Beiß die Zähne zusammen, und denk nicht an deine Tochter,* sagte ich mir, stand auch auf und folgte Jim zum Fahrstuhl, mit dem wir ins Untergeschoss fuhren, um dort in den Firmenwagen zu steigen und uns zum Tatort zu begeben.

12. KAPITEL

*Wenn du lange in einen
Abgrund blickst, blickt der
Abgrund auch in dich hinein.*
  (Friedrich Nietzsche)

Thomas Terenz, Sarah Porte, Jim Corta und Sam Weiss

Wir rasten die Schlossallee hinunter. Mir kam es vor, als würde Jim 100 km/h fahren. Die Bäume und die uns entgegenkommenden Fahrzeuge rasten an uns vorbei. Kaum erblickt, waren sie kurze Zeit später weit hinter uns. »Wie schnell fährst du, Jim?«, erfragte ich vorsichtig. Er mochte es absolut nicht, wenn man seinen Fahrstil kritisierte. »Schnell genug, um nicht zu spät zu kommen. Warum, hast du Schiss, Thomas?«, erwiderte Jim spöttisch. Ich hätte gern etwas genauso Spöttisches erwidert, doch hielt ich es in Anbetracht der derzeitig angespannten Situation nicht für angemessen. Er wollte lieber gestern als heute am Tatort sein, die Zeugen befragen und mich umsehen. In der leisen Hoffnung, dass der Täter oder die Täter etwas von sich dort fallen gelassen hatten, was uns die Auffahrt auf den Highway ermöglichte und uns zu den Tätern führte. Wir alle wussten, dass hier jede Minute zählen würde, um nicht noch mehr Leichen bergen zu müssen. Ich versuchte meine ganze Aufmerksamkeit auf den Fall zu legen, auch wenn mir der Fahrstil von Jim nicht gefiel. »Was glaubst du, Jim? Waren es mehrere Täter?«, fragte ich. Jim drehte seinen Kopf zu mir herüber. Ich hatte wohl ins Schwarze getroffen. Meist war es Jim, der die wichtigen und relevanten Fragen stellte. Ihn hat es wohl gewundert, dass ich diesmal die Idee hatte, bevor er sie äußern konnte.

»Das kann ich dir nicht sagen, Thomas, aber ich hatte denselben Gedanken. Es sind zu viele Leichen, um nur einen Täter zu haben. Auch wenn der Todeszeitpunkt der Opfer weit auseinanderliegt, fällt es schwer, sich vorzustellen, ein Mensch sei zu so vielen grausamen Verbrechen fähig. Aber die Kehrseite der Medaille zeigt uns, dass es wohl mehrere Menschen gibt, die auf diese kranke, perverse Scheiße stehen. Ich weiß nicht, welche Seite mir besser gefällt.« Darüber hatte ich noch nicht nachgedacht. Wie es wäre, wenn es mehrere Menschen gäbe, die Kinder so behandelten? Mir wurde ganz flau, als ich mir in Gedanken ausmalte, was solche Monster noch mit solchen armen wehrlosen Menschen machen könnten. Die Gedanken ließen mich nicht mehr los. Ich wollte ihm auch nicht mehr antworten. Ich verstand nun die Ernsthaftigkeit der Situation, in der sich unser Team befand. Wir fuhren gerade in den Forstweg ein, der uns zu dem Tatort führte, als Jim mich noch etwas fragte. »Stehst du das auch wirklich durch?« Ich wusste, dass er als mein Vorgesetzter von der Geburt und dem Sterben meines Kindes erfahren hatte. Ich dachte nur nicht, dass er mich darauf ansprechen würde. Ich brauchte einige Sekunden, um mir in meinem Kopf den perfekten Satz zurechtzulegen. »Es wird schon«, antwortete ich. Ich fragte mich selbst, wie ich auf so eine nüchterne Antwort kommen konnte. Ich hatte mir mindestens zehn bessere Antworten im Kopf zusammengelegt, doch die Frage bewirkte, dass meine Zunge mal wieder schneller war, als ich wollte. »Entschuldigung.« Jim schaute mich an und nickte verständnisvoll. »Ist okay, Thomas. Wenn was ist, ich bin da.« Die Stimmung war sehr kalt und distanziert. Ich hatte es aber auch nicht anders erwartet nach meinem Satz.

Als wir an dem Absperrband der Polizei ankamen, hielt Jim an, und wir stiegen aus. Ein 100 m² großes Quadrat war mit Absperrband markiert worden. Wir hoben das Band an, um besser darunter herlaufen zu können. Ziemlich mittig fanden wir vier Löcher vor, die gegraben wurden, um die Leichen aus der Erde zu holen. An den vier Ecken des Quadrates standen vier Strahler, die den Tatort auch in der Nacht mit ausreichend Licht versorgt hatten. Doch nun brauchten wir diese Lichter nicht mehr. Es war jetzt fast Mittag, und die Sonne schien am Himmel und versorgte uns, trotz des dichten Waldes, mit genügend Licht für die Arbeiten.

An der hinteren rechten Ecke stand noch jemand von der Spurensicherung, der gerade mit seinem Mobiltelefon am Reden war. Jim und ich sahen uns an dem Tatort um, um uns ein erstes Bild von dem Fall zu machen. Der erste Eindruck ist immer wichtig. Man hat noch einen neutralen Blick auf die Gegebenheiten und versucht nicht die Beweise so auszulegen, dass sie zum Fall passen. Jim lief zur ersten Grabungsstelle, die neben einem Baumstumpf war, und ging in die Hocke. »Thomas, komm mal her«, rief er mir zu. Doch er bemerkte nicht, dass ich längst auf dem Weg zu ihm war und schon fast hinter ihm stand. Als ich auch an dem Loch stand, ging ich ebenfalls in die Hocke, um zu sehen, was er sah. Doch da war nur das Loch, aus dem die Leiche rausgeholt wurde. »Was genau siehst du da?«, fragte ich, während ich noch einmal genauer hingeschaut habe, ob ich eventuell etwas übersehen hatte. »Das Loch ist eventuell 45 oder 50 cm tief«, erklärte er mir. Das war mir zwar aufgefallen, aber ich hatte es nicht als relevant angesehen. »Die Täter haben sich keine Mühe gegeben beim Verstecken der Leichen. Ich sehe darin einen Widerspruch.« Ich verstand nur Bahnhof. Ich fragte mich, wieso das nun ein Widerspruch sein sollte. Ich merkte, dass ich noch nicht ganz bei der Sache war. »Wenn Täter die Leichen vergraben, haben sie ein ziemliches Interesse daran, dass die Leichen nicht gefunden werden.« Nun fiel es mir wie Schuppen von den Augen. Sprichwörtlich hat es »Klick« gemacht. »Ja, richtig. Sie haben sie aber nicht tief vergraben. Durch Witterungsbedingungen, wie in unserem Fall, wurde eine der Tüten freigelegt. Warum also diese Oberflächlichkeit, sie hätten sie auch einfach tiefer vergraben können oder sie erst gar nicht vergraben müssen«, erläuterte ich. »Richtig.« Gerade als er noch weitere Ausführungen erläutern wollte, beendete der Mann von der Spurensicherung sein Telefonat und kam auf uns zu. »Herr Corta, Herr Terenz. Wir haben vor dreißig Minuten die Untersuchung des Tatortes abgeschlossen. Alle relevanten Spuren haben wir in ihr Labor geschickt. Der Zeuge Patrick Müller, der die Leiche gefunden hat, musste ins Krankenhaus eingeliefert werden. Er stand unter Schock«, erklärte er uns, während er noch in seinen weißen Schutzanzug gekleidet war. »Haben Sie nur den begrenzten Bereich untersucht, oder erfolgten weitere Untersuchungen außerhalb?«, fragte ich. Ich wollte meine Unaufmerksamkeit von eben wieder gutmachen. »Sie meinen, ob der Tatort nicht eventuell größer sein müsste, da eventuell noch weitere Leichen etwas abseits liegen könnten?«, erwiderte er meine Frage mit einer Gegenfrage. Ich nickte bedächtig, und er fuhr fort. »Wir haben Bodenproben von verschiedenen Stellen außerhalb des markierten Feldes genommen. Wenn wir in den Proben organische Mineralien finden, die von einer Zersetzung kommen können, werden wir diese Stellen genauer untersuchen. Aufgrund der Tiefe der gefundenen Leichen können wir davon ausgehen, dass eventuelle weitere Leichen nicht viel tiefer vergraben wurden. Somit müsste in den Proben eine hohe Konzentration der Stoffe vorliegen.« »Sehr gut. Für uns ist hier nichts mehr zu machen, Thomas. Wir werden nun ins Krankenhaus fahren, um den Zeugen zu vernehmen«, sagte Jim und bedankte sich mit einem Handschlag bei dem Mann von der Spurensicherung für die Auskunft. Noch bevor ich mich auch mit einem Handschlag bedanken konnte, drehte der Mann sich um, um einen eingehenden Anruf anzunehmen. Wir suchten uns den schnellsten Weg aus dem markierten Quadrat, um dann mit dem Auto in das Krankenhaus zu fahren.

»Willst du deine Frau anrufen, Thomas?«, fragte mich Jim, als wir gerade aus dem Wald fuhren, um nach rechts auf die Brunnenstraße abzubiegen. In mir wurde alles starr, und ich fing an zu schwitzen. Wie konnte Jim mich das einfach so fragen, ohne Vorwarnung? Ich hatte gerade den Umstand verdrängen können, dass meine Frau zu Hause saß und am Boden zerstört war. Ich wollte nicht daran denken. Nicht wissen, wie viele Taschentücher sie schon verweint hatte. Nicht wissen, wie schlecht es ihr ging. Es klingt sehr kalt und herzlos. Aber es war mein Schutzschild. Ich war im Einsatz, um ein Monster zu finden, das kleinen Kindern wehtat. Ich konnte meine Gefühle nicht mit einbringen, dann wäre ich nicht mehr neutral gewesen, und wir hätten das Schwein eventuell nicht finden können.

»Tu das nicht, Jim«, sagte ich kleinlaut. »Tu was nicht, Thomas?« Er schien verwirrt zu sein, er wusste womöglich nicht, dass mir das Thema unangenehm war. »Mich daran erinnern, dass meine Frau zu Hause sitzt und …«, konnte ich gerade noch sagen, bevor er mir in mein Wort fiel. »Weint«, beendete er meinen Satz. »Thomas, hör mir mal genau zu«, sagte er, während er kurz seinen Blick von der Straße entfernte, um mich anzuschauen. »Als du heute in unser Büro gekommen bist, hast du weder zu Sam oder Sarah oder mir etwas gesagt. Du hast dir die Bilder der toten Kinder angeschaut, während du genau wusstest, dass dein Kind auch im Sterben liegt.« Autsch! Das war ein Volltreffer. Eine heftige und brutale Ohrfeige. Er wusste, dass er mich damit getroffen hat, und es tat ihm nicht leid, im Gegenteil, er hat es genau auf diese Reaktion angelegt. »Du hast dir die Gräber der Kinder angeschaut, ohne die Miene zu verziehen. Entweder bist du sehr kalt und herzlos, oder du willst dir keine Gefühle anmerken lassen.« *Ja, das hat gesessen*, dachte ich mir. Aber ich wusste, er war noch nicht fertig mit mir. Ich lag schon k. o. in der hintersten Ecke, doch er musste noch nachtreten, damit ich noch lange etwas davon hätte.

»Ich weiß, was in dir vorgeht. Du denkst, weil ich das noch nie durchmachen musste, wüsste ich nicht, wie es dir dabei geht? Falsch gedacht. Du denkst, dass es dich schwach macht, wenn du Gefühle zeigst, dass wir dich aus unserer kleinen Gruppe der Gerechten ausschließen.« Er nannte unsere Abteilung immer *Die kleine Gruppe der Gerechten*. Er kam einmal darauf, als er eine Serie aus Amerika gesehen hat, wo sich sechs der Charaktere als Superhelden verkleidet und am Silvesterabend den Preis für das beste Gruppenkostüm bekommen haben. Sie waren als Gerechtigkeitsliga von Amerika verkleidet. Von dem Zeitpunkt an nannte er uns *Die kleine Gruppe der Gerechten*. »Aber da liegst du falsch, Thomas! Wir sind ein Team, eine kleine Familie, in der jeder für den anderen da ist. Und das meine ich wirklich so. Ich glaube …«, er machte eine kurze Pause, um durchzuatmen, »wenn du lernst deine Gefühle zuzulassen, könntest du ein noch besserer Polizist werden, als du es bis jetzt warst. Gefühle machen dich nicht schwach Thomas, sie entmannen dich auch nicht, sie machen dich stark, und sie machen dich zu einem Mann.« Nun war er fertig, und ich lag winselnd und blutend am Boden. Zusammengekauert in der kleinsten Ecke, die ich finden konnte. Ich konnte und wollte vor allem auch nichts darauf erwidern. Ich wollte am liebsten aussteigen und nur noch weinen. Niemanden mehr sehen, niemandem mehr zuhören.

Wir schwiegen die restliche Autofahrt, bis wir am Krankenhaus angekommen sind. In der ganzen Zeit habe ich über das nachgedacht, was Jim mir auf so brutale Art und Weise beibringen wollte.

Es glich auf die eine Art der Peitsche, mit der er schlagartig Schmerzen zufügen konnte, und auf die andere glich es dem sprichwörtlichen Zuckerbrot, mit dem er mir Hoffnung machen wollte, dass alle für mich da sein und mich und vor allem meine Gefühle akzeptieren würden. Ich fragte mich, ob er Sam und Sarah auch von meinem Schicksal berichtet hatte oder ob er mir diese Ehre überließ? Aber diese Frage konnte ich mir nicht beantworten, und das war auch okay so.

Wir stiegen gerade aus dem Fahrstuhl im siebten Obergeschoss aus, um den Zeugen, der die Leichen gefunden hatte, zu befragen. Jim schwieg immer noch. Nachdem er mich verbal k. o. geschlagen hatte, hat er nicht mehr mit mir gesprochen. Ich wusste nicht, wie ich den Gesprächsball wieder aufheben konnte. Vor allem war ich mir unsicher, wie ich Jim den Ball zuspielen sollte.

Doch bevor ich mir darüber Gedanken machen konnte, hob Jim den schon lange liegenden Gesprächsball auf und warf ihn mir sanft zu. »Wenn du nichts dagegen hast, werde ich Herrn Müller die Fragen stellen«, erklärte mir Jim. Er wollte mich schützen, aber ich wusste nicht, ob ich das wollte. Ich war mir unsicher, ob ich nicht besser wieder in den Fall einsteigen sollte. Ich meine, ich war bisher keine große Hilfe, ich bekam keine eigene Tätigkeit, beim Tatort hatte ich auch nur rumgestanden und geschaut, aber keine Informationen gesammelt. Nun wollte Jim auch noch die Befragung übernehmen. »Wenn du nichts dagegen hast, werde ich das machen.« Ich versuchte nicht nur Jim von meinem Willen zu überzeugen, sondern auch mich. Mir wurde klar, dass Jim mich zu einem Psychiater schicken würde, wenn ich nicht langsam wieder der Alte würde. Er konnte mich in dieser Form nicht gebrauchen, und er wusste auch, dass ich nicht bereit war noch einmal zu einem Psychiater zu gehen. Ich musste nach dem ersten Todesfall zu einem Polizeipsychiater, der meine mentale Fähigkeit einschätzen sollte. Damals dauerte die Reparatur meiner seelischen Stabilität einige Monate. Es war eine sehr schwere Zeit für mein damaliges Team, da wir nicht sicher waren, ob ich überhaupt wieder in das Team zurückkommen durfte. Es stand eine lange Zeit sehr kritisch um mich. Aber mein damaliger Vorgesetzter setzte sich für mich ein, und ich konnte nach einigen Monaten zurück in meinen Beruf gehen. Wenn ich nun zu einem Polizeipsychiater gehen würde, würde meine Rückkehr sehr unwahrscheinlich sein. Dieter Boum ist seit einem halben Jahr Leiter der Kriminalpolizei in Brandenburg. Ich war ihm von Beginn meiner Karriere ein Dorn im Auge. Er legte mir einige große Steine auf meinen Weg zum Kriminalkommissar. Aber durch mein Engagement und meinen Willen habe ich die Steine vernichtet. Boum legte aber nicht nur mir Steine auf den Weg, sondern auch Jim Corta musste seine Steine vernichten auf dem Weg zum Kriminaloberkommissar. Wer in die höchsten Ränge der Polizei aufsteigen will, muss jeden ausschalten, der ihm in den Weg kommen könnte. Und das macht Boum mit allen Mitteln. Wenn ich zu einem Polizeipsychiater gehen müsste, würde er jede Möglichkeit ausschöpfen, dass ich nicht mehr in meinen Job zurückkehren dürfte. Das wusste Jim auch.

»Bist du dir sicher?«, fragte Jim vorsichtig, als wir vor der Tür des Zeugen standen.

»Nein. Aber wir beide wissen genau, dass ich keine andere Wahl habe«, erklärte ich recht energisch. Jim sagte nichts, er nickte nur bedächtig und gab mir symbolisch den Vortritt.

Noch einmal ganz tief durchatmen, und dann lässt du dir nichts anmerken, Thomas!, redete ich mir selbst ein. Ich trat vor die Tür, klopfte an und wartete auf die Aufforderung einzutreten. Nach wenigen Sekunden hörte man schwach durch die Tür, dass uns die Erlaubnis zum Eintritt erklärt wurde. Ich öffnete die Tür und ging als Erster in das Zimmer; Jim war hinter mir und schloss nach uns die Tür. In meiner rechten Hand hielt ich meinen Polizeiausweis, um Patrick Müller sofort meine Identität zu offenbaren. »Hallo. Mein Name ist Thomas Terenz. Kriminalkommissar. Das ist mein Partner Jim Corta«, stellte ich Jim vor, während ich ihn ansah, um den Zeugen zu symbolisieren, wen ich meinte. »Wir sind hier, um Ihnen einige Fragen zu dem gestrigen Vorfall zu stellen«, erklärte ich vorsichtig. Wir wussten, dass Herr Müller unter Schock stand und daher sehr sensibel auf das Thema reagieren würde. »Ich versuche Ihnen so gut wie möglich zu helfen«, erklärte der Zeuge, während er leicht stotterte. *Besser als nichts*, dachte ich mir.

»Erzählen Sie bitte, was Sie von der gestrigen Nacht noch wissen«, bat ich den Zeugen.

»Ich bin mit meinem Freund, Tim Kosser, durch den Stadtwald gejoggt. Beim Joggen bemerkte ich, dass mein Schnürsenkel offen war. Ich rief Tim zu, dass ich meinen Schuh binden muss und ihn gleich wieder einholen würde. Als ich mich dann bückte, um meine Schuhe zu schnüren, hörte ich so ein Rascheln. Ich sah mich um, da ich dachte, Tim wollte mich erschrecken. Als ich nach rechts blickte, sah ich etwas Weißes aus dem Boden schauen. Ich wollte wissen, was das war. Ich sah, je näher ich kam, dass es eine Plastiktüte war. An dem Teil, der aus der Erde rausschaute, war Blut«, erklärte er uns. In der Pause ergriff ich das Wort.

»War noch jemand anders im Wald, außer Ihnen und Ihrem Freund?« »Nein, wir waren auf dem ganzen Weg alleine. Wir sind ja nachts gejoggt. Um diese Uhrzeit ist da keiner«, sagte er. Es machte sogar einen Sinn. Der Wald war schon am Tag sehr unheimlich, nachts wollte ich da nicht durchgehen.

»Warum sind Sie denn nachts gejoggt?«, erfragte ich. »Wir arbeiten zu unterschiedlichen Zeiten. Er meistens morgens und ich nachmittags. Abends beziehungsweise nachts ist für uns die einzige Option, um gemeinsam joggen zu gehen.«

Ich überlegte, welche Frage ich ihm nun am besten stellen könnte.

»Was haben Sie gemacht, nachdem Sie das Blut an der Plastiktüte entdeckt hatten?«

Ja, die Frage gefällt mir, redete ich mir selbst ein.

»Ich habe erst nach Tim gerufen, doch er war schon zu weit weggelaufen. Ich grub die Tüte aus, bis ich den Inhalt einsehen konnte. Als ich dieses arme kleine Kind darin gesehen habe, schrie ich nach Tim, doch er hörte mich immer noch nicht. Ich wusste nicht, was ich machen sollte. Ich rannte weg, da ich mich übergeben musste. Nach Ewigkeiten kam Tim dann zurück und fand mich, wie ich da im Wald lag. Hätte ich gewusst, was in der Tüte war, hätte ich nie reingeschaut«, erklärte er uns, während ihm die Tränen runterliefen.

Ich beschloss, dass ich ihn nicht weiter mit Fragen quälen wollte.

»Gut, das wäre erst einmal alles. Ich danke Ihnen für Ihre Kooperation«, bedankte ich mich bei Patrick Müller. Jim notierte alle notwendigen Informationen, die der Zeuge äußerte.

Ich nickte Jim zu, um ihm zu zeigen, dass ich gehen möchte. Er drehte sich um und ging zu der Tür, die aus dem Zimmer führte. Als ich im Türrahmen stand, ging ich noch einmal zurück zu dem Bett, in dem der Zeuge, Patrick Müller, lag. »Wenn Ihnen noch etwas einfällt, melden Sie sich bitte bei uns«, erklärte ich ihm, während ich ihm meine Visitenkarte übergab.

Ich nickte ihm noch einmal zu, bevor ich mich erneut umdrehte, um nun endgültig das Zimmer mit Jim zu verlassen. Gerade als ich in dem Rahmen stand, hörte ich, wie der Zeuge sagte: »Wie halten Sie das aus, ständig solches Unglück mit anzusehen?« Die Frage war berechtigt, und ich konnte ihm keine ehrliche Antwort geben. Nicht, weil ich es nicht wollte oder weil es ihm nur schaden würde. Sondern weil ich es selbst nicht weiß. Ich blieb stehen und sagte ihm: »Nach einiger Zeit stumpft man ab.« Das war die ehrlichste Antwort, die ich ihm meinerseits geben konnte. Ich wartete, ob ich noch eine Antwort von ihm bekäme, doch schwieg er.

»Das war gut, Thomas«, sagte mir Jim, als wir aus dem Zimmer und wir auf dem Weg zum Fahrstuhl waren. »Die Befragung?«, fragte ich. Doch bevor ich Jim antworten ließ, sagte ich noch: »Ich habe schon mehrmals Befragungen durchgeführt. Was war heute anders als die anderen Male?«, hinterfragte ich weiter. »Ich meine nicht deine Befragung.« Nun war ich verwirrt. Wir blieben vor dem Fahrstuhl stehen. »Was meinst du denn?«, fragte ich ihn mit einem eindringlichen Blick. »Deine Antwort auf die Frage, wie wir das aushalten. Du hast eine sehr ehrliche Antwort gegeben. Das fand ich gut, und er hat auch gemerkt, dass die Antwort ehrlich war«, erklärte mir Jim. Und ich verstand, was er meinte. Bei maßgebenden Zeugen ist es wichtig, dass diese nicht an unserer Aufrichtigkeit zweifeln. Da ist es wichtig, immer ehrlich zu sein, aber zugleich nicht zu brutal ehrlich. »Freut mich.« Jim lächelte mich nur noch an, und wir warteten auf den Fahrstuhl, der sich gerade in der dritten Etage befand.

»Ich rufe Sarah und Sam an, wenn wir im Auto sind«, erklärte ich Jim. Noch bevor wir unser Auto erreichen konnten, ging auf mein Mobiltelefon ein Anruf an. Ohne auf das Display zu sehen, nahm ich den Anruf an. »Hallo Thomas«, begrüßte mich die Stimme am anderen Ende. »Wo seid ihr gerade?«, fragte mich Sam. Seine Stimme war hart und unfreundlich.

»Wir kommen gerade aus dem Krankenhaus. Wir haben den Zeugen befragt, der die Leichen gefunden hat. Leider konnte er uns kaum weiterhelfen, wir wollten gerade …«, konnte ich noch gerade sagen, bevor mir Sam ins Wort fiel. »Könnt ihr bitte in das gerichtsmedizinische Institut in der Parkstraße kommen? Das müsst ihr sehen.«

13. KAPITEL

Der Glaube an eine übernatürliche
Quelle des Bösen ist unnötig.
Der Mensch allein ist zu jeder
möglichen Art des Bösen fähig.
  (Joseph Conrad)

Jim Corta, Thomas Terenz, Sam Weiss, Sarah Porte und Dr. Maria Rother

Zwanzig Minuten nach Sams Anruf kamen Jim und ich in der Parkstraße 30 an. Hier hat das gerichtsmedizinische Institut seinen Hauptsitz. Gerade als wir den Wagen auf dem Parkplatz abgestellt hatten, kam uns Sam schon entgegen. Es schien, als würde er seit dem Anruf gespannt auf unser Eintreffen warten. »Was ist denn so wichtig, Weiss?«, fragte Jim genervt. Er nannte uns nur bei unserem Nachnamen, wenn wir Fehler gemacht haben oder wenn er sich durch uns und unser Verhalten genervt fühlte. »Als ich gerade auf die Berichte der Gerichtsmedizin gewartet habe, habe ich einen Anruf von Dr. Maria Rother bekommen. Sie bat mich, in das gerichtsmedizinische Institut zu kommen. Sie hätte etwas an den Leichen gefunden. Als ich sie in dem Institut gefunden hatte, führte sie mich in den Raum, wo sie die vier Autopsien durchgeführt hatte. Ich will nichts vorwegnehmen. Dr. Maria Rother ist noch in dem Raum, um euch das auch noch einmal zu zeigen«, erklärte uns Sam. Ohne ein weiteres Wort zu verlieren, gingen wir durch die Glastür am Haupteingang und wurden von den dort arbeitenden Sicherheitsbeauftragten durchsucht. Nach der begutachteten Sicherheit durften wir das Institut betreten, und Sam ging vor, um uns den Raum zu zeigen. In dem ersten Untergeschoss befanden sich mehrere Räume, in denen die Leichen autopsiert wurden. Zudem befanden sich auf dem Gang auch einige Zugänge zu den Kühlräumen, wo die Leichen aufbewahrt werden, bis sie zum Bestatter überführt werden.

Am Ende des Flurs befand sich der größte Raum, der für Autopsien genutzt wurde. Er konnte durch eine hölzerne Flügeltür betreten werden. Sam, der vor uns ging, öffnete uns die Tür, damit wir den Raum betreten konnten. »Hallo die Herren«, begrüßte uns die Gerichtsmedizinerin Dr. Rother. Wenn man sie das erste Mal sieht, könnte man auf den Gedanken kommen, dass sie hier ein Studiumspraktikum absolviert. Sie ist Mitte dreißig, und ungefähr ein Meter und siebzig Zentimeter groß. Durch ihr langes, leicht gelocktes braunes Haar und ihr sehr jung gebliebenes Gesicht wirkt sie wie eine Studentin, die gerade ihr Medizinstudium angefangen hat. Ihre grünen Augen passen sich optisch optimal an. Sie sieht viel jünger aus, als sie es in Wirklichkeit ist. Sie hat zwar nicht die Idealmaße von 90-60-90, aber ihr Körper ist dennoch sehr schlank und augenscheinlich ein Geschenk Gottes. Wenn sie abends in eine Disco geht, hat sie fünf Minuten später mindestens zehn Männer hinter sich, die das Blaue vom Himmel lügen, um bei ihr zu landen.

»Kommen Sie näher.« Sie stand angespannt vor einem silbernen Tisch, einer von dreien in dem Raum. Auf dem Tisch lag ein Leichnam, welcher mit einem weißen Tuch bedeckt war, was wohl zur Wahrung der Würde des Opfers diente. Immer wenn ich hier war, um Berichte abzuholen oder um mir Beweise an der Leiche anzusehen, fühlte ich mich sehr unwohl. In meiner Arbeit beschäftige ich mich zwar regelmäßig mit dem Tod. Aber das Gefühl der Machtlosigkeit, die mich in diesem Raum überrollt wie eine Lawine, ist immer gegenwärtig und bleibt. Das Gefühl, zu spät zu sein, da der Mensch schon hier liegt. Als ich das erste Mal hier war, kamen mir Zweifel an meiner Berufung. Ich wollte immer Polizist werden, um für Gerechtigkeit zu sorgen, aber welche Gerechtigkeit ist das, wenn das Opfer schon längst gefunden wurde, bevor wir zu arbeiten anfangen? Ich habe durch die Jahre das Gefühl abgebaut. Die Erfolge, die wir als Team erzielt haben, haben mein Gewissen zum Schweigen gebracht, doch überkommt mich jedes Mal das Gefühl der Machtlosigkeit, wenn ich in solchen Räumen bin und vor mir den bedeckten Leichnam sehe.

»Ich hoffe, Sie haben nicht gefrühstückt«, sagte Dr. Rother nüchtern. Wir schüttelten nur den Kopf. Jim war noch gespannter als ich. Ihm war klar, dass der Wunsch, uns hinzuzuziehen, nicht von Sam kam, sondern von der Gerichtsmedizinerin. Sie ging zu dem hintersten der drei Tische und zog die weiße Decke etwas hinunter, sodass man den Rumpf und den Kopf des Opfers sehen konnte.

»Fangen wir mit Opfer Nummer eins an. Der Leichnam ist männlich. Aufgrund der Größe des Jungen und der Zähne kann ich schätzen, dass er ca. vier bis sechs Jahre alt wurde«, erklärte Dr. Rother uns. »Sehen Sie sich die Zähne des Jungen an.« Sie öffnete den Mund. »Hier finden wir sowohl Milchzähne als auch Folgezähne. Es finden sich allerdings mehr Milch- als Folgezähne im Mundraum. Daraus kann ich schließen, dass der Junge zwischen vier und sechs Jahre alt war.« »Wann trat der Tod ein?«, fragte Jim. »Das kann ich nicht genau bestimmen. Aufgrund des Verwesungsstadiums, in dem sich der Leichnam befindet, ist eine genaue Bestimmung quasi unmöglich. Meiner Schätzung zufolge müsste der Leichnam schon ungefähr zwei Jahre unter der Erde gelegen haben. Es können aber auch vier Monate sein. Bevor Sie fragen, Herr Corta. Das Kind wurde ermordet. Es liegt eine Fraktur des Dens axis unter zusätzlicher Ruptur des haltenden Bandapparates vor. Die Medulla oblongata wurde dabei durchtrennt«, erklärte uns Dr. Rother.

»Okay. Haben Sie noch etwas an der Leiche gefunden außer dem Genickbruch?«, fragte Jim.

Ohne die Erklärung von Jim hätte ich die Ärztin fragen müssen, was sie mir in ihrem Fachchinesisch erklären wollte.

»Nicht an der Leiche, aber an den anderen. Die Leichen lagen noch nicht allzu lange unter der Erde, und dementsprechend war der Verwesungsgrad noch nicht allzu weit fortgeschritten«, erklärte sie, während sie zum mittleren Tisch ging. Auch da deckte sie den Leichnam wieder auf, sodass man den Rumpf und den

Kopf sehen konnte. »Dieser Leichnam ist auch männlich und ungefähr 3–4 Jahre alt. Ich habe an der linken Schläfe ein stumpfes Schädeltrauma gefunden, welches zum Tode führte. Vermutlich wurde dieses Trauma durch einen stumpfen rechteckigen Gegenstand hervorgerufen. Aber das ist nicht das, was ich Ihnen zeigen wollte«, sagte sie, während sie das Opfer auf den Bauch drehte. »Ich habe aufgrund der sehr sorgfältigen Untersuchung an dem Leichnam Einrisse an der Mastdarmöffnung gefunden. Sowohl frischere als auch verheilte«, sagte uns Dr. Rother. Ich wollte nicht hören, was sie uns nun sagen würde. »Es deutet auf mehrfachen und langwierigen sexuellen Missbrauch hin.« Nun konnte ich nicht mehr weghören. Ich musste es hören, doch genau das bereute ich nun. In mir drehte sich alles, und mir fiel der Satz von Jim wieder ein, dass es wohl mehrere kranke Schweine gäbe. Dr. Rother holte gerade Luft, anscheinend war sie noch nicht fertig. »Zudem habe ich einige Frakturen an dem Leichnam gefunden, die auch auf körperlichen Missbrauch hindeuten.« Sie drehte die Leiche wieder um. »Die linke Speiche weist zwei Frakturen auf, die sehr schlecht zusammengewachsen sind. Vermutlich wurde der Arm nach dem Bruch nicht ärztlich versorgt. Ich habe insgesamt sieben Frakturen gefunden. Nach dem Heilungszustand müssen diese Frakturen innerhalb von 1 bis 1 ½ Jahren erfolgt sein. An der anderen Leiche habe ich auch Einrisse der Mastdarmöffnung und der Scheide gefunden. Sowohl frischere als auch verheilte. Auch weist sie Frakturen auf, die genau wie bei diesem Opfer nicht ärztlich versorgt wurden.« Nun war sie fertig. Keiner von uns wollte mehr etwas sagen. Ich dachte, dass der Tag schon schlimm genug war, aber diese halbe Stunde hatte alles noch schlimmer gemacht. Diese Kinder wurden nicht nur misshandelt, sondern auch sexuell missbraucht. »Danke, Dr. Rother«, brachte Jim gerade so raus. Wir beschlossen, den Raum und das Institut zu verlassen, um an die frische Luft zu gelangen. »Eine Sache noch, meine Herren. Das jüngste Opfer, welches gefunden wurde, war dehydriert. Auch sollten Sie wissen, dass aufgrund ihrer Schädelform und ihrer Knochenstruktur diese Kinder aus verschiedenen Ländern stammen. Das Mädchen weist asiatische

Charakterzüge auf. Der Junge weist osteuropäische Charakterzüge auf.« Keiner von uns wollte mehr etwas erwidern. Auf dem ganzen Weg aus dem Institut haben wir geschwiegen. Ich hätte auch nicht gewusst, was ich noch hätte sagen sollen. Ich wollte nur an die frische Luft, in mir stieg der Drang auf, mich übergeben zu müssen. Doch bevor ich meine heiß ersehnte frische Luft bekam, befahl uns Jim, dass wir uns im Büro treffen würden, um alle Informationen zu sammeln. »Und Sam, du rufst Sarah an, sie soll auch sofort ins Büro kommen. Und keine Widerworte!«

Jim und ich machten uns auf den Weg ins Büro. Keiner von uns wollte auf der 23-minütigen Autofahrt was sagen. Wir beide mussten erst einmal verdauen, was wir gerade erfahren hatten. Nicht nur dass Kinder ermordet wurden. Nein, das war noch nicht schlimm genug, sie mussten auch noch vergewaltigt werden. Ich fragte mich, welches kranke Mistschwein so was armen, unschuldigen Kindern antun konnte. Aber eine Frage war noch präsenter als die Frage, wer so etwas machen konnte. Die Frage war, wie viele es von der Sorte noch gab. Wie viele Kinder wurden tagtäglich missbraucht, während wir ein sorgenloses Leben führten?

Als wir die qualvolle Autofahrt hinter uns gebracht hatten und uns im Fahrstuhl wiederfanden, räusperte Jim sich zwei Mal. »Hey Thomas. Was für ein krankes Arschloch macht so eine Scheiße?«, fragte er mich mit einer sehr verwundbaren Stimme. Es klang, als wäre er fünf Tage wach gewesen und in den fünf Tagen zehn Jahre gealtert. Ich konnte ihm keine Antwort darauf geben, ich wollte den Schuldigen nur finden, bevor noch mehr Kinder misshandelt und missbraucht würden. Jim sah mich auffordernd an. Er erwartete eine Antwort von mir, doch die bekam er nicht. In mir drehte sich alles. Die Bilder von unserem Tatort, die Bilder der Leichen, die Bilder, die durch die Befunde erzeugt wurden. Die Sätze, die ich heute hören musste, auch wenn ich es nicht wollte. Es mischte sich alles in meinem Kopf zu einem Cocktail der grausamsten Bilder und Geschichten, die ein Mensch erfahren konnte. Es war schlimmer als ein Horrorfilm, denn das war die Realität.

Als wir die Treppen zum Meeting-Zimmer hochgingen, saß Sarah schon auf einem der Stühle. Sie sah sehr ernst zu uns herüber, als wir das Zimmer betraten. Ich fragte mich, ob sie genau so einen tollen Tag hinter sich hatte wie wir. Ohne ein Wort zu sagen, setzten wir uns zu ihr und warteten nur noch auf Sam, um unsere Besprechung zu beginnen.

Keine fünf Minuten später schleppte sich auch Sam die Treppe hoch, gestresst von dem Fall.

Als er sich auf einen Stuhl gesetzt hatte, schob er sich mit einem Ruck näher an die Tischplatte. Eine unendliche Stille durchzog den Raum. Keine Chance zur Auflockerung.

»Was, was kam bei der Untersuchung der Spuren am Tatort raus?«, fragte Jim mit stotternder Stimme. Sarah sah ihn kurz an, senkte den Blick danach aber wieder. Sie war immer für die Untersuchungen von Beweisen verantwortlich. Sie entdeckte Beweisspuren, auch wenn sie noch so klein waren. Nichts blieb vor ihren suchenden Augen verborgen. »Ich habe mir jedes Beweisstück vorgenommen, welches eine hohe Chance auf eine Spur liefern könnte. Ich habe nichts Brauchbares gefunden. Derzeitig wird noch die Erde untersucht, in der die Leichen begraben wurden. Aber auch da, vermute ich, wird nichts rauskommen. Der Täter ist gut. Er weiß nicht nur, wie er Spuren vernichten kann, er weiß auch, wie er überhaupt erst keine hinterlassen kann.« »Wie meinst du das, Sarah?«, fragte Sam. »Er hat die Leichen an einem Ort begraben, an dem täglich rund 1000 Menschen vorbeigehen und joggen. Jeder Mensch hinterlässt beim Vorbeigehen Spuren von sich an dem Ort. Gehen wir spaßeshalber vier Jahre zurück, wo die erste Leiche eventuell begraben wurde. Das macht meiner Rechnung zufolge ca. 1,5 Millionen Menschen, die in der Zeit an dem Tatort vorbeigegangen sind und ihre Spuren hinterlassen haben. Leute, die Nadel in einem Heuhaufen zu suchen ist einfacher.« Wir schwiegen, da wir wussten, dass wir nichts hatten.

»Dann sind wir bei null. Wir haben am Tatort nichts gefunden, was uns auf eine Fährte bringen könnte. Das Einzige, was wir feststellen konnten, war die Tiefe der Gräber«, erklärte Jim. »Das Einzige, was uns teilweise weiterbringt, haben wir in der Gerichtsmedizin erfahren.« Sarahs Blick richtete sich auf, und ihre Augen bekamen das Funkeln zurück, was jeder so an ihr liebte. Die Hoffnung auf ein gutes Ende. »Die Kinder wurden sowohl körperlich als auch sexuell über Monate misshandelt. Die Leichen weisen einige Frakturen auf. Aber Genaues konnte uns Dr. Rother noch nicht sagen. In dem Bericht, den wir hoffentlich in Kürze erhalten, würde mehr drinstehen«, erklärte Jim. Sarahs Augen hatten das Funkeln wieder verloren. Vermutlich hoffte sie, dass es nichts zu Grausames war, was die Rechtsmedizinerin gefunden hatte. »Nun liegt all meine Hoffnung bei dir, Sam. Was haben die Vermisstenmeldungen ergeben?«, fragte Jim, aber ohne Hoffnung zu hegen. Irgendwie war uns allen klar, dass auch Sam keinen genauen Hinweis durch die Meldungen erhalten hatte. Wer ein Kind so misshandelte und tötete, würde es wohl nicht als vermisst melden. »Ich bin fünf Jahre zurückgegangen. Es gab in den letzten fünf Jahren 5000 Meldungen. Ich habe versucht, die Suche noch etwas einzugrenzen. Ich habe nur nach den Menschen gesucht, die im Alter zwischen 1–6 Jahren verschwunden sind. Die Zahl senkte sich dann auf 600 Kinder in den letzten fünf Jahren. Dann habe ich noch überlegt, welche Faktoren ich des Weiteren mit einbringen könnte, um die Suche noch mehr einzuschränken. Also habe ich die Kinder ausgelassen, die lebendig wiedergefunden wurden. Dann waren es nur noch 200 Kinder. Zudem habe ich die ausgelassen, die tot wiedergefunden wurden. Dann gab es noch 80 Kinder, die derzeitig noch vermisst sind. Aber die Zahl ist immer noch zu groß, um damit zu arbeiten, und weiter einschränken lässt sich die Zahl leider auch nicht mehr«, sagte Sam. »Hast du auch daran gedacht, eventuell die Suche auf unsere Region einzuschränken?«, fragte Jim. Sams Gesichtsausdruck veränderte sich sofort. Ohne etwas zu sagen, sprang Sam förmlich auf, eilte zu einem der Computer im Zimmer und schaltete den Bildschirm ein. Die Seite, die sich nach dem Einschalten öffnete, verlangte das Passwort, um den Zugriff auf den Polizeicomputer zu authentisieren. Nach dem erfolgreichen Log-in öffnete sich der Desktop. Sam benutzte ein Programm, welches einem die Möglichkeit eröffnet, nach Personen zu suchen, und die wichtigsten Daten der Person offenbart.

Nach einigen Eigenschaften, die Sam in den Computer getippt hat, suchte der Rechner nach passenden Personen, die in dem Alter in der Region noch vermisst waren.

Während der Zeit, die der Rechner zum Suchen brauchte, blieb Sam an dem Computer stehen, und wir sahen ihn an und warteten auf ein Ergebnis. »Gute Idee, Jim!«, strahlte Sam uns leicht an. »Wir haben nun noch zehn Kinder, die in Sachsen weiter vermisst werden.« »Grenze die Suche noch weiter ein. Suche nach Gewalt in den Familien. So ein gewalttätiges Verhalten entsteht nicht von heute auf morgen. Fang an mit leichter Körperverletzung, Gewalt in der Ehe, Schlägereien«, brachte ich hervor. Sam hörte mir, während er wieder in die Tasten des Computers haute, zu. »Sehr gut. Wir kommen voran! Wir haben nur noch drei Kinder, die auf unsere Kriterien passen!«, strahlte Sam. »Kevin Kamm, sieben Jahre nun. Wurde am 21. November 2010 vermisst gemeldet. Damals war er vier Jahre alt. Die Eltern sind die Eheleute Mandy und Sascha Kamm. Sascha Kamm wurde zweimal verurteilt. Das erste Mal vor sieben Jahren wegen schwerer Körperverletzung. Oh Gott. Er brach einem Mann den Kiefer und vier Rippen, weil er seiner Frau einen Drink ausgegeben hatte. Er bekam ein Jahr und sieben Monate auf Bewährung. Unser tolles Rechtssystem. 2008 wurde er erneut wegen schwerer Körperverletzung zu drei Jahren Haft verurteilt. Er brachte seinen ehemaligen Chef ins Krankenhaus. Das zweite Kind ist Helena Tohl. Sie spielte am 13. April des Jahres 2007 im Garten der Eltern. Eva Tohl sagte aus, dass das Telefon geklingelt habe und sie drangegangen sei; nach fünf Minuten sei sie wieder im Garten gewesen, und ihr Kind war weg. Ihr Ehemann Philipp war zu der Zeit arbeiten. Aber Herr Tohl hat ein Problem mit dem Alkohol. Seine Frau Eva kam 2009 mit einem Trümmerbruch der rechten Elle und einer gebrochenen Nase ins Krankenhaus. Sie sagte aus, sie wäre die Treppe hinuntergefallen, doch der Arzt notierte noch, dass der Mann nicht einmal laufen konnte, so alkoholisiert wäre er gewesen. Es kam aber nie zur

Anzeige. Doch drei Monate später schlug er erneut eine Frau ins Krankenhaus. Auch sie hatte eine gebrochene Nase und einige Blutergüsse. Er wurde zu zwei Jahren auf Bewährung verurteilt.« Nun hielt uns nichts mehr auf den Stühlen. Wir gingen alle zu dem Computer, von dem Sam die Fakten ablas, um auch zu sehen, wo die Auffahrt zum Highway war. »Unser letztes Mädchen ist Katja Lohne. Sie ist erst vor neun Monaten verschwunden. Sie kam von einer Freundin nicht nach Hause. Vor fünf Tagen ist sie fünf Jahre geworden. Oh Gott. Ihre Familienverhältnisse sahen ähnlich aus wie bei Kevin und Helena. Der Vater wurde wegen Körperverletzung zu drei Jahren Haft verurteilt, als er nach einem Fußballspiel die Fans der gegnerischen Mannschaft fast zu Tode geschlagen hat.« Ja, das war unsere Auffahrt zum Highway. »Okay. Sarah, du fährst zu Familie Kamm, Sam, du fährst zu Familie Lohne, und ich fahre zu Familie Tohl«, erklärte uns Jim unsere Aufgaben. Doch als er fertig war und jeder seine Aufgaben hatte, fragte ich mich, was ich nun machen sollte! »Was ist mit mir, Jim?«, fragte ich ihn. »Du fährst nach Hause, Thomas. Wir kommen den restlichen Tag auch ohne dich aus, aber deine Frau braucht dich heute mehr als wir.« Gerade als ich etwas erwidern wollte, unterbrach Jim mich sofort. »Nein, Thomas. Du brauchst gar nicht zu glauben, dass du mir widersprechen kannst! Du gehst nach Hause, und wir sehen uns morgen wieder. Wir berichten dir sofort, wenn sich etwas Neues ergibt. Sarah, Sam, wir fahren nun los.« Bevor ich etwas sagen konnte, schnappten sich die drei ihre Jacken und stürmten aus dem Meeting-Zimmer. Ich blieb alleine in dem Zimmer zurück. Alleine mit all meinen Fragen, mit all meinen Befürchtungen. Ich ging noch einmal um den Tisch, wo wir eben gesessen hatten, und berührte die Platte sanft mit meinem rechten Zeigefinger. Dieser melancholische Moment fühlte sich wie eine Ewigkeit an. Eine Ewigkeit, die ich in meinen Gedanken und meinen Empfindungen gefangen war. Ich schlenderte in meiner verträumten Art zu dem Rechner, an dem eben noch alle standen, während Sam die Fakten wiedergab. Ich schaute auf den Bildschirm und sah die verschiedenen Fotos der drei Familien, die auch eines ihrer Kinder verloren hatten.

Eventuell nicht für immer, aber für eine qualvoll lange Zeit. Ich fragte mich, was schlimmer wäre. Ein Kind aufwachsen zu sehen und es dann zu verlieren oder das Kind direkt nach der Geburt zu verlieren. Während ich über meine Frage nachdachte, fragte ich mich, ob es überhaupt eine Abstufung zwischen den Verlusten gab. Ein Kind zu verlieren ist schlimm genug, egal wie lange man mit ihm die Zeit auf Erden verbringen konnte. Mit dem Gedanken schloss ich das Fenster am Rechner, meldete Sam ab und ging aus dem Meeting-Zimmer. Es war ein schmerzvoller Anblick, das Zimmer zu sehen, zu wissen, wir hatten einen Fall, aber auch zu wissen, dass man nicht wirklich mitarbeiten durfte.

Es ist eine grausame Ironie. Ich sollte nach Hause gehen, aber bei mir zu Hause lief derselbe Horrorfilm wie hier, nur dass ich dort der Hauptdarsteller war. Genau der Charakter, der mit Freude in die offenen Arme des Mörders lief.

14. KAPITEL

Ideologien trennen uns.
Träume und Ängste bringen
uns einander näher.
  (Eugène Ionescu)

Kimberly und Thomas Terenz

»Kimberly, ich bin daheim«, rief ich in das Wohnzimmer, als ich durch die Garage in das Haus kam. Nichts von Kimberly zu hören. »Kimberly, bist du da?«, rief ich erneut. Als ich in das Wohnzimmer kam und die Tür hinter mir schloss, fiel mir sofort auf, dass im unteren Geschoss kein Licht brannte. In mir stieg eine unbändige Angst auf. »Kimberly? Liebling?«, flüsterte ich schon fast. Ich wusste nicht, welcher Gedanke mir mehr Angst machte. Der Gedanke, sie könnte sich selbst etwas angetan haben, oder der, jemand habe ihr etwas angetan. Immer noch keine Antwort von ihr. In mir kroch langsam die Panik immer höher in mein Bewusstsein. Ich griff mit meiner rechten Hand nach unten an meinen linken Fußknöchel und schob mein Hosenbein etwas hoch. Mein Vater schenkte mir zu Beginn meiner Karriere bei der Polizei eine Smith & Wesson Kaliber neun Millimeter, die ich seither an meinem linken Fußknöchel trage. Langsam schob ich meine Smith & Wesson aus der Halterung und zog sie aus meinem Hosenbein raus. Mit der linken Hand griff ich zu meinem hinteren Hosenbund, um von meinem Spezialgürtel meine Taschenlampe herauszuziehen und mir einen kleinen Weg freizuleuchten. Als Polizist zieht man seine Waffe und seine Taschenlampe, um sich an Ort und Stelle zurechtzufinden. Mit der Waffe in der rechten Hand und der Taschenlampe in der linken ging ich vorsichtig durch das Wohnzimmer. Ich lebte schon einige Jahre in diesem Haus. Ich hätte bis heute Morgen blind durch mein Haus gehen können. Ich hätte genau gewusst, wo sich jedes Möbelstück befindet und in welcher Ecke wir Blumen stehen haben. Doch jetzt war ich komplett orientierungslos. Ich wusste nicht einmal mehr, wo unser Wohnzimmer in unsere Küche übergeht. Ich hätte mich wohl selbst mit Flutlichtbeleuchtung nicht mehr zurechtgefunden. Auf Zehenspitzen schlich ich durch die Zimmer, bis ich an der Treppe ankam, die nach oben führt. Vorsichtig beleuchtete ich den Aufgang zum Obergeschoss. In mir drehte sich alles. Ich wollte am liebsten nach meiner kleinen Kimberly schreien, in der Hoffnung, dass sie mich hörte. Aber die Gefahr, dass jemand bei ihr war, war zu groß. Wenn er mich bisher noch nicht bemerkt hatte, hatte ich noch eine große Chance. Ich hätte nie gedacht, dass ich meine Waffe ziehen und durch mein eigenes Haus schleichen müsste. Aber manchmal gibt es Tage, wo sämtliche Prinzipien über Bord geworfen werden. Vor allem dann, wenn es um das Leben und die Sicherheit von geliebten Personen geht. Ich drückte die Smith & Wesson in meiner Hand noch fester und seufzte leise. Ich schaute die Treppe hinauf und wagte meine ersten vagen Schritte in der Hoffnung, keine großen Geräusche dabei zu erzeugen. Nach einigen Schritten hörte ich leise eine Stimme. Ich konnte weder erkennen, was die Stimme sagte, noch wusste ich, wem die Stimme zuzuordnen wäre. Ich ging vorsichtig weiter die Treppe hinauf, und je höher ich kam, desto deutlicher und klarer war die Stimme. Ich ließ mich einige Momente auf diese Stimme ein und den Stein, der auf meinem Herzen ruhte, fallen. Jemand hörte Musik, aber das Lied konnte ich nicht zuordnen. Ich wusste auch nicht, ob das Musik wäre, die Kimberly gefallen würde. Sie hört an sich sehr wenig Musik, und ehrlich gesagt habe ich noch nie darauf geachtet, welche Musik sie bevorzugt. Auch wenn die Gefahr noch nicht sicher abgeklungen war, wollte ich dem möglichen Angreifer keine Chance bieten. Ich ließ die Smith & Wesson zwar noch in meiner Hand, aber die Hand am Körper herunterhängen. Die Taschenlampe steckte ich vorsichtig wieder in meinen Spezialgürtel. Mit meiner angespannten Körperhaltung schlich ich mich die Treppe weiter hinauf. Ich wollte einen möglichen Angriff nicht noch anheizen, indem ich unnötige Geräusche von mir gäbe.

Ich hatte schon fast das Ende der Treppe erreicht und sah bereits den Eingang zum Flur, als ich plötzlich Schritte hörte. Sie kamen aus einem der Zimmer, die im Obergeschoss lagen. In mir rollte eine Welle von Panik an und erfüllte mich komplett. Die Schritte kamen immer näher, und mein ganzer Körper verkrampfte sich noch mehr. Mir schossen Tausende Gedanken durch den Kopf. Je näher die Schritte kamen, desto mehr Angst stieg in mir auf. Ich stellte mich mit dem Rücken an die Wand der Treppe und spähte hinauf. Mein Herz rannte schneller als je zuvor. Ich hörte die Schritte deutlicher als je zuvor. Ich schlich vorsichtig die Treppe hinauf. Stufe für Stufe. Die Schritte kamen immer und immer näher. Um dem Angreifer nicht in die Arme zu laufen, blieb ich kurz vor dem Ende der Treppe stehen. Ich starrte auf den Flur, wo sich der Schatten immer weiter näherte. Ich atmete einmal tief durch und zielte mit der Waffe auf den Flur, um jeden Moment den Abzug zu drücken und der Person eine Kugel in den Kopf zu jagen.

Ich schloss die Augen und atmete noch einmal tief durch, um meinen Puls runterzubekommen. Je nervöser ich war, desto unsicherer und unkontrollierter würde mein Schuss.

Gerade als ich meine Augen geöffnet hatte, sah ich die Person, die sich über den Flur geschlichen hat. Mir fiel im ersten Moment ein Stein vom Herzen. Es war Kimberly. Ich atmete tief aus, und meine Waffe fiel aus der Hand. Ich sah sie an und war glücklich. Auf den ersten Blick ging es ihr ansatzweise gut, ich sah keine sichtbaren Verletzungen. Doch ich wusste, sie hatte innerliche Verletzungen. Tief klaffende Wunden, aus denen Blut in Strömen floss.

Als ich in ihr verweintes Gesicht sah, sah ich tiefe Trauer und Wut. Ich war ratlos. Ich stand auf der Treppe, auf der letzten Stufe, und wusste nicht mehr weiter. Ich konnte nicht laufen. Nicht weglaufen, nicht hinlaufen. Alles in mir war wie gefroren. Ich konnte nur in das verzweifelte, verweinte Gesicht meiner Frau sehen. In diesem Moment brach in mir eine Welt zusammen. Nur was genau gebrochen war, konnte ich in diesem Moment noch nicht sagen. Ich wusste bloß, dass es etwas Mächtiges sein musste. Dieses Gefühl, das in mir aufstieg, war unerträglich. In meinem Magen sammelte sich dieses brodelnde Gefühl der Angst, der Verzweiflung und des Hasses und rollte aus meinem Magen hoch. Hoch in meine Kehle und dann in meinen Mund. Es lag auf meiner Zunge. Der Geschmack der nackten Angst tanzte auf meiner Zunge Tango und führte meine Sinne ins Exil.

»Scha-Schat-Schatz?«, stammelte ich, als ich merkte, dass meine Frau geistig abwesend war. Ihr leerer Blick machte mir noch mehr Angst. Egal welche Steine das Schicksal ihr in den Weg legte. Sie sammelte jeden Stein und baute aus der Vielzahl der verschiedenen Steine ihr eigenes Schloss. Aber den Stein, der ihr nun in den Weg gelegt wurde, konnte sie wohl nicht heben. Nicht damit ihr Schloss weiterbauen. Nein, er war für sie zu schwer. Und nun war es meine Aufgabe, ihr bei dem Stein zu helfen. Zu helfen ihn aus dem Weg zu räumen und ihr Schloss weiterzubauen.

Sie antwortete mir auf mein Gestammel nicht. Sie sah mir nur in meine Augen. Sie suchte nach der Hoffnung, die sie nicht mehr hatte, doch hatte ich diese Hoffnung? Oder was genau suchte sie nun in meinen Augen?

»Schatz? Was ist passiert?«, brachte ich mit Mühe heraus. Ich sah sie an und wartete auf eine Reaktion von ihr. Ihr Gesicht wurde weicher. Es glich wortwörtlich einem brechenden Damm. Einem Damm, welcher die ganzen Gefühle in ihrer Seele halten sollte, damit sie nicht nach draußen kämen.

»Sie haben angerufen …!«, stotterte sie. »Wer hat angerufen?« Sie brauchte eine Pause, um mir zu erzählen, was heute passiert war. »Das Krankenhaus hat angerufen.« Mit diesem Satz hat sie den letzten Hammerschlag angesetzt, um den Damm brechen zu lassen. Das Wasser schoss in Form eines Walls von Tränen aus ihren Augen. Ihre Beine wurden wacklig, und sie schien sich nicht aufrecht halten zu wollen. Der Wall der Tränen hat sie noch mehr geschwächt. So sehr, dass sie sich nicht einmal mehr halten konnte. Doch bevor sie vollständig auf die Knie gesunken ist, hielt ich sie schon im Arm. Sie musste nichts weiter bemerken. Ich wusste schon, was sie sagen wollte. Auch mein Damm hatte nun Risse bekommen. Der Anblick meiner Frau, wie sie zusammenbrach, wirkte wie ein Vorschlaghammer. Ich wollte sie nicht mehr loslassen, ich wollte sie nie mehr verlassen. Dieser Moment auf dem Treppenvorsprung, als sie mir im Arm lag und sich ausweinte, schwächte mich nicht. Nein, es gab mir das Gefühl von Stärke. Trotz der Schläge und der Risse in meinem Damm hatte ich das Gefühl, stärker denn je zu sein. Es war ein Gefühl der Ewigkeit.

15. KAPITEL

Nichts verankert Geschehnisse
so fest im Gedächtnis wie der
Wunsch, sie zu vergessen.
  (Michel de Montaigne)

Thomas Terenz, Kimberly Terenz und Dr. Morens

17:34 Uhr. Wir haben den restlichen Tag auf der Couch verbracht und über uns geredet. Darüber, wie glücklich wir waren und wie schnell die Zeit verflog. Wir erinnerten uns an unsere Hochzeit. Haben uns unsere Hochzeitsbilder angesehen und schwebten wohlwollend in Erinnerungen. Ich wollte sie ablenken, dass sie nicht mehr an den Tod unseres dritten Kindes denken musste. Ich saß auf der Couch, während ich meine Frau auf meinem Schoß liegen hatte. Nach langen Gesprächen und vielen Bildern ist sie eingeschlafen. Der Blick meiner Frau, wie sie friedlich schlief, erfüllte mich mit Glück. Vor mir auf dem Tisch lag unser Fotoalbum mit allen Bildern. Ohne groß darüber nachzudenken, griff ich zu dem Album, um mich wieder in die Vergangenheit zu versetzen. Damals, als wir noch keine drei Kindesbeerdigungen miterlebt hatten, noch keine Trauerberatung brauchten und unsere größte Sorge war, welche DVD man am Abend sehen möchte. Ich schlug das Album auf der ersten Seite auf, ließ mich voll und ganz auf die Bilder ein und tauchte in meine Gedanken ein. In eine Welt, in der es keine toten Kinder gab, keine Waffen und keine verzweifelten Frauen.

»Thoooooooooooooomass«, weckte mich Kimberly. Ich war mit dem Fotoalbum in der Hand eingeschlafen. Die Welt, in die ich eingetaucht war, wirkte so harmonisch auf mich, dass auch ich einschlafen konnte. Ich sah auf die Uhr über unserem Fernseher. Wir hatten nun 22:45 Uhr. Ich fragte mich, ob Kimberly auch die ganze Zeit geschlafen hatte. Meine Augen waren noch halb zu und mein Blick verschwommen. Ich rieb mir die Augen, um den Schlaf rauszubekommen. Er blieb aber bei mir, wie ein treuer Kumpan. Ich sah verschlafen zu meiner Frau runter und wartete auf eine Reaktion von ihr, nach dem sie mich nun aus dem Schlaf geschrien hatte, doch die erwartete Reaktion blieb aus. Ich brauchte noch wenige Momente, bis ich verstand, dass sie im Schlaf geschrien hatte. Ich wusste nicht, was schlimmer gewesen wäre. Der Gedanke, dass sie gerade wohl einen Albtraum hatte, in dem sie nach mir schrie, oder dass sie mich allgemein wach schrie. Aber je länger ich über den Vergleich nachdachte, desto lächerlicher wurde er. Ich wollte sie nicht wecken. Ich bin der Auffassung, dass man in Träumen eine Menge verarbeitet. Aber ich wusste, dass es nicht reichen würde, wenn sie es nur verträumte. Ich wusste, dass ich morgen einen Termin bei Dr. Emmer beantragen würde. Doch für heute hatte der Tag genug Schrecken über mich und meine Frau gebracht. Dieser Tag sollte nun endlich zu Ende gehen. Für heute wollte ich nur noch schlafen und nie wieder aufwachen.

Ich nahm meine Frau auf meinen Arm, trug sie durch unser Wohnzimmer die Treppe hoch und brachte sie in unser Bett. Ich stand noch einige Zeit daneben und sah meiner Frau beim Schlafen zu. Ich wollte den ganzen Tag Revue passieren lassen. Noch einmal über alles nachdenken und alles noch einmal überdenken. Ich deckte Kimberly zu und ging wieder zurück. Die Treppe hinunter durch das Wohnzimmer und dann in die Küche, um mir aus dem rechten obersten Hängeschrank ein Glas zu nehmen. Ich weiß selbst, dass Alkohol keine Lösung ist, aber es war die einzige Möglichkeit, um mein Gewissen zum Schweigen zu bringen. Und mein Gewissen konnte ich heute nicht mehr gebrauchen. Niemanden, der mir die Grausamkeiten zeigen wollte. Ich ging zu meinem Geheimvorrat an Alkohol. Kimberly bat mich immer den Alkohol verschwinden zu lassen. Ich trinke eigentlich keinen, aber an Tagen wie diesen brauche ich unbedingt einen großen Schluck, oder auch zwei. Hinter den Cornflakes habe ich meinen Vorrat an Wodka gelagert. Mein Glück ist, dass Kimberly keine Cornflakes mag und daher nie in dieses Regal schaut. Mit der Flasche in der rechten Hand und dem Glas in der linken ging ich zu meinem Schreibtisch. Langsam und vorsichtig schlich ich die Treppe hoch in mein Arbeitszimmer. Es ist ein 3 × 3 m² großer und quadratischer Raum, der mit hellem Laminat ausgelegt wurde. Vor Kopf steht mein Schreibtisch mit meinem Rechner. Die rechte Wand ist mit Büchern und Akten vollgestellt. Wir haben hier alle Möbel zusammengewürfelt, die wir noch hatten. Wir wollten erst die anderen Räume fertigstellen. Erst wenn wir Geld überhätten, wollten wir mein Arbeitszimmer neu gestalten, doch geriet der Gedanke immer wieder weiter in den Hintergrund. Ich stellte mein Glas auf den Tisch und die Flasche Wodka daneben. Ich setzte mich auf meinen Stuhl und schaltete meinen Computer an. Während er hochfuhr, schenkte ich mir den ersten großen Schluck ein. Ich hob das Glas an und hielt es auf Augenhöhe fest. Es war das Mittel, das alle meine Probleme besänftigte, sodass sie mir nicht mehr auf die Nerven gehen konnten.

Ich sah noch einige Sekunden auf mein Glas und schluckte dann den Inhalt auf einmal hinunter. In der Hoffnung, dass der Wodka mein Gewissen zum Schweigen bringen würde. Als der Wodka seine Wirkung zu entfalten anfing, war der Computer hochgefahren, und ich starrte auf meinen Bildschirmschoner. Es war ein Bild von Kimberly und mir in der Türkei. Dort waren wir vor fünf Jahren im Urlaub. Es waren zwei tolle Wochen, in denen wir all unsere Sorgen aus dem Koffer ausgepackt und hier zurückgelassen hatten. Diese zwei Wochen waren Balsam für unsere verletzte Ehe. Doch auch diese zwei Wochen haben uns nicht vor diesem Tag beschützen können. Ich öffnete mein Schreibprogramm und sofort öffnete sich ein leeres weißes Blatt mit dem nervig blickenden Strich, der mich zum Schreiben motivieren sollte.

Ich schob meinen Stuhl näher an den Schreibtisch heran und ließ den Tag und die Beweise Revue passieren.
• Leichen an einem belebten Ort vergraben
• Leichen lagen schon seit Jahren dort.
• Nicht tief begraben

- Warum fand niemand die Leichen?
- Leichenfund durch Wetter
- Vorher gab es aber auch schon Unwetter.
- Warum kein Fund davor?
- Andere Leichen waren besser vergraben oder durch irgendetwas geschützt?
- Warum war die Leiche nicht geschützt?
- Immer derselbe Ort, aber keine Zeugen,

schrieb ich auf. Ich versuchte mir die Bilder vom Tatort wieder ins Gedächtnis zu rufen.

Ich versetzte mich zurück an den Tatort. Ich ging in meinen Gedanken Schritt für Schritt durch. Der Wald, wo die letzte Leiche begraben war. Ich sah das Loch und blickte mich um. Ich sah überall Bäume, Sträucher. Ich sah den Mann von der Spurensicherung, ich sah Jim. Auch sah ich die Fundstellen. Aber nichts Neues, was mich weiterbringen konnte. Keine Möglichkeit, auf den Highway zu kommen. Ich versuchte den Wodka nicht über meinen Verstand herrschen zu lassen. Seine Aufgabe war es, mein Gewissen kampfunfähig zu machen, nicht meinen Verstand. Ich sah noch einmal auf meine Aufzeichnungen. Ich starrte sie förmlich nieder. Die Antwort stand da, doch sie war verkleidet. Meine Aufgabe war es, sie trotz der Verkleidung zu erkennen und zu entlarven. Die Antwort tanzte auf meinen Augen, doch ich konnte es nicht erkennen. Ich schüttete mir noch einen großen Schluck Wodka ein. Ich schaute in mein Glas und sah die unendliche Leere in mir. Ich war an dem Punkt angekommen, wo es nur zwei Wege gab. Entweder ich schüttelte den Staub von mir ab, machte weiter und würde diese Phase mit Kimberly zusammen meistern, oder ich gab mein Leben der immer leeren Flasche Wodka hin. Noch konnte ich keine Antwort finden. Auf keine meiner Fragen. Ich nahm das Glas in die Hand und ging noch einmal in mich. Versuchte die letzte versteckte Hoffnung aus ihrem Versteck zu kitzeln. Sie zum Spielen abzuholen. Ja, ein Katz-und-Maus-Spiel, bei dem ich die Katze war. Ich versetzte mich erneut an den Ort des Grauens und führte mein verzweifeltes

Ich durch meine Erinnerung. Ich sah mich noch einmal ganz genau um. Ich suchte nach etwas, was mir eine Antwort geben würde. Wieso wurde genau diese Leiche gefunden? Ich lehnte mich zurück, schloss die Augen und sah mich ganz genau um. Das Absperrband, der Typ von der Spurensicherung, die Fundorte. Die Gruben. Die hintere Grube war von Bäumen regelrecht umstellt. Ich sah hinter mich und entdeckte, dass auch die andere Grube von zwei Bäumen umstellt war. Ich drehte mich wieder zurück, sah auf das Loch, an dem ich kniete. Aber es war kein Baum da. Ich drehte meinen Kopf leicht nach links und an Jim vorbei. In meinem Augenwinkel hatte ich was entdeckt. Ich wusste nicht mehr, was es war. Doch ich musste es wissen. Ich rieb mir die Augen und versuchte mich trotz der späten Stunde zu konzentrieren. Ich ging noch einmal drei Schritte zurück. Ich war da, wo ich auf Jim zuging, als er mich rief, doch diesmal versuchte ich zu erkennen, was sich hinter ihm befand. Ich spürte den feuchten Boden unter meinen Schuhen, ich roch den Duft der Bäume und fühlte den Wind, der auf meiner Nase tanzte. Es war ein befreiendes Gefühl. Ich ging immer näher auf ihn zu. Alles hinter Jim war unscharf, egal wie sehr ich versuchte Klarheit reinzubringen. Kurz bevor ich bei Jim angekommen bin, wurde meine Erinnerung klarer. Und ich konnte endlich erkennen, was ich davor nur schemenhaft wahrgenommen hatte. Mein Puls wurde immer schneller, und ich fing an zu schwitzen. Meine Hände fingen an zu zittern, und ich hatte Probleme, mich weiter zu konzentrieren. Das Gefühl, endlich die Auffahrt zu dem Highway gefunden zu haben, machte mich ganz nervös. Hinter Jim ragte ein kleiner Baumstamm heraus. Wie konnte mir das nur entgehen? Auch die Leiche war durch einen Baum geschützt, aber dieser wurde gefällt oder ist von alleine gefallen. Deswegen wurden diese Leichen freigespült! Sie hatten einfach keinen Schutz mehr wie die anderen. Ich öffnete langsam die Augen und starrte sofort wieder auf meinen Bildschirm. Immer noch blinkte der Strich unerlässlich. Er zeigte mir, dass ich noch nicht am Ende angelangt war. Ich hatte ein kleines Licht zum Strahlen gebracht, aber es war noch kein Sternenmeer, das es werden sollte. Es gab noch mehrere Fragen zu beantworten. Ich las mir alles noch einmal durch. Das Gefühl, dass ich irgendetwas übersehen hatte, ließ mir keine Ruhe. Ich fuhr mit meinem Schreibtischstuhl wieder näher an meinen Computer und mit meinem Gesicht ganz nah an den Bildschirm. Ich wusste, dass die entscheidende Frage da schon stand. Aber ich konnte sie nicht finden. Viele denken, dass es bei der Polizeiarbeit nur um das Sichern der Beweise, das Verhören von Verdächtigen und das Beantworten von Fragen geht. Das stimmt auch so weit. Doch das Wichtigste ist, die richtigen Fragen zu stellen, auf die wir dann die Antworten finden können. Die entscheidenden Fragen zur richtigen Zeit zu stellen. Also … Welche Frage ist hier die entscheidende? Wie konnten sie vier Leichen begraben, ohne gesehen zu werden?

Nein, die Frage war leicht zu beantworten. Sie haben es vermutlich nachts gemacht! Warum waren die Leichen nicht tief vergraben? Nein, das konnte auch nicht die alles entscheidende Frage sein. Denn auch darauf hatte ich schnell eine Antwort gefunden. Die Wurzeln der Bäume verhinderten ein tieferes Loch.

Wieso eine Leiche gefunden werden konnte, habe ich schon beantwortet. Ob das die entscheidende Frage bereits war? »Immer derselbe Ort«, las ich wie in Trance vor. Irgendetwas hinderte mich diesen Satz als Tatsache abzustempeln. Die Leichen wurden in einem Abstand von Jahren vergraben. Wie hoch war die Chance, dass sie in einem Bereich von 100 m² vergraben wurden? Wenn wir davon ausgingen, dass es nicht immer derselbe Täter oder dieselben Täter waren, war es sehr schwer, immer denselben Ort wiederzufinden. Unser Stadtpark hat immerhin eine Größe von 15 000 km². Für voneinander unabhängige Täter wäre das ein zu großer Zufall, wenn sie drei Leichen zufälligerweise alle am selben Ort begraben hätten. Also konnten wir davon ausgehen, dass immer ein und dieselbe Person die Leichen vergraben hatte. *Ja*, dachte ich. *Damit kann ich schon einmal was anfangen.*

Zufrieden schaute ich noch einmal auf meine Analyse, speicherte ab und stellte meinen Wodka beiseite, nachdem ich den letzten Schluck ausgetrunken hatte, den ich mir zwischendurch noch einmal eingeschüttet hatte. Ich ließ den Computer runterfahren und ging aus dem Raum raus, schlenderte über den Flur und dachte darüber nach, was ich gerade herausgefunden hatte. Es könnte uns weiterbringen, und ich wusste, dass ich das Jim und den anderen später sagen musste. Doch nun brauchte ich etwas Schlaf. Ich schlenderte in das Schlafzimmer und sah meine Frau in unserem Ehebett. Sie schlief so friedlich, und diese Friedlichkeit, die sie ausstrahlte, erfüllte mich mit einer großen Zufriedenheit. Ein warmes Gefühl breitete sich in mir aus. Ich musste schmunzeln, als ich darüber nachdachte, dass der Wodka noch einen anderen Zweck erfüllte, als nur mein Gewissen zum Schweigen zu bringen. Er half mir auch einzuschlafen und gab mir die leise Hoffnung, dass alles wieder gut würde. Dass die Monster, die es gab, in ihren Schränken blieben und nicht das Licht dieser Welt erblickten.

Leider konnte ich mir das selbst nicht einreden. Das war der große Nachteil beim Wodka. Er ließ meinen Verstand unberührt. Ich legte mich in das Bett, gab meiner Frau einen Gutenachtkuss und drehte mich um. Mir war schwindelig. Es war einer der Tage, die nie recht vorbeigehen wollten. Doch der Wodka bewirkte, dass ich nicht mehr allzu lange darüber nachdenken musste und schon bald in eine schönere und bessere Welt eintauchen konnte.

Diese Welt half auch mir die Erlebnisse auf meine eigene Art und Weise zu verarbeiten. Ich verträumte sie nicht direkt, ich erlebte den zweiten Weg. Den Weg, den ich bei Entscheidungen nicht genommen hatte. Wenn der Weg sich in zwei aufteilte. Es war der Weg, den ich gewählt hätte, wenn ich nicht bei der Polizei angefangen hätte. Ich hätte mich nach meinem Abitur an einer Hochschule eingeschrieben und vermutlich Jura studiert. Zumindest zeigte mir mein Traum mein Leben als Staatsanwalt. Ich sah glücklich aus, aber nicht glücklich genug. In meinen Traum mischte sich eine Stimme, die mir bekannt vorkam, die ich jedoch im ersten Moment nicht deuten wollte. Nach einigen Momenten wurde die Stimme immer lauter, und mein Traum von einem Leben als Staatsanwalt zerplatzte. Ich öffnete langsam die Augen, doch sie fielen sofort wieder zu. Ich zog meine rechte Hand unter der Bettdecke hervor und griff zu meinem Handy, um den Wecker auszustellen. Ich suchte den kleinen Knopf ganz oben links, der den Wecker endlich zum Schweigen bringen sollte. Doch es geschah nichts. Egal wie oft ich den Knopf drückte. Ich zog nun auch meine linke Hand unter der Bettdecke hervor und rieb mir die Augen. Sie waren so müde, dass sie nichts sehen wollten. Ich sah verschwommen auf mein Display und erkannte, dass es nicht mein Wecker war, sondern ein Anruf von Corta. Meine Müdigkeit war aus mir und meinen Augen schlagartig verschwunden, und binnen Sekunden zog meine Ernsthaftigkeit wieder ein. »Jim?«, nahm ich das Gespräch an. Meine Stimme klang so kaputt und rau. »Thomas. Kannst du in dreißig Minuten hier sein?«, fragte mich Jim mit beunruhigter Stimme. »Wie viel Uhr haben wir denn?«, doch bevor ich auf meine Uhr am Bett sehen konnte, beantwortete Jim schon meine Frage. »8:30 Uhr, Thomas.« »Sagen wir 9:30 Uhr, Jim? Ich muss da noch einen Anruf machen und etwas klären.« »Alles klar«, meinte Jim. Ohne zu fragen, was ich denn klären müsste, legte er auf. Ich reckte mich einmal und sah zu Kimberly hinüber. Sie war auch von dem Gespräch wach geworden. Sie drehte und wendete sich, um den Schlaf wiederzufinden, der sie zu früh verlassen hatte. »Was ist Schatz?«, fragte sie, während der Schlaf langsam wieder bei ihr war. »Nichts, mein Liebling. Ich muss zur Arbeit. Wir reden heute Abend.« Doch bevor sie antworten konnte, hatte der Schlaf sie wieder ganz umgeben und bettete sie ruhig. Ich ging zum Schrank und nahm meine Kleidung heraus. Eine schwarze Jeans, ein rotes T-Shirt und meine Lederjacke in Schwarz. Auf Zehenspitzen schlich ich aus dem Zimmer. Im Wohnzimmer angekommen zog ich meine Schuhe an, nahm mein Handy und setzte mich auf unsere Couch. Ich wusste genau, was zu tun war, doch wollte ich diesen Gedanken eigentlich niemals mehr Realität werden lassen. Aber jetzt saß ich hier und starrte auf das Handy in der Hand, bereit die Nummer erneut zu wählen. Je länger ich darüber nachdachte, desto ungemütlicher wurde der Gedanke. Ich wollte das Handy wegstecken, nicht mehr daran denken, doch das wäre falsch. Aber wer sagte denn, dass der falsche Weg nicht auch mal der richtige Weg sein könnte? Ich wollte allerdings nicht riskieren den falschen Gedanken zu einem falschen Weg zu machen.

Ich wählte die Nummer, die ich nie mehr vergessen würde. Mein Handy baute die Verbindung auf. Ich fing an zu zittern, als ich die Stimme von Beatrix wiedererkannte. Es hatte sich nicht viel verändert. Sie hatte immer noch eine wundervolle, warme Stimme. »Hey Beatrix. Hier Thomas Terenz. Ich bräuchte … Wir bräuchten …«, mehr bekam ich nicht aus mir heraus. »Hallo Herr Terenz. Was ist denn passiert?«, fragte sie bestürzt. Auch wenn sie jeden Tag mit Menschen telefonierte, die gerade die Hölle auf Erden mitmachten, war sie immer mitgenommen. Sie war für die Menschen wirklich da. »Unser drittes …«, bekam ich noch raus, mehr brauchte ich nicht zu erklären, und mehr konnte ich auch nicht. Mir liefen die Tränen wie ein strömender Bach über mein Gesicht. Mein Schluchzen erklärte das, was mein Mund nicht mehr konnte. Beatrix verstand sofort, worum es gehen musste. »Morgen früh!«, befahl mir die warme Stimme am anderen Ende. Ich beendete das Gespräch, ohne mich zu verabschieden, aber das war nicht wichtig. Ich musste nun einen Damm bauen, der meine Tränen dahinter zurückhielt. Ich ging in die Küche und nahm mir ein großes Stück von der Küchenrolle, trocknete damit mein Gesicht ab und putzte mir meine Nase. *Durchatmen, Thomas!*, redete ich mir selbst ein. Ich ging zur Spüle und drehte den Wasserhahn auf, um mir mein Gesicht zu waschen. Ich nahm meine Jacke von der Couch und ging durch das Wohnzimmer in die Garage, um in den nächsten Albtraum zu fahren.

16. KAPITEL

*Keine Jagd ist so wie
die Jagd auf Menschen, und
die, die lange genug Menschen
gejagt haben, die Spaß daran
hatten, interessieren sich nie
wieder für etwas anderes.*
(Ernest Hemingway)

Miljana Koleva

Es waren nun ungefähr zwei Wochen vergangen, seit mich die Männer in diesen Käfig gesperrt hatten. Ich bekam, wie angekündigt, jede Mahlzeit und aß sie auch auf. Ebenso trainierte ich jeden Tag, um meinen Körper fit zu halten. Ich habe nicht alles mitbekommen, aber einige Mädchen redeten nachts miteinander. Sie berichteten von Folterungen, die sie miterlebt hatten. Und der Mann im Anzug hatte mich nicht angelogen. Ich hatte heute Abend Nummer 83 und Nummer 80 dabei zugehört, wie sie über die Folterung gesprochen haben. Hier drin sprachen wir uns mit den Nummern an. Das war alles, was uns geblieben war. Nummer 80 weinte so qualvoll, dass auch mir die Tränen kamen. Ich war noch nicht lang genug hier, um meine Gefühle abstumpfen zu lassen. Nummer 80 erzählte Nummer 83, dass sie gegen Pilze allergisch sei. Die Männer, die das Essen brachten, schienen sich dafür nicht zu interessieren. Sie sagten ihr, sie müsse alles aufessen. Aber Nummer 80 hatte die Pilze nicht gegessen, wie sie unter Tränen berichtete. Als der Mann wiederkam, um die Teller abzuholen, habe er sie geschlagen. Er habe sie gepackt und angeschrien. Sie sei es nicht wert, überhaupt Essen zu bekommen. Dann ging er wieder, und der Mann mit dem Anzug kam. Er kam aber nicht alleine, er hatte noch zwei andere Männer dabei, die sie fesselten und aus der Zelle zogen. Sie hatte so eine

Angst, dass sie den ganzen Weg nur geweint und gebettelt hat. Aber es hat alles nicht geholfen. Sie zogen sie bis vor den Folterraum und schubsten sie rein, als die Tür sich öffnete. Sie nannte den Raum nur Kühlschrank. Er sei weiß gewesen und groß. In der Mitte war eine Pritsche, und an den Seiten waren die Foltergeräte. Die Angst in ihrer Stimme war so präsent. Sie berührte uns alle so sehr. Sie sagte, dass der Boden extrem kalt war. Als sie in dem Raum stand, habe eine Stimme mit ihr geredet. Die Stimme sagte, sie solle sich komplett ausziehen. Nummer 80 wusste nicht, was sie machen sollte. Sie wollte sich nicht komplett ausziehen. Es gab nicht viel, was wir schützen konnten, dachten wir zu dem Zeitpunkt. Aber unsere Intimität wollten wir behalten. Nummer 80 hatte aber größere Angst vor der Konsequenz, wenn sie es nicht machte. Als sie sich komplett ausgezogen hatte, öffnete sich die Tür, und der Mann im Anzug kam herein. Diesmal war er alleine. Er ging mit schnellen Schritten auf sie zu. Sein Gesicht war eisern und ernst. Er sah so entschlossen aus, dass ihre Scham zu einem ihrer kleinsten Probleme wurde. Er zeigte ihr die Pritsche und machte ihr klar, dass sie sich hinlegen sollte. Doch Nummer 80 hatte Angst. Sie sagte, dass es nacktes Metall war, auf dem sie lag. Keine Polsterungen, keine Federung. Nur das nackte und kalte Metall. In meinem Kopf spielte sich die erste Begegnung mit dem Mann im Anzug ab. Es war wie ein Film. *Regel Nummer eins. Das Essen, das gebracht wird, wird gegessen. Verstöße gegen Regel Nummer eins haben Schnittwunden und Verbrennungen zur Folge.* Ich erinnerte mich, als wäre es eben erst passiert. Als hätte er bis eben vor meiner Käfigtür gestanden, mit dem geneigten Kopf, und mir die Regeln erklärt. Ich fing an zu zittern, als ich an den Tag zurückdachte. Der Tag, an dem das Ende geschrieben wurde. Nummer 80 hat erzählt, dass man ihr zuerst die Fußknöchel gefesselt habe und dann die Hände. Es seien braune Lederriemen gewesen, womit man sie fesselte. Sie hatte tierische Angst. Sie wollte weg, doch es ging nicht mehr. Sie sagte, das Schlimmste war die Fessel, die man ihr an der Stirn anlegte. Sie wurde so stramm gezogen, dass sich das Leder in die Haut fraß. Wir konnten es uns kaum vorstellen, und um ehrlich zu sein, wollte ich es mir auch nicht vorstellen. Die bloße Vorstellung hätte mich vermutlich um den Verstand gebracht. Aber das Schlimmste an der Schilderung waren immer noch die Folterungen. Ich habe versucht nicht hinzuhören. Doch ich konnte auch nicht weghören. Etwas in mir wollte es hören, aber der andere Teil in mir wollte nur noch weinen und hoffen. Hoffen, dass mir diese Folterungen erspart blieben. Es war wie in einem Horrorfilm. Man will immer wegschauen, aber man möchte den Mörder sehen. So ging es mir auch heute Nacht. Ich wollte nicht hören, was ihr widerfahren war, doch ich konnte nicht weghören. Der Mann mit dem Anzug ging aus dem Raum, und ein anderer Mann kam rein. Er sah furchterregend aus. Sein Gesicht bestand nur noch aus Naben. Eine größer und länger als die andere. Auch an seinen Armen und Beinen waren diese Narben, nur viel länger. Er war ca. zwei Meter groß, mit großen, breiten Schultern und starken Armen. Sie sagte, es war so ein Mann, den man nicht nachts im Wald treffen möchte. Wir alle konnten uns diesen Typ Mann nun ganz genau vorstellen. Wir alle hatten schon mit Männern Erfahrungen gemacht, die das Wort Angst enger geschnürt hatten. Wenn mir damals jemand gesagt hätte »Das ist ein Typ Mann, den man nicht nachts im Wald treffen will«, hätte ich einen anderen Mann vor Augen gehabt, als ich ihn mir jetzt vorstellte. Der Mann wäre humpelnd in das Zimmer gegangen. Aber nicht zu ihr. Nein, er war sofort zu dem Schrank hinter ihr gegangen. Sie hörte nur Geräusche, die sie nicht zuordnen konnte. Je mehr sie versuchte sich zu befreien, umso mehr fraß sich der Riemen in die Haut. Kurze Zeit später kam der Mann zu ihr und stellte sich neben sie hin. Er sah aus seinen sehr alten und kalten Augen auf sie hinunter. Seine Haltung war nüchtern, nicht aufgeregt und nicht nervös. Es wirkte, als wäre das für ihn wohl eine bloße Alltagsmarotte. Eine Angelegenheit, die eben erledigt werden musste. Genau das machte ihr Angst. Wir hatten hier gelernt, dass nervöse und aufgeregte Menschen angenehmer waren, als die, die das täglich machten. In seiner rechten Hand hielt er ein Messer. Es war ein sehr langes und scharfes Messer. Nummer 80 sagte, dass das

Messer das Licht reflektierte. Der Mann ging, ohne etwas zu sagen, näher zu ihr, näher zur Pritsche, auf der sie lag.

Mit der linken Hand hielt er ihr rechtes Bein fest, damit sie es nicht bewegen konnte. Er setzte das Messer langsam mit der scharfen Klinge an den Oberschenkel. Nummer 80 liefen die Tränen die Wangen hinunter. Alles, was sie wollte, war, dass es schnell vorbeiginge. Dass sie nicht allzu lange leiden müsste. Doch die Hoffnung war vergebens. Warum sollten sie sie auch nur kurz leiden lassen?

Er drückte die Klinge mit mehr Kraft auf ihren Oberschenkel. Langsam suchte sich die Klinge ihren schmerzhaften Weg in das junge Fleisch. Nun rollten ihr noch mehr Tränen die Wangen hinunter. Es glich einem nie enden wollenden reißenden Fluss aus Tränen. Die Schmerzen waren unerträglich. Sie sah dem Mann direkt in die Augen, doch sie erblickte keine Spur von Mitleid oder Schuldgefühlen. Es war wirklich eine Marotte. Etwas, was einen langweilt. Die Mädchen, die weinten und bettelten. Nichts Neues für ihn. Er ließ die Klinge langsam wieder aus dem Fleisch kommen, um sie einige Zentimeter höher wieder in das Fleisch zu drücken. Langsam drückte er immer fester und fester die Klinge in das Fleisch, und nur langsam bahnte sie sich wieder den Weg. Aber bei dem zweiten Schnitt dauerte es eine Ewigkeit, bis er die Kraft wegnahm, sodass die Klinge wieder rauskam. Nummer 80 biss sich so fest auf die Lippe, während der Mann die Klinge ins Fleisch drückte, sodass sie nun eine große Wunde dort hatte. Sie wollte nicht schreien, nicht mehr weinen, kein Mitleid bekommen. Sie hatte Angst, dass genau diese Reaktionen die Lust des Mannes erregen könnten. Dass es dann schlimmer würde, wenn er Lust dazu hätte und es nicht nur eine Marotte erfüllte. Eine Marotte des Grauens. Als die Klinge ihren Oberschenkel verlassen hatte, drehte der Mann sich um und ging wieder zum Schrank. Nummer 80 dachte, dass nun ein weiteres Messer gezogen oder Schlimmeres gemacht würde. Womit sie auch recht hatte, nur sie hätte wohl nie ahnen können, was diese perversen Schweine sich noch ausgedacht hatten.

Der Mann nahm eine Plastikflasche aus dem Schrank heraus. Sie war grün und groß. Die Etiketten waren verwaschen und fast komplett verschwunden. Er öffnete den roten Deckel langsam, während er die Flasche in der linken Hand hielt. Er nahm den Deckel in die rechte Hand, schüttete etwas von der klaren Flüssigkeit in den Deckel und stellte die Flasche langsam wieder zurück. Nummer 80 blickte voller Angst in das Gesicht des Mannes und erkannte sein Grinsen. Das, was nun kommen würde, schien ihm zu gefallen. Seine Augen hatten dieses gewisse Funkeln, was man bei Menschen sieht, die voller Vorfreude auf etwas warteten. Ihr Herz fing an zu rasen. Sie wusste, das Nächste würde nichts Angenehmes werden, wenn der Mann bei den Schnitten teilnahmslos dreinblickte und nun sogar funkelnde Augen hatte. Wieder hielt er das Bein mit der linken Hand fest und schüttete langsam die Flüssigkeit aus dem Deckel auf ihre Wunden. Langsam und tröpfchenweise stieg der Schmerz in ihr an. Es war wie brennende Lava. Grausam, unmenschlich und tödlich, dachte sie. Sie biss sich nun noch stärker auf die Lippe, um den Schmerz nicht rauszulassen. Um ihn in ihrem Inneren gefangen zu halten und ihn runterzuschlucken, wenn er bis zu ihrem Mund kommen sollte. Doch egal wie sehr sie sich bemühte, mit jedem Tropfen wurde der Schmerz schlimmer, und das Verlangen zu weinen, schreien und sterben wurde immer intensiver, bis sie es nicht mehr zurückhalten konnte. Der Kampf des Schweigens und der innerlichen Zerstörung wurde gekämpft und verloren. Die Krieger verlassen verwundet und humpelnd das Schlachtfeld, und die Tränen und die Schreie ziehen ein. Nachdem das Brennen nachgelassen hatte, sagte Nummer 80, wurde sie wieder losgebunden und zurück in ihre Zelle geschmissen. Wir alle waren von dieser Geschichte mehr als berührt, und die Angst in uns stieg an. Die Angst, das auch durchmachen zu müssen, die Angst, dass diese Schikane Alltag würde. Aber auch die Angst, dass Nummer 80 mit ihrer Schilderung untertrieben hatte. Dass alles noch schlimmer würde, als sie es schilderte. Wir alle schwiegen, während sie uns unter Tränen alles erzählt hatte, und wir schwiegen noch lange, nachdem sie fertig war. Nur das Summen der Lüftung störte diese

Ruhe. Die Ruhe, die unser Alltag hier war. Wenn wir uns untereinander nicht zugehört hatten, schwiegen wir alle und weinten leise vor uns hin. So leise, dass keine andere das mitbekommen sollte. Wir wollten nicht unsere Schwächen vor uns ausbreiten. Etwas von unserer Persönlichkeit noch zurückhalten. Plötzlich durchquerte eine Stimme die von allen gewünschte und gewollte Ruhe. Es war eine Stimme, die schon eine Menge durchgemacht hatte. Eine Stimme, die sich sehr gequält und sehr alt anhört. »Nummer 80, wenn ich das richtig im Kopf behalten habe«, sagte sie sehr nüchtern und neutral. Neutraler, als wir uns das in dieser Situation gewünscht hätten. Hier hatten wir gelernt, dass Emotionen besser sind als eine nüchterne Haltung. Selbst wenn die Emotion Wut oder Trauer ist. Nummer 80 ging zu ihrer Tür, hielt in jeder Hand eine Gitterstange und presste das Gesicht gegen die Stäbe. »Wenn du glaubst, das wäre das Schlimmste, was dir hier passieren könnte, muss ich dich leider eines Besseren belehren.« Wir alle schwiegen, das leise Schluchzen hatte für einen kleinen Moment nachgelassen, und es wirkte, als wenn selbst die Lüftungsanlagen ihren Betrieb eingestellt hätten. Es war Totenruhe, und so fühlten wir uns auch. Wie tot. Eine Frau wollte uns erzählen, dass diese Geschichte nicht das Grauen war, wovor wir uns fürchten sollten. Dass es andere Sachen gab, die noch schlimmer waren. Auch wenn das kaum vorstellbar war, war die Angst real und begreiflich.

»Ja, ich musste diese Schnitte auch durchmachen, doch ich würde mich lieber jeden Tag durch ein Messer verletzen lassen, als noch einmal …«

17. KAPITEL

Wenn man das Unmögliche ausgeschlossen hat, muss das, was übrig bleibt, die Wahrheit sein.

(Autor unbekannt)

Thomas Terenz, Sam Weiss, Sarah Porte Jim Corta, Prof. Dr. Baker

Wenige Momente später fand ich mich auf der Schnellstraße wieder. Die Straße, die ich jeden Tag fahre, die sich nie verändert. Das Gefühl der Freiheit, das ich habe, wenn ich mit 120 km/h über sie heize. Auf den Weg! Aber welchen Weg? Den Weg, den jeder Polizist geht? Ich hatte die ganze Zeit darüber nachgedacht. An Tagen wie diesen, an solchen, wo meine Laune den Erdkern küsst, werde ich immer sehr melancholisch. Ich fange an über Sachverhalte zu philosophieren, die mich eigentlich nicht beschäftigen und deren Antwort ich meist schon habe. Fragen wie »Warum bin ich Polizist?« oder »Hat meine Arbeit einen Sinn?« oder »Werden die Menschen je aufhören zu morden?«. Auf all diese Fragen hatte ich schon lange eine Antwort gefunden, die mich nicht nur zufriedenstellte, sondern auch sinnvoll war. Aber meine Stimmung an solchen Tagen will die Logik meiner bereits gefundenen Antworten nicht zulassen und wahrhaben. Sie schließt sie in ein Verlies ein und wirft den Schlüssel weg. Nicht einmal drei Lieder später parkte ich meinen Wagen in der Tiefgarage, schloss ihn ab und machte mich auf den Weg zu den Fahrstühlen. Gleich werde ich allen von meiner Idee erzählen. Dabei werde ich aber den Einfluss des Wodkas auslassen. Ich vermute, dass dies in Anbetracht meiner Lage geradezu wie ein Hilfeschrei wirken würde. Auch würden meine Kollegen mich gleich mit ihren neuen Erkenntnissen überschütten, die sie bei den Familien gesammelt hatten. Ich wusste nicht, was der Tag bringen würde, doch eins ahnte ich schon im Fahrstuhl. Dieser Tag wird nicht angenehmer als der gestrige. Die metallenen Türen des Fahrstuhls öffneten sich und zeigten mir das hektische Bild einer sonst so organisierten Abteilung. Der Fall machte nicht nur uns zu schaffen, sondern versetzte jeden in dieser Abteilung in helle Aufregung. Selbst die sonst so ruhigen und besonnenen Sekretärinnen rannten durch die Meute wie aufgeschreckte Hühner. Es war das Chaos, in dem wir den Überblick behalten mussten. Jeder wollte seinen Beitrag zur Auflösung des Falles beisteuern. Nicht um sich damit hinterher bei Freunden den nötigen Respekt abzuholen, sondern um das Schwein oder die Schweine hinter Gittern zu sehen und seine Kinder mit einem ruhigeren Gewissen nach draußen zum Spielen schicken zu können. Ich ging aus dem Fahrstuhl und suchte in der Ansammlung bekannter Gesichter nach Jim, Sarah oder Sam. Doch ich erblickte keinen. Einer der bekannten Gesichter kam mit einem hektischen Schritt auf mich zu und artikulierte mit seinen Händen, ehe er ein Wort rausbringen konnte. Doch bevor ich die Chance hatte, den Mann zur Besinnung zu bringen, fing er sich von alleine und teilte mir mit, dass Jim mich im Konferenzraum sehen wollte. Ohne weitere Ausschweifungen gliederte er sich wieder in die Hektik ein und verschwand in ihr. Ich machte mich auf den Weg zu unserem Meeting-Zimmer, in mir eine Mischung aus Nervosität und Vorfreude.

Vorfreude, meinen Kollegen meine neuen Erkenntnisse mitzuteilen, aber auch nervös, was sie herausgefunden hatten.

Ich schritt die Treppe zum Zimmer hinauf und rief mir noch einmal alle Details auf, die ich in der gestrigen Nacht herausgefunden hatte. Ich nahm die Klinke in die Hand und drückte die Tür auf, um mich mit allen anderen auszutauschen. Doch was ich vorfand, entsprach nicht dem Bild, das ich erwartet hatte. Neben Jim, Sarah und Sam saß auch Dr. Maria Rother. Zudem ein junger Mann neben Sarah, den ich zuvor noch nie gesehen hatte. Alle Augen waren auf mich gerichtet, als ich das Zimmer mit verwirrtem Blick betrat. Ich brachte nur ein kurzes »Morgen« heraus. Ich setze mich auf einen der freien Plätze und fühlte mich so beobachtet wie nie zuvor. Als ich dasaß und alle schwiegen, betrachtete ich die weiße Beweistafel und den danebenliegenden Stapel Bilder und Stifte. Wir hatten wohl endlich die Auffahrt zum Highway gefunden.

Endlich unterbrach Jim die unerträgliche Stille und das Gefühl der unerlässlichen Beobachtung.

»Gut, dass du hier bist, Thomas. Wir haben einiges herausgefunden«, erklärte mir Jim. Aber es lag kein Optimismus in seiner Stimme. Das war kein gutes Zeichen; was sie herausgefunden hatten, mochte zwar von Bedeutung sein, aber es war keine schöne Angelegenheit. »Ich hab gestern auch was entdeckt.« Ich erhaschte die komplette Aufmerksamkeit. Nicht nur von Jim, Sarah und Sam, sondern auch von unseren beiden Gästen. Jim sah mich mit einem auffordernden Blick an, endlich mit der Sprache herauszurücken. Das war meine Chance, allen zu zeigen, dass ich auch noch ermitteln konnte. Dass mich meine private Situation nicht von der Arbeit abhielt.

Ich stand auf, ging zu der weißen Beweistafel und suchte in dem Stapel Blätter nach einem Foto vom Tatort. Ich nahm es aus dem Stapel heraus und befestigte es an der Tafel. Ich spürte, dass alle Blicke auf mich und auf die Tafel gerichtet waren. Ich atmete einmal tief durch, bevor ich mich umdrehte und zur Marionette wurde. Ich hielt den Stift in der rechten Hand, um auf die Stellen zu deuten, die für die Erklärung meiner Erkenntnisse hilfreich waren. »Wir haben vier Fundstellen«, sagte ich beiläufig und zeigte mit dem Stift auf die entsprechenden Stellen auf dem Bild. Noch saßen alle mit einer Mischung aus Langeweile und Neugierde da und beobachteten mich und meinen nächsten Schritt.

»Was fällt uns hier auf?« Ich wartete einige Momente, ob es jemandem auffiel, bis ich weitermachte. Doch keiner sagte was, also fuhr ich fort. »Die Leiche, die am stärksten verwest war, lag genau hier«, erklärte ich und zeigte wieder mit dem Stift auf die Fundstelle. Noch blickten alle verwundert drein. Noch verstand keiner den Zusammenhang. Kein Wunder, ich hatte ihn ja auch erst nach zwei bis drei Gläsern Wodka verstanden. »Die Leiche war quasi umzingelt von Bäumen. Die zweite Leiche war hier.«

Ich zeigte auch wieder auf die Fundstelle. »Sie war von zwei Bäumen umstellt.« Erneut wies ich auf das Foto. »Auch sie war geschützt von einigen Bäumen«, konnte ich noch sagen, bevor mir Jim ins Wort fiel. Nun war die Langeweile dem Interesse gewichen. Jeder wollte wissen, was ich herausgefunden hatte. Doch Jim war der Erste, der das erkannte, was ich gestern Nacht entdeckt hatte. »Ja, und unsere Leiche, die vom Regen frei gespült wurde, hatte keinen Baum«, erklärte Jim fasziniert. »Genau. Aber neben dem Fundort befindet sich ein Baumstamm. Vermutlich stand da bis vor einigen Tagen noch ein Baum.« Langsam ging bei allen ein Licht auf. »Deswegen wurden die Leichen nie gefunden? Weil sie durch Bäume geschützt wurden?«, fragte Sarah. Sie war noch am Zweifeln, ob sie das richtig verstanden hatte. »Ja, Sarah. Bäume bieten im Allgemeinen sehr guten Schutz vor Wind und Wetter«, erklärte ihr Sam. Ich nickte zufrieden und setzte zur zweiten Erkenntnis an. »Sehr schön. Aber mich beschäftigte noch eine zweite Sache. Wir fragten uns, ob es einen Täter gibt oder mehrere. Auch fragten wir uns, wenn es mehrere sind, ob sie voneinander wissen oder unabhängig voneinander töteten. Ich habe mich gefragt, wie hoch die Wahrscheinlichkeit ist, dass es unabhängige Täter waren. Wir fanden drei Leichen in einem 100-m²-Umfeld. Wie groß ist die Wahrscheinlichkeit, dass vier voneinander unabhängige Täter ihre Leichen in einem 100-m²-Umfeld begraben, wenn sich unser Stadtpark über eine Fläche 15 000 km² erstreckt?«, fragte ich mit großer Überzeugung. Es ist sehr unwahrscheinlich, dachte ich mir. Jim stand auf und kam zu der Tafel, um sie näher zu betrachten. »Wir waren aber auch nicht untätig«, erklärte mir Jim. Er sah immer noch die Tafel an und drehte sich langsam zu Sam und Sarah um.

»Wir waren bei den Familien. Wir haben ihnen mitgeteilt, dass wir einen Leichnam gefunden hätten und es sein könnte, dass es ihr Kind sei. Um den Leichnam identifizieren zu können, bräuchten wir eine Probe von dem Kind. Die Familien erklärten sich damit einverstanden und gaben uns freiwillig eine Probe. Jeder von uns hat sich die Häuser der Familie angesehen. Es gab keine Anzeichen für Alkohol oder Drogen oder Gewalt. Auch die Familien sahen in Anbetracht der Neuigkeiten ganz normal aus. Keine sichtbaren Frakturen oder andere Verletzungen. Wir haben die Probe dann an Dr. Rother weitergegeben, um sie bei ihr untersuchen zu lassen«, erklärte Jim. »Und was kam raus?«, fragte ich voller Neugierde. »Keine Übereinstimmung«, erklärte mir Dr. Rother, bevor Jim es machen konnte. Sein genervter Blick in ihre Richtung gab ihr zu verstehen, dass er es erzählen wollte. »Wie Dr. Rother schon erwähnte, gab es keine Übereinstimmung bei den Leichen. Das war ein herber Rückschlag«, erklärte Jim, obwohl ich mir das auch denken konnte. Ich sah in Jims Blick, dass das noch nicht alles gewesen sein konnte. Doch er ging zu seinem Platz zurück und faltete die Hände ineinander. Nach einer Weile des Schweigens begab ich mich auch zurück zu meinem Platz. »Gut, dann bin ich nun dran.« Mit fragendem Blick suchte Dr. Rother die Runde ab, ob es Einsprüche gab. Sie blieb sitzen, nahm eine Akte aus ihrer Tasche und legte sie auf den Tisch. Sie schlug sie ungefähr bei der Hälfte auf und blätterte noch einige Seiten nach vorne, bis sie die Seite gefunden hatte, die für sie von Bedeutung war. »Da diese Kinder nicht nach der traditionellen Art und Weise identifiziert werden können, habe ich von allen vier Leichen das Knochenmark entfernt. Das Knochenmark ist maßgeblich für die Blutbildung und die Bildung von Zellen zuständig. Zellen tragen, wie sie wissen, unsere Erbinformationen. Diese befinden sich im Nukleus. Durch die Entnahme des Knochenmarks und seine aufwendige Aufarbeitung konnte ich an die Erbinformationen kommen. Mit diesen Erbinformationen kann in der Internationalen Datenbank nach den Eltern gesucht werden«, erklärte uns Dr. Rother, auch wenn wir nicht jedes Wort verstanden. Was sie uns dargelegt hatte, war eine super Nachricht, aber ich hatte das Gefühl, dass da gleich ein großes Aber kommen würde. »Und? Erzählen Sie schon, was Sie gefunden haben, Dr. Rother!«, flehte Sam sie förmlich an. »Ich habe alle vier Proben durch die Datenbank gejagt. Ich bekam keinen Treffer. Niemand, der im System ist, hat eines der Kinder gezeugt.« Wieder hatte ich das Gefühl, dass gleich ein Aber kommen würde. »Da ich nicht glauben konnte, dass es keine

Übereinstimmung gibt, habe ich das dreimal wiederholt. Immer mit demselben Ergebnis. Ich nahm mir eine andere Akte vor, um mich mit einem anderen Fall abzulenken. Ich war zu sehr darauf versessen, den Fehler zu finden, dass ich ihn nicht einmal erkannt hätte, wenn er ein 3 × 3 Meter großes Aushängeschild getragen hätte. Nachdem ich erst einmal etwas Abstand von dem Fall bekommen hatte, konnte ich mit einer neutraleren und klareren Sicht an den Sache rangehen. Und es hat sich gelohnt.« Unsere Augen waren alle auf Dr. Rother gerichtet. Unsere Neugierde war bis zum Zerreißen gespannt. »Zwei der vier Kinder haben dieselbe Mutter. Aber nicht denselben Vater, die waren bei allen vier unterschiedlich. Ich kann euch nicht sagen, was das zu bedeuten hat«, erklärte uns Dr. Rother, während sie den Kopf schüttelte. Sie konnte nicht verstehen, was das alles auf sich hatte. »Und die Mutter und die Väter sind nicht im System?«, fragte ich nach. »Nein, wie ich eben schon sagte. Es gab zu keiner Probe einen Treffer, bis auf die beiden Übereinstimmungen bei der Mutter«, erwiderte Dr. Rother. »Wenn nun alles geklärt ist, würde ich gerne in die Rechtsmedizin fahren. Ich muss mich noch um zwei Leichen kümmern«, erklärte sie mit genervter Stimme. Sie wartete nicht auf eine Antwort, sondern stand auf und ging zielstrebig um den Tisch herum, an der Beweistafel vorbei und durch die Tür ins Chaos. Alle sahen ihr nach, bis sie dort verschwand. »Gut. Okay«, stotterte Jim vor sich hin. »Darf ich euch Prof. Dr. John Celvin Baker vorstellen? Er ist Professor für Kriminologie an der Universität Hamburg. Seine Fachgebiete sind Serienkiller und sexuell motivierte Verbrechen«, stellte uns Jim den Professor voller Stolz vor.

»Danke für diese nette Einführung«, sagte Prof. Dr. Baker mit amerikanischem Akzent.

Prof. Dr. Baker war ein typischer Sunnyboy aus Miami, ca. ein Meter und neunzig Zentimeter groß und braun gebrannt. Seine blonden Haare und seine strahlend weißen Zähne rundeten das Bild ab. Er war ungefähr Anfang bis Mitte dreißig, sah aber noch sehr viel jünger aus. Sein dunkelblauer Anzug stand ihm sehr gut und passte sich hervorragend seinen blauen Augen an.

»Aber es heißt Serienmörder und nicht Killer. Weiß einer, was einen Serienmord charakterisiert?«, fragte er wieder mit seinem Akzent. Ich überlegte, ob er das absichtlich machte oder es in seiner Natur lag. »Keiner? Wirklich schade. Ein Serienmord ist nach Definition eine Tötung von zwei oder mehreren Opfern durch denselben Täter oder dieselben Täter in separaten Ereignissen. Davon zu unterschieden sind die Täter, die einen Massenmord begehen. Massenmorde sind Amokläufe, politische Attentate, Krieg, Vollstreckung der Todesstrafe.« Er wirkte wie ein Lehrer, der sich seinen Schülern haushoch überlegen fühlt. »Da es sich in Ihrem Fall nicht um einen gewöhnlichen Serienmörder handelt, haben Sie mich gerufen.« Wieder diese überlegene Arroganz, dachte ich mir. »In Ihrem Fall handelt es sich um einen ›Lusttäter‹. Ein Lusttäter ist ein Serienmörder, der sexuelle Motive hat. Er tötet seine Opfer in einem sexuellen Rausch oder zum Erreichen desselben. Charakteristisch für solche Tötungen ist eine sadistische Komponente. Im Detail bedeutet das, dass der Täter seine sexuelle Befriedigung oder Lust durch das Demütigen, Unterdrücken oder Misshandeln anderer Menschen erlebt. Diese Perversion kommt nicht über Nacht. Sie fängt einfach an. Zum Beispiel durch das Quälen eines Tieres. Im Laufe von Jahren wird diese Form von Qual nicht mehr reichen, und der Täter steigert sich. Dies kann sich in verschiedenen Formen äußern. Oftmals in einer Paarbeziehung, wo er von seiner Partnerin die sexuelle Demütigung verlangt. Dies wiederum kann von einfachen Fesselungen bis hin zu körperlichen Misshandlungen gehen. Es kann sich aber auch in eine Vergewaltigung steigern. Wie es in Ihrem Fall ist. Nur dass wir es hier mit einem pädophilen Straftäter zu tun haben. Pädophilie bedeutet ein sexuelles Interesse an einem Kind, welches noch nicht die Pubertät erreicht hat. Charakterisch ist auch eine spezifische Signatur. Eine Signatur ist eine sich immer wiederholende Komponente bei seinen Tötungen. Ein Beispiel wäre die Tötungsart. Aber es kann auch so etwas sein wie die Platzierung der Leiche oder ein bestimmtes Ritual, welches er vor oder nach dem Tod des Opfers an demselben durchführt.

Sie sind der Meinung, dass es hier voneinander abhängige Täter gibt?«, fragte er uns. »Ja, sind wir«, antwortete Jim. »Das trifft sich gut. Nach Durchsicht der Akten wäre ich auch zum selben Schluss gekommen. Zwar haben wir nicht immer dieselbe Tötungsart, aber die Misshandlungen und die Vergewaltigungen deuten auf denselben Täter oder dieselben Täter hin. Auch der Fundort der Leichen lässt nur den Schluss zu, dass es hier Täter gibt, die voneinander wissen. Ich persönlich gehe von der Hypothese aus, dass es mehrere Täter gibt«, erklärte uns Prof. Dr. Baker. »Wie kommen Sie auf diese Hypothese?«, fragte ich misstrauisch. Immerhin hatte ich diese Annahme zuerst entwickelt. »Aus demselben Grund wie Sie, mein misstrauischer Freund. Die Tatsache, dass die Leichen in einem so kleinen Radius begraben wurden, lässt nur den Schluss zu, dass dieselben Personen die Leichen vergraben haben müssen.« »Das heißt aber noch nicht, dass es mehrere Täter gibt«, widersprach ich ihm. »Richtig. Aber die Leichen verraten es mir.« Ich wollte ihn eigentlich fragen, ob sie ihm nicht auch den Täter verraten könnten, wenn sie ihm schon sagten, dass es nicht nur einen Täter gab, aber ich hatte genug Zynismus verbreitet. »An einigen Leichen finden sich Frakturen, an anderen Leichen keine. Es gibt sowohl männliche als auch weibliche Leichen. Zwei Leichen wurden sexuell misshandelt. Sowohl die männlichen als auch die weiblichen Opfer. Ein Opfer war dehydriert«, erklärte er mit dieser Arroganz, die in mir die Wut kochen ließ. »Sie haben keine Ahnung, was das zu bedeuten hat, oder?« Alle schüttelten den Kopf, und ich hatte die Vermutung, dass er nicht nur meine Wut kochen ließ. »Jeder Mensch hat gewisse sexuelle Präferenzen. Wenn A einem Fetischismus unterliegt, wird er keine sexuelle Stimulation durch Sex erlangen, der diesen Fetisch nicht beinhaltet. Genauso ist es bei Lusttätern, die einer normabweichenden Präferenz unterliegen. Eine solche Präferenz ist zum Beispiel die Pädophilie. Ein Pädophiler ist kein ›Alles-Fresser‹. Das bedeutet, dass ein Pädophiler nur eine bestimmte Fiktion hat.

Um Ihnen ein Beispiel zu geben. James Lobensherr. Wer kennt diesen Namen noch?«, fragte er uns. Die Arroganz in seiner

Stimme wich der Besorgnis. Langsam fing er an den Kopf zu schütteln und setzte eine strengere Miene auf. »James Lobensherr wurde am 23. August des Jahres 1930 in der Schweiz geboren. Er wuchs behütet auf und hatte eine sehr angenehme Kindheit. Seine Eltern, Walter und Helena Lobensherr, waren sehr gute und treue Bürger. Sie haben ihren Sohn auf eine Privatschule geschickt und sehr viel in sein Leben investiert. Wenn Sie nun glauben, dass das alle Eltern machen, muss ich Ihnen teilweise recht geben. Walter Lobensherr war ein hohes Tier in der dortigen Wirtschaft. Er war Mitbegründer eines bis heute sehr präsenten Unternehmens, die für Genossenschaften, Aktiengesellschaften und Stiftungen zuständig ist. Sie haben für James ein Kindermädchen eingestellt, das sich um ihn kümmern sollte, solange die Mutter nicht zu Hause war. Helena hat jeden Abend für die Familie gekocht, und alle saßen zusammen. Es war wie in einer normalen Familie. Sie waren auch eine ganz normale Familie bis zu dem Tag, an dem sich James verändert hatte. Es war kurz nach seinem achtzehnten Geburtstag. Er hatte die Privatschule mit sehr guten Noten abgeschlossen und war bereit Rechtswissenschaften an der Universität Heidelberg zu studieren. Als James am 5. Oktober des Jahres 1948 in dieser Universität sein Studium begann, ahnte keiner, welches Ende es nehmen würde.

Am 3. Februar des Jahres 1950 wurde auf dem Universitätsgelände die Leiche der fünfjährigen Emilia Kohler gefunden. Emilia Kohler war die einzige Tochter der Eheleute Heinz und Helga Kohler. Berichten zufolge wurde Emilia nicht nur mehrfach vergewaltigt, sondern auch brutal gefoltert. Sie hatte in ihrem Intimbereich mehrere Brandmale, die von ausgedrückten Zigaretten stammen konnten, ihre Augenlider waren ante mortem abgetrennt worden, und sie hatte Fesselspuren an den Händen und Beinen. Die Polizei ging damals allen Spuren nach, doch alle verliefen im Sand. Man glaubte zu der Zeit nicht an einen Zusammenhang mit der Universität. Die Leiche wäre dort durch Zufall abgelegt worden. Das war die Meinung des damaligen Dekans, der keinen Skandal haben wollte. Drei Monate vergingen, bis die Leiche der fünfjährigen Maria Schmidt gefunden wurde.

Wie auch Emilia wurde Maria mehrfach vergewaltigt. Maria wies fast identische Merkmale auf. Die Verbrennungen im Intimbereich, die Fesselungen an Beinen und Händen und die ante mortem abgetrennten Augenlider. Auch diese Leiche wurde auf dem Gelände der Universität abgelegt. Um genau zu sein, wurde sie an dem Gebäude für Psychologie abgelegt. Nach dem Mord wurde ein Kriminologe zur Untersuchung hinzugezogen. Kriminologen stellen andere Fragen als Polizisten. Dr. Rottenburg, anerkannter Kriminologe in Würzburg, konnte anhand der Platzierung der Leiche vieles über den Täter erkennen. Die Art, wie die Leiche abgelegt wurde, zeigte Dr. Rottenburg, dass der Täter nicht viel von dem Mädchen gehalten haben konnte. Er richtete sie nicht her, er warf sie weg. Weg wie Müll, als den er sie auch ansah. Entbehrlich, nachdem sie dem Zweck des Täters gedient hatten. Dr. Rottenburg konnte auch sagen, dass der Schnitt an dem Lid nicht präzise war. Ein Laie hatte dieses Lid abgetrennt. Der Tatort, an dem die Leiche abgelegt wurde, wies ebenfalls kein großes Verständnis für das Morden auf. Der Täter hinterließ an der Bank, die neben der Leiche stand, seine Fingerabdrücke. Leider war damals die technische Aufarbeitung der Beweise noch nicht so weit wie heute. Dr. Rottenburg vermutete, dass der Täter Anfang bis Mitte zwanzig sein musste. Die desorganisierte Art, in welcher dieses Verbrechen erfolgt war, konnte von keinem Mann sein, der älter war. Diesmal hatte die Polizei mehr Erfolg. Sie vernahm einige Studenten, die von anderen am Tattag bei der Fakultät gesehen worden waren. Doch hatte die Polizei nichts Handfestes. Keinen wirklichen Verdächtigen. Mitten in der Ermittlung fand man eine dritte Leiche. Selbe Vorgehensweise. Wieder wurde eine Fünfjährige vergewaltigt, ihr wurden die Lider abgetrennt, sie wurde gefesselt, und wieder gab es Verbrennungen im Intimbereich. Aber das, was die Polizei nun näher in Augenschein nahm, war das Aussehen der Mädchen. Alle waren blond und athletisch. Vom Gesicht her hätten sie Schwestern sein können, so ähnlich sahen sie sich. Bei dem ersten Mord ging man von keiner genauen Vorgabe aus. Ein wahlloses Opfer. Beim zweiten Opfer hatte man die Vermutung eines Zusammenhangs, wollte diesen aber nicht ernst nehmen. Noch war die Möglichkeit eines Zufalls zu groß. Aber nachdem sie das dritte Opfer gefunden hatten, war es sicher. Der Täter bevorzugte Mädchen im Alter von fünf bis sechs Jahren, die blond und athletisch waren. Sie stammten alle aus einem guten Elternhaus und wussten eigentlich, dass sie nicht mit Fremden mitgehen sollten. Was die Polizei nun am meisten beschäftigte, war die Frage, wie der Täter die Kinder dazu bekommen hatte, mit ihm mitzugehen. Man fragte sich, ob es dasselbe Phänomen wie bei Ted Bundy war, doch diese Hypothese verneinte man sehr schnell. Fünf bis sechsjährige Kinder haben noch keine ausgeprägte sexuelle Präferenz. Man überlegte weiter. Doch eine Hypothese nach der anderen wurde gebildet und sofort dementiert. Und wenn man das Unmögliche ausgeschlossen hat, ist das, was übrig bleibt, die Wahrheit. Als einzige Möglichkeit blieb, dass die Kinder ihren Mörder schon kannten. Sie vertrauten ihm, weil sie ihn kannten, und eventuell mochten sie ihn sogar. Die Frage war nun, woher sie ihn kannten. Die Polizei befragte alle drei Familien, ob sie in letzter Zeit jemand Neues kennengelernt hatten oder für Hilfsarbeiten eingestellt hatten. Alle Familien hatten über eine Zeitungsannonce einen jungen Mann eingestellt, der sich am Wochenende um die Kinder kümmern sollte. Alle Familien fertigten eine Zeichnung des Mannes an, und bei jeder der drei Familien war es derselbe.

Die Polizei war fest davon überzeugt, den Mörder nun festnehmen zu können. Doch der Name, den der junge Mann bei den Familien angegeben hatte, war jedes Mal ein anderer, und keiner der angegebenen Namen gehörte zu einer Person. Die Polizei hängte das Foto überall an der Universität aus, in der Hoffnung jemand würde den Mörder erkennen. Es kamen einige Hinweise, doch nichts, was einem hätte weiterhelfen können. Noch zwei weitere Leichen von Fünfjährigen wurden gefunden, die dieselben Merkmale aufwiesen wie die anderen. Obwohl die Polizei auf dem Campus kampierte, mordete unser Täter munter weiter. Nach der vierten Leiche hat die Polizei eine Warnung rausgegeben. Familien sollten vorsichtig sein, wen sie einstellten. Doch trotz dieser Warnung hat es eine weitere Leiche gegeben. Im Jahre 1951, zwei Jahre nach dem ersten Mord, hat die Polizei Beamte als Familien getarnt, die sich auf die verschiedensten Zeitungsannoncen meldeten. Freitag, den 24. Juli 1951 erschien James Lobensherr vor der Tür einer Tarnfamilie. Diese erkannte ihn sofort, und er wurde festgenommen. Nach der ersten Nacht in einem Verhörzimmer packte Lobensherr aus. Er gestand alle Morde und alle Vergewaltigungen. Der leitende Kommissar stellte Lobensherr nur eine Frage. ›Warum?‹ Nicht mehr und nicht weniger. Lobensherr sah den Kommissar an und sagte: ›Weil es mich angemacht hat, wenn sie schrien. Wenn ich sie vergewaltigt habe. Ich bekam eine Latte bei dem Gedanken, dass sie geweint und gefleht haben aufzuhören. Doch genau das machte mich nur noch mehr an. Aber es fehlte etwas. Die Vergewaltigung war schon gut, jedoch nicht perfekt. Sie sahen mich nicht an, während ich sie vergewaltigt habe. Das störte mich. Wenn sie schon von mir vergewaltigt wurden, sollten sie mich auch ansehen. Also schnitt ich der kleinen Emilia Kohler ihre Lider ab. Und als ich ihnen die Lider abschnitt und in ihre Augen blickte und die Angst von ihnen tief in mir spürte … Ja, wie soll ich es Ihnen sagen? Mir ging dabei einer ab. Ich vermute, ich bin ein sadistischer Soziopath.‹ Das sagte James Lobensherr, während er dabei lachte«, erklärte uns Prof. Dr. Baker. Wir alle schwiegen. Prof. Dr. Baker war aber noch nicht fertig.

»Wie Sie an diesem Beispiel sehen können, gibt es bei solchen Tätern immer bestimmte Merkmale. Welche Merkmale haben wir in meinem Beispiel?«, fragte er. »Die Mädchen sahen alle ungefähr gleich aus, kamen aus einem guten Elternhaus und …«, erläuterte Jim »Und?« Prof. Dr. Baker wurde langsam ungeduldig und schnaufte aus. »Und … sie waren alle im selben Alter?«, fragte ich sehr vorsichtig. In ständiger Erwartung, den nächsten Blick der Enttäuschung von Prof. Dr. Baker zu ernten. Er sah mich mit bedächtiger Miene an. »Richtig. Er vergewaltigte und misshandelte immer nur:

1. Mädchen
2. Mädchen, die im selben Alter waren
3. Mädchen, die aus einem guten Elternhaus kamen.
Und 4. Mädchen, die sich vom Aussehen her ähnelten.

In Ihrem Fall haben wir sowohl männliche als auch weibliche Leichen. Alle befinden sich in einem unterschiedlichen Alter. Zudem finden sich an den verschiedenen Leichen verschiedene Frakturen und Misshandlungen. Das kann nur heißen, dass wir mehr als einen Täter haben. Bei einem Täter hätten wir nicht so viele und nicht so markante Unterschiede bei den Leichen und den Misshandlungen.« Wir dachten über das nach, was Baker uns gesagt hatte. Diese verwirrenden Erklärungen ergaben am Anfang keinen Sinn. Sie waren wahllose Aneinanderreihungen von Behauptungen. Behauptungen, für die wir keine ersichtlichen Beweise hatten. Doch mit jeder neuen Behauptung ergab die vorherige etwas mehr Sinn. Aber der komplette Zusammenhang ergab sich noch nicht ganz. Für keinen von uns. Womöglich lag es daran, dass wir mit unseren Gedanken noch nicht ganz mitkamen. Wir mussten erst alle erhaltenen Informationen verarbeiten.

John Celvin Baker merkte unsere Verunsicherung sofort. Doch er gab uns Zeit. Zeit, alles zu verarbeiten, was wir eben erfahren hatten. Die Geschichte von James Lobensherr mit unserem Fall zu vergleichen und Parallelen zu ziehen fiel doch schwerer als gedacht. Aber von Minute zu Minute, von Gedanke zu Gedanke erschloss sich für uns der Zusammenhang immer mehr. Immer klarer wurden die vermeidlichen, nie zusammenpassenden Aussagen und Vergleiche. »Okay. Sagen wir einmal, dass wir das verstanden haben. Gehen wir weiter davon aus, dass das auch alles so stimmt, was Sie uns hier erklärt haben.« John Celvin Baker warf Sam einen giftigen Blick zu. »Was genau bedeutet das nun für unseren Fall? Es gibt mehrere einander bekannte Täter, die allesamt Kinder missbrauchen. Jeder auf seine eigene Art und Weise? Und all die Leichen an einem bestimmten Ort be- oder vergraben? Das kommt mir doch sehr absurd vor«, warf Sam ein. Und wieder waren alle vermeidlich sicheren Erkenntnisse wieder ins Rollen gebracht worden. Wie ein Schneeball, den man einen schneebedeckten Berg runterrollen lässt. Da, wo er entlangrollt, nimmt er alles auf und lässt den unberührten Rest liegen. »Ja, mein Freund. Ich gehe aufgrund der Beweislage davon aus, dass es sich hier um mehrere Täter handeln muss. Selbst wenn wir von der Hypothese ausgehen, dass der Täter eine dissoziative Identitätsstörung hat, bleiben noch einige ungeklärte Fragen. Warum gibt es drei verschiedene Misshandlungen? Und warum finden sich einige häufiger wieder als andere?« Nun hatte er uns wieder komplett verwirrt. »An zwei von vier Leichen fanden sich Frakturen, eine Leiche hatte keine. Ein Leichnam war dehydriert. Es gibt hier eine kontinuierliche Steigerung der Gewalt. Wenn ein MPS-Patient für diese Morde und Misshandlungen verantwortlich wäre, müsste jede Persönlichkeit die andere in Brutalität und Wahnsinn übertreffen. Und jede Persönlichkeit, die der Täter hat, dürfte beim Morden und Misshandeln nur einmal zum ›Zuge‹ kommen. Der erste Mord geschah ohne vorherige Misshandlungen. Der zweite Junge wurde sowohl sexuell als auch körperlich misshandelt. Das Mädchen wurde ebenfalls körperlich und sexuell misshandelt und war überdies dehydriert. Bei jedem Mord haben wir eine andere Signatur. Daher gehe ich nicht von einem Mörder mit MPS aus, sondern von vier unterschiedlichen Tätern.« »Das ergibt so weit auch Sinn«, sprach Jim vor sich hin. Er sah nach unten auf seine Schuhe, während er über das nachdachte, was er gerade gesagt hatte. Er hob seinen Kopf aus der gesenkten Haltung und sah uns alle an. Wir warteten auf eine weitere Erklärung, doch blieb sie aus. Prof. Dr. Baker nickte triumphierend. In unsere Runde hielt eine Stille Einzug, die keinem von uns gefiel. »Wenn sie mich nicht mehr benötigen, würde ich gern in mein Hotelzimmer einchecken. Morgen gebe ich eine Gastvorlesung an der Universität. Wenn sie mich noch benötigen, ich bin bis zum Ende der Woche in der Stadt«, erwähnte Prof. Dr. Baker, während er sich streckte. Jim nickte bedächtig und ließ ihm so mitteilen, dass er gehen dürfe. Langsam und vorsichtig gliederte er sich in dem immer noch bestehenden Chaos ein, das außerhalb dieses Zimmers herrschte. »Also fassen wir einmal zusammen.« Jim stand auf und ging zu der weißen Beweistafel. Er nahm das Bild des Fundortes und heftete es an die Wand. Mit einem roten Stift schrieb er neben das Foto »Fundort«. Er suchte aus dem Stapel von Bildern und Akten ein weiteres Bild, welches er an die Beweistafel heften konnte. Es war das Bild von der Plastiktüte, die etwas aus dem Boden ragte. Er befestigte das Bild genau unter dem von dem Fundort. Diesmal schrieb er mit Rot »Vier Leichen« daneben. Er ging zu dem kleinen Tisch, der direkt neben der Tafel stand, öffnete die oberste Schublade und fummelte in dem hervorgeschobenen Kasten nach etwas. Nach wenigen Augenblicken hatte er einen Stift in der linken Hand. Es war ein weiterer Stift, wie er ihn schon in Rot hatte. Nur diesmal war der Stift schwarz. Er drehte sich wieder der Tafel zu. Unter das in Rot geschriebene Wort »Fundort« schrieb er nun in Schwarz »Stadtpark. Unter Bäumen begraben. Nicht tief begraben = Bäume sollten die Leichen vor Wettereinwirkungen schützen.« Er ging einen Schritt zurück und betrachtete sein Werk. Es war eine Mischung aus Bildern und Überschriften und Gedanken, die die Bilder mit den Überschriften in Verbindung bringen sollte. Verknüpfungen, die nur die wenigsten verstanden. Unsicher ging er wieder zur Tafel. Er war sich nicht ganz sicher, ob sein nächster Gedanke, der die Überschrift und das Bild verbinden sollte, richtig war. Nicht richtig, was die Tatsache an Inhalt hatte. Diese Richtigkeit stand auf einem anderen Blatt geschrieben. Hier ging es um die moralische Richtigkeit. Ob der Gedanke, den er hatte, moralisch vertretbar war.

Langsam, mit zitternder Hand, führte er den Stift zu der Tafel und schrieb unter »Vier Leichen« »Drei einander bekannte, abhängige Täter«. Er ging wieder ein Stück zurück. Es war mehr als nur ein Schritt für ihn, und es war mehr als nur ein Schritt für uns. Es war nun Realität. Es war kein bloßer Gedanke, der schneller gefasst wurde, als er wieder dementiert wurde. Wenn es an der Tafel stand, hielt es nicht nur in unsere Ermittlungen Einzug, sondern auch in unser Gewissen. Unsere moralischen Ansichten und unser moralisches Handeln würde sich danach richten. Auch wenn wir es nicht wollten, würde diese Erkenntnis nicht nur unser polizeiliches, sondern auch unser privates Verhalten steuern. Wir würden immer misstrauischer anderen gegenüber. Wenn die Menschen alles wissen würden, was an einem Tag in ihrer unmittelbaren Nähe passierte, würden sie keine ruhige Nacht mehr verbringen. Wie oft lesen sie Nachrichten oder schauen sie sich um 20:00 Uhr auf verschiedenen Kanälen an? Wie oft glauben sie das, was andere Menschen ihnen da andrehen wollen? Und wie oft halten sie es für extrem gefährlich? Doch wie oft ist es nur eine Version eines nicht einmal extrem bedrohlichen Ereignisses, welches sich an dem Tag ereignete? »Seht ihr das auch so?«, fragte Jim. In seiner Stimme lagen Zweifel und Unsicherheit. Er wollte sich absichern. »Ich glaube dem Professor. Irgendwie waren seine Ausführungen zu schlüssig, als dass sie nicht stimmten, oder?« Auch Sarah war sich nicht sicher. Ihre Unsicherheit trug sie wie ein Aushängeschild. Ich überlegte mir ganz genau, was ich sagen würde. Ich ließ die letzte halbe Stunde noch einmal Revue passieren. Ich durchlief alle Stationen noch einmal. Wollte mir alles noch einmal anhören, wie eine Tonaufnahme, die ich in meinem Kopf anschaltete. Ich atmete tief durch, bevor ich auf Play gedrückt habe.

Alle Erinnerungen rannten durch meinen Kopf. Die Erklärung von einem Serienmörder, der Sadismus, der charakteristisch ist, und die dissoziative Identitätsstörung. Alles ergab einen Sinn, aber auf eine Art und Weise, die man nicht wirklich verstand. Die Erläuterungen, die alles erklären sollten, beruhten zu sehr auf Behauptungen, die wir nicht einordnen konnten. Wir kannten uns nicht gut genug mit Kriminologie aus, um alles zu verstehen, was der Professor uns gesagt und erklärt hatte. Doch für jedermann ergab das den Sinn, der uns bei diesen Morden noch gefehlt hatte. »Jim«, machte ich auf mich aufmerksam. Alle Augen waren auf mich gerichtet. Genau das, was ich eigentlich nicht bezwecken wollte, was aber die logische Reaktion war. Ich atmete noch einmal tief durch. Ich eröffnete jeden Moment die Möglichkeit, dass es mindestens drei Menschen gab, die Kinder sowohl sexuell als auch körperlich misshandelten. Freiwillig. Vermutlich waren es gute Bürger. Nachbarn, die man zum Grillen einlädt. Wer weiß heute schon noch, was die Nachbarn machen? Wir leben in einer eigenen, isolierten Welt, wo wir nur noch uns sehen. Nach links und rechts wird nicht mehr geschaut. Wir haben uns aus Unrat von schlechten Erfahrungen und Vorurteilen Scheuklappen gebaut. Damit uns der Blick nach links und rechts verwehrt wird.

Um nicht Gefahr zu laufen, dass wir uns täuschen. Dass diese Vorurteile und diese schlechten Erfahrungen nicht auf jeden Menschen übertragbar sind. Eine Art Selbstschutz.

»Ich verstehe nicht viel von Kriminologie. Aber das, was Prof. Dr. John Celvin Baker uns in der letzten Stunde erklärt hat, wirkt logisch. Es folgt einem roten Faden. Einem roten Faden, der sich durch alles zieht und alles vereint. Ich glaube … Nein, ich weiß, dass seine Erklärungen richtig sind. Sie liefern für jede Frage eine Antwort. Was mich am meisten überzeugt hat, war, dass er alles bis ins kleinste Detail erklärt hat. Ich habe vor gut zwei Jahren ein Seminar für Kriminologie besucht. Es war sehr an der Oberfläche geblieben, doch ich finde Nuancen in den Erklärungen des Professors wieder.« Ich atmete tief aus. Ich war auf eine Art erleichtert, aber auf die andere beunruhigt. Ich hatte es geschafft, meine Gedanken zu ordnen und erfolgreich vorzutragen, aber man bedenke die Botschaft dahinter. Die Botschaft, dass wir einer Masse von Leuten den Krieg erklären mussten. Nicht nur einer Person, aber auch keinen drei unabhängigen Killern. Nein, es waren drei Menschen, die von den anderen wussten. Wussten, dass sie auf dieselbe perverse Scheiße standen. »Okay«, fügte Jim hinzu, während er auf die Tafel blickte. »Wie geht es nun weiter?«, fragte Sam. Jim drehte sich langsam zu ihm um. Er stand eine Zeit lang in gebeugter Haltung, wartend auf die nächste Frage. Eine Frage, die er eher beantworten könnte. Gerade als Jim Luft geholt hatte, um eine Antwort zu geben, hörten wir ein dumpfes Klingeln. Jim merkte, dass dieses Geräusch von ihm kam, und durchsuchte sich selbst nach seinem Handy. In der linken hinteren Hosentasche wurde er nach endlos scheinendem Suchen fündig. »Corta.« Sein Gesicht veränderte sich »Sind Sie sicher?« In seiner Stimmung lag eine Spannung, die jeden Moment reizen könnte. »Wir sind auf dem Weg.« Er legte auf und sah uns aufgeregt an. »Nehmt eure Sachen, und los! Wir müssen zurück zum Stadtpark. Sie haben was gefunden!«

18. KAPITEL

Alles ist ein Rätsel, und der
Schlüssel zu diesem Rätsel ist
ein weiteres Rätsel.
   (Emerson)

Thomas Terenz, Jim Corta, Sarah Porte, Sam Weiss und Jens Tonal

»Wo ist Herr Tonal?«, fragte Jim, als wir vor dem Absperrband
standen. Wir befanden uns wieder an derselben Stelle, wo Jim
und ich gestern schon waren. Keine fünf Meter von dieser Absperrung entfernt war ein anderes Gebiet abgeriegelt. Die Absperrung, die den grausigen Fund der Leichen dokumentierte. Es
war ein Bild, welches sich in die Netzhaut einbrannte. »Können
Sie sich ausweisen?«, fragte der Mann an der Absperrung. Es fiel
ihm sichtlich schwer, Autorität auszustrahlen. Jim verdrehte genervt die Augen und wühlte in der Innentasche seiner schwarzen
Jacke nach seinem Ausweis. »Danke«, sagte der Mann, als Jim
ihm das Dokument vor die Nase hielt. »Die drei Beamten hinter
mir gehören zu mir.« Genervt blickte Jim hinter sich, um uns zu
signalisieren, dass er ihm folgen sollten. Ich sah mich um. Dieser
Fundort kam mir wesentlich größer vor als der letzte. Ich fragte
mich, was sie hier wohl alles gefunden hatten. Jim ging vor uns,
zielgerichtet auf einen der vielen Männer zu, die an der Innen-
seite der Absperrung standen. »Jens!«, rief er den Männern zu. Ein
eher kleiner, schmächtiger Mann drehte sich um. Scheinbar war
es der Mann, den Jim sprechen wollte. Er stand mit versteinerter
Miene und vor der Brust verschränkten Armen ungeduldig dar.
Er hatte schütteres Haar und auf den ersten Blick hätte ich ihn
Ende fünfzig geschätzt. Seine braunen kalten Augen fixierten
uns und wirkten wie eine präzise Apparatur, um jemanden zu
Tode zu foltern. »Jim«, erwiderte der Mann den Gruß, und auf
seinem Gesicht zeichnete sich ein schwaches Lächeln ab. »Freut

mich, dich wiederzusehen!« Jim reichte ihm die Hand zur Begrüßung. »Darf ich dir mein Team vorstellen? Sarah Porte, Sam Weiss und Thomas Terenz.«

Der Mann nickte nur, schenkte uns keine weitere Aufmerksamkeit. Für ihn war bloß Jim wichtig, und das ließ er uns spüren. »Was habt ihr nun genau gefunden?«, fragte Jim neugierig. Ich ging im Kopf jede mögliche Antwort durch. »Unser Team von der Spurensicherung hat Proben von den Böden rund um die Fundstellen genommen. Normalerweise dauert die Analyse, da sie nicht nur eine Probe haben, bis zu zwei Wochen. Aber jemand schuldete mir noch einen Gefallen und hat die Proben sofort untersucht. Wir haben zersetzte Mineralien gefunden, die eindeutig von einem Menschen stammen. Da wir mehrere Proben genommen hatten, konnten wir das Gebiet mit der höchsten Konzentration lokalisieren. Durch diese Lokalisierung haben wir dann effizient nach einem möglichen weiteren Opfer suchen können. Wir sind auch fündig geworden. Der Leichnam ist schon auf dem Weg zur Rechtsmedizinerin Dr. Rother. Um die Möglichkeit weiterer Leichen offenzulassen und die Vorsichtsmaßnahme zur Sicherung von Beweisen, haben wir das Gebiet weiträumig abgesperrt. Wir haben nach weiteren Leichen oder Hinweisen nach weiteren Leichen gesucht, aber ohne Erfolg. Vermutlich ist das hier die letzte Leiche«, informierte er uns. »War die Leiche durch einen Baum geschützt?«, fragte ich. Der Blick, den ich von Herrn Tonal als Dank bekam, war wie ein Stich in den Bauch. Er war schmerzhaft, aber nicht sofort tödlich. Ich konnte mir genau vorstellen, was er sich denken musste. *Was bildet DER sich ein, mich anzusprechen?* Da muss er nun durch. »Ich habe zwar absolut keine Ahnung, was Sie mit der Information anfangen wollen.« *Ja,* dachte ich. *Du hast wirklich keine Ahnung.* »Ja, den Leichnam fand man unter einem Baum. Besser gesagt unter zwei Bäumen.« »Danke«, presste ich raus. Mir war nicht danach, mich zu bedanken. Doch die Verkehrssitte erfordert es ja. Ich drehte mich aufgeregt um. Ich suchte nach Bäumen, unter denen eine Leiche platziert werden konnte. Doch wir befanden uns in einer größeren Lichtung. Hier waren keine weiteren Bäume mehr, unter denen Leichen begraben sein könnten. Es ließ die Hoffnung leben, dass es auch keine weiteren Leichen mehr geben würde. Aber auf die andere Art war ich auch enttäuscht. Wir hatten vier Leichen gefunden, ohne eine Spur. Wie groß ist die Chance, dass eine weitere Leiche uns so viel weiterbringen könnte? Da war die Chance auf einen Durchbruch größer, je mehr Leichen wir fanden. Je mehr Morde jemand begeht, umso sicherer fühlt er sich. Und genau dann, wenn er sich sicher fühlt, macht er Fehler. Fehler, die uns zu ihm führen. Ironischerweise ist der Weg mit dem Tod anderer gepflastert.

»Sam und Thomas. Ihr fahrt bitte in die Rechtsmedizin zu Dr. Rother. Ich werde sie anrufen und die sofortige Autopsie veranlassen. Dieser Fall hat Vorrang. Ich will dieses Schwein endlich fassen!«, befahl uns Jim. »Sarah, du bleibst hier. Achte darauf, dass die Spurensicherung keine Beweise vernichtet«, befahl er erneut. »Ich werde noch einmal ins Revier fahren. Ich habe das Gefühl, dass wir etwas übersehen haben!«.

Sam und ich eilten zu unserem Auto und machten uns auf den Weg zu Dr. Rother. Keiner von uns wollte etwas sagen. Wir wussten auch nicht, was wir in solch einem Moment hätten sagen können. Sollten wir uns über den Fall unterhalten oder über das Leben? Aber da fragte ich mich wieder, ob ein Gespräch über das Leben nicht zu zynisch wirkte, in unserer Situation. Sam starrte aus dem Fenster. Er wirkte komplett abwesend. In ihm tobte gerade der zweite Gewissenskrieg. An der Front standen sich die Angst um seine Familie und die polizeiliche Verpflichtung gegenüber. Sam ist Vater von zwei Kindern. Seine jüngste Tochter, Tanja, war in demselben Alter wie unsere Leichen. Immer wenn wir einen Fall haben, bei dem eine Frau getötet wird, die zum Beispiel im selben Markt einkaufen geht wie Kimberly, möchte ich sie am liebsten anrufen und ihr befehlen zu Hause zu bleiben. Doch das dürfen wir nicht. Es ist eine schwere Bürde, die man in dem Moment trägt. Man kommt nach Hause und weiß genau, dass ein Schwein herumläuft, das auf Frauen steht, die genauso aussehen wie die eigene Frau. Dass er die Frauen bekommt, indem er durch den Park läuft und nach seinem Kind sucht. Dieses

Gefühl, wenn man genau weiß, dass die eigene Frau auch mithelfen würde, das Kind zu suchen. Zu wissen, dass sie die Nächste sein könnte, wenn sie sich entschließt bei schönem Wetter durch den Park zu gehen, um zu dem Blumenladen in der Seestraße zu kommen, und doch nichts sagen zu können. Sie blind in das offene Messer rennen zu lassen. Genauso muss es Sam gerade gehen, sein Kampf mit seinem Gewissen. Seiner Frau alles zu erklären, nicht alles, aber genug, um zu erreichen, dass sie die Kinder einsperrte. Doch wusste er, dass es unfair wäre. Unfair jeder anderen Familie gegenüber, die nichts von diesen Schweinen wusste und ihre Kinder auch frei draußen spielen ließ. Ich bog auf den hinteren Parkplatz des gerichtsmedizinischen Instituts ein und parkte vor einem Baum, der dem Wagen etwas Schatten bot. Die Sonne schien unablässig auf uns nieder, sodass jeder Quadratzentimeter Schatten heiß begehrte Ware war. »Kommst du, Sam?«, riss ich ihn aus seinem Kampf. Die Schlacht hatte vorerst die polizeiliche Verpflichtung gewonnen, aber der Krieg war noch nicht entschieden. Nun stieg auch Sam aus und trottete mit mir durch die immer heißer werdende Sonne, die unnachgiebig auf uns brannte. »Es tut mir leid, Thomas«, sagte er leise. Ich blieb kurz stehen, um ihn zu mustern. »Du weißt, wie es ist.« Es war eigentlich keine wirkliche Erklärung, doch sie reichte, um alles zu erklären. Ich nickte. Er erwartete keine Antwort. Er wollte kein Mitleid von mir oder Bedauern. Ich glaube nicht einmal, dass er Verständnis wollte. Aber das wäre zu spekulativ. Wir gingen, ohne weitere Worte zu verlieren, zum Haupteingang und von da aus weiter zu den Obduktionsräumen. Ich erwartete das Chaos, welches ich heute Morgen im Büro gesehen hatte. Als ich aus dem Fahrstuhl schritt und im Chaos gelandet war. Doch auf den Gängen herrschte Totenstille. Sam folgte mir, hielt aber doch einen gewissen Abstand. Wir gingen an zahlreichen Türen vorbei, ohne reinzuschauen. Ich hatte das Gefühl, dass Dr. Rother wieder in dem Raum war, in dem wir sie schon einmal *besucht* hatten. Ich wollte mich nicht an diese halbe Stunde erinnern, die wir bei ihr verbracht hatten. Ich wusste schon immer, dass es Monster gibt. Aber die Ausmaße der menschlichen Verderbtheit wurden mir erst in dieser halben Stunde richtig bewusst. Sie brannten sich mit ihren Bildern und ihren Worten in meine Seele ein. Jeder Versuch, sie zu entfernen, ist bisher von Erfolglosigkeit gekrönt worden. Ich öffnete wie in Trance die Tür, vor der wir standen. Nichts ahnend, ob es die richtige war. Dr. Maria Rother stand mit dem Rücken zu uns an den metallenen Kühlfächern. Sie bemerkte unsere Anwesenheit im ersten Moment nicht. Dr. Rother schien mit irgendetwas beschäftigt zu sein. Ich räusperte mich einmal, um ihre Aufmerksamkeit auf uns zu lenken. Sie drehte sich in einer geschmeidigen Bewegung zu uns um. »Ihr Chef hatte mich angerufen. Ich habe mit der Autopsie angefangen, sie aber logischerweise noch nicht beenden können«, erklärte sie uns, während ihr Blick immer noch auf den Akten in ihrer Hand lag. »Bitte treten Sie zurück«, befahl sie uns. Wir standen an dem vordersten der drei hintereinander aufgestellten metallenen Tische, auf denen die Leichname liegen. Dr. Rother legte die Akte auf den Tisch, der in der hinteren Ecke des quadratischen Raumes stand. Sie sah uns mit rollenden blauen Augen an, als sie bemerkte, dass wir ihrer Anweisung nicht Folge geleistet hatten. »Ich bitte Sie noch einmal beiseitezutreten. Es sei denn, Sie wollen Ihren teuren Verschnitt von einem Designeranzug mit der Hirnmasse unseres Toten ruinieren«, erklärte sie mit einem deutlich zynischen Unterton. Sam sah auf seine Kleidung hinunter und bemerkte, dass Dr. Rother genau diese Reaktion provozieren wollte. Wäre er eine Figur in einem drittklassigen Comic gewesen, wären nun aus seinen Ohren Rauchwolken aufgestiegen, sein Gesicht hätte sich rot verfärbt und auf seinem Kopf hätten sich Hörner gebildet.

Dr. Rother drehte sich zu ihrem Bestecktisch um, der neben dem hinteren Obduktionstisch stand. Auf ihm lagen allerlei chirurgische Utensilien. Angefangen bei verschiedenen Messern, über Pinzetten bis hin zu Scheren und Skalpellen. Alles, um einen menschlichen Körper aufzuschneiden und auseinanderzunehmen. Auf der unteren Ablage des metallenen Tisches stand ein durchsichtiges Schutzvisier, das Dr. Rother hervorzog und gleich aufsetzte. Sie ging um den Obduktionstisch herum und zog einen eigenartigen Apparat zum Tisch. Ich sah Sam mit verwirrtem Blick an. Ich war zwar schon des Öfteren bei Obduktionen dabei, aber diesen Apparat hatte ich zuvor noch nie gesehen. Ich hatte wohl eine Ahnung, wofür er da war, wollte mich aber noch nicht festlegen. Es war eine merkwürdige Atmosphäre. Meine Gedanken rissen aus. Sie durchwanderten meine noch verbleibenden Erinnerungen an diesen Ort, an die vergangenen Gespräche. An die Verbrecher, die wir fangen konnten, weil hier die Bausteine geschaffen wurden für die Pflasterung des späteren Weges. Ich verbinde viele Gefühle mit diesem Ort. Viele, die in einem Widerspruch zueinander stehen. Glück, Hoffnung, aber auch Verzweiflung, Wut und Hass. Unsanft wurde ich von den unerträglichen Geräuschen, die von der Maschine ausgingen, aus meinen Gedanken gerissen. Dr. Rother stand vor dem Obduktionstisch, in der Hand eine Säge, wie es mir schien. Keine, die es im Baumarkt um die Ecke zu erwerben gab. Die Säge war mit dem eigenartigen Apparat verbunden, den ich bis eben versucht hatte richtig zu deuten. Es war ein komisches Konstrukt, bestehend aus einer runden, tellergroßen Säge, die mit einem dünnen Plastikschlauch verbunden war. Allem Anschein nach war auch der Schlauch mit dem Apparat verbunden, der hinter dem Obduktionstisch stand. Dieses unangenehme Geräusch, welches von der Säge verursacht wurde, veränderte sich augenblicklich. Das penetrante laute und zugleich unerträgliche Jaulen der Säge wurde zu einem dumpferen und auch gefährlicheren Geräusch. Ein Geräusch, welches einem einen kalten Schauer über den Rücken laufen ließ. Ich schaute zu Dr. Rother und konnte meinen Augen nicht trauen. Sie setzte die Säge oberhalb der Schläfe dieses kleinen Menschen an und fuhr damit vorsichtig einmal um den Kopf, um die Schädeldecke abzutrennen. Nach für mich unerträglichen Sekunden dieses Geräusches stellte sie die Säge ab, verstaute sie in der Ecke und legte den abgesägten Teil der Schädeldecke beiseite. Nun setzte sie auch das Schutzvisier ab und brachte es in ein großes Spülbecken, wo es auf seine Reinigung wartete. Ich wagte mich als Erster, diese eigenartige Stimmung zu durchbrechen. »Dr. Rother. Können Sie uns eventuell etwas über unser Opfer sagen, was uns helfen könnte, den Mörder zu finden?«, fragte ich vorsichtig. Ich hatte immer noch dieses gefährliche Geräusch im Inneren meines Ohres. »Ich kann Ihnen nur so viel sagen. Das Opfer ist weiblich. Nach dem Verwesungsgrad und der fehlenden Leichenstarre zu urteilen, ist das Mädchen vor fünf Tagen gestorben. Nach der ersten, sehr oberflächlichen Begutachtung, ist es erstickt worden«, erklärte sie, während sie an das obere Ende des Obduktionstisches ging und wir ihr folgten. »Wie Sie sehen können, meine Herren, hat sie punktuelle Einblutungen«, berichtete sie uns, als sie die Lider des Auges aufzog, um es freizulegen. »Zudem befinden sich Hämatome am Hals des Opfers. Das Mädchen wurde allem Anschein nach mehrmals gewürgt. Das sieht man an den verschiedenen Heilungsprozessen am Hals. Jeder hat seine eigene Färbung hinterlassen. Je nachdem, wie weit der Heilungsprozess schon fortgeschritten war. Ich würde schätzen, dass sie regelmäßig gewürgt wurde.« Wir schluckten. »Das Mädchen ist schätzungsweise fünf Jahre alt.« »Haben Sie sonst noch etwas gefunden?«, fragte Sam. »Ja. Sie hat, wie die anderen Leichname, Einrisse im Vaginalbereich. Auch hier finden sich verheilte und frische Wunden. Es deutet wieder auf mehrfachen und langwierigen sexuellen Missbrauch hin. Zudem wurden ihre Elle und Speiche an beiden Armen gebrochen. Da es Neubildungen der Knochenstruktur gibt, scheinen die Brüche vor ca. einem halben Jahr beigebracht worden zu sein. Sie wurden allerdings medizinisch nicht versorgt.« Ich nickte Sam zu. Ich wollte ihm zeigen, dass ich gehen wollte. Nur raus hier. Raus aus diesem Loch der Verdammnis. Sam ging es ähnlich. Ich dachte immer, dass ich hart im Nehmen wäre, doch dieser Fall gab mir den Rest. Wir drehten uns gerade um, damit wir aus diesem Loch entkommen konnten, als Dr. Rother meinte, sie wäre noch nicht fertig. »Bevor Sie gehen, habe ich noch etwas für Sie.« Ich flehte Gott an, dass es nicht wieder etwas mit Misshandlungen oder Folter zu tun hatte. Das würde ich nicht mehr verkraften. Ich drehte mich langsam um und sah Dr. Rother mit einem kleinen, durchsichtigen Beweisbeutel auf mich zukommen. »Was ist das?« »Das habe ich im Vaginalbereich des Opfers gefunden.

Es ist womöglich ein Haar des Täters.« Meine Augen begangen zu funkeln. Das könnte der entscheidende Beweis sein, den wir so lange gesucht hatten. Ich bedankte mich höflich und konnte es kaum erwarten, dass wir dieses Haar analysierten. Ich hielt gerade den Beweis in der Hand, der so wichtig war. Ich konnte es kaum erwarten, Jim davon zu erzählen.

Als wir auf dem Parkplatz angekommen waren, nahm Sam sofort sein Handy in die Hand und wählte Jims Nummer. »Hey Jim. Wir haben den Beweis des Jahrhunderts«, gab Sam an. »Ja, wir kommen sofort in unser Büro. Bis gleich«, konnte er noch sagen, bevor die Verbindung unterbrochen war. »Auf ins Büro. Aber vorher in unser Labor, die sollen das Haar sofort untersuchen.« Ich öffnete den Wagen und fuhr los.

19. KAPITEL

Und aus der Finsternis kamen
Hände, die aus der Natur griffen
und den Menschen formten.
  (Alfred Lord Tennyson)

Thomas Terenz, Sarah Porte, Jim Corta, Sam Weiss, Robin Kartor und Thorsten Halmer

Wir alle saßen im Meeting-Zimmer und starrten die Beweistafel an. Irgendetwas hatten wir übersehen, doch wir konnten beim besten Willen nicht erkennen, was es sein könnte. Man spielte blinde Kuh mit uns, und wir waren am Verlieren. »Was sagte Lena noch einmal, wann das Ergebnis der Haaruntersuchung feststehen würde?«, fragte Sarah. »Sie sagte, sie beeilt sich.« Mehr wollte ich dazu nicht sagen. Lena war eine langjährige Mitarbeiterin und wusste, wann sie einen Beweis vorschieben musste. Ich war mir sehr sicher, dass diese Analyse bei ihr denselben Stellenwert hatte wie bei uns. Also machte ich mir wenig Sorgen. Dennoch ließ mich die Beweistafel im Regen stehen. Ich sah mir die Beweise schon zum hundertsten Male an. Doch etwas Neues konnte ich nicht erkennen. In Gedanken ging ich noch einmal das durch, was Prof. Dr. John Celvin Baker zu uns gesagt hatte. *In Ihrem Fall handelt es sich um einen ›Lusttäter‹. Ein Lusttäter ist ein Serienmörder, der sexuelle Motive hat. Er tötet seine Opfer in einem sexuellen Rausch oder zum Erreichen desselben. Charakteristisch für solche Tötungen ist eine sadistische Komponente. Im Detail bedeutet das, dass der Täter seine sexuelle Befriedigung oder Lust durch das Demütigen, Unterdrücken oder Misshandeln anderer Menschen erlebt.* »Wir sind uns einig, dass der Täter das letzte Opfer während der Vergewaltigung gewürgt hat?«, erläuterte ich fragend. Jim nickte. Ich atmete schwer aus. Ich wusste nicht, was es war, doch etwas in mir hielt genau an diesem Szenario fest. Da war noch mehr, was sich hinter einem Vorhang der Verwirrung versteckte. Wir alle waren in Gedanken vertieft. Gedanken, die sich um die Morde drehten. Wir gingen alle Beweise im Kopf durch. Versteckt unter Bäumen. Warum? Um die Leichen vor Unwetter zu schützen. Warum der Wald? Weil es der größte in der Umgebung ist. Wieso an einer Stelle? Der Täter muss derselbe sein. Das heißt also, wenn es derselbe Täter ist, muss er auch alle getötet haben? Prof. Dr. Baker erklärte uns, dass dies nicht möglich sei. Also müssten wir fünf verschiedene Täter haben, die alle voneinander wussten. Wie konnten sich die anderen Täter sicher sein, dass niemand sie verriet? Weil sie alle Verbrechen begangen hatten, für die sie sehr lange ins Gefängnis kämen. Aber woher hatten … »Entschuldigung. Ich sollte Ihnen diesen Bericht geben«, unterbrach eine junge Frauenstimme die Stille und riss uns alle aus unseren Gedanken. Sie legte die Akte auf unseren Tisch und ging wieder. Ich schüttelte einmal den Kopf und versuchte mich an den Gedanken zu erinnern, den ich vor dem Eintreten der jungen Frau hatte. Doch ich konnte mich beim besten Willen nicht daran erinnern. Aber eines wusste ich. Der Gedanke war wichtig. Ich hatte so ein Bauchgefühl. Ein warmes Kribbeln, das meinen Magen vollständig einnahm. Das gleiche Gefühl wie eines Abends, als ich die Beziehung der Bäume zu den Opfern herausgefunden hatte. Jim nahm die Akte und las darin. Seine sehr ernste und bedrohliche Mimik taute mit jedem Satz auf, den er in dieser Akte las. Es dauerte weniger als drei Minuten, bis er von dem sehr ernsten Jim zu einem Jim wurde, der am liebsten drei Saltos rückwärts gemacht und in einem Spagat seine Kür beendet hätte. »Was steht drin?«, fragte Sarah neugierig, während sie Jim fast die Akte aus der Hand genommen hätte. Doch Jim hielt sie fest genug. »Wir haben einen Treffer, was das Haar angeht«, prahlte er, während seine Augen funkelten wie ein Weihnachtsbaum am Heiligen Abend. »Thorsten Halmer. Sechsundvierzig Jahre alt. Er ist … Er ist Personalleiter der Abteilung für misshandelte Kinder und Sicherheitsbeauftragter für die extremsten Fälle der Kindesmisshandlung. Was? Das soll wohl ein schlechter Witz sein.« Jim sprach genau das aus, was wir alle in dem Moment dachten. »Er ist Vater von zwei Töchtern. Mia und Lena. Elf und dreizehn Jahre alt. Er ist verheiratet mit Vanessa Halmer, geborene Schönhauser.« Wir brauchten nun alle eine Pause. Wir konnten nicht glauben, dass ein Mensch, der eigentlich für die Obhut misshandelter Kinder zuständig war, Kindern so etwas Grausames antun konnte. »Sam und Thomas! Ihr beide schnappt euch dieses Dreckschwein. Sarah! Du kommst mit mir. Wir befragen seine Frau.« Ohne ein weiteres Wort zu verlieren, standen wir auf und eilten zu unseren Fahrzeugen. Jim schickte uns von unterwegs die genaue Adresse der Arbeitsstelle von Herrn Halmer. Mit Blaulicht und Martinshorn rasten wir die Straßen entlang. In Sams Augen lag der Wunsch, dem Mann eine Kugel zu verpassen. Keine, die ihn töten würde. Ich wusste genau, welche Stelle Jim treffen wollte. Und um ehrlich zu sein, würde ich genau dieselbe Stelle gerne abknallen. Wir rasten mit 80 km/h die Straßen entlang. Ich wollte diesen Kerl aus dem Verkehr ziehen. In diesem Moment war es mir herzlich egal, ob er es wirklich war oder nicht. Es bestand die große Wahrscheinlichkeit, dass er es war. Und genau diese reichte mir für den Wunsch, ihn aus dem Verkehr zu ziehen. Wir kamen mit heulender Sirene und quietschenden Reifen auf dem Parkplatz des Gebäudes an. Sam und ich wussten nicht, ob der Mann gefährlich war. Es gibt viele Menschen, die erst gefährlich werden, wenn sie umstellt sind. Er könnte sich Geiseln nehmen oder um sich schießen, wenn er seine Waffe dabeihatte. Der Analyse des Haares war eine gründliche Untersuchung seiner Person beigefügt, die auch aufgezeigt hat, dass Herr Halmer sich am 24. August des letzten Jahres eine Walther P38 angeschafft hat. Aber so eine Reaktion war selten. Aufgrund der Dringlichkeit unseres Falles entschlossen Sam und ich uns die schnelle Verhaftung durchzuführen. Der Mann könnte wichtige Informationen haben, die das Leben eines kleinen Kindes retten könnten. Wir konnten und durften keine Zeit verlieren. Sam und ich eilten zum Eingang und gaben über Funk durch, dass wir angekommen seien und nun die Verhaftung durchführen würden. Sam holte seinen Ausweis hervor, als wir den Eingang passierten. Die Frau beim Empfang sprang schockiert hoch und hob ihre Hände. »Herr Halmer. Wo finden wir ihn?«, fragte Sam mit Nachdruck. »Zimmer 570. Fünfte Etage.« Sam nickte. »Sie bleiben bitte hier am Ausgang und achten darauf, dass keiner rauskommt«, befahl ich einer Polizistin, die zur Unterstützung angerückt war. Sie nickte nur. Sam und ich eilten die Treppen des engen Treppenhauses hinauf. Unermüdlich überwanden wir einen Absatz nach dem anderen, bis wir in der fünften Etage angekommen waren. Sam sah den linken Flur hinunter und bemerkte sehr schnell, dass dort nur der Ein- und Ausstieg des Fahrstuhls war. Ich ging den rechten Flur entlang und sah mich an den Schildern neben der Tür nach dem Zimmer 570 um. Der Flur schien ein nicht enden wollender Gang aus einandergereihten Türen zu sein. Ich schritt an der Tür 568 vorbei. »Die nächste Tür, Sam.«, flüsterte ich. Sam nickte und signalisierte mir, dass ich gehen solle. Ich stellte mich gerade vor die Tür, und mein Herz fing an zu pochen. Ich durchdachte innerhalb weniger Sekunden alle möglichen Szenarien, die sich gleich abspielen könnten. Ich hatte schon Hunderte Menschen verhaftet, doch dieses Mal war es anders. Irgendetwas war dort, was in mein Unterbewusstsein eingedrungen ist und sich dort eingenistet hat. Nur ließ sich der Parasit noch nicht erkennen. Ich versuchte das Gefühl hinter der Mauer zu verbergen. Einer Mauer, die jedes Gefühl als gleichgültig erklärte, doch ließ sich dieses Gefühl nicht einsperren. Es war ein Parasit, der die Freiheit bevorzugte. Ich schluckte das bedrohliche Gefühl hinunter, gemischt mit dem Gefühl, welches sich nicht einsperren ließ. Ich musste nun da sein. Für jede mögliche Situation gewappnet sein. Ich atmete noch einmal tief aus, drückte die Türklinke langsam herunter und stürmte in das Zimmer. Vor mir saß ein verschreckter Mann mittleren Alters. Er hatte schwarze kurze Haare, im Militärstil gehalten. Seine braunen kalten Augen hatte er vor Schreck aufgerissen, sodass seine Brille leicht verrutscht ist. Seine Haut warf an den Augen und am Mund die ersten Falten. Sein Anzug saß wie angegossen. Das schwarze Nadelstreifenjackett mit den roten kleinen Punkten zwischen den Nadeln passte sich optisch hervorragend seiner roten Krawatte an. Er saß an seinem Schreibtisch, vor ihm lag eine aufgeschlagene Akte. Auf der linken Seite war das Foto eines Jungen. Höchstens sechs Jahre alt. Die Augen des Mannes fixierten mich. Der Blick glich dem eines Löwen, der seine Beute anstarrte, und ich konnte diesem Blick nicht entkommen. Sam schritt hinter mich, und endlich konnte ich dem Blick entfliehen. »Herr Thorsten Halmer. Sie sind verhaftet. Bitte folgen Sie uns«, erklärte Sam. Thorsten Halmer stützte sich auf seinem Schreibtisch ab und schloss die Akte; er fuhr den Computer herunter, ging, mit ruhigem Schritt und ohne ein Wort zu sagen, auf uns zu und drehte sich um, sodass wir ihm mühelos die Handschellen anlegen konnten. Jedes von mir durchdachte Szenario hatte einen völlig anderen Ausgang als die Realität. »Abführen«, presste ich aus meinen Lippen. Sam ging mit ihm aus dem Büro, und ich nutzte die Zeit und sah mich um. Ich hatte wenige Minuten, um alles aufzusaugen, was ich hier sah. In der hinteren rechten Ecke stand ein Regal, gefüllt mit unzähligen Akten. In der Mitte des ca. 10 m² großen Raumes stand sein Schreibtisch. Ich holte aus meiner Jackentasche ein Paar Handschuhe hervor und zog sie mir an, während ich um den Schreibtisch ging, um die Akte zu lesen, die auf dem Tisch lag. Auf der Vorderseite stand der Name Jan Rustan. Sieben Jahre alt, Waise. Ich sah mich weiter im Zimmer um. Es war dunkelgrün gestrichen. Wenige Bilder, keine Pflanzen, keine Erinnerungen. Es war steril und wirkte sehr distanziert. Ich konnte mir nicht vorstellen, dass sich hier Kinder wohlgefühlt hatten, oder irgendjemand auf dieser Welt. Ich ging zur Tür und schloss diese hinter mir. Auf dem Gang hatten sich vereinzelt Menschen aus ihren Zimmern gewagt, um zu sehen, was passiert war. Es liegt wohl in der menschlichen Natur, die Tragödien anderer beobachten zu wollen. Ohne ein Wort schritt ich an ihnen vorbei und spürte die Blicke, die mich während meines Ganges verfolgten, bis ich aus ihrer Reichweite war. Ich ging durch den Eingang und stieg in das Auto ein, welches auf mich gewartet hat. In dem mein Partner und unser Verdächtiger gewartet haben, und ohne ein Wort fuhren wir los. Während der gesamten Fahrt schwiegen wir alle, nicht einmal das Radio durfte einen Ton spielen. Für viele wäre genau diese

Verhaftung der Jackpot des Jahrhunderts gewesen, doch nicht so für Sam und mich. Das war zu glatt. Viel zu glatt. Und eins wussten wir, wenn es so glatt lief, gab es noch eine Überraschung, mit der keiner gerechnet hatte. Thorsten Halmer hat während der gesamten Fahrt nicht ein Wort gesprochen. Er saß nur auf dem Rücksitz und lächelte uns an. Kein Lächeln eines Glücklichen. Es wirkte, als denke er, er wäre überlegen. Als wüsste er, wie das ganze Spiel enden würde. Als wüsste er mehr als wir. Ich versuchte mich auf den Verkehr zu konzentrieren, doch konnte ich nicht aufhören in den Rückspiegel zu schauen. Es war wie eine Sucht. Ich bog endlich auf den Parkplatz unseres Reviers ein und stellte den Wagen auf einen der Plätze direkt vor dem Eingang. Ich wollte auf dem schnellsten Weg in das Gebäude, möglichst mit wenigen Schaulustigen. Die Verhaftung eines Beamten, der in der Jugendbetreuung arbeitet, sorgt auf kurz oder lang immer für Schlagzeilen. Mir war es nur recht, wenn sie meinen Kopf und meinen Namen aus der Presse halten konnten. Sam half Herrn Halmer aus dem Wagen, während ich meine Chipkarte zog, um die Tür zu öffnen. Unser Gebäude wurde vor drei Jahren im Bereich der Sicherheit aufgerüstet. Seitdem hat jeder Mitarbeiter eine persönliche Chipkarte, die registriert, wann jemand das Gebäude betritt oder verlässt. »Los, rein mit ihm«, befahl ich Sam, während er nur verständnisvoll nickte.

In unserer Etage angekommen, kam Jim Corta sofort auf uns zu »Raum 5«, befahl er mit eiserner Miene. Das Lächeln von Thorsten Halmer wurde verschmitzter, als er die eiserne Miene von Jim sah. Es war unheimlich. Es schien ihm zu gefallen. Sam brachte ihn in Raum 5, und ich folgte Jim in unser Meeting-Zimmer. »Habt ihr seine Frau bekommen?«, fragte ich, ohne zu zögern. »Ja, haben wir. Und wie ich sehe, habt ihr den Mann verhaftet.« In Sarahs Stimme lag eine Spur aus Langeweile und Desinteresse. Sie lehnte sich in ihrem Stuhl zurück, hatte die Füße auf dem Tisch und spielte mit einem Ball, den sie sich von einer Hand in die andere warf. »Hat Herr Halmer irgendwelche Probleme gemacht?« Eine typische Frage von Jim, doch diesmal war die Antwort schwerer als die eigentliche Frage. »Schwer zu erklären, Jim.« Nun hörte Sarah auf mit ihrem Ball zu spielen und nahm die Beine vom Tisch. »Wir haben ihn verhaftet, und er wirkt, als hätte er das gewusst.« »Wie gewusst? Wie so ein Medium?«, fragte Sarah spöttisch. »Nein! Eben gewusst. Er stand auf, schloss eine Akte, die auf seinem Tisch lag, und fuhr den Computer herunter. Er widersetzte sich nicht, sondern lächelte. Nicht wie jemand, der sich freut, sondern wie der Teufel, der eine unschuldige Seele zum Fressen bekommt.« Sarah hatte die größte Mühe, sich ihr Lachen zu verkneifen. »Yeah. Wir haben den Teufel verhaftet.« Der Zynismus schmerzte. »Das ist nicht witzig, Sarah«, protestierte ich. »Sam! Hat unser Grinser noch etwas gesagt?«, fragte ich. Ich hoffte, den zynischen Blicken von Sarah durch produktives Denken ausweichen zu können. »Nein. Er sitzt in Raum 5.« »Seine Frau sitzt in Raum 2«, erwiderte Jim. »Wir sollten festlegen, mit welchem Verhör wir anfangen und wer dieses Verhör führen sollte«, erklärte Jim. »Es wäre sinnvoller, mit Herrn Halmer anzufangen. Wenn wir mehr Beweise haben, oder wenn er sich verspricht, können wir die Frau damit besser konfrontieren. So wird sie schneller auspacken, als wenn wir mit nichts da ankommen.« »Gute Idee, Sam«, lobte Jim ihn. »Bleibt die Frage, wer von uns am geeignetsten ist, die Nuss zu knacken.« Jim überlegte. Wir alle waren gut bei Verhören, doch jeder hatte sein Genre. Sarah war vor allem bei dominanten und machtsüchtigen Männern erfolgreich. Viele unterschätzten sie, und genau diese Wertung nutzte sie, um sie wie eine reife Orange auszupressen. Sam war bei emotional aufgewühlten Verhören ein Genie. Seine einfühlsame Art und Weise hatte bisher jeden zum Reden gebracht. Mein Spezialgebiet sind Menschen, die denken, sie wären klüger und besser als wir. Eigentlich ein Halmer-Fall. Aber ich wusste nicht, ob ich dennoch der Beste für dieses Verhör wäre, wegen meiner Vorgeschichte. Ich durfte mich nicht vergessen. Ich musste kühl und distanziert bleiben. Durfte ihm keine Schwäche zeigen, sonst wäre ich die reife Orange, die gepresst wird. Jim war ein Mann für alle, die nicht von uns abgedeckt wurden. »Eigentlich ist Halmer ein Fall für mich, doch ich befürchte, dass ich wegen meiner privaten Krise ungeeignet bin, das Verhör zu führen. Ich könnte ihm unbewusst eine Schwäche von mir zeigen, und dann bekämen wir nichts mehr aus ihm raus. Das ist es nicht wert. Jim, ich wäre dafür, wenn du das Verhör durchführst. In diesem Fall ist es wahrscheinlicher, dass der Dreckskerl bei dir spricht als bei mir«, erklärte ich schweren Herzens. Am liebsten wäre ich da reingegangen und hätte ihm den Arsch bis zu den Ohren aufgerissen, um an die nötigen Informationen zu kommen. Doch ich konnte es nicht riskieren. Sein Schmunzeln während der Fahrt konnte auch daher rühren, dass er meine Geschichte kannte. Ich weiß nicht, woher und wie er davon hätte erfahren können. Doch solche Täter sind meist höchst organisiert und überdurchschnittlich intelligent. Er hätte somit die Information bekommen können. »Das denke ich auch, Thomas. Ich werde ihn noch etwas nervös machen, bevor ich zu ihm reingehe. Ich werde auf dem Weg noch einmal die Akte durchblättern. In ca. dreißig Minuten werde ich das Verhör beginnen.«, erklärte Jim mit besorgter Stimme. Ihm war nicht wohl dabei.

Dreißig Minuten später fanden Sarah, Sam und ich uns hinter der verspiegelten Scheibe von Raum 5 wieder. Diese Verspiegelung ermöglichte am Verhör visuell und akustisch teilzunehmen, ohne dass die vernommene Person davon erfuhr. Ich beobachtete Thorsten Halmer ganz genau durch das Fenster. Jede Zuckung seiner Muskeln und jede unbewusste Bewegung durfte meinem Blick nicht entkommen. Die meisten der Menschen, die wir in diesem Zimmer schon verhört hatten, dachten, sie wären klüger als wir. Sie dachten, sie könnten uns mit perfekt durchdachten Lügen an der Nase herumführen. Sie dachten sich plausible Szenarien aus, die sie durch Fakten und Beweise belegen konnten. Fakte und Beweise, die sie im Vorfeld gefälscht hatten. Doch die meisten dieser brillanten Köpfe hatten eine Sache nicht bedacht. Sie mussten jeden Muskel ihres Körpers zu einhundert Prozent im Griff haben, damit sie das Spiel für sich entscheiden konnten. Ein falsch bewegter Muskel im falschen Augenblick verriet meist alles. Für ein geschultes Auge, wie das von Kartor, war das keine große Herausforderung. Robin Kartor ist einer unserer jüngsten und qualifiziertesten Mitarbeiter. Er ist seit einem Jahr Mitglied bei der LDC. Eine Zusammensetzung innerhalb der Polizei, die nur die klügsten, erfahrensten und besten Absolventen der Universitäten aufnimmt. Robin Kartor hat drei Jahre in Münster an der Westfälischen Wilhelms-Universität Rechtswissenschaften studiert und das erste Staatsexamen mit fünfzehn Punkten abgeschlossen, bevor er in München an der Ludwig-Maximilians-Universität Psychologie studiert hat. Er schloss als Jahrgangsbester mit Auszeichnung das Studium der Psychologie, mit Schwerpunkt biologische Psychologie, ab. Drei Monate später, mit vierundzwanzig Jahren, fing er bei der Polizei als jüngster Mitarbeiter der LDC an. Die Lie-Decode-Cooperation beschäftigt sich mit der Gestik und Mimik von Menschen. Sie versuchen durch die Analyse der Gestik und Mimik zu erkennen, wie Menschen sich fühlen und vor allem, ob sie die Wahrheit sagen oder nicht. Es ist eines der jüngsten Felder der Polizei. Diese Disziplin kommt ursprünglich aus Russland. Einer der ersten ›Lügenentschlüssler‹ war Dr. Aristarkh Tarassow. Er hat 1917 während des Bürgerkrieges in Russland für die dortige Regierung gearbeitet. Seine Aufgabe war es, während der stundenlangen Folterungen der Gefangenen deren Mimik und Gestik zu untersuchen, um mögliche Lügen zu erkennen. Nach dem Ende des Bürgerkrieges brachte er sein erstes Buch »Ложь«, übersetzt »Die Lüge« auf den Markt. Die weitergehende und tiefere Erforschung der Lüge erfolgte dann aber in den USA. Eine neue Wissenschaft wurde 1988 von Charles McFon geboren und verbreitete sich wie ein Virus an den Universitäten der USA, Deutschlands, Frankreichs und Englands. Kartor war ein Genie, wie er im Buche steht. Durch die unzähligen Verhöre mit ihm wurde auch mein Auge für diese winzigen und doch entscheidenden Erkenntnisse geschult. Noch lange nicht so gut wie seine Augen, aber in einem Rahmen, der mir gestattete mich sehr mächtig zu fühlen. Sam und ich sahen durch die verspiegelte Scheibe, um das Verhör mitzuerleben. Jim und Robin dabei zuzusehen, wie sie ihrer Beute erst auflauerten und sie beobachteten und in dem besten Augenblick, wenn die Beute nicht damit rechnete und sich sicher fühlte, schnell zugriffen und sie brutal in der Luft zerfleischten, bis nichts mehr von ihr übrig war, außer Staub, der von der frischen und kalten Nachtluft weggeweht wurde. Pünktlich, wie von Jim angekündigt, betrat er zusammen mit Kartor das Zimmer Nummer 5. Nun begann die Show, auf die ich seit der Verhaftung gewartet hatte. Kartor stellte sich in die rechte Ecke, sodass er Thorsten Halmer gut beobachten konnte. Jim setzte sich auf den Stuhl, vor Kopf zu Halmer. »Thorsten Halmer, sechsundvierzig Jahre. Geboren in Schwerin. Verheiratet mit Vanessa Halmer. Sie sind Personalleiter der Abteilung für misshandelte Kinder und Sicherheitsbeauftragter für die extremsten Fälle der Kindesmisshandlung. Sie haben ein schönes Haus in der Kettlerstraße 40. Eine schöne Gegend. Gepflegte Gärten, spielende Kinder auf der Straße und hübsche junge Frauen, die mit dem Hund Gassi gehen. Man könnte meinen, Sie hätten alles im Leben erreicht, was man nur haben kann«, führte Jim aus. Kartor machte sich innerlich Notizen. Er brauchte die Informationen für seinen ersten Schlag. Der erste Schlag war der wichtigste. Wenn der saß, dann hatte der Verhörer das Verhör in der Hand. »Mag sein. Ich hatte etwas Glück. Aber warum bin ich hier? Ich glaube nicht, dass Sie mit mir über meinen Erfolg reden wollen. Es sei denn, ich soll Ihnen etwas Nachhilfe geben«, provozierte er Jim. »Nein, keine Sorge.« Jim pausierte. »Herr Halmer, Sie wissen ganz genau, wieso Sie hier sind. Packen Sie also aus.« Jim schien nervös zu werden. Es war nicht sein Verhör, und das merkte man ganz eindeutig. Thorsten Halmer lehnte sich zurück, verschränkte die Arme hinter dem Kopf und starrte genervt die Decke an. Eine Weile herrschte eine bedrückende Stille. Jim wurde immer nervöser. Seine Nerven spannten sich sichtlich an, auf seiner Stirn zeichneten sich Falten der Verzweiflung ab. »Gut«, erklärte Halmer, während er sich gerade hinsetzte und die Hände auf den Tisch legte. »Ja. Ich weiß ganz genau, wieso ich hier bin«, erklärte er, während er das Verhör sichtlich in die Hand nahm. »Aber wissen Sie, mit Ihnen werde ich nicht reden. Und Ihren Kasper von Psychologen oder Profiler können Sie auch wieder in der Krabbelgruppe abgeben. Ich rede nur mit einem. Und ich weiß ganz genau, dass er exact in diesem Moment Schweißperlen auf die Stirn bekommt, während er mich durch die verspiegelte Scheibe beobachtet.« Halmer hatte das Verhör nun fest in der Hand, und er gab es auch nicht mehr her. Jim starrte ihn an; sprachlos, mit offen stehendem Mund, drehte er sich zu Kartor um. »Ich bitte um Verzeihung. War das nun zu schnell für Sie? Nun ja. Sie können Ihren Kasper und die anderen Marionetten hinter der Scheibe gerne noch zu Tode starren oder mit Ihrem Mundgeruch vergiften.

Aber Sie wissen genauso gut, oder sogar noch besser als ich, dass jede Sekunde hier zählt.« Jim starrte ihn mit verdutzter Miene an. Das *Pokerface*, das Jim aufgesetzt hatte, bröckelte Stück für Stück ab, und seine Mimik entglitt ihm. Jim stand langsam auf, schloss die Akte, die er zuvor geöffnet auf den Tisch gelegt hatte und signalisierte Robin Kartor, mit ihm den Raum zu verlassen. Sam, Sarah und ich gingen im selben Moment aus dem Raum, um uns mit Jim und Kartor im Flur vor dem Zimmer zu treffen und uns mit ihnen zu besprechen. »Er will mit dir red...«, versuchte Jim mir zu erklären, was ich schon längst wusste. »Ja, ich weiß, Jim«, antwortete ich patzig. Genau das Szenario, welches ich um jeden Preis vermeiden wollte, traf nun ein. Meine Knie fingen an zu zittern, und mein Bauch fuhr Karussell. In meinem Kopf flogen die Gedanken durcheinander, trafen sich und flogen getrennt voneinander weiter, bis sie mit dem nächsten Gedanken zusammentrafen. Ein Chaos kosmischen Ausmaßes entstand in meinem Kopf, das für sofortige Kopfschmerzen sorgte. Kopfschmerzen von der Sorte, bei denen man das Gefühl hat, der Kopf sei ein Cocktail aus Rasierklingen und Samurai-Schwertern. »Wie wollen wir vorgehen?«, fragte Kartor vorsichtig. Er selbst kannte eine solche Situation nicht, genauso wenig wie wir. In diesem Moment merkte man, dass dieses Genie noch sehr jung und sehr unerfahren war. »Ich würde sagen, wir geben ihm, was er möchte? Ich sehe zumindest keine andere Option, die Informationen zu bekommen, die wir benötigen.« Jim sah sich in unserer kleinen Runde um. Mit besorgter Miene studierte er jeden von uns, analysierte, was wir wohl möglicherweise gerade dachten. Auch ich sah in die Runde. »Okay«, seufzte ich mit leiser Stimme und gab den inneren Widerstand auf. »Alles schön und gut, meine Süßen«, mischte sich Sarah ein. Sie hatte sich auf einen Stuhl gesetzt und die Beine über Kreuz auf dem Schreibtisch abgelegt. Sie kaute auffällig mit ihrem Kaugummi, während sie sich ihre Nägel feilte. Sie verdrehte ihre Augen, bevor sie fortfuhr. »Sitzt ihr auf euren Ohren, oder braucht ihr ein Hörgerät?« Kartors Gesicht färbte sich rot, und aus seinen Ohren stieg Rauch auf. Er war ihre Art nicht gewohnt, und am Anfang störte man sich sehr daran, doch nach einiger Zeit lernte man mit ihrem Sarkasmus und ihrer leicht unterdrückten Verachtung zu leben. »Erleuchte uns«, spottete Sam. »Du kannst mir an meinem gepuderten Popo sagen, was ich zu tun hab. Aber da ihr ja alle darauf wartet, *erleuchte* ich euch dann mal«, betonte sie voller Missgunst. »Unser Gast sagte, dass uns nicht viel Zeit bliebe. Lasst mich überlegen, wie war der genaue Wortlaut noch einmal? Richtig. Sie wissen genauso gut, wenn nicht sogar besser als ich, dass hier jede Sekunde zählt. Wenn wir nun eins und eins addieren, können wir uns an zwei Fingern abzählen, dass etwas passieren wird, was innerhalb einer bestimmten Zeitspanne passieren soll. Dieses Ereignis können wir, nach der Meinung unseres sehr sympathischen Gastes, nur verhindern, wenn wir sein krankes und meiner Meinung nach geschmackloses Spiel mitspielen. Und im Detail bedeutet das, dass Thomas in dieses Zimmer geht und mit ihm redet. Aus ihm alles ausquetscht, bis er nur noch aus trockenen Eingeweiden besteht.« Ich vergaß immer wieder, warum Sarah trotz ihrer Arroganz noch hier arbeitete. Sie war ein Genie. Auf ihrem Gebiet. Ich schluckte und stieß einen lauten Seufzer aus. »Du hast ja recht«, flüsterte ich leise. Sarah grinste, als hätte sie eine Goldmedaille gewonnen. »Mir ist nicht gerade wohl bei der Sache, Leute«, protestierte Jim. »Uns allen nicht«, bestätigt Sam ihm. »Also sehe ich das richtig? Der kleine Wichser in diesem Raum bekommt seinen verdammten Willen, und wir machen uns zum Spielball in seinem perversen kleinen Spiel?«, fragte Jim voller Wut und Verachtung. »So sieht es aus«, murmelte ich. »Gut, kommen wir alle nun runter. Es bringt uns sehr wenig, wenn wir uns jetzt gegenseitig angehen. Das kann genau das sein, was der Mann will.« »Kartor hat recht«, erklärte ich. »Okay. Richtig. Gut. Sollen wir dich einweisen?«, fragte Jim. »Nein. Ich denke, auf das, was gleich kommen wird, kann mich keiner von euch vorbereiten«, sagte ich, während ich zur Tür schritt. Ich atmete noch einmal tief durch, bevor ich die Tür öffnete und Thorsten Halmer vor mir saß, grinsend, wie ein Honigkuchenpferd. »Thomas. Ich hoffe, ich darf dich Thomas nennen?«, fragte er, während ich vollkommen überfahren wurde von seiner Frage. »Sehr schön, kein Einspruch. Wie es mich freut, dich endlich persönlich kennenzulernen. Ich wollte dir mein Mitleid zum Verlust deines dritten Kindes aussprechen. Ich hoffe, Kimberly geht es gut. Soweit es einem nach so einem Tag nur gut gehen kann. Setzen wir uns nun, und reden etwas, mein Freund?«, fragte er mit einer solchen Freundlichkeit, dass ich mich zusammenreißen musste, sonst hätte ich mir den ersten Gegenstand gegriffen und auf ihn eingeschlagen. »Ich bin nicht Ihr Freund, Herr Halmer, und für Sie bin ich Herr Terenz«, erwiderte ich.

20. KAPITEL

Ich bin tot. Nur die Rache
kann mich wiederherstellen.
  (Terry Goodkind)

Miljana Kolev

Ich habe aufgehört die Tage, Wochen oder sogar Monate zu zählen, in denen ich hier gefangen gehalten werde. Es fühlt sich an, wie ein nie enden wollender Albtraum. Ich liege auf meinem Bett und starre die Decke an. Jeden Tag sehe ich, wie neue Mädchen hierhergebracht werden, und jeden Tag verschwinden viele der »älteren« Mädchen. Es kreisen Gerüchte, dass sie verkauft werden. Wohin sie dann wohl gebracht werden, konnten wir uns alle an zwei Fingern abzählen. Andere Gerüchte preisen unseren baldigen Tod an, wenn wir diese Pforten der Hölle verlassen. Aber ich denke, es kommt beides auf dasselbe raus. Ob wir nun tot sind, körperlich oder nur seelisch. Egal welches Los ich ziehen werde, mein Leben endete schon an dem Tag, an dem sie mich entführt haben. Fraglich ist nur, wie lange ich noch in der Hölle schmoren werde. Ich erinnere mich an die Anfangszeit. Gott, wie naiv ich noch war. Ich weiß noch nicht, ob ich über meine Naivität lächeln oder weinen soll. Heute werde ich mich wohl für das Weinen entscheiden. Ich erinnere mich des Öfteren immer an einen Abend zurück. Ich war ungefähr zwei Wochen hier. Nummer 80 hatte uns eine Geschichte erzählt. Eine Geschichte, bei der man danach nicht mehr schlafen wollte. Sie erzählte viele Geschichten, doch sie ist nicht mehr hier. Ich erinnere mich vor allem an das eine Mädchen. Sie sagte, dass das noch nicht das Schlimmste sei. Wie recht sie hatte. Auch ich habe gegen einige Regeln hier verstoßen. Nach einiger Zeit wird man aufständisch, man will die Grenzen testen. Und ich habe diese besagten Grenzen gut genug getestet. Aber das war nicht das, was mich innerlich getötet hat. Ich erinnere mich an einen Tag zurück. Ich wachte morgens auf, schweißgebadet, weil ich wieder einen schlimmen Traum hatte, der der Realität sehr nahekam. Der Mann im Anzug stand vor meinem Gitter und wartete auf mich. Ich zog mich an, machte mich fertig und folgte ihm. Ich war lange genug hier. Ich kannte die Regeln gut genug und fürchtete sie inzwischen entsprechend. Fesseln waren nicht nötig. Er ging vor, und ich folgte ihm, während ich überlegte, gegen welche Regel ich nun wieder verstoßen hatte. Wir gingen den Flur entlang und dann nach links. *STOPP*, dachte ich. Meine Knie fingen an schwach zu werden, und mir wurde schlecht. Zur … Zur Folterung geht es doch immer nach rechts. Ich bin mir ganz sicher, dachte ich mir. Auf eine Art wollte ich nicht anfangen zu glauben, ich wäre nun vergesslich oder gar verrückt, aber auf der anderen Seite hoffte ich, dass ich mich irrte. Ich wollte nicht weitergehen. Nicht wissen, was nun passieren würde.

Der Mann im Anzug blieb vor einer großen schwarzen Tür stehen. An meinen Füßen spürte ich einen warmen Wind, der sich wie selbst gestrickte Socken um meine Füße legte und sie wärmte.

Ich habe in der langen Zeit hier gelernt, dass man Gefühle hinter einer Mauer aus Tapferkeit und Gleichgültigkeit einsperrt und am besten nicht mehr rausholt. Vor allem nicht, wenn wir auf uns gestellt sind. Doch meine Angst hat einen großen Vorschlaghammer. Sie versucht die Mauer mit ungeheurer Kraft zum Einstürzen zu bringen, um an die Freiheit zu kommen und wegzurennen. Sich in Sicherheit zu bringen. Ich versuchte mir nichts anmerken zu lassen. Der Mann im Anzug öffnete die Tür und ließ mich eintreten. Der Boden war aus einem Holz, der einem ein wohliges Gefühl gab. An den Wänden waren Lichter, die sehr angenehm für die Augen waren. Der Raum war ca. 3 × 4 Meter groß. Bis auf die Treppe, die mitten im Raum nach unten führte, war der Raum völlig leer. Der Mann brauchte mir nichts zu sagen, denn ich wusste schon, dass ich die Treppe hinuntergehen musste. In meinem Kopf herrschten Stille und eine kalte und messerscharfe Klarheit. Es gab nur einen Gedanken, der mich derzeitig beschäftigte: »Überlebe!!«.

Was mich erwartet hatte, hätte ich mir nie denken können. Ich ging langsam die Treppe hinunter. Bei jeder Stufe, die ich beschritt, schrie das Wort »Überlebe« immer lauter in meinem Kopf. Mit jeder Stufe wurden aber auch meine Knie immer schwächer, und mein Magen verkrampfte sich ständig mehr. Ich dachte immer noch, dass es *nur* um Folterungen gehen würde, die ich schon erlebt hatte. Doch es war etwas anderes, etwas Schlimmeres. Unten angekommen wurde ich von einem Mann in Empfang genommen, den ich zuvor noch nie gesehen hatte. Er war ca. ein Meter und achtzig Zentimeter groß, sehr schlank. Meine Mutter hätte ihn als smart bezeichnet. Er war gepflegt und trug saubere Kleidung. Er packte mich sehr grob an meinem rechten Oberarm und zerrte mich den Gang entlang. Ich kam von einem wohligen Raum in einen Kerker. Auf dem Boden war kalter, gefühlsfremder Beton. Die Wände waren frei von Material. Es waren die nackten Steine, die sich mir darboten. Es jagte mir einen kalten Schauer über den Rücken, der mir Ehrfurcht einflößte. Der Gang war komplett karg. Es fehlte nicht nur die Wärme, sondern irgendein Gefühl. Es wirkte, als würde dieser Kerker jedes Gefühl aufsaugen und vernichten. Bis auf die Ehrfurcht fühlte ich nichts. Keine Angst, keine Panik rein gar nichts. Wie ausgelöscht. Ich folgte dem Mann wie in Trance. Ich habe nichts mehr gedacht. Mein Gehirn ließ keinen Gedanken mehr durch. In meinem Kopf herrschte eine Leere. Eine wirkliche Leere. Wir passierten viele Türen. Es waren zwei … nein, drei … oder doch zwei? Ich weiß es einfach nicht mehr, es flog alles an mir vorbei. Wenig später fand ich mich wieder hinter Gittern, als meine Gefühle und Gedanken allmählich zurückkehrten. Langsam schlichen sie sich ein, erst einer nach dem anderen und dann in Strömen. Ich legte mich auf den kalten, harten und ungemütlichen Boden, um mich zu fangen. Es wurde mir zu viel. Die ganzen wiederkehrenden Gedanken und Gefühle, die über mich wie ein Tsunami einbrachen und alles in mir überfluteten. Ich weiß nicht, wie lange ich dalag, wie viele Minuten oder gar Stunden. Ich wurde aus meinen Gedanken gerissen, als der Mann ein junges Mädchen in meine Zelle warf.

Sie lag auf dem Boden, verängstigt und verzweifelt. Sie murmelte, schluchzte unter Tränen irgendwelche Wortfetzen vor sich hin. Ich richtete mich auf, um nachzusehen, doch vergebens. Bevor ich nur einen genauen Blick auf sie richten konnte, zerrte mich der Mann aus der Zelle und brachte mich in einen Raum, der sehr merkwürdig war. Es war ein sehr steriler Raum. Er war sauber, aber nicht wie bei uns zu Hause. In der Mitte stand eine Art Bett. Ich betrachtete das Bett. Es war anders, anders als jedes andere Bett zuvor. In mir schrien alle Alarmglocken. Doch ich sah es nicht. Ich sah den Wald vor lauter Bäumen nicht. Es gab eine Matratze, ein Kissen, keine Decke. Aber da war noch mehr, doch ich sah es nicht. Ich näherte mich dem Bett, meine Nerven gespannt, kurz vor dem Zerreißen. Alles war still, nur mein Hirn arbeitete auf Hochtouren, dass ich glaubte, man könne es beim Arbeiten hören. »Ahhh«, schrie ich und zuckte zusammen. Doch mein Schrei wurde von einer kalten, alten und rauen Hand unterbrochen, die mir auf meinen Mund gedrückt wurde. Etwas Kaltes spürte ich an meiner linken Taille. Es fühlte sich gefährlich an, während es sich den Weg durch meine Kleidung suchte, bis es auf meine nackte und verletzte Haut traf. Die Angst stieg in mir auf, wie der Wasserpegel bei einer Jahrhundertflut. Ich blieb wie angewurzelt auf der Stelle stehen, als ich merkte, dass sich die Hand immer fest auf meinen Mund drückte und der Rest sich meinem Körper mit immer größeren Schritten näherte, bis er sich ganz an mich schmiegte. Meine Gedanken kreisten immer schneller, immer mehr Bilder flogen durch meinen Kopf, wurden für Millisekunden eingeblendet und dann durch das nächste Bild ersetzt. Gedankenfetzen machten das Durcheinander perfekt. »Keine Angst«, flüsterte eine raue Stimme, die schon einiges erlebt haben musste. Sie war kühl, distanziert und hoffnungszerstörend. Er sagte »Keine Angst«, doch genau diese habe ich nun mehr als alles andere. Die kalte, schmerzende Klinge löste sich langsam von meiner Taille, doch die Hand hielt er weiter an meinem Mund. Ich schloss meine Augen. Ich wollte nicht sehen, was als Nächstes passierte. Ich hatte eine Vorahnung, wieso nun hier ein Bett stand, warum ein Mann mit mir hier alleine war und warum er eine Waffe hatte. In mir rollten die Tränen, die ich nicht mehr sehen wollte, heran. Der Damm, hinter dem ich sie eingesperrt hatte, wurde vernichtet, und nun suchten sie sich den schnellsten Weg nach draußen. Doch ich versuchte mit allen Mitteln sie nicht gehen zu lassen, kein Zeichen von Schwäche zu zeigen. »Geh«, befahl er mir, während ich seinen warmen Atem auf meiner Haut spürte. Es jagte mir einen kalten Schauer über Rücken. Ich ging langsam in die Richtung, in die er mich gewaltsam führte, bis ich zwei Meter vor einer Wand stehen blieb, die keine Mauer, sondern ein altes, verrostetes weißes Rolltor hatte, das vom Boden bis zur Decke reichte. Ich fragte mich, was er vorhatte. Das Bett war weit genug weg, um es vorerst zu vergessen. Doch stieg nun in mir ein sehr unwohles Gefühl auf. »открыть«, rief der Mann. Ich kniff meine Augen zusammen. Mein Magen drehte sich im Kreis, und mein Herz schlug eindeutig schneller und schwerer. Ich hörte, wie das Rolltor knatternd und quietschend nach oben fuhr. Ich versuchte mich loszureißen, doch ich hatte keine Chance. Je lauter das Knattern und das Quietschen wurden, desto mehr versuchte ich wegzurennen. Ich kniff meine Augen immer fester zusammen. Die Schmerzen waren mir dabei völlig egal. Als das Knattern nach gefühlten Ewigkeiten endlich verstummte, verkrampfte sich mein ganzer Körper. In mir drehte sich alles. Der Mann näherte sich wieder an, sein Gesicht berührte mein Gesicht, sein Mund streifte mein Ohr. Es schauderte mir so sehr, dass ich eine ganz körperliche Gänsehaut bekam. »Öffne deine Augen«, flüsterte der Mann erneut. Er versuchte einfühlsam zu klingen, doch ihm misslang dies. Er entfernte seine Hand von meinem Mund, und ich atmete erst einmal in Ruhe durch. »Darauf kannst du warten, bis du schwarz wirst!«, antwortete ich schnippisch. »Du kleine Drecksschlampe, du bist es nicht wert. Öffne deine Augen, sieh dir an, wie dein beschissenes Schicksal aussieht!«, wurde der Mann lauter, während er mir einen kräftigen und schmerzvollen Tritt mit dem Knie in den Rücken gab, sodass ich zusammenbrach. Ich musste allen Mut zusammennehmen, um mich aufzurichten. »сестра«, hörte ich, während ich noch auf dem Boden kniete. Ich riss meine

Augen auf, so weit es nur ging. Alles war verschwommen, schnell blinzelte ich. Ich musste eine klare Sicht bekommen. Es konnte nicht sein, das … das war nicht wahr! Ich sah immer noch verschwommen. Ich sprang förmlich auf und rannte zu der Scheibe, die sich bis eben noch hinter dem Rolltor verbarg. Wieder hörte ich die verschwommene Person сестра sagen. Ich konnte es noch nicht genau erkennen, aber ich war mir sicher! Er musste es sein. Die Stimme konnte ich nicht verwechseln! Nein, die hatte sich eingebrannt, wie eine Brandmarke. »братми«, erwiderte ich. »братми … братми!« Ich drehte mich um, als meine Sicht langsam wieder klar wurde. Ich sah in das Gesicht des Mannes, der mein Schicksal mit Wut und Hass und Blut geschrieben hatte. »Du Schwein!«, schrie ich, während ich mit wütend geformten Fäusten auf ihn zurannte, um auf ihn einzuschlagen. Ihn zu Brei zu schlagen, dass er sich wand vor Schmerzen. Er sollte spüren, dass er zu weit gegangen war. Doch bevor ich nur einen Schlag setzen konnte, hielt er mich fest. Ich brach in Tränen aus, ich konnte sie nicht mehr aufhalten. Ich wollte es auch nicht mehr. Ich wusste nicht, was ich fühlen sollte. Sollte ich glücklich sein, ihn wiederzusehen? Sollte ich sauer sein und Wut verspüren, dass er auch hier sein musste? »Hör zu, Schlampe! Du bist ein Nichts. Also versuche nicht dich zu wehren, es wird dir nichts bringen, außer Schmerzen und Erniedrigungen! Wenn dir das Leben deines kleinen Drecksbastards von Bruder am Herzen liegt, solltest du die Finger und Füße still halten. Er wird uns hinter der Scheibe dabei beobachten; solltest du dich wehren, solltest du versuchen zu flüchten, solltest du sonst etwas machen, was ich nicht möchte, schlitzen wir ihn auf, reißen ihm die Eingeweide aus und lassen ihn ausbluten, und du wirst in seine Drecksaugen sehen, wie sein Leben aus ihm rausgeschnitten wird, bis seine Augen dich kalt und leblos anstarren«, drohte er mir, sodass mein Blut stillstand und mein Herz in die Hose rutschte. »Ich tu alles, damit meinem Bruder nichts passiert«, kapitulierte ich.

21. KAPITEL

Es ist nicht so wichtig, wer
das Spiel beginnt, sondern
wer es beendet.
    (Autor unbekannt)

Thomas Terenz, Thorsten Halmer

1:0 für Halmer, gestand ich Halmer innerlich ein. Halmer sah es wohl genauso, so wie er grinste. Ich atmete einmal tief durch. Ich durfte ihm nicht das Verhör überlassen, ich musste es in den Händen halten wie die Zügel bei einem Pferd. »Gut, Herr Terenz«, erwiderte er spöttisch mit einem hämischen Grinsen. »Setzen Sie sich doch«, bat er mir den Stuhl an. In mir brach der Schweiß aus. Ich hatte nur einen Satz von mir gegeben, und schon wurde mir das Verhör aus der Hand genommen. Mir wurde mit einmal mehr als nur deutlich, dass ich es wiederbekommen musste, um etwas aus ihm rauszubekommen. Nun versuchte ich mein Pokerface aufzusetzen. Ich versteinerte meine Miene, öffnete langsam die Akte, nach dem ich mich gesetzt hatte, und las darin. Ich wusste ganz genau, dass Thorsten mich die ganze Zeit beobachtete. Doch das durfte mich nun nicht aus der Fassung bringen. »Thorsten Halmer, richtig?«, fragte ich, ohne ihn anzusehen. »Thomas. Ach nein. Herr Terenz. Sie und ich wissen doch schon längst, wer ich bin«, antwortete er sichtlich genervt. »Nein, ich weiß nicht genau, wer Sie sind.« Immer noch las ich in der Akte, in der ich immer weiterblätterte. »Sind Sie der liebe und fürsorgliche Familienvater, den Sie vor Ihren Freunden spielen? Sind Sie der ehrgeizige und verantwortungsbewusste Arbeitnehmer, den Sie Ihren Kollegen zeigen? Sind Sie der toughe und zynische Verdächtige, den Sie mir hier versuchen aufzutischen? Oder sind Sie der pädophile und krankhafte Mann, den wir suchen? Erklären Sie mir, wer genau Sie nun wirklich sind, Herr Halmer.«

Ich hob langsam meinen Kopf und sah ihn an. Er ließ sich nicht viel anmerken, doch auf seiner Stirn bildeten sich langsam kleine Schweißperlen. Ich senkte wieder meinen Kopf und wartete geduldig auf seine Antwort. »Ich bin eine Mischung aus allem, was Sie aufgezählt haben, nur nicht pädophil und krankhaft.« Er wirkte verunsichert. Das Zynische, Sarkastische war aus seiner Stimme verschwunden. »Ach so.« Immer noch haftete mein Blick auf der Akte in meiner Hand. Ich entnahm ihr drei Bilder und hielt sie in der Hand. »Wie würden Sie sich denn beschreiben?«, fragte ich, während ich die Bilder vor ihn hinpfefferte und meine flache Handinnenseite auf den Tisch knallen ließ. Ich stand auf und schob den Stuhl mit meinen Füßen zurück, während ich die Bilder vor ihm auf den Tisch ausgebreitet habe. Ich sah in sein verlogenes Gesicht und wusste, dass nun die Zeit gekommen war, das Verhör in meine Hand zu nehmen.

Ich ging um den silberweißen Metalltisch herum und blieb hinter Herrn Halmer stehen, mein Gesicht ganz nah an seinem rechten Ohr. »Erzählen Sie mir, Thorsten, wie hat es angefangen? Als Ihre Frau Vanessa ihr erstes Kind bekommen hat? So nach zwei bis drei Jahren haben Sie nicht nur Ihre väterlichen Gefühle gehabt, wenn Sie Ihre Tochter sahen, nicht wahr? Nein, immer wenn sie auf Sie zukam, auf Ihrem Arm war, wurde Ihr Schwanz hart. Sie kannten dieses Gefühl nicht, aber es fühlte sich toll an?! Sie bekamen das Gefühl nicht los, dass Sie gerne mal wüssten, wie es ist, mit einem so reinen und hilflosen Wesen zu schlafen? Und dann nach ein bis zwei Jahren war sie Ihnen wohl zu alt? Oder war sie dann in dem Alter, wo sie verstand, dass das, was Sie mit ihr gemacht haben, nicht okay war? Aber dann bekam Ihre Frau ja ihr zweites Kind, und Sie schöpften Hoffnung, dass wenn es wieder ein Mädchen würde, Sie es wieder missbrauchen könnten. Als Sie das erste Ultraschallbild sahen, auf dem man das Geschlecht des Kindes erkennen konnte, und Sie sahen, dass es ein Mädchen war, haben Sie doch bestimmt einen Harten bekommen. Nun mussten Sie nur noch zwei bis drei Jahre warten, um Ihre niederen und abscheulichen Gelüste zu befriedigen. Aber als auch Ihre zweite Tochter zu alt wurde und

Ihre Frau keine neuen Kinder mehr bekommen wollte, mussten Sie sich anders Abhilfe beschaffen, nicht wahr?« Nun bewegte ich meinen Kopf zu seinem linken Ohr. »Wie haben Sie ein so junges Kind bekommen, Halmer?«, fragte ich, doch Herr Halmer gab keine Antwort von sich. Man merkte sichtlich, dass jedes weitere Wort von mir ihn nur noch weiter in die Unannehmlichkeit trug. Er konnte seine Augen nicht mehr von den Bildern lösen. »Ja, diese Bilder scheinen Sie wohl förmlich aufzusaugen. Jedes schmutzige Detail zu verinnerlichen. Sie haben dieses kleine, unschuldige Kind mehrfach brutalst vergewaltigt. Aber ich frage mich, Halmer, warum mussten Sie dem armen Ding beide Arme brechen? Hat es sich zu sehr gewehrt? Hat es sie abgeturnt, wenn es sich wehrte? War das Erlebnis geiler für Sie, wenn es hilflos, weinend und schreiend vor Schmerzen, nicht nur körperlicher Natur, vor Ihnen lag, während Ihr Schwanz sich in ihr verging? Hat jedes Betteln von ihr dafür gesorgt, dass Ihr Schwanz anfing zu zucken? Ich dachte, die menschliche Abscheu, ihre menschliche Abscheu, kenne Grenzen. Wann haben Sie gemerkt, dass das Würgen von Kindern beim Sex Sie noch mehr befriedigt? Dass das für Sie noch geiler ist? Haben Sie das damals von Ihrer Frau verlangt, doch diese willigte nicht ein? Sie konnten Sie ja nicht vergewaltigen. Sie würde sich wehren, könnte zur Polizei gehen oder gar Sie im Schlaf erstechen. Nein, Sie sind ein Feigling. Sie können sich nur an hilflosen, kleinen Wesen vergehen, die sich nicht wehren können! Und daher sind Sie ein krankhafter, ekeliger und pädophiler Dreckskerl, Halmer.« Nun ging ich um den Tisch herum und sammelte die Bilder ein, die Herr Halmer bis eben noch anstarrte. »Ich frage mich nur noch eine Sache, Halmer. Woher hatten Sie das Kind?« Er sah ihn mit finsterer Miene an. Sein Kopf erhob sich aus der gesenkten und entrüsteten Haltung. In seinem Gesicht spiegelte sich der Schrecken, den er nicht erahnte, als er nach mir fragte. »Wo… Woher … Woher …«, stammelte er vor sich hin. Ich blieb stehen, sah ihn weiter an. Doch er brachte keinen weiteren Laut hervor. Ich drehte mich langsam um. Ich wollte den Verhörraum mit erhobenem Haupt verlassen, doch dazu kam es mal wieder nicht. Gerade als ich die

Klinke der Tür in die Hand nahm, um sie aufzudrücken, hatte sich Halmer gefangen. »Eins zu eins, mein Guter. Sie verstehen Ihr Handwerk. Ich dachte, Sie hätten mich aus einem anderen Grund herbestellt. Meine Überraschung war Ihr Vorteil, den Sie bewusst und gekonnt zu Ihrem Sieg ausgespielt haben.

Aber Sie haben eine Sache nicht berücksichtigt.« Ohne mich umzudrehen und ihm einen Hauch von Beachtung zu schenken, erwiderte ich schroff: »Erleuchten Sie mich.« »Die Zeit.« Ich drehte mich um. Ich sah in sein Gesicht, welches sich langsam, Stück für Stück, zu einem neuen Pokerface aufbaute. »Was für eine Zeit?«, fragte ich. »Die Sie nur noch haben, mein Freund. Denken Sie, dass es nur ein Kind gab, welches meine Anwesenheit und meine Fürsorge genießen durfte?« Dieses hämische Grinsen zeichnete sich wieder auf seinem Mund ab. Mir wurde übel bei dem Gedanken daran, dass es noch mehr Kinder geben würde. Ich ließ die Akte aus meiner Hand fallen. Es ereignete sich alles wie in Zeitlupe. Ich rannte zu Halmer hin, der sich nicht mehr halten konnte vor Lachen. Ich griff ihn an seinem Kragen, zerrte ihn von seinem Stuhl und drückte ihn mit aller Gewalt an die Wand hinter mir. Ich war kurz davor, mich zu vergessen und diesem Drecksack einfach eine Kugel zwischen die Augen oder besser zwischen die Beine zu verpassen. Ich ließ meinen Griff etwas locker, um ihn dann mit aller Gewalt wieder an die Wand zu drücken. Sein Grinsen verschwand immer mehr aus seinem Gesicht. »Geben Sie mir keinen weiteren Grund, Sie zu quälen«, fauchte ich ihn an. »Welche Zeit meinen Sie?«, fragte ich, während ich ihn immer weiter und fest, mit aller Kraft, die ich aufbringen konnte, gegen die Wand presste. Jim kam reingerannt und zwängte sich zwischen Halmer und mich, bevor ich noch eine Antwort aus ihm rauspressen konnte. Hustend, mit einem roten Kopf wie eine Tomate, sank er auf den Fußboden nieder. Jim zerrte mich aus dem Raum heraus, ohne dass ich meine Antwort von Halmer bekommen hatte.

22. KAPITEL

Hat ein guter Mensch Schmerzen,
sollten alle, die man gut nennen
kann, mit ihm leiden.
   (Euripides)

Kimberly und Thomas Terenz

»Thomas … Thomas«, rief Jim mir zu. Es wirkte wie weit entfernte Schreie, wie ein Lied, das in einem überfüllten Kaufhaus
leise im Hintergrund abgespielt wird. Kaum wahrzunehmen,
aber doch allumfassend. »Thomas …«, hörte ich eine weitere
Stimme. Es war eine weibliche Stimme, aber sie klang nicht
allzu bekannt, jedoch zu vertraut. In mir drehte sich alles. Das
Adrenalin sorgte für eine lange und kontinuierliche Karussell-
fahrt. All die Menschen, die um mich herum waren, all ihre
Stimmen, ihre Hektik, das Chaos, das sie verursachten, wirkten
weit weg, doch leider nicht zu weit weg. Mit jedem Atemzug kam
alles wieder einen Schritt näher an mich heran, bis es mich wie
eine Hülle umgab, in der ich mich befand. Ich schloss die Augen.
Das verschwommene Bild, welches ich eben wie im Halbschlaf
wahrgenommen hatte, sollte verschwinden. Ich wollte in diesem
Moment mit meinem überflüssigen Adrenalin bei Halmer sein.
Ich wusste, dass ich ihn fast gehabt hätte. Hätte ich nur noch fünf
Minuten mit ihm alleine in dem Raum gehabt, hätte ich ihn geknackt. Wie eine Walnuss mit bloßen Händen. Ich öffnete langsam wieder meine Augen, und es wurde einiges klarer. Wie bei
einer Kamera, wenn sich das Objektiv nach dem Zoomen neu
einstellen musste. Doch was ich sah, konnte keinesfalls richtig
sein. Ich blinzelte schnell, doch das Bild veränderte sich nicht.
»Was machst du hier?«, stieß ich verwundert und gleichzeitig er-
schrocken hervor. »Das … Das …«, stotterte die verweinte, auf-
gelöste und verzweifelte Stimme, die mir das Blut in den Adern

gefrieren ließ. In mir war es auf einen Schlag leer. Kein Gedanke mehr, kein Gefühl mehr. Gar nichts, nur eine allumfassende Leere. Ich sah in das vertraute und geliebte Gesicht meiner Frau, welches von einer Vielzahl schmerzender Tränen bedeckt war. Tränen, die nicht nur ihr Schmerzen verursachten, sondern auch mein Herz in tausend Stücke zerbrechen ließ. Ich wollte alle Tränen einsammeln und sie verbrennen, unschädlich machen. Sodass sie keine Schmerzen mehr erleiden müsste. Ich ging auf sie zu und jeder Schritt, der mich meiner geliebten Kimberly näher brachte, entfernte mich auch wieder von ihr. Die Leere ihrer Augen wurde immer deutlicher, je näher ich ihr kam. Ich erkannte, es musste etwas so Schlimmes passiert sein, dass sich die lebensfreudigen und warmen Augen in schwarze, leere und leblose Steine verwandelt hatten. Kimberly musste kein weiteres Wort sagen. Mir wurde klar, dass sie mich nun brauchte, ganz für sich alleine. Ich nahm vorsichtig meine Frau in meine Arme und gab ihr behutsam einen Kuss auf ihr weiches Haar. Das würde einer der seltenen Fälle sein, den wir nicht komplett als Team bearbeiten würden. Ich legte meinen linken Arm um Kimberly, während wir Richtung Fahrstuhl gingen. Ich wusste, sie würde nichts lieber hören, als dass ich ihr versprach, alles würde schon wieder gut werden. Aber ich wusste, wenn ich dieses eine Mal mein Versprechen nicht halten könnte, würde sie mir das nie wieder verzeihen. Und vor allem könnte ich es mir nie wieder verzeihen.

»Kimberly. Was ist passiert?«, fragte ich voller Bedauern, während wir in der Tiefgarage zu meinem Wagen gingen. Auf eine Art wartete ich voller Spannung und auch gleich voller Sorge auf ihre Antwort, aber immer mehr drängte sich genauso das Gefühl auf, dass ich es gar nicht wissen wollte. »Das Krankenhaus hat mich angerufen.« Nur dieser Satz, ganz nackt, ohne weitere Infos, reichte schon, um einen Herzstillstand zu provozieren. Ich malte mir in Bruchteilen von Sekunden zigtausende Szenarien aus, was das Krankenhaus uns mitgeteilt haben könnte. *Ihr Kind hat die Mutation überlebt, und Sie können es im Krankenhaus abholen. Ihr Kind wurde entführt, Sie können es leider nicht beerdigen.* Und noch verrücktere Ideen. »Dr. Sievers hat mir erklärt, dass unsere …« Sie sah mich mit einem Blick an, der mich wie ein Blitz in meinem Herzen traf. Ein Blick voller tief sitzendem und reizendem Schmerz, der alles wie eine Lawine einnahm. »Sie … Sie ist bei einem Bestatter. Ihre Beerdigung wird vorbereitet. Wir sollen uns morgen mit Herrn Pohlmann treffen. Ich habe seine Adresse.« »Ich weiß, wo sein Bestattungsunternehmen ist«, unterbrach ich sie, während ich den Wagen startete. Ich sah sie an, ihr Blick nach unten gerichtet, nachdenklich, während eine Träne über ihre rötlich gefärbte Wange kullerte und sich ihren Weg suchte. »Kimberly?« Mein Blick haftete immer noch unverändert auf ihr, doch keine Reaktion. Es wirkte, als wäre sie in ihrer eigenen Welt. Vollkommen weggetreten.

»Ich habe für uns morgen einen Termin bei Dr. Morens vereinbart. Ich weiß nicht, ob du es schaffst, danach zu Pohlmann zu fahren. Ich habe Angst …« »Angst! Wovor hast du Angst, Thomas? Dass ich das nicht verkrafte? Ist es das, was dir Sorge bereitet?« Sie hob langsam ihren Kopf und ließ die Tränen versiegen. »ICH sitze den ganzen Tag in unserem Wohnzimmer, während du deiner Arbeit nachgehst! Weißt du, was ich da mache?«, fragte sie so forsch. Ich hasste es, wenn sie diese Sorte von Fragen stellte. Diese Sorte, bei denen ich entweder falsch oder richtig falsch antworten konnte.

»Nein, Kimberly, ich weiß es nicht.«, gab ich kleinlaut zu, in der Hoffnung, möglichen Ärger so zu umgehen. »Natürlich weißt du es nicht! Mich kann man ja zu Hause parken. Während Mister *Ich-muss-alle-retten* auf der Arbeit ist. Ich sitze auf der Couch und starre unser Hochzeitsfoto an, das ich mir auf den Tisch gestellt habe, während ich Taschentuch um Taschentuch vollweine!«, schrie sie mich voller Wut und Ärger an. »Ich dachte, dass wir am nächsten Morgen reden könnten, nachdem ich alleine einschlafen musste. NEIN! Warum sollte man das? Du musst ja zur Arbeit!« »Ja, Kimberly! Ich muss arbeiten. Ich muss mich neben meinen privaten Problemen noch mit Problemen anderer herumschlagen«, fauchte ich zurück, im Wissen, nun den Dritten Weltkrieg ausgelöst zu haben. »Jim, Sam und Sarah sind auch noch da! Ich denke, die schaffen es auch einmal, einen Fall alleine zu

lösen. Sie brauchen dich nicht so sehr, wie ich dich brauche!«
»Da draußen rennt ein Spinner herum, Kimberly! Weißt du,
was er macht? Er vergewaltigt Kinder, Babys. Er bricht ihnen die
Arme, damit sie sich nicht wehren können, während er sich an
und IN ihnen vergeht, Kimberly! Das sind unschuldige Kinder,
die aus Spaß zusätzlich gewürgt werden, damit das für diese
Bastarde ein noch größeres Vergnügen ist!« »Hör auf, Thomas!
Ich will das nicht hören! Ich bin nicht das Monster!«, flehte sie
mich an. »Ja, du nicht. Aber es gibt mehr als einen Bastard, der
das macht! Ich habe die Leichen gesehen, sie untersucht und mir
vorgestellt, dass es meine Tochter hätte sein können, die diesen
Terror durchgemacht hat! Würdest du nicht wollen, dass jeder
daran arbeitet, das aufzuklären?!«, nun schrie ich sie an. Ich hasse
es, einen Streit während der Autofahrt zu diskutieren. »Aber …
aber ich brauche dich …« Die Wut war aus ihrer Stimme der Verzweiflung gewichen. »Und ich werde da sein. Doch werde ich
nun nicht meinen Job an den Nagel hängen.« Jetzt waren auch
meine Stimme und mein Gemüt etwas runtergekommen, und
das schlechte Gewissen zog ein. »Hör zu, Kimberly. Ich nehme
mir morgen frei. Den gesamten Tag! Ich fahre mit zu Dr. Morens
und zu Pohlmann. Und abends nehmen wir uns eine Decke,
einen schönen Rotwein, legen uns auf die Couch und reden«,
versuchte ich die Situation noch zu retten. Ich wusste, ich hatte
Kimberly schwer verletzt, und ich wollte ihr entgegenkommen,
soweit ich konnte. »Kommen Jim und so ohne dich klar?«, fragte
sie mit gesenktem Kopf. »Sie schaffen das, Schatz! Du brauchst
mich morgen mehr, und ich werde da sein!«, versprach ich ihr,
während ich in die Einfahrt unseres Hauses fuhr und den Wagen
in der Garage abstellte. »Thomas?«, fragte sie, während sie in der
Tür zum Haus stehen blieb. »Können wir mit dem Reden heute
Abend schon anfangen?« »Natürlich.«

23. KAPITEL

*Wir bestimmen unsere
Vergangenheit selbst. Wir
können danach streben, ihr
zu entfliehen oder dem,
was an ihr schlecht war,
aber wir entkommen ihr nur,
wenn wir etwas Besseres
hinzufügen.*
(Randall Berry)

Kimberly und Thomas Terenz, Dr. Morens, Jim Corta

Ich tippte die Telefonnummer von Jim in mein Handy, während Kimberly und ich auf dem Parkplatz von Dr. Morens standen. Wir hatten den gestrigen Abend mit einem sehr intensiven und ausführlichen Gespräch verbracht, bis wir erschöpft, aber glücklicher, in unseren Armen eingeschlafen sind. Es war einer von diesen Abenden, an denen man glaubte, dass wirklich irgendwann etwas besser werden könnte und es nicht nur eine gut klingende Lüge unserer Eltern gewesen sei, damit wir uns in schweren Zeiten an die glücklichen Momente erinnern sollten und den Glauben daran nicht verlieren würden, dass diese Zeiten wiederkämen. An diesem Abend spürte ich tief in mir, dass nicht alles besser werden würde, sondern dass ein Teil besser werden könnte. Ich starrte auf den Bildschirm, wo Jims Nummer geduldig darauf wartete, dass ich ihn anrief, oder die Nummer endgültig wegdrücke. »Schatz? Gehst du bitte schon einmal vor? Ich komme in zehn Minuten nach«, bat ich sie vorsichtig, während ich mitten auf dem Parkplatz stehen blieb und die Sonne anfing zu genießen. Sie drehte sich kurz um und ging weiter. Sie wusste, dass ich Jim anrufen würde. Sie kannte mich einfach zu gut. Ich drückte auf das grüne Telefon auf meiner Tastatur, und die

Verbindung wurde hergestellt. Ich wusste, ich hatte nicht mehr als zehn Minuten, um Jim alles zu sagen, was mir in der Nacht durch den Kopf gegangen war, während ich versuchte wieder in den Schlaf zu finden.

»Corta«, meldete er sich genervt und im Stress klingend. »Hier Thomas. Ich hab zehn Minuten.« Ich pausierte, um Jim eine Chance zu geben, mich noch abzuwimmeln, bevor ich ihn mit einem vollen Container Informationen und Vorschläge überschütten würde, aber er schwieg. »Gut. Holt ihr Vanessa Halmer ab? Bringt sie aufs Revier, mal sehen, was sie dazu zu sagen hat. Verschont sie bitte nicht. Wenn ich recht habe, hat Halmer seine Kinder sexuell missbraucht. Sie kann nicht so blind gewesen sein. Besorgt euch auch die medizinischen Akten der Kinder. Auch Schulberichte. Wenn diese Kinder das durchgemacht haben, was wir vermuten, müssen sie psychologische Auffälligkeiten zeigen. Ärgern von Mitschülern, Probleme mit Lehrern, da diese Autorität ausstrahlen, wie Halmer. Eventuell auch körperliche Übergriffe, etwas mitgehen lassen. Redet bitte auch mit den Lehrern und den Mitschülern. Lasst Kartor mit den Kindern reden. Und durchsucht das Haus.« Der Container war über Jim ohne Gnade ausgeschüttet worden. In mir baute sich die Anspannung langsam, Stück für Stück, ab. Ich hörte Jim am anderen Ende erschwerter atmen. Es wirkte, als würde er von den ganzen Informationen keine Luft mehr bekommen. »Gut, Thomas. Das hatten wir sowieso vor. Wir wollten auch seinen Rechner mitnehmen. Mal sehen, ob wir etwas darauf finden, was uns hilft. Wir wollten uns Halmer auch noch einmal vornehmen. Diesmal soll Sarah das Verhör führen. Ich denke, dass sie durch ihre provozierende Art eventuell genau die Richtige ist, um ihn aus der Reserve zu locken.« »Informiert ihr mich, wenn ihr etwas rausbekommt? Egal aus wem oder was?«, fragte ich, während ich auf meine Uhr sah. Die Zeit legte einen Sprint ein und mir blieben nur noch wenige Momente. »Und was hast du heute vor?«, fragte Jim völlig abwesend. Es wirkte wie eine Frage, die einfach gestellt werden musste, wie die Frage *Wie geht es dir*, wenn man einen Small Talk beginnt. »Dem Teufel die Hand schütteln!«, sagte ich schroff und drückte den roten Knopf, um das Telefonat sofort zu beenden, ohne Jim die Chance zu geben, darauf eine passende Antwort durch das Telefon zu knallen. *Noch eine Minute*, dachte ich, während ich mich langsam wieder in Bewegung setzte. Ich wollte unter keinen Umständen zu spät kommen.

Auf die Sekunde betraten wir das Sprechzimmer von Dr. Morens. Mir fiel schon einmal ein kleiner Stein vom Herzen. Meine Frau hasst es, wenn ich mich auch nur um zwanzig Sekunden verspäte. Ich hoffte nun, dass weitere Steine ins Rollen gebracht werden und auf dem Boden der kalten und herzlosen Realität in unendlich viele Stücke zerbrechen und uns weniger belasten würden. Dr. Morens ist einer der Menschen, die alles unter Kontrolle haben möchten. Er ist ein sehr großer, ca. 195 cm großer Mann, mit einer modernen Brille, bei der das Gestell nur die obere Seite der Gläser erfasst, einem Henriquatre und dunkelbraunem Haar, welches ihm bis zu den Schultern reichte. Es wirkte, als wäre er von einem Metal-Konzert abgehauen und wäre nur aus Versehen in einem weißen Kittel gelandet oder wäre Patient eines Psychologen. So wirkte er auf den ersten Blick, aber er ist einer der Menschen, bei denen ein zweiter Blick viel mehr verrät, als der erste erahnen lässt. Unsere Akte lag aufgeschlagen auf seinem Schreibtisch, neben der goldenen Lampe mit dem grünen Schirm. Dr. Morens legte äußersten Wert auf Traditionelles. Daher reichte er uns zur Begrüßung auch nicht die Hand, um keine nahe Beziehung zu uns aufzunehmen. Er benutzte keinen Computer, sondern hatte alle Fakten und Diagnosen und Berichte verschriftlicht in den Akten. Auch dies eines der Zeichen völliger Kontrolle. Er vertraute seine Unterlagen keinem Computer an. Er hatte seine Hände ineinandergefaltet und sie auf die offene Akte gelegt. Seine hellgrünen Augen blickten uns in einer unnachgiebigen Weise an, die uns dazu zwang, von alleine, ohne weitere Nachfragen seinerseits, zu reden anzufangen. Kimberly und ich wussten nicht, wo wir beginnen sollten. Es gab so vieles zu berichten. »Dr. Morens. Sie wissen ja, warum wir das letzte Mal bei Ihnen waren?«, fragte ich vorsichtig. Ich vergaß völlig, dass Dr. Morens ein Mann ist, der direkte Sätze bevorzugt. »Ja, wegen des Todes Ihres zweiten Kindes.« »Richtig. Sie wissen auch, dass der Arzt nach unserer zweiten Fehlgeburt uns ans Herz gelegt hat, keine Kinder mehr zu bekommen. Der Arzt erklärte uns, dass es nicht nur das Kind gefährden würde, sondern auch meine Frau.«, erklärte ich schweren Herzens. Vermutlich keine Information, die er noch nicht kannte. »Und warum wurden Sie noch einmal schwanger, Frau Terenz?« Er wirkte sehr konzentriert. Für seine vierunddreißig Jahre war er so geduldig wie ein sehr alter Mann und mindestens genauso weise. »Die Pille versagte« Ihr Blick war nach unten gerichtet. Das machte sie immer, wenn ihr etwas nicht behaglich war. »Das Kind hatte wie vermutet einen irreversiblen Chromosomenfehler.« »Wiiir … Wiiir haben …«, schluchzte Kimberly. Für sie waren diese Besuche immer schlimmer als für mich. »Wir hatten sie auf dem Arm. Sie wirkte … so gesund. Man sah gar nichts! Aber … sie war zum Tode verdammt!« Ihre Tränen waren nicht mehr aufzuhalten. »Was machen wir denn nur falsch? Warum wird mir jedes Kind genommen? Ich wäre bestimmt eine gute Mutter. Das ist sooo … sooo unfair! Wieso? Ich frage mich jeden Tag, warum mir, nein, uns, das immer passiert.« »Das ist nicht Ihre Schuld. Es ist kein kosmisches Wirrspiel, das zu ihrem Nachteil gespielt wird. Es gibt eine Erklärung, warum dieses Kind gestorben ist. Es hatte einen Chromosomenfehler. Das ist kein Gott-Spiel, das ein Dritter gespielt hat. Das müssen Sie beide verstehen.« »Sie sah völlig gesund aus! Sie kann doch nicht so krank gewesen sein! Wenn man nichts … rein gar nichts von außen gesehen hat! Kein Kind würde lächeln, wenn es kurz vor dem Sterben wäre, oder? Würde ein kleines, unschuldiges Kind lächeln, wenn es kurz vor dem Sterben wäre? Nein!! Nein!! Verstehen Sie doch. Sie war gesund.« Es war ein brennender Schmerz. Die Stimme meiner Frau, die voller Verzweiflung, Angst und Hass war, zu hören und nichts unternehmen zu können. »Frau Terenz. Ihre Tochter sah völlig gesund aus. Doch war sie es nicht. Einige Chromosomenfehler kann man von außen nicht erkennen. Diese Kinder sehen aus wie jedes andere Kind. Sie sind es aber nicht.« Dr. Morens zeichnet sich dadurch aus, dass er die Trauerbewältigung durch direkte Fakten führt. Viele versuchen die Bemühungen ihrer Patienten um Erklärungen anzunehmen und sie mit ihnen zu erörtern, indem sie ihnen auf eine Art recht geben. Doch das ist nichts für Kimberly, und für mich erst recht nicht. Dr. Morens versuchte uns durch Fakten und Tatsachen die Realität etwas näherzu bringen. Uns die Schuldgefühle auszutreiben und die übrigen auf Mutter Natur zu schieben. »Kein Arzt der Welt hätte ihre Tochter retten können. Leider kann man nicht jede Krankheit verhindern oder heilen. Gegen einige Krankheiten ist man machtlos, und man muss akzeptieren, dass es keinen zweiten Weg gab. Es gab nur diesen einen, den man gegangen ist. Und er führte nicht dahin, wo man gerne wäre. Aber das sind Fakten, die unschön sind, doch nun einmal die Realität widerspiegeln. Ich denke, sie stecken noch am Anfang der Verarbeitung der Trauer. Genauer gesagt im zweiten Schritt der Bewältigung. Dies ist der schwerste von allen. Sie müssen viel miteinander reden. Sie können das am besten verarbeiten, wenn sie regelmäßig darüber reden.« Er wirkte selbst sehr mitgenommen. »Aber … wie soll denn reden helfen? Davon kommt unsere Kleine auch nicht wieder! Ich kann mir nicht vorstellen je wieder ein normales Leben zu führen! Ich schlucke Schlaftabletten, damit ich nachts überhaupt ein Auge zubekomme! Damit ich nicht pausenlos weine und mir vorstelle, wie es wäre, wenn meine Kleine in der Wohnung herumkriechen würde! Wie ich sie im Arm halte, ihr das Laufen beibringe.« »Ich denke, das Beste wäre, wenn wir diesen zweiten Schritt zu dritt bewältigen. Ich würde Sie bitten, dass Sie zweimal die Woche zu mir kommen. Am besten wäre es, wenn wir einen festen Termin vereinbaren. Dann kann ich mir mehr Zeit für Sie nehmen. Leider wartet mein nächster Klient auf mich. Das Wichtigste ist, dass Sie als Paar viel, sehr viel reden. Sodass Sie, Frau Terenz, anfangen das alles zu verarbeiten und sich neu orientieren. Schaffen Sie das?« »Ich denke, schon«, antwortete ich völlig perplex. »Gut, ich bitte Sie in drei Tagen wiederzukommen. Um 13:15 Uhr.« »Wir werden da sein«, erklärte ich, während ich meine Frau in den Arm nahm und sie aus dem Raum führte. Wir hatten einen kleinen ersten Schritt gemacht in ein Leben ohne Kinder. Mir gingen viele Gedanken durch den Kopf, doch einer war prägnanter als jeder andere, der gerade durch meinen Kopf flog. Doch wusste ich nicht, ob ich diesen Gedanken in der Form zulassen wollte. Vor allem wusste ich nicht, ob ich Kimberly in meine Gedanken mit einbeziehen wollte. Draußen auf dem Parkplatz angekommen wurde mein Gedanke aus meinem Kopf sofort ausradiert. Jim stand an seinen parkenden Privatwagen, sah ungeduldig auf die Uhr und tippte nervös mit seinen Fußspitzen auf dem dreckigen Asphalt herum. Ich brauchte gar nicht in die Augen meiner Frau zu sehen, um zu wissen, welchen Ausdruck sie haben würde, wenn sie Jim erkannte. »Thomas!«, rief er mich schon herbei. Ohne die Möglichkeit zu haben, ihm und seinem Wunsch auszuweichen, lief er mit einer dicken Akte in der Hand zu mir. »Kimberly. Wie geht es dir?«, fragte Jim vorsichtig. »Den Umständen entsprechend«, antwortete sie, ohne wirklich wahrzunehmen, was gerade passiert sein könnte. Wie eine Floskel erzählte sie mir, dass sie im Auto warten würde. Sie stand vollkommen neben sich. Aber nicht körperlich, sondern physisch. »Jim, ich warne dich! Wenn du mir erzählst, dass ich nun in dein Auto steigen soll, um an dem Fall zu arbeiten, schwöre ich dir, die nächste Leiche, die man findet, wird deine sein!«, drohte ich ihm mit erhobenem Zeigefinger! Er hatte mich hier abgepasst. Er wusste nun auch, welchem Teufel ich die Hand gereicht hatte! »Ganz ruhig, Thomas! Ich wollte nur, dass du dir bis morgen diese Akte durchliest. Das ist das Verhörprotokoll von Vanessa Halmer. Eventuell findest du in diesen Aussagen irgendeinen Widerspruch. Und Dr. Rother hatte eine Idee. Um den Todeszeitpunkt der Leichen besser bestimmen zu können, hat sie für morgen einen Anthropologen eingeladen. Er soll sich die Leichen genauer ansehen. Der Gute heißt Sascha Kohlberg. Er wird morgen nach der Untersuchung in unserem Meeting-Zimmer anwesend sein, um uns seine Ergebnisse mitzuteilen.« Jim pausierte kurz. Bei dieser Gelegenheit nahm er einen tiefen Atemzug und setzte fort: »Kartor ist in der Schule der Kinder und hört sich da genauer um. Morgen kann er uns Näheres erzählen. Sarah besorgt sich die ganzen Akten. Sie fährt zum Jugendamt und holt sie dort ab, wenn die welche haben. Sie besorgt auch die Krankenakten, und Sam nimmt sich den Rechner der Halmers vor! Wir werden etwas finden. Du sollst in der Zeit mal das Verhör durchgehen. Bevor du fragst, Sam hat das Verhör geführt. Wir hatten Frau Halmer längst in der Mangel, als du angerufen hattest. Deswegen hast du nun auch schon das Protokoll.« »Gut«, sagte ich abwesend. Diese Informationen suchten einen Weg in meinen Kopf und dort einen Henkel, um sich festzukrallen, während sie auf der Fahrt waren, sich für lange Zeit in mein Hirn zu brennen. »Da wäre noch eins«, rief mir Jim zu, während ich zu meinem Auto ging. Schneller als gewöhnlich. Ich wollte einfach hier weg! Dieser Ort vereinte alles, wovor ich am liebsten weggelaufen wäre. »Ich erwarte dich morgen um 9 Uhr, ohne Augenringe, im Büro!« Ohne ihn nur eines Blickes zu würdigen, setzte ich meinen Gang Richtung meines Wagens fort. Ich öffnete die Tür, ließ mich in meinen gepolsterten Sitz fallen, schmiss die Akte auf den Rücksitz, ließ den Wagen an und fuhr mit laut quietschenden Reifen davon. Ohne Ziel, ohne Plan erst einmal. Doch ich hatte ein Ziel. Bloß weg! Und diesem Ziel kam ich mit jedem Meter immer näher.

24. KAPITEL

Das Böse ist unspektakulär
und stets menschlich, es teilt
unser Bett und sitzt mit uns am Tisch.
(W. H. Auden)

Thomas Terenz, Jim Corta, Sam Weiss, Sarah Porta,
Sascha Kohlber, Vanessa Halmer, Dr. Maria Rother und
Robin Kartor

Ich blickte von der Akte über meine linke Schulter in das Wohnzimmer. Genauer, auf die Couch, auf der meine Frau ihren
hoffentlich erholsamen Schlaf fande. Ich hatte mich davon-
gestohlen, als sie in meinem Arm eingeschlafen war, um die
Akte von Jim durchzuarbeiten. Doch auch nach dem dritten
Durchblättern fand ich nicht eine kleine Ungereimtheit. Das
Verhör verlief ohne Gefühlsausbrüche von Frau Halmer. Aber
genau das bereitete mir Magenschmerzen. Wenn man mir sagen
würde, dass mein Partner meine Kinder sexuell missbraucht
haben könnte, würde ich nicht so ruhig bleiben und noch so
ironische Antworten von mir geben.

Jim: ›Frau Halmer, Sie können mir beim besten Willen nicht
erklären, dass Sie nichts mitbekommen haben.‹

Vanessa Halmer: ›Wovon soll ich etwas mitbekommen haben?‹

Jim: ›Spielen Sie nicht die Unschuldige! Ihr Mann hat Ihre
Kinder sexuell misshandelt!‹

Vanessa Halmer: ›Sie haben eine blühende Fantasie. Schon
einmal darüber nachgedacht, ein Buch zu schreiben? Ich kenne
einige hohe Tiere bei Verlagen. Ich könnte für Sie ein gutes
Wort einlegen.‹

Jim: ›Nein, danke. Ich verdiene mein Geld mit ehrlicher Arbeit.
Aber ich hätte gerne, dass Sie mir sagen, ob Sie wissen, ob Ihr
Mann Ihre Kinder missbraucht hat.‹

Vanessa Halmer: ›Ich kann nichts mitbekommen haben, was sich nie ereignet hat. Ist Ihnen klar, dass Sie nicht nur Ihre, sondern auch meine Zeit hier verschwenden?‹

Ich blätterte einige Seiten vor. Nichts, was ich nicht schon einmal gelesen hatte. Ich ließ die Seiten einmal von vorne nach hinten durchblättern, und danach noch einmal. Ich atmete einmal tief aus und warf einen verzweifelten Blick in das Wohnzimmer. Ich hoffte, dass Kimberly noch lange schlief. Wenn sie wach würde, brächte ich es nicht übers Herz, weiterzuarbeiten, und würde mit ihr schlafen gehen. Aber ich musste etwas finden! Langsam kam mir, beim zweiten tiefen Ausatmen, der Gedanke, dass ich nichts finden konnte, weil eventuell nichts existierte, das gefunden werden konnte. Oder ich war nicht in der Verfassung, etwas zu finden. Ich ließ meine Schultern fallen und klappte die Akte zu. Wie gerne ich nun Walter Kügler um Rat gefragtn hätte. Er hätte sofort etwas Ungereimtes gefunden. Aber diese Option hatte ich gerade einfach nicht. Ich stand auf, schüttete mir ein Glas Wasser ein und setzte mich wieder an die Akte. Es musste doch etwas geben! Jeder Mensch macht Fehler, man muss sie nur finden! Ich fing nun noch einmal auf Seite eins an! Ich las Satz für Satz! Da würde es doch etwas geben!

Ich las Satz für Satz, Provokation für Provokation. Die Seiten blätterten sich im Minutentakt um.

Seite 9, endlich. dachte ich.

Vanessa Halmer: ›Wie oft wollen Sie es denn noch hören? Mein Mann hat meinem Kind so etwas nicht angetan! Mein Kind hat so etwas nicht durchgemacht!‹

Ich blätterte auf Seite zehn um. Ich nahm einen weiteren Schluck Wasser zu mir und ließ mir die gelesenen Seiten noch einmal durch den Kopf gehen. Ein komisches Gefühl stieg in mir auf, und ich blätterte zurück und las die Seite noch einmal.

Vanessa Halmer: ›Wie oft wollen Sie es denn noch hören? Mein Mann hat meinem Kind so etwas nicht angetan! Mein Kind hat so etwas nicht durchgemacht!‹

Mein Kind?, ließ ich die eben gelesenen Wörter noch einmal durch den Kopf gehen. Mein Bauch fing an zu kribbeln.

Ich blätterte ganz schnell an den Anfang.
Persönliche Daten:
Name: Halmer, geb. Schönhauser
Vorname: Vanessa
Mutter von zwei Kindern, Mia Halmer, Lena Halmer

Nun war ich wieder schlagartig wach! Ich blätterte wieder auf Seite neun des Protokolls. Ich dachte, ich hätte mich bloß verlesen.

Vanessa Halmer: ›Wie oft wollen Sie es denn noch hören? Mein Mann hat meinem Kind so etwas nicht angetan! Mein Kind hat so etwas nicht durchgemacht!‹

Das kann kein Versprecher sein! Eine Mutter kann nicht von einem Kind reden, wenn sie zwei geboren hat! Irgendwas ist da faul. Ich notierte mir in meinem Notizblock, dass ich mir die Abstammung der Kinder einmal genau unter die Lupe nehmen müsste. Ich klappte die Akte zu und legte meinen Notizblock darauf; dann ging ich vorsichtig ins Wohnzimmer und setzte mich langsam auf die Couch. Meine Frau sah so friedlich aus, wenn sie schlief. Es brach mir fast das Herz, sie nun zu wecken, doch ich wollte mich mit ihr in unser Bett einkuscheln und einschlafen.

Mit einem Kuss auf der Stirn versuchte ich sie möglichst vorsichtig zu wecken.

»Kimberly, Schatz. Wach auf«, flüsterte ich ihr ins Ohr, nachdem ich ihr noch einen Kuss auf die Stirn und dann auf die Wange gegeben hatte. »Ich schlafe nicht«, murmelte sie. »Nein, hast du auch nicht, ich bin aber müde. Gehen wir nun schlafen?«, fragte ich vorsichtig. Mit einem Knurren richtete sie sich auf, schlüpfte in ihre pinken, plüschigen Hausschuhe, und wir gingen in unser Schlafzimmer, um dort Arm in Arm einzuschlafen und etwas Frieden zu finden, bevor morgen mein ganz gewöhnlicher Stress wieder losginge. Ich hatte Larisa gebeten morgen mit Kimberly etwas zu unternehmen. Ich dachte, dass Kimberly einen Tag mit ihrer besten Freundin gut täte. Sie hatten sich viel zu erzählen, und sie konnte sich ablenken. Ich würde meinen Kummer morgen in die Arbeit stecken und Thorsten Halmer noch einmal richtig den Arsch aufreißen!

Doch das würde ich erst in acht Stunden in Angriff nehmen. Jetzt war ich noch nicht der böse Polizist, sondern versuche nur ein guter Ehemann zu sein. Ab und an frage ich mich, welcher der beiden Jobs schwerer ist. Der, ein guter Ehemann, oder der, ein guter Polizist zu sein. Mit dieser Frage und meiner Frau im Arm sank ich langsam, aber wohlwollend in das Reich der Träume. Leider nicht ausreichend lange, um im Traum dieser Frage tiefgründig genug auf den Grund zu gehen, bevor am nächsten Morgen mein leider unbestechlicher Wecker klingte. Müde und total platt versuchte ich mit einer Hand auf die Schlummertaste meines Weckers zu schlagen, um den ohrenbetäubenden Lärm abzustellen. Ich frage mich jeden Morgen, ob die Taste des Weckers in der Nacht schrumpft. Ich könnte schwören, dass die Taste abends, wenn ich schlafen gehe, die Größe meines Daumens einnimmt. Aber am Morgen, wenn ich daraufschlagen muss, gleicht sie der Größe eines Stecknadelkopfes. Ich hoffte nur, dass Kimberly den Wecker nicht hörte und in Ruhe noch etwas schlafen konnte, während ich versuchte mich so leise wie möglich aus dem Bett zu stehlen, um dann unter der kalten Dusche wach zu werden. Ich kramte aus unserem großen weißen Kleiderschrank, der gegenüber vom Bett stand, eine neue Jeanshose, ein frisches T-Shirt und ein neues Hemd heraus. Die ganze Belegschaft würde heute zugegen sein. Da sollte ich angemessen in Erscheinung treten, dachte ich mir.

Unter der kalten Dusche ging ich noch einmal die Fakten des Falls durch. In meinen Jahren bei der Einheit war mir und ganz sicher auch allen anderen noch nie so ein Fall untergekommen. Ich kannte noch nicht ansatzweise alle Fakten, doch die Angst vor der gesamten Erkenntnis des Falles jagte mir jedes Mal einen kalten Schauer über den Rücken. Das Bild, wie diese unschuldigen Kinder gequält, gefoltert und schwer missbraucht wurden, würde mich mein Leben lang verfolgen. Nicht einmal die Kälte des Wasserstrahls der Dusche konnte mich derzeitig so einnehmen wie der Gedanke an die Kinder, das Bild ihrer kalten und leeren Augen, welches sich einen Weg in meinen Kopf gesucht hatte, und der Bericht von Dr. Rother, der meine Ohren zum Bluten hätte bringen können.

Nachdem ich endlich unter der Dusche wegkam, mich angezogen und meiner Frau einen Kuss gegeben hatte, saß ich im Auto und fuhr aufs Revier.

Keine zwanzig Minuten später, nach einer sehr ruhigen und grün geprägten Ampelfahrt, kam ich endlich in der Tiefgarage an, wo ich meinen Wagen abstellen konnte. Ein kurzer Blick auf meine Uhr verriet mir, dass ich noch zehn Minuten hatte, bis Jim mich im Meeting-Zimmer erwarten würde. Zeit genug, um in der ersten Etage einen kleinen Zwischenstopp zu machen und mir einen Kaffee zu kaufen. Aber eigentlich wollte ich auch noch irgendetwas Süßes haben. Mein Zuckerspiegel hatte in den letzten paar Tagen deutlich gelitten. So entschloss ich mich dazu, meine letzten paar Minuten dafür zu nutzen, mir im ersten Stockwerk bei Frau Müller-König einen doppelten Kaffee und zwei leckere Donuts zu kaufen. Die mit der Erdbeerglasur. Allein bei dem Gedanken an diese Donuts könnte ich förmlich in meinem Mund ertrinken. Der Fahrstuhl öffnete sich im fünften Stock, und ich ging mit vollem, aber arbeitendem Mund zum Meeting-Zimmer. Zu meinem Erstaunen war es im fünften Stock erschreckend leer. Hin und wieder sah man eine Sekretärin, die für ihren Boss irgendwelche Akten kopierte. Ich fragte mich, wo das Chaos hin war, welches noch vor wenigen Tagen hier geherrscht hatte. Aber das war gerade Nebensache. Mit der Akte unter dem linken Arm, dem Kaffee in der rechten Hand und den Donuts in der linken Hand ging ich den Flur entlang. Die Schreibtische in den Büros glichen Schlachtfeldern. Es stapelten sich Akten über losen Blättern, und zwischen dem Chaos lagen noch weitere Aktenordner geöffnet und teilweise mit losen, wirr liegenden Blättern überdeckt. Ich ging schweren Schritts zu dem Meeting-Zimmer. Ich hatte so ein Gefühl, dass der Fall heute noch einmal eine erhebliche Wendung nehmen würde. Ich hoffte und betete gleichzeitig, dass sich mein Bauch nur irren würde. Dieser Fall war einer von denen, die keine guten Wendungen haben konnte.

Langsam öffnete ich die Tür und schritt die Stufen mit gesenktem Kopf hoch. Mir war nicht so wohl dabei, dass ich nicht mit der Kapazität mitarbeiten konnte, wie ich es wollte. Zu meinem

Erstaunen saßen bisher nur Sarah, Jim und Robin da. Alle waren vertieft in ihre Akten, die sie vor sich liegen hatten. Ich sah vorsichtig in die Runde und erkannte, dass jeder von ihnen nicht nur müde aussah, sondern auch mitgenommen. »Genauso viel und gut geschlafen wie ich?«, warf ich in die Runde. Jim sah von seiner Akte auf und mir direkt in die Augen, bevor er seinen Blick wieder senkte, um seine Akte weiterzustudieren. Sarah würdigte mich keines Blickes, und Robin seufzte einmal, bevor er langsam und scheinbar schwerster Bemühung seinen Kopf hob, um mir in die Augen zu sehen. Unter seinen Augen bildeten sich Augenringe ab, die man aus drei Kilometern Entfernung noch hätte sehen können. Ich schritt langsam um den Tisch herum und setzte mich schweigend auf einen freien Platz. Ich schlug vorsichtig die Akte auf Seite neun auf, damit ich gleich direkt die Stelle fand, um die sich mein gestriger Abend gedreht hatte.

Ich schaffte es noch, meinen Kaffee auszutrinken und meinen Donut in Ruhe aufessen zu können, bis unser Team, zuzüglich Sascha Kohlberg, vollzählig in unserem Meeting-Zimmer eingetroffen war.

Es war eine äußert merkwürdige Atmosphäre, die darin bestand, dass wir uns alle ansahen, aber keiner anfangen wollte, etwas zu erzählen. Es erinnerte mich an die Schulzeit. Genauer, an die erste Party, zu der auch Mädchen gebeten wurden. André Werner hatte sich als Erster aus unserer Klasse getraut zu seinem Geburtstag auch einige Mädchen einzuladen. Wir standen geschlagene dreißig Minuten im selben Raum, aber keiner hat es gewagt, ein Wort zu reden. Man hätte eine Stecknadel fallen hören können. Es war eine genauso beklemmende Situation wie jetzt auch. Bis Andrés ältere Schwester Janine in dem Raum kam und unser Schweigen gebrochen hat, indem sie eine ihrer Platten in den CD-Player gelegt hat und anfing zu tanzen. Genauso eine Janine benötigten wir heute auch wieder.

»Ich stelle mich und meine Ergebnisse dann einmal vor, wenn keiner etwas anderes vorhat. Ich muss heute noch weg«, stand Sascha Kohlberg auf und sah uns abwertend an. Er war ein typischer Kandidat, den ich als Erster in einer Universität vermutet hätte.

Er hatte schütteres gräuliches Haar, welches er ordentlich zurückgekämmt hatte, eine altmodische Brille, einen gut sitzenden grauen Nadelstreifen Anzug und eine rote Krawatte mit gelben kleinen Punkten. Ich hätte ihn auf Mitte bis Ende fünfzig geschätzt.

»Gut«, fuhr Kohlberg weiter. Noch ein Grund, warum ich ihn an einer Universität vermutet hätte, war seine Stimme. Sie war so einnehmend, dass man nicht herumkam, ihr mit aller Aufmerksamkeit zu folgen.

»Mein Name ist Dr. Sascha Kohlberg. Ich bin Leiter des gerichtsmedizinischen Instituts in Berlin. Ich habe Medizin an der Universität Hamburg und München studiert und ein Auslandssemester in L. A. drangehängt. Meine Promotionsschrift befasst sich ausführlich mit der genauen Bestimmung der Todeszeit bei skelettierten Überresten.

Ihr Opfere weisen zwar keine komplette Skelettierung auf, dennoch habe ich zusammen mit Dr. Rother eine erneute Autopsie durchgeführt.« Er pausierte kurz.

»Bei dieser erneuten Untersuchung habe ich herausgefunden, dass das erste männliche Opfer vor rund einem Jahr und zwei Monaten gestorben sein muss. Unter dem Mikroskop waren die fünf Hautschichten nicht mehr eindeutig voneinander zu unterscheiden, dennoch konnte man Muskeln und Gewebe einiger Zellen noch deutlich erkennen. Auch war das Gewebe am Schädel noch gut erhalten. Die Augenhöhlen waren leer. Unter den Umständen, dass die Leiche unter gut einem Meter Erde begraben war, heißt das, dass sie vor ungefähr vierzehn Monaten begraben worden war. Der Tag des Begräbnisses kommt ungefähr dem Datum des Todes gleich.« »Wie meinen Sie das?«, fragte Sam. »Die Leiche ist nicht sofort, nachdem das Opfer gestorben war, begraben worden. Der Tod traf ungefähr drei bis vier Tage vorher ein.

Die zweite männliche Leiche lag ungefähr zwei Jahre unter der Erde. Sowohl ihre Beine als auch ihre Arme und Teile des Rumpfs waren teilweise skelettiert. Die Mumifizierung war bereits im Anfang des Endstadiums, und der Brustkasten war stark eingedrückt.

Beachtet man, dass eine Leiche an der Luft viermal schneller verwest als unter der Erde, wo es durch den mangelnden Sauerstoff und den mangelnden Wasservorrat zu einer Hemmung der Verwesung kommt, sind diese Leichen relativ zügig verwest.

Dr. Rother erklärte mir, dass die Leichen unter Bäumen lagen. Deswegen könnten sie schneller verwest sein. Ich habe alle meine Schätzungen im Vorfeld um ca. sechs Monate korrigiert.

Die Mädchen waren noch am besten erhalten. Da war es relativ einfach, eine Zeit anzugeben. Sie wurde vor gut vier Monaten begraben. Genau wie das letzte Opfer. Dieses wurde vor rund vier bis sechs Monaten begraben.

Wichtig ist noch, dass alle Kinder aus verschiedenen Teilen der Welt kamen.« »Das wussten wir schon« unterbrach ich ihn. »Wenn das so ist, habe ich nichts mehr hinzuzufügen und würde mich gerne verabschieden.«

»Danke, damit haben wir einen genauen Todeszeitpunkt für jedes Opfer. Nun müssen wir schauen, ob in der Zeit irgendwelche Kinder als vermisst gemeldet wurden«, erläuterte Jim frustriert. Der Fall ging jedem nicht nur unter die Haut, sondern auch an das Nervenkostüm. »Wir wissen nur, dass zwei Opfer dieselbe Mutter, aber nicht denselben Vater haben. Leider ist die Mutter nicht in der Datenbank.« Jim schüttelte den Kopf.

»Kator. Ich hoffe, Sie haben in der Schule auch etwas herausbekommen.« Jims Blick ging nach unten. Er schnaufte erschöpft aus; die Augenringe zeichneten sich immer deutlicher ab und wurden förmlich zu einem Augenfang. Aber keiner, bei dem man gerne hinschaute.

Robin nickte und stand langsam auf, nahm den hohen Aktenstapel, der vor ihm auf dem Tisch lag, und reichte jedem von uns eine Akte. Dr. Kohlberg erhielt als Erster eine, schob sie aber zurück.

»Danke für Ihre Einladung«, bedankte sich Dr. Kohlberg, nachdem er sich langsam erhoben und seine Krawatte gerichtet hatte. Ohne ein weiteres Wort ging er aus der Tür des Meeting-Zimmers, dann den Flur entlang in Richtung des metallenen Fahrstuhls und verschwand in der Menge, die sich vor dem Meeting-

Zimmer wieder angesammelt hatte. Wir sahen uns verdutzt an. »Na ja. Wie heißt es? Wer nicht will, der hat schon«, spöttelte Robin mit ernster Miene. Als Nächstes erhielten Dr. Rother und Jim eine Akte, bevor er mir meine kraftlos auf den Tisch fallen ließ. Ich starrte wenige Augenblicke darauf, bevor der Gedanke völlig von mir Besitz einnahm, sie zu öffnen und jeden Satz zu inhalieren. Doch eine kleine leise Stimme rief mir immer wieder zu, dass ich das gar nicht wissen wollte.

»Ich kann nicht erklären, was ich in der Schule erfahren habe. Ich bin morgens in die Robert-Hellmann-Realschule gefahren und habe dort mit einer Frau Berghof geredet, die neben dem Job der Schulleitung auch noch eine geschulte Jugend- und Sozialarbeiterin ist; sie hat mir die Akten in die Hand gedrückt und mit auf den Weg gegeben, dass ich sie nicht ohne seelische Unterstützung lesen sollte.« Kartor machte eine kurze Pause. Wir schluckten alle.

Wenn eine Schulleiterin mit einer Schulung im Bereich der Jugend- und Sozialarbeit einem solch einen Rat gibt, sollte man diesen schon ernst nehmen. Ich merkte schlagartig, wie mein brennendes Interesse für die Akte mehr als nur erloschen war und die kleine leise Stimme aus dem Hintergrund immer lauter wurde und mir in Siegesstimmung prahlend zeigte, dass sie wieder richtiglag.

»Lest es euch am besten selbst durch. Es sollte sich alles erklären. Oder es wirft nur noch mehr Fragen auf, wie bei mir.«

Aktenverzeichnis 246/24/2012
Robert-Hellmann-Realschule

Name: Lena Halmer
Geburtsdatum: 12. Dezember 1998
Geburtsort: Berlin
Auffälligkeiten:

Die oben genannte Schülerin weist Verhaltensauffälligkeiten im Bereich der zwischenmenschlichen

Interaktion und der Bereitschaft zu Sonder-
leistungen in jeglicher Form auf.
Die Schülerin erledigt nicht nur die freiwilligen
Hausaufgaben ohne Ausnahme, sondern erklärt
sich auch bereit, in den Pausen den Klassenraum
aufzuräumen und die Tafel zu putzen.

10. November 2009

Einige Lehrkräfte berichteten, dass sie das Gefühl hätte, die Schülerin Lena Halmer versuche
alles, um bei den Lehrkräften einen besonders
positiven Eindruck zu hinterlassen.
Konkrete Anhaltspunkte sind derzeitig nicht
greifbar.

13. Januar 2010

In den vergangenen drei Tagen kam es zu erneuten Vorfällen mit der Schülerin. Sie kam,
nach Angaben des Hausmeisters, eine Dreiviertel-
stunde früher zur Schule. Dabei hatte sie, so
die Angaben, einen Wischmopp, einen Besen und
einen Eimer.
Bis zum Eintreffen der ersten Schüler putzte
die Schülerin Lena Halmer ihren Klassenraum.
Als Herr Gunter, ihr Klassenlehrer, in den Raum
kam, forderte Lena Halmer ihn energisch auf,
sie vor der ganzen Klasse zu loben.
Herr Gunter kam der doch etwas merkwürdigen Bitte
nach und lobte sie. In den folgenden Tagen kam
es immer wieder zu derartigen Vorfällen.

15. Januar 2010

Wir baten Lena Halmer zu einem Gespräch. Dort
erklärten wir ihr, dass dieses Verhalten un-
angebracht sei.

1. Dezember 2011

Der Lehrer Herr Hollen kam nach der vierten Stunde in mein Büro. Er berichtete von dem Vorfall, dass die Schülerin Lena Halmer nach der Geologie-Stunde im Klassenraum geblieben wäre und gewartet hätte, bis alle weiteren Schüler den Raum verlassen hätten. Danach sei sie zu ihm gekommen und hätte ihm gesagt, dass er ihr Lieblingslehrer sei, und habe ihn daraufhin auf die Wange geküsst.

2. Dezember 2011

Wir baten die Schülerin zum Gespräch, welches am Mittwoch, den 7. Dezember 2011 stattfinden wird.

7. Dezember 2011

In dem Gespräch erklärte Lena Halmer ihr Verhalten. Sie meinte: »Das ist doch ein ganz normales Verhalten für eine junge Frau.«
Diese Reaktion veranlasste uns dazu, Herrn Halmer eine Einladung zu einem Gespräch zu senden.

9. Januar 2012

Das Gespräch mit Herrn Halmer war nicht sehr aufschlussreich. Er selbst habe keine Erklärung für das Verhalten seiner Tochter. Er versicherte uns aber, er würde mit ihr reden.
Wir erklärten ihm, dass, wenn es zu weiteren Vorfällen dieser Art kommen würde, wir gezwungen wären das Jugendamt einzuschalten.

8. Januar 2013

Frau Schommer teilte auf der Lehrerkonferenz mit, dass Lena Halmer immer schlechter in Mathe werden würde. Ihre beiden letzten Arbeiten seien sogar eine Sechs gewesen.

16. Januar 2013

Lena Halmer wurde geraten, sich eine Mathematik-Nachhilfe zu suchen.

Frau Schommer riet ihr, den Schüler Sven Kassner um Hilfe zu fragen. Er ist in der zehnten Klasse und stünde auf einer Eins in Mathe.

14. März 2013

Herr Kassner kam heute in mein Büro.

Er berichtete, dass er mit der Schülerin Lena Halmer für die letzte Mathematik-Arbeit gelernt habe. Lena Halmer soll in der Arbeit, die sie am Freitag, den 8. März wiederbekommen hatte, eine Eins geschrieben haben. Sie kam an dem Freitag noch in seine Klasse und meinte, sie wolle sich Sonntag bei ihm bedanken. Als sie Sonntag dann auch bei war, sei sie in sein Zimmer gegangen. Herr Kassner habe vorher noch was zu trinken geholt und sei daraufhin auch in sein Zimmer gegangen. Als er die Tür geöffnet hat, habe sie komplett nackt dagestanden, wäre langsam auf ihn zugegangen, hätte sich vor ihm niedergekniet und ihm die Hose geöffnet. Herr Kassner habe den Vorfall sofort unterbunden und gefragt, was das solle. Daraufhin habe Lena Halmer gesagt, dass eine Frau nun einmal mit sexuellen Handlungen zu bezahlen habe, wenn der Mann ihr etwas Gutes tut. Auf die Frage hin, wie sie auf so etwas kommen würde, sagte sie: »Bei uns zu Hause läuft das auch so. Also ist das wohl normal.«

14. März 2013

Wir baten die Familie Halmer zu einem Gespräch am 18. März 2013

18. März 2013
Das vereinbarte Gespräch blieb aus.

19. März 2013
Wir vereinbarten erneut ein Gespräch am 1. April 2013.

1. April 2013
Auch dieses Gespräch blieb aus.

14. April 2013
Seit einer Woche fehlt Lena Halmer ohne Entschuldigung.

15. April 2013
Erneute Einladung zu einem Gespräch.
Zudem erklärten wir, dass wir das Jugendamt einschalten würden, wenn das Gespräch ausbliebe.

6. Mai 2013
Das Gespräch fand erneut nicht statt, sodass wir nun das Jugendamt eingeschaltet haben.

Zuletzt aktualisiert: vor drei Tagen, 6. Mai 2013

Aktenverzeichnis 150/21/2012
Robert-Hellmann-Realschule

Name: Mia Halmer
Geburtsdatum: 7. Mai 2001
Geburtsort: Berlin
Auffälligkeiten:

Die oben genannte Schülerin weist schwerwiegende Verhaltensstörungen, gepaart mit antisozialer und soziopathischer Neigung und sadistischer Komponente auf.

22. August 2011

Eine Woche nach der Einschulung der neuen fünften Klassen gab es gleich Probleme mit einigen Schülern der 5 d.

In der großen Pause lockte Mia Halmer eine Mitschülerin in den angrenzenden Wald. Sie sagte ihr, dass es da ein tolles neues Versteck gäbe. Als die Schülerin einwilligte, Mia Halmer zu folgen, gingen beide in den Wald. Dort wurde sie von Mia Halmer in einen Hinterhalt gelockt. Mia Halmer schubste die Schülerin mit dem Kopf voran in einen großen Tierkadaver. Die Schülerin erlitt im Gesicht tiefe Schnittwunden von den herausragenden Knochen des Kadavers.

Die Eltern wurden schriftlich durch einen Brief informiert.

28. September 2011

Die oben genannte Schülerin hatte heute in ihrer Klasse eine Schlägerei angezettelt.

Sie hat einer Mitschülerin flüssige Klebe auf den Stuhl geschmiert, sodass diese, nachdem sie sich gesetzt hatte, nicht mehr aufstehen konnte. Um sich dann befreien zu können, musste die Hose der Schülerin entfernt werden. Diesen Moment nutzte Mia Halmer, um von der Mitschülerin in Unterwäsche Fotos zu machen und per Messenger auf dem Handy an viele andere Mitschüler zu senden. Dieses Bild wurde tituliert mit: »Meine Hose ist schon runter! Komm, fick mich!«

24. Oktober 2011

Die Schülerin, die von Mia Halmer am 28. September diesen Jahres erniedrigt wurde, hat die Schule verlassen und erwägt straf- und zivilrechtliche Schritte einzuleiten.
Wir haben beide Eltern zu einem klärenden Gespräch am 28. Oktober eingeladen

2. November 2011

Das Elterngespräch blieb ohne nennenswerten Erfolg. Die Schülerin wird die Schule wechseln, eine Klage wurde glücklicherweise abgewendet.

15. Februar 2012

Die Schülerin Mia Halmer ist heute erneut negativ aufgefallen. Nach dem Schwimmunterricht, an dem sie teilnimmt, ist es zu einem Zwischenfall zwischen ihr und einer anderen Schülerin gekommen.
Als die Schülerin sich in der Mädchenumkleide auszog, um sich ihre Schwimmsachen anzuziehen, packte Mia Halmer die Schülerin, schleifte sie aus der Kabine der Mädchen und warf sie in die Kabine der Jungs. Dort wurde sie wohl schon erwartet und auch von einigen Jungs sexuell belästigt. Mia Halmer blockierte die Tür, sodass die Schülerin nicht mehr fliehen konnte.
Diese konnte nur durch einen Lehrer gerettet werden, den andere Schüler um Hilfe riefen.

16. Februar 2012

Der Vater kam erneut zu einem Gespräch. Er erklärte, dass er Mia erst einmal für einige Zeit aus der Schule nehme, um mit ihr an ihrem Verhalten zu arbeiten.

13. November 2012

Die Schülerin hat ab diesem Schuljahr wieder am Unterricht teilgenommen. Am Anfang wirkte sie sehr zurückhaltend und entspannt. Doch gab es gestern erneut einen Vorfall.

Sie hatte sich in den Wald zurückgezogen und eine Zigarette geraucht. Als der Pausenlehrer das sah, befahl er ihr, die Zigarette auszumachen. Anstatt dem Befehl nachzukommen, spuckte Mia Halmer den Lehrer an. Dieser brachte sie sofort zu mir. Ich unterrichtete den Vater, und er holte sie von der Schule ab.

13. Dezember 2012

Erneut fiel die Schülerin Mia Halmer negativ auf. Diesmal provozierte sie ihre ›Schulfeindin‹, indem sie vor Mias Augen deren Freund küsste, woraufhin Mia Halmer sie schubste und so eine Schlägerei anfing.

12. Februar 2013

Die Lehrerkonferenz entschied, dass wir auch bei Mia Halmer in Erwägung ziehen, das Jugendamt einzuschalten, wenn sie noch einmal negativ auffällt.

30. Mai 2013

Mia Halmer hat heute in der großen Pause den kompletten Klassenraum verwüstet. Sie hat die Unterlagen ihrer Klassenkameraden aus den Schränken genommen und in der Klasse verbrannt. Danach hat sie den Spiegel von der Wand gerissen und mit einem Gegenstand auf das Waschbecken eingeschlagen. Mit einem anderen spitzen Gegenstand hat sie auf die Tafel eingeschlagen und kleine Löcher verursacht.

3. Juni 2013

Wir haben die Familie zu einem letzten Gespräch am 5. Juni eingeladen.

5. Juni 2013

Die Familie Halmer ist nicht erschienen.
Es wurde eine Lehrerkonferenz eingeladen, um über die Zukunft von Mia Halmer an dieser Schule zu reden.

14. Juni 2013

Die Lehrerkonferenz entschied, dass Mia Halmer von der Schule verwiesen wird. Das Jugendamt wird in den kommenden Tagen informiert.
Zuletzt geändert am 14. Juni 2013

25. KAPITEL

Das Universum mag keine Geheimnisse,
es sorgt dafür, dass die Wahrheit ans Licht
kommt, und führt uns zu ihr.
   (Lisa Angler)

Thomas Terenz, Jim Corta, Sam Weiss, Sarah Porta,
Vanessa Halmer, Dr. Maria Rother und Robin Kartor

Nun war ich dran, meine Erkenntnis weiterzugeben. Die Ergebnisse, die sich nun perfekt eingliederten. Als würde man das entscheidende Puzzleteil in den Händen halten, ohne dass das Puzzle keinen Sinn ergeben würde. Ich starrte auf die Akte, die vor mir auf dem Tisch lag. Bereit um alles zu offenbaren, was in ihr steckte, um das Bild einer so wahrhaft nach außen hin perfekt strahlenden Familie vollkommen zu zerstören und in ihr komplettes Gegenteil zu verwandeln.

Ich räusperte mich einmal laut, um alle Aufmerksamkeit auf mich zu richten.

»Ich habe in der letzten Nacht auch einen entsprechenden Fund gemacht. Beim Durchlesen und Analysieren der Akte ist es mir zunächst nicht aufgefallen. Danach konnte ich den Fund nicht wirklich richtig einordnen, bis jetzt. Nun passt er sich perfekt in die Geschichte der Familie Halmer ein.« Ich pausierte kurz. Ich wusste, es war nicht die Zeit, um eine gewisse Spannung einzubauen. Aber ich wusste, dass ich nicht so mitarbeiten konnte, wie ich es gern gewollt hätte. Also musste ich ja eine Spannung einbauen. Meine Entdeckung sollte sich anfühlen wie jede andere Entdeckung auch.

»Ich habe mir die Akte von vorne bis hinten durchgelesen, und das nicht nur einmal.«

Ich öffnete den Verschluss der Akte, nahm das Blatt Nummer neun heraus und gab es Jim, der neben mir saß.

»Vanessa Halmer, geborene Schönhauser. Mutter von zwei Kindern. Da stimmt ihr mir alle zu, oder?«, warf ich in die Runde.

»Was für eine Entdeckung, Thomas. Bahnbrechende Leistung!« Sarah sah nicht einmal von ihrer Akte hoch, während sie versuchte mich an die Wand zu spielen. Doch ihr Versuch würde sich als Bumerang entpuppen, der schneller zurückkam, als sie es je erwarten konnte.

Das Blatt machte seine Runde, und jeder, der es abgab sah mich mit großen, verwunderten und auch fassungslosen Augen an. So auch Sarah, als sie das Blatt Sam gab und ihr die Akte aus den Händen auf den Tisch fiel. Ihr Mund stand offen, und ihre Augen sprangen von links nach rechts und wieder nach links, wie ein Pingpong-Ball. Ein kurzes Stammeln folgte ihrer Fassungslosigkeit. »Das kann … Nein das kann nicht wahr …«

»Doch, es scheint wohl wahr zu sein. Ich denke nicht, dass das ein Versprecher war. Zumindest keiner im herkömmlichen Sinne.« »Wie meinst du das?«, schallte es in die Runde.

»Ich meine damit, dass sie sich nicht im Bezug auf die Anzahl ihrer Kinder versprochen hat. Ich denke eher, dass sie uns diese Information nie zukommen lassen wollte. Dass sie sich verplappert hat, wenn ich es so ausdrücken möchte.«

»Das gibt es nicht!« Sarah stand völlig neben sich. Sie starrte auf ihre Akte, die sie zuvor auf den Tisch hatte fallen lassen und deren Blätter sich gerade über den ganzen Tisch verteilt hatten. Wir konnten unsere Blicke kaum lösen. Mit jeder weiteren Sekunde und jedem weiteren Kopfschütteln von ihrer Seite stieg die Spannung immer mehr, und unsere Nerven waren zum Zerreißen gespannt. Ihre völlige Fassungslosigkeit konnte sich nicht nur auf meinen Fund beziehen. Auch war ihre Fassungslosigkeit ansteckend; wie ein tödlicher Virus nutzte er unsere Gedanken als Wirt, um sich zu vermehren und unser ganzes Wesen zu infizieren.

»Jetzt ergibt alles einen Sinn.« Sie blickte in die Runde. »Ich hab im St.-Stephanus-Krankenhaus angerufen, um die Krankenakten der Kinder abzuholen. Als ich da eintraf, sahen mich die Schwestern sehr ernst an. Bei dem Durchlesen stellte ich dann fest, dass Mia Halmer vor ihrem siebten Lebensjahr nicht existierte.«

»Was meinst du damit? Sie existierte nicht vor ihrem siebten Lebensjahr?«, fragte Sam kritisch. »Ja ganz einfach. Sie ist erst mit ihrem siebten Lebensjahr aufgetaucht. Es gibt keine Geburtsurkunde, keine Impfungen, keine Behandlungen, kein Garnichts. Als hätte sie nie existiert eben.« »Ist das denn möglich? Ich meine, wenn du in Deutschland geboren wirst, dann wird deine Geburt beurkundet«, erläuterte ich selbstzweifelnd in der Hoffnung, doch richtig zu liegen.

»Ja, und selbst wenn du adoptiert wirst, wird das beurkundet«, bekräftigte Jim mich.

»Aber nur, wenn es über den offiziellen Weg geht«, entgegnete Sam. Es zog eine eisige Stille ein. Eine von der Sorte, die einem einen kalten Schauer über den Rücken jagen kann. Auf meiner Haut zeichnete sich eine Gänsehaut ab. Ich versuchte das alles zu verstehen und zu begreifen. Diese ganzen Informationen brachen wie ein Tsunami über mich herein. Wie ein gewaltiger Twister entwurzelte er alle meine fein säuberlich geordneten Gedanken und hinterließ eine Schneise der Verwüstung in meinem Kopf.

Aber das Chaos war noch nicht perfekt. Ich meine, es war schon fast vollkommen, aber der letzte Schliff fehlte noch. Ein weiterer kleiner Sturm, der die Gedanken noch einmal in die Luft schleuderte und dann an einer ganz anderen Stelle wieder auf den Boden aufschlagen ließ, damit sie wie Glas in Tausende Teile zersprangen.

»Ich kann das nur bestätigen«, flüsterte Sam. Auf dem Rechner von Herrn Halmer fanden sich über zweihundert Fotos. Fotos von Partys, Fotos von Urlauben am Strand, Fotos von Ausflügen oder auch vom Alltag. Sie hatten aber alle eins gemeinsam. Auf allen fehlte Mia Halmer. Es ist, als hätte sie nie am Leben der Familie Halmer teilgenommen.« »Hast du noch was gefunden?«, fragte Jim vorsichtig. Er wollte Sam auf keinen Fall verärgern. Aber auch er musste das erst einmal verarbeiten. Ohne in seinen Kopf schauen zu können, wusste ich, dass auch seine Gedanken von einem Twister heimgesucht wurden. »Ja. Sein E-Mail-Programm war verschlüsselt. Ich hab es den Technikern gegeben. Sie sollen sich das einfach einmal anschauen und versuchen das Programm zu knacken. Eventuell findet sich noch was in den E-Mails. Ich meine, wenn er nichts zu verbergen hat, warum sollte er dann seine E-Mails mit einem Programm verschlüsseln?« Das war eine sehr gute Frage, dachte ich mir, während ich auf meine Uhr schaute. 10:34 Uhr, noch nicht einmal zwei Stunden hatte ich heute an dem Fall gesessen, und jetzt schon war ich hundemüde und völlig geschafft. Geschafft von der Schwemme der Informationen, von dem Twister, der in meinem Kopf gewütet hatte, und den Aufräumarbeiten, um die Gedanken wieder an die richtige Stelle zu befördern. Aber auch der Fall an sich schaffte mich. Wenn ich die ganze Zeit Revue passieren ließ, fing alles an sich zu drehen, und wie aus einer Kanone kamen im Sekundentakt verschiedenste Schlagwörter durch meinen Kopf geflogen. Der Wunsch, sich hinzulegen und die Augen schließen zu können, drängte sich immer und immer weiter in den Vordergrund. Aber auch das Gewissen, dass da draußen ein oder mehrere Mörder rumliefen, hielt mich wach genug, um weiterarbeiten zu können.

Ein angsteinflößendes Schweigen zog in unser Meeting-Zimmer ein, vergleichbar mit einem Horrorfilm. Kurz bevor der Mörder mit der Axt in das Zimmer kam, wo sich die verängstigten Jugendlichen versteckt hatten, um ihnen einem nach dem anderen alle Körperteile abzutrennen, während sie sich die Seele aus dem Leib schrien. Es war, als könnte man das Herz der anderen schlagen hören. Ein warmes Kribbeln breitete sich in meinem Bauch aus. Ich könnte schwören, dass ich diesen berühmt-berüchtigten sechsten Sinn besitze. Immer wenn ein Fall eine entscheidende Wendung nimmt, meldet sich dieses Kribbeln zurück. Es nimmt meinen ganzen Oberkörper in Anspruch und lässt sich nicht mehr vertreiben. Auch jetzt hatte ich wieder das Gefühl, dass eine Wendung kurz bevorstand. Das Kribbeln bahnte sich seinen Weg vom Unterleib hoch in die Magengegend, wo es nun ausdauernd verharrte.

Ich fragte mich, ob die anderen auch diesen sechsten Sinn hatten. Und wenn ja, ob er sich auch nur bemerkbar machte, wenn eine Wendung in einem Fall bevorstand, oder ob er sich wann anders zu Wort meldete.

Doch bevor ich diesen ablenkenden Gedanken weiterspinnen konnte, wurde ich aus meinen Gedanken gerissen und landete auf dem eiskalten Boden der Wirklichkeit, wo ich mich nicht durch wohlwollende Ablenkungen aus der Affäre ziehen konnte.

»Sam Weiss?«, fragte ein junger Mann, den ich zuvor noch nie in dieser Etage, geschweige denn in diesem Gebäude gesehen hatte. Er riss uns alle aus unseren Gedanken. Aus dem Ort, an den wir uns noch zurückziehen konnten, wenn wir eine Auszeit brauchten. Doch vermutete ich, dass dieser junge Mann da war, um uns genug Arbeit zu geben, damit wir nicht einmal an eine Auszeit denken konnten.

Schüchtern trat er in unser Meeting-Zimmer ein und schaute wie ein kleines verschrecktes Reh, welches gerade den hungrigen Wölfen zum Fraß vorgeworfen wurde.

»Die Techniker haben das Verschlüsselungsprogramm geknackt«, flüsterte er geradezu, als er vorsichtig unser Meeting-Zimmer betrat, aber immer noch mit einem Fuß draußen blieb. Vermutlich um schnell das Weite zu suchen, wenn die Wölfe ihre Beute witterten und wie ein Pack verrückt Gewordene losliefen.

»Sie und Ihr Team sollen umgehend in den vierten Stock kommen.«

Noch bevor der junge Mann, den ich auf ca. neunzehn bis einundzwanzig Jahre schätzte, den Satz vervollständigen konnte, sprang das gesamte Team auf, packte seine Unterlagen und Dokumente ein, griff nach den Jacken und stürmte aus dem Raum. Nur ich blieb als Einziger übrig. Meine Energie war nicht mehr da, um solch präzise Hechtsprünge zu machen, indem ich gleichzeitig hochspringen und meine Sachen packen konnte.

Nachdem alle aus dem Raum waren, entschloss ich mich auch dafür, meine Unterlagen und meine Mappen zusammenzupacken und den Raum ruhig, aber nicht allzu langsam zu verlassen und mit dem Fahrstuhl in den vierten Stock zu fahren.

Der junge Mann, der noch eben bei der Stampede Schutz gesucht hatte, stand wieder in der Tür zu unserem Meeting-Zimmer. Aber wieder nur zur Hälfte. »Anstrengender Tag?«, fragte er mitfühlend und vorsichtig. Ich dachte einen Moment nach, ob ich freundlich und nett antworten sollte oder ob ich lieber eine Antwort wählte, die mehr zu meinem derzeitigen Gefühlsstand passte. Ich wog beide Seiten ab, während der junge Mann sichtlich auf eine Antwort wartete, als wir zusammen zum Fahrstuhl gingen. Langsam betrat ich in die Liftkabine, doch die Tür schloss sich zu schnell, und ich blieb dem jungen Mann meine Antwort schuldig. Auch als ich schon lange im vierten Stock angekommen war, konnte ich mich immer noch nicht entscheiden, ob ich freundlich hätte antworten sollen oder nicht. Mir war klar, dass es nun zu spät war und dass ich mich nun auf den Fall konzentrieren musste.

Ich atmete einmal tief durch, und meine Knie begannen zu zittern. Ich wusste nicht genau, was mich erwarten würde, doch ich ahnte, dass es ein Meilenstein sein würde.

»Thomas!«, schrie mich eine kalte und eiserne Stimme an. Ich drehte mich um und sah Sarah in der Tür stehen. In ihrem Gesicht erblickte ich nicht den üblichen herzlosen und genervten Ausdruck, sondern Angst und Verzweiflung. Ich wusste gar nicht, dass Sarah solche Gefühle haben konnte, geschweige denn sie ausdrucken könnte. Es fühlte sich an, als ob mein Herz in einen Abgrund springen würde, um dem großen bösen Monster zu entwischen. Das Monster, welches gleich aus seinem Versteck springen würde, wenn ich Sarah folgte. Denn sie musste es schon gesehen haben.

»Komm schon, Thomas! Es ist wichtig …!«, brüllte sie mich an, während sie auf ihren High Heels rannte.

26. KAPITEL

Man entgeht der Gefahr
nicht dadurch, dass man ihr
den Rücken kehrt,
weil man ihren Anblick nicht erträgt.
Noch keiner hat je die Freiheit auf
leichtem Wege gewonnen.
(Karl Theodor zu Guttenberg)

Miljana Koleva

Drei Tage zuvor

Es ist nun schon mindestens drei Wochen her, dass ich die Treppe runterlaufen musste. Drei Wochen her, dass ich das letzte Mal das Bett gesehen habe. Meinen Bruder habe ich seit Wochen nicht mehr gesehen. Ich weiß nicht, was mit ihm passiert ist. Nachdem ich das erste Mal vergewaltigt wurde, habe ich ihn nicht mehr gesehen. Aber das Bild meines kleinen Bruders, der sich die Augen ausgeweint hat, während eine kalte Stahlklinge an seinem Hals war, hat sich für immer eingebrannt. Der Mann im Anzug versprach mir, dass mein Bruder freigelassen würde, sobald ich meinen Job erfüllt hätte. Aber ob ich so viel auf sein Wort geben durfte, konnte ich absolut nicht beurteilen. Das Leben hier unten hatte mich verändert. Das Einzige, was mich derzeitig noch interessierte, war das Überleben. Ob ich noch einmal oder öfters vergewaltigt oder gefoltert würde, war mir nicht wirklich egal, aber ich nahm es in Kauf, um endlich hier rauszukommen. Egal wo ich dann sein würde. Neben all dem fragte ich mich wirklich jeden Tag, was genau mein Job war. Seitdem ich hier war, war mein Alltag zu essen, Sport zu machen und jeden zweiten bis dritten Tag die Treppen runterzugehen, um dann die schlimmste aller Folterungen über mich ergehen zu lassen. Gezwungen zu sein, sich so erniedrigen zu lassen, ist eine Bürde, deren Gewicht ich nicht gewachsen war. Meine Mutter sagte damals zu mir, immer wenn ich mit einem Mann schliefe, würde ich ihm einen Teil meiner Seele abgeben. Durch die Vergewaltigung wurden mir große Teile meiner Seele geraubt. Es war ja nicht nur die Vergewaltigung an sich, sondern auch der Umgang mit mir. Neben den körperlichen Schmerzen, die diese Männer liebend gern zufügten, war es auch der seelische Schmerz, den ich erlitt, wenn ich als Hure bezeichnet wurde. Als Nuttentochter, die dafür da ist, jeden Schwanz zu bedienen, und dass mir das doch Spaß machte. Allerdings erklärte dies immer noch nicht, welchen Job ich hier erfüllen musste beziehungsweise sollte. Auch die anderen Mädchen hier konnten mir nicht helfen. Dafür half ich ihnen. Ich versuchte sie davor zu bewahren, gefoltert zu werden. Erklärte ihnen, wie es hier abging. Ich war so ziemlich die Letzte derer, die seit meiner Ankunft noch hier waren. Fast alle wurden eines Tages aus ihren Zellen genommen und kamen nicht wieder. Es schwebte immer noch das Gerücht im Raum, dass wir verkauft würden, oder schlimmer. Dennoch hockte irgendwo tief in mir die Hoffnung, dass wir hier eventuell wieder freikämen. Ein sehr naiver Gedanke, dass wir jemals noch einmal freikämen. Doch wer oder was entschied, wann dieser Zeitpunkt da wäre? Einige waren nur wenige Monate da. Andere waren schon ewig hier. Doch keiner wusste, was genau man nun von uns wollte. Abends gab es sehr oft Spekulationen. Es waren irrsinnige Theorien, und doch konnte jede zutreffen. Genau das machte mir solch eine Angst. Aber ich hatte gelernt mich der Angst entgegenzustellen und hier wieder lebend rauszukommen. Ich lag wieder auf meinem Bett und wartete wie jeden Morgen auf mein Frühstück. Doch an diesem Tag hatte ich ein merkwürdiges Gefühl. Ein Gefühl, dass dieser Tag nicht den anderen glich. Ich hörte, wie sich die Tür zu unseren Zellen öffnete. Doch war es zu früh. Normalerweise gab es immer erst später was zu essen. Ich stand von meinem Bett auf, als ich die Schritte hörte. Es klackerte, wie bei Frauen, wenn sie einen Absatzschuh trugen. Doch war das Geräusch nicht so laut. Ich stand auf, um zu sehen, zu wem der Mann mit dem Anzug heute wollte. Doch als ich stand, sah ich, dass er vor meiner Zelle stehen blieb. Neben ihm stand ein sehr großer und breiter Mann, der aufschloss. Es war eigenartig, dass ein weiterer Mann dabei war. Wenn ich in den Raum mit der Treppe musste, kam nur der Mann mit dem Anzug, um mich abzuholen. Auf eine Art war ich erleichtert. Es war ein gutes Zeichen, dass ich nicht erneut die Hölle besuchen musste, in der ich zu viel Zeit verbracht hatte. Auf der anderen Seite konnte es ein Anzeichen dafür sein, dass es noch etwas Schlimmeres geben würde. Ich war hin- und hergerissen. Es war naiv, aber ich wollte den Glauben an ein gutes Ende nicht aufgeben. Dass ich hier irgendwann wieder rauskäme. Aber mit jedem Tag, jeder weiteren Qual, jeder weiteren Träne kroch dieser Hoffnungsschimmer immer mehr zurück. Der Mann im Anzug sagte kein Wort, sondern ging vor. Um jeden weiteren Ärger zu vermeiden, folgte ich ihm. Der große Mann, der eben noch neben ihm gestanden hatte, blieb zurück. Es war wie ein Tor, das zufiel. Jede Hoffnung, dass es nicht wieder in den Raum ginge, war wie weggeblasen. Ich achtete nicht mehr auf den Weg. Ich versuchte mich nur noch darauf vorzubereiten, wieder ein Stück meiner Seele an einen Mann zu geben, der mich nur als Stück Fleisch ansah, dass er verschlingen wollte. Jede Hoffnung, dass es endlich ein Ende nehmen könnte, rückte in ganz weite Ferne. Es schien, als würden die Wege hier nie enden. Ein Wirrwarr aus Gängen, die in anderen Wegen mündeten, an denen sich Türen an Türen reihten. Der Mann mit dem Anzug blieb vor einer davon stehen, die ich bisher nicht gekannt hatte. Auch der Gang hatte sich verändert. Es lag Laminat als Fußboden aus. Die Wände waren in einem sehr hellen Gelb gestrichen. »Treten Sie ein«, bat er mich, als er von der Tür wich und wieder in die Richtung ging, aus der wir eben gekommen waren. Ich hätte die Chance gehabt zu fliehen. Es war weit und breit kein Mensch in Sichtweite. Doch etwas in mir ließ mich nicht gehen. Es war eine Mischung aus Angst, den Weg nicht rauszufinden, und die Neugierde, was hinter der Tür war. Doch war die Neugierde noch wesentlich stärker als die Angst. Ich stand vor der Tür, starrte sie nieder, versuchte sie zu durchschauen. Ich wollte sehen, ob hinter der Tür das Grauen oder die Erlösung auf mich wartete. Und wieder dachte ich nur daran zu überleben. Ich atmete einmal tief durch. Ich versuchte mir selbst einzureden, dass es nicht noch schlimmer werden könnte und dass hinter der Tür mein Bruder warten könnte. Allein der Gedanke, dass mein Bruder da sein könnte, ließ mein Herz so schnell schlagen und meinen Mut wachsen, dass ich die Tür hätte eintreten können. Langsam drückte ich die Klinke runter und schritt in den Raum. Zu meinem Erstaunen war es weder die erhoffte Freiheit noch die sehnsüchtig verlangte Begegnung mit meinem Bruder, noch das befürchtete Grauen. In dem Raum saß ein Mann. Er wirkte sehr klein. Ich kann mich kaum noch an ihn erinnern. Ich war von etwas an ihm gefesselt, was meine gesamte Aufmerksamkeit auf ihn zog. Es war wie ein Ausrufezeichen, das man nicht übersehen konnte. Es waren rote, aber auch lila Kreise. Kreise, die verschieden groß waren. Sie waren auf seiner Krawatte. Ich konnte gar nicht mehr wegschauen. Der Mann bat mich, mich zu setzen, und langsam konnte ich meinen Blick lösen und setzte mich auf einen freien Stuhl, aber immer mit einem Blick auf seine Krawatte.

»Hallo Nummer 79«, sagte der Mann in einem sehr freundlichen Ton. Seine Stimme war sehr warm und freundlich. Es war irre, aber ich fühlte mich das erste Mal geborgen. »Herzlichen Glückwunsch, Sie erwarten ein Kind.« Ich riss meine Augen auf und starrte ihn an. *Ein Kind, wie kann das sein?*, fragte ich mich. *Wieso bin ich schwanger. Nein, das kann nicht sein! Das darf nicht sein. Ich bin doch noch so jung. Was soll ich mit einem Kind anfangen?* Und da wurde es mir klar. Das war der *JOB.* »Bis zur Geburt werden Sie in ein neues Zimmer ziehen. Wenn Sie das Kind dann geboren haben, werden wir entscheiden, was mit Ihnen passiert.« Nun war die Stimme alles andere als freundlich. Ich fühlte mich auch nicht mehr geborgen. Ich fühlte mich eher wie ein Vieh, das auf die Schlachtbank geführt wurde.

»Entweder Sie kommen wieder zurück in ihr altes Zimmer, oder Sie ziehen in ein ganz neues Heim.«

Ich hatte tausend Fragen im Kopf. Was war das für ein neues Heim? Was wird da mit mir gemacht? Vor allem, was passiert mit meinem Kind? Nur traute ich mich nicht zu fragen. Meine Angst vor der Ungewissheit war präsent, aber auch die Angst vor möglichen Konsequenzen war da. Ich atmete einmal tief durch, bevor ich mir ein Herz genommen und meine Fragen einfach rausgeschrien habe, bevor mein Hirn meinem Mund befehlen konnte leise zu sein. Ich schrie alle Fragen raus, die mir einfielen. Was das für ein neues Heim sei, was mit meinem Kind, was mit mir passieren würde.

Der Mann sah mich an und erkannte meine Verzweiflung. Ich sah, wie er langsam anfing zu lächeln, und seine Augen begannen zu strahlen. Er beugte sich leicht vor, verschränkte seine Arme und stützte sich leicht darauf ab.

»Mir gefällt Ihre energische Art.« sagte er mit einer Tonart, die ich nicht genau zuordnen konnte. Es war eine Mischung aus Begeisterung und Hohn. »Gut, ich werde Ihnen eine Sache erzählen. Aber nur, weil mir Ihre Art wirklich gefällt. Die meisten anderen Mädchen, die hier sind, weinen nur und verkriechen sich in ihre vermeintlich dicke Haut, die sie in der Zeit aufgebaut haben. Wenn ich Ihnen dann aber sage, dass sie schwanger sind, zerbrechen sie ganz und schaffen es nicht einmal mehr, etwas zu stammeln.« Nun hatte sich sein Lächeln in ein Lachen verwandelt. Man merkte ihm sofort an, dass er für schwache und ängstliche Personen kein Mitleid hatte oder es schaffte, mit ihnen mitzufühlen. In mir stieg Wut auf. Wut darüber, wie er mit Frauen umging, aber auch, wie er über uns dachte.

»Ich denke, dass ich Ihnen nun genau erkläre, wo Ihr neues Heim sein und was dort mit Ihnen passieren könnte.« Er lehnte sich zurück, legte die Unterarme auf die Lehne seines Stuhls und neigte seinen Kopf leicht nach rechts.

»Gut. Ich bin heute in Erzähllaune, also fangen wir ganz klein an. Derzeitig befinden wir uns in Deutschland, an der Grenze zur Tschechischen Republik. Hier haben wir unser kleines Lager aufgebaut. Um das durchzuziehen, was wir hier eben machen, brauchten wir ein großes abgeschiedenes Grundstück, was nah an der Autobahn liegt. Viele denken, dass die Großstadt für so ein Projekt wie unseres am geeignetsten ist. In der Großstadt sucht man aber förmlich nach Personen wie uns. Leute, die Dreck am Stecken haben. In einer Kleinstadt wie Marienberg fallen wir aber nicht auf. Das klingt im ersten Moment paradox, das verstehe ich. Aber bedenken Sie Folgendes. Was ist unauffälliger? In ein Haus einzubrechen und es leer zu räumen mit einem geparkten Umzugswagen vor der Tür oder ein Haus mit einem normalen Wagen leer zu räumen?« Ich dachte wirklich darüber nach, was unauffälliger sein könnte.

»Je auffälliger die Aktion ist, desto unauffälliger wirkt sie. Vergleichen Sie noch etwas. Wenn Sie eine Küche haben, deren Fronten weiß sind und deren Arbeitsplatte in einem hellen Holz-ton lackiert ist. Was sieht unauffälliger aus? Eine Erweiterung der Küche in einem leicht dunkleren Weißton oder eine Erweiterung, die schwarze Fronten hat? Ich weiß, Sie denken gerade, dass ich Äpfel mit Birnen vergleiche. Aber das stimmt nicht. Mein Groß-vater pflegte immer zu sagen, wenn du etwas Unmoralisches machen möchtest, dann mach es so auffällig, wie es nur geht, und vor allen Augen sichtbar, denn dann wirkt es gewollt, und nach kurzer Zeit wird es unauffällig.« Und damit hatte er recht. Wenn man versucht etwas anzupassen, sei es eine Farbe oder ein Verhalten, so sollte man das wirklich vor aller Augen sichtbar machen, denn das zaubert einen unsichtbar. Wir betreiben dieses kleine abgelegene Grundstück nun schon seit ca. fünf Jahren, hatten schon drei Mal die Polizei im Haus, aber niemandem ist etwas aufgefallen, denn wir sind zu auffällig, um aufzufallen.« Ich weiß nicht, warum, aber ich ließ seine Wort Revue passieren, und ich musste ihm schweren Herzens zustimmen. Wenn man ver-sucht etwas zu vertuschen fällt es eher auf, als wenn man etwas auffällig genug macht, sodass es keinem auffällt.

»Sie scheinen zu begreifen, wie erfreulich. Machen wir weiter. Es sollte Ihnen nun auch klar werden, dass Sie nicht versehent-lich schwanger wurden. Wir haben uns sehr viel Mühe gegeben, dass sie fit und gesund bleiben, ausreichend versorgt werden. Die Chancen dafür, dass Sie schwanger werden und dass ihr Kind gesund ist, stehen höher, wenn sie körperlich fit sind, gesundheitlich keine Probleme haben und ihr Körper ausreichend mit Vitaminen und Ballaststoffen versorgt ist. Daher waren auch die Bestrafungen vonnöten, wenn sie sich widersetzt haben. Das waren alles Vorbereitungen, und wenn Sie sich dann benommen haben und sie die Bestrafungen verarbeitet haben, sowohl körperlich als auch seelisch, konnten wir anfangen, Sie zu befruchten. Auch da zeigte die Vergangenheit, dass ein gewisses Druckmittel nie schaden kann. Wie auch bei Ihnen. Wir versuchten am Anfang ohne Gewalt auszukommen. Die Mädchen durch bloße Drohungen gefügig zu machen, doch klappte dies nicht auf Dauer. Daher möchte ich mich entschuldigen, dass wir Sie so grob behandeln mussten. Immerhin sind Sie meine Altersversicherung. Und wie das so üblich ist, versucht man möglichst viel Gewinn zu erzielen.« In mir drehte sich alles. Ich wurde überfahren von einem Zug aus Informationen, an Bord hatte er Angst und Verzweiflung dabei. Ihr Gewicht drückte mich auf die Schienen der Realität und schob mich mit jedem neuen Rad immer ein Stückchen tiefer in die Hölle. Meine Gedanken formten Szenarien der Zukunft, eines schlimmer als das andere.

»Sobald Sie Ihr Kind haben, werden wir es verkaufen.« Meine Augen starrten ihn an. Ich glaubte nicht, was ich hörte. Ich merkte schnell, dass keins meiner gedachten Szenarien auch nur im Entferntesten so schlimm war wie die Realität. Ich wollte nur wissen, was mit meinem Kind passieren würden.

»Sie hören richtig. Wissen Sie, es gibt einen sehr großen Markt an Interessenten.

Das ist nichts Persönliches, glauben Sie mir. Das ist wie die Zucht und der Verkauf von Hundewelpen. Man geht in einen Hundezwinger und sucht den Welpen aus, dessen Augen einem am liebesbedürftigsten anschauen. So ist es hier auch. Die Menschen kommen zu uns, schauen sich die Kinder an und entscheiden dann, welches sie haben wollen. Allerdings handelt es sich hier um Menschen, die keine eigenen Kinder bekommen können, aber gerne eins wollen. Oft lehnen die Behörden eine Adoption ab, weil der Mann früher mal Kinder nackt fotografiert hat oder weil die Mutter als psychisch ungeeignet eingestuft wurde, weil sie früher ihre eigenen Kinder mal versehentlich getötet hat und nun aus welchem Grund auch immer unfruchtbar geworden ist.«

Meine Augen wurden immer größer. Meine Angst um mich war nun Vergangenheit. Die Sorge um mein Kind war eine pochende Angst, die mich komplett lähmte. »Aber neben dieser Gruppe von Interessenten gibt es auch noch andere. Eine Gruppe, die sich in den letzten acht Jahren fast verdreifacht hat. Diese Gruppe besteht fast nur aus Männern. Um diese Gruppe von Männern sexuell befriedigen zu können, braucht es keine Frau, wie Sie eine sind. Nicht dass Sie nicht attraktiv genug wären. Aber Sie sind ihnen zu alt. Diese Männer stehen eher auf etwas jüngere Mädchen. Sie sind der Ansicht, je jünger das Fleisch ist, das sie vernaschen, desto kostbarer ist der Schmerz, den sie zufügen. Und die stehen darauf, große Schmerzen zuzufügen.« Er grinste und zwinkerte mir zu. Ich verstand nun langsam, worauf er anspielte. Schritt für Schritt konnte ich ein Teil in das andere fügen, doch ich wollte das Gesamtbild nicht sehen, obwohl ich es schon kannte. In mir rollten die Tränen wie eine große Welle an die Oberfläche, fluteten zuerst meine Augen und dann mein gesamtes Gesicht. Mir wurde nun klar, dass mein Schicksal keine Rolle mehr spielte, keinen Kampf mehr wert war. Es war das Schicksal meines kleinen Engels, der jetzt die Hauptrolle in diesem Krimi einnahm. Ich stand vor einer Gabelung, doch ich selbst durfte nicht entscheiden, welche Gabelung gegangen würde. Auch mein Kind hatte keine Wahl. Es würde in eine Gabelung geworfen und somit auch den Haien zum Fraß vorgeworfen. Mir wurde nun klar, dass mein Kind zwei Optionen hatte. Entweder es kam in eine Familie, die Kinder misshandelte oder nackt fotografierte, die aber ein Kind wollte, oder es kam zu einem Menschen, der … Ich wollte diesen Gedanken einfach nicht zu Ende denken. Es war, als wenn mein Herz von tausend Nadeln durchbohrt würde. Jeder weitere Gedanke bedeutete weitere Nadeln, die mein Herz quälten. Es war unglaublich, wie viel Liebe man für einen kleinen Menschen empfand, den man vor wenigen Minuten erst kennengelernt hatte. *Ohh Gott!* Es durchzog mich wie ein Blitz. In mir war eine Stille, wie es in Filmen vor schlimmen und meist grausamen Szenen der Fall war. Ich würde mein Kind wohl nie kennenlernen. Der Mann im Sessel beobachtete mich die ganze Zeit. Er wirkte, als könnte er meine Gedanken lesen, doch bevor ich Zeit hatte, das genau nachzuforschen, stand ein Mann hinter mir, der mich in mein Zimmer brachte.

27. KAPITEL

Das Licht glaubt,
es sei schneller als alles andere,
aber egal wie schnell es sich bewegt,
die Dunkelheit ist immer schon vorher da
und erwartet das Licht bereits.
    (Terry Pratchett)

Thomas Terenz, Sam Weiss Sarah Porte, Jim Corta,
Christoph Lanz und Walter Kügler

Ich wurde von allen Seiten angestarrt, wie ein Aussätziger. Nun
wusste ich, wie sich die Prominenten fühlen mussten, nur dass
diese aus einer Mischung aus brennender Wut und Neid und
tiefgründiger Bewunderung angestarrt wurden und nicht wie
bei mir aus purer Verachtung. Ich überlegte oft, welche Gruppe
mir lieber wäre, die Bewunderer oder die Neider. Auch wenn
niemand mir das glauben wollte, wäre mir die Gruppe mit den
Neidern und den Wütenden lieber. Bei diesen müsste ich keine
Angst haben, dass sich die Bewunderung in eine Obsession für
einen selbst entwickelte. Ich habe von solchen Personen viel gelesen und einiges mitbekommen. Da wurde mir klar, dass mir
die Wütenden lieber sind. Doch in dieser Situation hätte ich mir
eher einen Raum voller obsessiver Menschen gewünscht, die mich
alle als ihr Ideal verehrten, als in einem Raum mit Menschen
zu sein, die einen verachteten, weil sie mit einem zusammenarbeiten sollten. Viele der IT-Profis in diesem Raum waren aus
zahlreichen verschiedenen Abteilungen gekommen. 2008 hatte
Lanz die Aufgabe bekommen, ein Team zusammenzustellen,
das diese Einheit bilden sollte. Hier saßen nicht nur Nerds, die
keine Frau abbekommen hatten, sondern die klügsten Köpfe, die
dieses Land gesehen hat. Lanz selbst hatte an der Humboldt-Uni-
versität in Berlin Psychologie studiert, bevor er in München an

der Ludwig-Maximilians-Universität seine Promotion über das Thema »Entwicklungsprägungen. Von einem sozial schwachen Menschen zu einem Soziopathen« verfasste. Er arbeitete danach einige Monate als Privatdozent an der Universität Bielefeld, bevor er in die Forschung ging. Dort schrieb er mit Studenten der Harvard-Universität eine Abhandlung über die frühzeitige Erkennung von schwerwiegenden psychologischen Erkrankungen, die für die Gesellschaft gefährlich werden könnten, und entwickelte eine Methode, diese zu therapieren, bevor sie kriminell würden.

Nun war er Leiter eines Teams, zu dem die besten Mitarbeiter zählten. Sein jüngster Neuzugang war Jonas Fischer. Ein Name, der nicht viel versprach. Doch der erste Anschein täuschte. Fischer war der IT-Profi, den dieses Land gebraucht hat. Im Alter von sechzehn Jahren schloss er die Schule mit einem Realabschluss ab. Er war längere Zeit nach der Schule noch arbeitslos, obwohl er Bewerbungen über Bewerbungen schrieb. Eines Tages fuhr er nur mit seinem Laptop nach Berlin und besuchte den Bundestag. Nachdem unser Bundeskanzler seine Ansprache gehalten hatte, stand Fischer auf und klatschte laut. Herr Schmidt, unser Bundeskanzler, hielt gerade eine Rede über die Sicherheit im IT-Bereich von Deutschland. Er sagte, dass nichts und niemand das System angreifen würde. Fischer ging runter zu Schmidt, fuhr seinen Rechner hoch und hätte durch ein einziges von ihm selbst geschriebenes Programm nicht nur die gesamte Wirtschaft lahmlegen können, in dem er die Aktienkurse veränderte, sondern mit einem Mausklick auch den Verkehr und die Versorgung. Er hätte uns technisch wieder in das Mittelalter schicken können. Nach der Vorführung wurde er als Berater für die Nationale Sicherheit eingestellt und von Lanz vor gut vier Monaten abgeworben. Seitdem arbeitet er gegen die Internetkriminalität an. Und das ist kein Abstieg, denn in seinem Job hat er mehr mit Rechnern und Programmieren zu tun als vorher, sagte er einmal. Ich verstand nicht ganz, wieso er hier als Berater für die Nationale Sicherheit mehr mit Rechnern machen konnte.

Jeder in diesem Raum war um einiges intelligenter als ich, und das ließen sie mich auch spüren. Ich folgte Sarah in einen separaten Raum, wo Lanz auch schon auf uns wartete. Es erstaunte mich, denn ich hatte mir Christoph Lanz anders vorgestellt. Er hatte schulterlanges braunes Haar und einen Vollbart. Es stand ihm nicht wirklich und wirkte fehl am Körper. So als wenn er die letzten drei Monate vergessen hätte sich zu rasieren und einen Friseur aufzusuchen.

Auch hatte er ein sehr breites Kreuz, und durch seinen Anzug sah man seine Muskeln, wenn er sie leicht anspannte.

»Kommen Sie näher«, bat er mich. Er hatte eine sehr sanfte und tiefe Stimme. Irgendwie rundete sie das Bild von ihm ab. Nichts passte bei diesem Mann zusammen. Ich ging um den Tisch herum, an dem Lanz saß und um den sich mein Team versammelt hatte. Vor ihnen stand der Rechner, den wir aus dem Haus der Familie Halmer mitgenommen hatten.

»Ich erspare Ihnen die Ausführungen, wie ich das Programm knacken konnte. Ich kann Ihnen nur sagen, dass Halmer es nicht auf einer kommerziellen Webseite bekommen hat. Es scheint mir eher so, als wenn das jemand selbst geschrieben hat«, erklärte uns Lanz mit besorgter Stimme. »Wieso besorgt Sie das?« »Sie müssen wissen, dass jeder IT-Experte seine eigene Signatur hat.« »Eine Unterschrift?«, fragte Sam. »So ähnlich. Ja, eigentlich genau das. Eine Internet-Unterschrift. Damit jeder Hacker oder IT-Experte weiß, von wem das Programm geschrieben wurde. Problem ist nur, dass die Unterschrift von diesem Programm keiner kennt.« »Ist das schlimm?« »Sie müssen verstehen, dass man nicht morgens aufwacht und sich sagt, ich schreibe heute ein Verschlüsselungsprogramm. So etwas braucht Wissen und Platz. So etwas schreibt man nicht eben auf dem Laptop der Mutter. Der Rechner braucht viel Kapazität. Und das wir bis dato nichts von ihm gehört haben, verheißt nichts Gutes. Fischer brauchte über einen Tag, das zu entschlüsseln. Sein normales Arbeitspensum für eine schwere Entschlüsselung liegt bei drei Stunden. Er selbst musste das Programm erst einmal verstehen. Daher vermuten wir mal, wenn der Besitzer dieses Laptops kein verstecktes Genie ist, hat er dieses Programm von jemandem bekommen«, erklärte uns Lanz, während er sich in seinem Schreibtischstuhl zurücklehnte und die Hände hinter den Kopf legte. Sam schaute uns bedenklich an. Auch mir wurde ganz mulmig. »Aber für das, was er verschlüsselt hat, brauchte er auch ein Entschlüsselungsprogramm.« Schlagartig wurden wir alle hellhörig. Unsere Gedanken, die bis eben noch auf Abwegen waren, hatten den Weg zurück gefunden.

»Er hat zuerst seine E-Mails verschlüsselt. Aber nicht alle, wie sie sehen.« Er öffnete mehrere Fenster nebeneinander. »Wie Sie sehen können, ist die E-Mail rechts eine ganz normale E-Mail mit einem Text. Wenn Sie nun aber links schauen, sehen Sie die verschlüsselte E-Mail. Jede Sprache beruht auf immer wiederkehrenden Symbolen. Nehmen Sie unsere Sprache. Wir haben sechsundzwanzig gewöhnliche Buchstaben und die vier Umlaute auf einer Tastatur. In einem Satz wiederholen sich unzählige Buchstaben. Wenn Sie nun auf den Text der E-Mail achten, sehen Sie, dass sich hier kein einziges Symbol wiederholt:

εγχσΘο λεμϖίꟼÈåĈľ
ŘňĦĝöŴꝹшꙅꓱƆłźŪ
ŮꝫĵŘńŨħÅſfŋʊɖʑꙅ

ɖʎ႘

In diesem kurzen Ausschnitt befinden sich rund fünfzig Zeichen, wovon sich keines wiederholt. Durch die Abstände dachten wir, dass es sich bei diesen Zeichen um Buchstaben oder Wörter handeln könnte, aber das war es nicht. Wir wussten noch nicht, wofür jedes Symbol steht.

Aber bevor wir nicht die Verschlüsselung entschlüsseln konnten, konnten wir das nicht übersetzen. Fischer hat es die Nacht geschafft, ein Programm zu schreiben, das die E-Mails entschlüsselt. Als das Programm über die E-Mails fuhr und sie dechiffriert hat, konnte ich meinen Augen nicht trauen. Ich zeige Ihnen nun die entschlüsselte E-Mail.« Es klang etwas warnend. In mir stieg Panik auf. In meinem Kopf flogen tausend Gedanken rum, bis ein zentraler in meinen Kopf einzog. »Können wir kurz warten?«, bat ich Lanz. Dieser sah mich verwirrt an.

»Jim, kommst du kurz nach draußen?« Jim folgte mir. »Mach schnell, Thomas.« fuhr er mich an. »Ist nur eine Sache. Ich hab morgen mit Kimberly meinen Psychologen-Termin und brauche in der Zeit frei. Würde also erst zum Mittag bei euch sein.« Jim nickte und ging wieder rein. Ich atmete noch einmal durch. Mein Magen verkrampfte sich, und in mir läuteten die Alarmglocken. Ich hörte Sarahs Stimme leise, die sich wieder über irgendwas aufregte. Ich versuchte die Alarmglocken abzustellen und ging mit immer weicher werdenden Knien in das Zimmer. »Wir können weitermachen« sagte ich mit gesenktem Kopf. »Hallo«, sagte eine bekannte Stimme und unterbrach die Anspannung mit einem großen Knall, als die Tür aufgerissen wurde. »Ich wurde Ihrem Team zugeteilt, Corta. Ich bin nun für die Medienarbeit zuständig«, erklärte die Männerstimme. Ich drehte mich langsam um und es zauberte mir sofort ein Lächeln ins Gesicht. »Walter, grüß dich!«, begrüßte ich ihn. Lanz seufzte gelangweilt. »Leute, ich hab noch mehr zu tun!«, erklärte er harsch. »Hallo Herr …« »Kügler.« »Freut mich, alles Weitere besprechen wir gleich.« Walter nickte und stellte sich zu uns. »Möchte noch einer dazukommen oder können wir nun endlich beginnen?«, fragte er jetzt mürrisch. »Gut, keine Unterbrechungen und keine auffliegenden Türen.« Er vergrößerte das Fenster mit der verschlüsselten E-Mail.

Danach tippte er etwas ein, und der Bildschirm wurde kurz schwarz, bevor wir die unverschlüsselte E-Mail lesen konnten.

Re: Frische Ware ist eingetroffen.
Von: Thorsten Halmer
An: Steven Sievers

Wir haben ein Problem! Das schwarze Miststück, das du mir besorgt hast, ist Dreck! Ich versteh zwar, dass diese Biester versuchen sich zu wehren, wenn Sie meinen Schwanz ganz tief in ihr dreckiges Maul nehmen, doch diese Hure hat reingebissen. Ich hab auf ihren Kopf so lange eingeschlagen, bis ich nur noch den Boden spürte. Du musst sofort herkommen und das Miststück entsorgen! Und außerdem bist du mir

*eine neue Schlampe schuldig! Aber diesmal eine weiße und nicht wieder
so eine alte, die schon Zähne hat! Ich will eine Neugeborene, sonst hast
du ein Problem!*

Halmer
Gesendet am 13.09.2013, 22:45:37

In mir blieb alles stehen! Mir wurde warm und dann sofort wieder
kalt. Ich hab die ganze E-Mail noch einmal gelesen. Plötzlich
blieb mein Herz stehen. Wie ein Blitz ist es eingeschlagen.
    »Das kann nicht wahr sein! Nein«, schrie ich. Sarah schaute
mich an. »Thomas, ehrlich jetzt mal! Wir haben wirklich schon
Schlimmeres gelesen!« »Sarah, du hast keine Ahnung, also halt
die Klappe!«, fuhr ich sie wütend an. Alle Augen waren auf mich
gerichtet, doch es war mir egal. Ich kramte in meiner Jackentasche nach meinem Autoschlüssel und meinem Handy. »Thomas,
was ist los?« fragte mich Sam einfühlsam. Doch jedes Wort war
ein Wort zu viel. Ich brauchte Ruhe, in mir fing alles an sich
zu drehen. »Nein … Das … Das muss eine Verwechslung sein«,
redete ich mir vehement ein. »Nein! Das kann nicht wahr sein!«
In mir rollten die Tränen hoch und fluteten meine Augen. Ich
wusste nicht mehr, wohin. Ich fühlte mich so belogen und be-
trogen! Ich brauchte Klarheit, und doch hatte ich Angst davor, was
sich genau hinter der Wahrheit verbarg. »Ich will die Wahrheit
wissen!«, brüllte ich, während die Tränen mein Gesicht runterkullerten, eine nach der anderen, und ich mich auf den Weg zum
Wagen machte.

28. KAPITEL

Ungeheuer gibt es wirklich, Geister
gibt es auch. Sie leben in unserem
Inneren, und manchmal gewinnen sie.
  (Stephen King)

Thomas Terenz, Sam Weiß, Sarah Porte, Jim Corta,
Christoph Lanz und Walter Kügler

Ich bemerkte in meiner Eile gar nicht, dass mir Walter gefolgt war. Ich war wie in einer allumfassenden Trance. Um mich herum blendete ich alles und jeden aus, auch die erstaunten und missbilligenden Blicke des Teams rund um Christoph Lanz, die sich eben noch wie brennende Pfeile in meine Seele gebohrt hatten. Ich drückte wie bekloppt auf die Taste am Fahrstuhl in der Hoffnung, die Tür würde sich endlich öffnen und mich mit all meinem Schmerz und meiner unaussprechlichen Trauer verschlingen. Ich wusste nichts Genaues. Es waren ja nur Vermutungen, Hypothesen und Gedankensprünge. Doch diese brennende, lodernde Angst vor der Erfüllung dieser Hypothesen machte mich krank.

»Thomas!«, schrie mich eine Stimme an und packte mich an der Schulter. Ich konnte meine Tränen nicht mehr zurückhalten. Es war der berühmt-berüchtigte Stein, der alles ins Rollen bringt.

»Thomas. Nun warte doch!«, flehte mich Walter an. »Worauf denn warten?« In meiner Stimme lag eine Mischung aus Verbitterung und Verzweiflung. Ich konnte und wollte niemanden anschauen. Es war, als wenn alles von vorne losgehen würde. Wie ein Déjà-vu. Nur befürchtete ich, würde sich das Ende umschreiben müssen.

»Ich komme mit!«, flüsterte er mir zu. Es klang wie eine Stimme in weiter Ferne. Zu laut, um sie zu überhören, aber zu leise, um sie ernst zu nehmen. »Das ist mein Kampf!« Ich schaute langsam hoch und kniff meine Augen zusammen. »Nicht deiner!« Ich drehte mich langsam um und wollte wieder den Knopf drücken, um runterzufahren. »Du hast recht, es ist dein Kampf. Und ich werde ihn dir auch lassen. Den Triumph, dem Feind den Kopf mit dem Schwert vom Körper zu trennen. Doch werde ich es sein, der dir das Schwert reichen wird. Ich werde es auch sein, der neben dir auf dem Pferd sitzt und mit dir in den Kampf reitet. Und ich werde es sein, der das Schwert am Ende säubert. Diese Position lasse ich mir nicht nehmen. Wir haben uns vor Jahren im Kampf kennengelernt, nun werde ich dich auch in den nächsten Kampf führen und an deiner Seite stehen.«

Beeindruckend, dachte ich mir. Er hat es geschafft, dass ich ihn mitnehmen will. »Gut«, fügte ich hinzu und drückte den Knopf.

»Dann kommen wir aber auch mit!«, protestierte Sarah. Diese Beharrlichkeit in der Stimme ließ mich keinen Widerspruch finden. »Habt ihr denn eine Ahnung, hinter wem wir her sind?« fragte ich, als wir im Fahrstuhl nach unten fuhren. »Ja, nachdem du es uns erklärt hast.« Ich war zu schwach, um mit Jim darüber zu diskutieren, dass sie lieber zu Hause bleiben sollten, wenn sie keine Ahnung hatten, hinter wem ich wieso her war. »Es ist wohl nervenschonender, es euch zu erklären, als zu diskutieren«, erklärte ich schweren Herzens. »Steven Sievers, an den die E-Mail ging, ist der Chefarzt in dem Krankenhaus, in dem mein Kind gestorben ist. Er war auch die Person, die uns im Krankenhaus zu unserem Verlust viel Kraft gewünscht hat. Er sagte uns damals, dass er hoffe, wir würden das als Paar verarbeiten, und er könne sich nicht vorstellen, wie es uns ginge. Und er war die Person, die unsere Kleine nicht allzu lange leiden lassen wollte. Ich bezweifle langsam, dass meine Tochter krank war, und auch bezweifle ich, dass sie verstorben ist.« »Wie kommst du darauf?« »Hast du auf das Datum geachtet, Sam? 13.09.2013. Meine Tochter kam am 14.09.2013 zur Welt. Dieser Wichser wollte eine Neugeborene haben. Meine Frau hatte ein Mädchen geboren, und komischerweise war meine Tochter schwer krank, und wir sollten nicht dabei sein, wenn sie starb. Mir stinkt das zu sehr nach einer Lüge! Und deswegen fahre ich nun ins Krankenhaus, um diesen Wichser von

Chefarzt mit aufs Revier zu nehmen und ihn spüren zu lassen, wie sehr ich sein Beileid geschätzt habe!«, schnauzte ich alle an, und endlich hatte ich die Ruhe, die ich brauchte, um über alles, was in den letzten paar Augenblicken passiert war, vernünftig nachzudenken. In mir drehte sich der Gedanke, meiner Frau alles zu erzählen. Doch war ich am Zweifeln, was passieren würde, wenn ich ihr unfreiwillig falsche Hoffnungen machte. Wenn ich ihr sagte, dass ich dachte, unsere Tochter würde noch leben, ich mich aber geirrt hätte. Ich glaubte nicht, dass sie sich davon erholen würde. »Thomas. Wirst du Kimberly davon erzählen?«, versuchte Walter einfühlsam zu fragen. Doch die Direktheit der Frage eliminierte jede Einfühlsamkeit. »Noch nicht. Ich muss erst sicher sein!« Manchmal ist es, als könnte er meine Gedanken lesen, doch nach all den Jahren, die wir zusammen verbracht haben, ist das verständlich. Irgendwann weiß man, worüber man nachdenkt, wenn man schweigt. Auch Kimberly kann das sehr gut. Sie trifft meist genau ins Schwarze.

Die vorbeiziehenden Bäume und Häuser halfen mir mich in meinen Gedanken und Tagträumen zu verlieren. Es lag eine Melancholie in der Luft, die mich die Treppen der Depression immer weiter runterschubste. Ich war froh, dass Sam sich bereit erklärt hatte zu fahren. Ich wollte nicht, dass meine Frau nun auch noch mich, durch einen Verkehrsunfall, verlieren würde. Sarah, die auf der Rücksitzbank saß, koordinierte mit dem Richter und dem anderen Team die Festnahme und teilte uns in Wortfetzen mit, was wer genau sagte. Doch das war mir relativ egal. Ich ging in Gedanken noch einmal das Gespräch zwischen mir und Sievers durch. Es waren nur noch Bruchteile da, die in einer komplett falschen Reihenfolge in meinem Kopf abgespielt wurden. »Richter Klauner hat den Haftbefehl unterzeichnet«, triumphierte Sarah. »Gut, dann können wir ihn mitnehmen«, ergänzte Sam den eigentlich völlig logischen Aspekt. Ich seufzte einmal tief und versuchte wieder in meinen Tagtraum zu verfallen. »Thomas. Willst du wirklich mit reingehen? Ich halte es für sinnvoller, dass du im Auto wartest«, äußerte sich Sam besorgt. »Jetzt behandel ihn doch nicht wie einen kleinen Jungen!«

»Danke, dass ihr euch um mich sorgt. Es geht mir nicht gut, aber es wird mir besser gehen, wenn ich Sievers die Handschellen angelegt habe und ihn hinausbegleiten darf«, protestierte ich. »Ich habe kein gutes Gefühl dabei«, erklärte Sam, als er auf dem Parkplatz vor dem Krankenhaus hielt. Ich starrte ihn beharrlich an. Ich wollte mir diesen Weg nicht nehmen lassen. Der Weg, der mich emotional einfach auch weiterbringen würde. »Also gut. Lass mich das nicht bereuen, Thomas!«, lenkte Sam widerwillig ein. Ich schnallte mich schnell ab und stieg aus dem Wagen aus, als auch Jim mit Walter um die Ecke kam und neben uns parkte. »Wir haben noch einmal mit Klauner geredet. Wir haben auch einen Durchsuchungsbefehl für seine Wohnung und seinen Arbeitsplatz gleich auf dem Schreibtisch«, erklärte uns Jim hektisch. »Ich habe eben schon versucht Sievers auf seinem Mobiltelefon zu erreichen, doch es geht keiner ran. Wir fragen am besten unten nach, wo er ist, und gehen dann getrennt nach oben. Jim und Sarah, ihr nehmt die Treppe. Wir lassen die Fahrstühle bei der nächsten Etage lahmlegen und überprüfen, ob Sievers sich in einen von ihnen aufhält. Danach öffnen wir die Fahrstühle, sodass die Personen rauskönnen, aber die Fahrstühle bleiben stehen. Dann folgen wir euch nach oben. Auch lassen wir alle Ausgänge sperren. Sievers kommt hier nur mit einer Bedingung raus. Und diese ist, dass er mit Handschellen gefesselt ist! Also los!«, befahl uns Jim. Er verlor kein Wort darüber, ob ich für diesen Einsatz geeignet war. Er vertraute mir, dass ich das hinbekäme. Jim ging geradewegs auf die Rezeption zu. »Corta. Kriminaloberkommisar. Sie sorgen bitte dafür, dass hier keiner mehr rein- oder rausgeht. Außerdem legen Sie bitte die Fahrstühle lahm!« »Das kann ich nicht machen!«, wendete die Empfangsdame verwirrt ein. »Das kann nur eine externe Firma! Worum geht es denn?« »Wie viele Fahrstühle haben Sie denn?« Die Frau schaute Corta entsetzt an. »Zwei! Da drüben.« Sie zeigte mit dem Finger hin. »Darf ich nun mal erfahren, was hier zum Teufel los ist?« »Wo ist Dr. Sievers?«, fragte ich vorsichtig. Die Frau schien auf Corta mittlerweile etwas allergisch zu reagieren. »Er hat um diese Zeit Visite im vierten Geschoss.« Ich sah Jim an und wartete auf eine Reaktion. »Verstärkung für die Türen sind unterwegs. Thomas, du kommst mit mir! Wir gehen in den vierten Stock. Sarah und Kügler, ihr bleibt an der Tür, bis die Verstärkung kommt, dann kommst du hinterher. Sam, du bewachst die Fahrstühle!«, befahl Jim in einem einschüchternden Ton. Wir eilten zu dem Treppenhaus und schritten, mit der geladenen Waffe in der Hand, vorsichtig und doch recht schnell die Treppen hinauf, bis wir im vierten Stock angekommen waren. Ich habe damit gerechnet, dass Sievers uns schon längst hinter der Tür erwartete und uns mit einem großen Knall empfangen würde. Mein Herz pochte so laut, dass ich vermutet habe, Sievers könnte es in drei Kilometern Entfernung schon hören. Meine Nervosität stieg ins Unermessliche, je näher wir dem vierten Stock kamen. Jim öffnete langsam die Tür, und ich kontrollierte kurz die Gänge. »Sauber«, flüsterte ich. Es war niemand auf dem Gang. Ich wusste nun nicht, ob das ein gutes oder ein schlechtes Zeichen war. Jim und ich sicherten unsere Waffen wieder und steckten sie weg. Es wäre ungünstig gewesen, wenn ein Patient uns mit der geladenen Waffe in der Hand gesehe hätte. Wir gingen den Gang entlang und hielten Ausschau nach Sievers. Wir konnten ja schlecht in jedes Zimmer reingehen und schauen, ob er da war. »Der Gang verläuft hier in zwei Richtungen, Jim« erklärte ich, als ich voranging. »Ich geh nach rechts und du nach links. Versuch Sievers zu finden oder wenigstens eine Krankenschwester!« »Okay.« Ich bog nach rechts ab und lief den Gang entlang, als mir eine Krankenschwester über den Weg lief. »Entschuldigen Sie! Ich suche Dr. Sievers«, bat ich freundlich um Auskunft. Die Krankenschwester musterte mich komplett. »Worum geht es?«, fragte sie forsch. »Kriminalkommissar Terenz. Ich muss ihn sprechen« erklärte ich ihr in der Hoffnung, dass sie keine weiteren Fragen stellen würde. »Dr. Sievers hat vor knapp einer halben Stunde überstürzt das Krankenhaus verlassen. Auf die Frage, was los sei, bekam ich keine Antwort. Aber es schien ernst zu sein. Er hat mitten in der Visite eine SMS bekommen. Er verließ kurz das Zimmer, kam dann wieder rein und brach die Visite ab. Darf ich fragen, ob Herr Sievers in Schwierigkeiten steckt?«, erkundigte sie sich bestürzt.

»Leider darf ich Ihnen aus ermittlungstechnischen Gründen keine weiteren Angaben machen.« Die Standardfloskel eines Polizisten. Sie ist alt, aber immer hilfreich. Ich holte mein Walkie-Talkie heraus, um alle zu informieren, dass Sievers ausgeflogen war.

29. KAPITEL

Es gibt keine Flucht
vor dem Schuldbekenntnis,
außer durch Freitod,
und der Freitod ist ein
Schuldbekenntnis.
    (Daniel Webster)

Thomas Terenz, Sam Weiß, Sarah Porte, Jim Corta,
Dr. Steven Sievers und Walter Kügler

»Dann kommt wieder runter«, sagte Sam enttäuscht. »Wir bereden alles Weitere hier.« Jim und ich gingen das Treppenhaus wieder runter. Die Spannung, die sich bis eben noch mit jedem Schritt weiter aufgebaut hatte, war nun mit einem Schlag der Trauer und der Enttäuschung gewichen. Ich fragte mich die ganze Zeit, woher Sievers wissen konnte, dass wir hinter ihm her waren. »Was ist der Plan?«, fragte Sam, als wir an der Eingangstür angekommen waren. Die Empfangsdame stand von ihrem Sitz auf und sah uns fassungslos an. Ich drehte mich zu ihr um und blickte sie ernst an, sodass sie sich wieder setzte. »Haben Sie Dr. Sievers hier rausgehen sehen?«, fragte ich mit gleicher Strenge. »Neein«, stotterte die Frau. »Ich hab meine Schicht vor drei Stunden begonnen. Dr. Sievers habe ich nicht gesehen! Ich hab ihnen doch gesagt, dass er zu der Zeit oben seine Visite hatte«, entgegnete sie mir entrüstet. »Jim, ich weiß, das ist dein Job, aber Folgendes. Wir setzten Sievers auf die Fahndungsliste. Wir rufen jeden Flughafen und jeden größeren Bahnhof in der Nähe an. Sievers darf auf keinen Fall das Land verlassen. Auch rufen wir die Autobahnpolizei an. Wir geben eine Beschreibung von seinem Wagen raus, mit Kennzeichen«, organisierte ich den weiteren Ablauf. »Sarah, du rufst noch einmal diesen Richter an und sagst ihm, dass wir die Videoaufzeichnungen dieses Krankenhauses brauchen«, plante ich weiter. »Okay«, rief mir Sarah zu, während sie schon halb aus der Tür war. »Was ist mit seinem Handy?« »Mit was?«, fragte ich Sam erstaunt. »Ja, mit seinem Handy. Wir können es orten lassen. Ich denke nicht, dass Sievers so ein Uralt-Handy aus der Steinzeit hat.« »Sehr gut, Sam! Ruf sofort die Jungs an, und lass es orten! Eventuell bringt es uns zu ihm!« Ich bin froh, dass ich mit sehr fähigen Menschen zusammenarbeiten darf. Ich glaube, ich wäre auf die Idee mit dem Handy erst viel später gekommen. »Jim?«, fragte ich vorsichtig. Ich versuchte trotz all der Umstände noch freundlich zu schauen. »Ja, ich rufe auf dem Revier an und lasse ihn und seinen Wagen auf die Fahndungsliste setzen.« Ich nickte zufrieden. Jim und Sam eilten nach draußen, während Sarah wieder reineilte. Die Frau an dem Empfang starrte uns die ganze Zeit an. »Thomas!«, rief Sarah mir zu. »Wir können uns die Bänder anschauen! Der Durchsuchungsbefehl gilt auch dafür.« »Super!« freute ich mich doch etwas mehr als in dieser Situation angebracht. Ich drehte mich erneut um, diesmal blieb die Dame aber sitzen. »Wir bräuchten die Überwachungsaufnahmen, die den Ausgang erfassen.« »Die darf ich Ihnen nur zeigen, wenn Sie mir den Durchsuchungsbefehl vorlegen können«, fuhr sie ihren Sieg ein. Ich verdrehte meine Augen und grübelte, womit ich sie überzeugen konnte, dass wir diesen hätten, nur gerade nicht vorlegen könnten. »Hier. Richter Klauner am Telefon. Dieser wird Ihnen höchstpersönlich sagen, dass wir diesen haben!«, triumphierte Sarah, während sie der Empfangsdame ihr Telefon reichte. Es dauerte keine Minute, bis sie das Gespräch beendete und sich mit einem lauten Seufzer geschlagen gab. »Okay, ich zeig Sie ihnen!«, sagte sie, während sie sich umdrehte und in den Raum hinter ihrem Empfang ging. In dem Moment kamen Jim und Sam wieder. »Wo ist Walter?«, fragte ich verblüfft. »Er musste noch was klären. Es sei privat«, bekundete mir Sam abwesend. Gerade als die Dame wieder aus dem hinteren Raum kam, kam auch Walter wieder. »Kommen Sie bitte mit nach hinten«, bat uns die Dame. »Was ist passiert?«, fragte Walter leise. »Sievers ist geflohen«, erklärte ich Walter in der kürzesten Form, während wir alle nach hinten gingen. Die Dame schob eine CD in den

Rechner, und auf dem Bildschirm öffnete sich ein schwarzes Fenster, das kurze Zeit später den Ausgang zeigte. Sie drückte auf Play, und die Aufnahme fing an sich abzuspielen. »Spulen Sie eine Stunde zurück!«, befahl ich. Sie stellte die Uhrzeit ein und drückte erneut auf Play. Wir starrten allesamt auf den Bildschirm und die Dame ließ die Aufnahme etwas schneller abspielen. Ich erfasste binnen Millisekunden jedes Bild und scannte es mit meiner doch etwas verschwommenen Erinnerung an Sievers ab. »Anhalten!«, schrie ich, und die Dame drückte sofort auf Stopp. »Spulen Sie etwas zurück«. Ich wartete, bis Sievers im Bild erschien, und da war er. »Gut. Stopp! Da ist Sievers! Er hat keinen Kittel an, sondern seine normale Jacke«, erklärte ich, was offensichtlich war. »Deswegen haben ich ihn nicht erkannt!«, erklärte die Dame. »Es tut mir schrecklich leid.« »Alles gut«, erklärte ich ihr. »Können Sie ab hier laufen lassen?« Die Frau klickte auf Play, und man sah, wie Sievers das Krankenhaus in großer Eile verließ. Er sah sich öfters um, als wenn er glaubte beobachtet oder verfolgt zu werden. »Haben Sie auch eine Aufnahme vom Parkplatz?«, versuchte ich möglichst freundlich zu fragen. Das Adrenalin baute sich wieder in mir auf. Ich fing an zu zittern. Die Dame tippte auf der Tastatur rum, und der Bildschirm wurde wieder schwarz, ehe er die Aufnahme vom Parkplatz zeigte. »Ich hab das schon auf die Uhrzeit eingestellt.« Wieder war Sievers zu sehen, wie er im gleichen Tempo zu seinem Wagen eilte, einstieg und sofort losfuhr. »Okay. Er schien in großer Eile gewesen zu sein.« »Schau mal auf die Uhrzeit!«, sagte ich aufgeregt. »Genau fünfzehn Minuten später sind wir eingetroffen!« »Irgendwie muss er davon Wind bekommen haben, dass wir hinter ihm her sind!«, stellte Sam bestürzt fest. »Okay, fahren wir aufs Revier, bis wir Neues haben.« »Okay, Jim« antwortete ich. »Wir brauchen davon noch eine Kopie«, erklärte ich der Dame. Diese nickte und gab mir eine CD. »Wir haben immer eine Sicherungskopie parat.« »Sagen Sie, ist Dr. Lorenz heute auch da?« »Ein Dr. Lorenz arbeitet hier nicht«, erklärte die Frau komplett abwesend. Ich nickte freundlich und ging mit der CD in der Hand nach draußen, wo sich auch der Rest des Teams versammelt hatte. Es weckte ein sehr mulmiges Gefühl in mir, dass ein Dr. Lorenz hier nicht arbeiten würde. Die Frau schien aber ziemlich mitgenommen zu sein und hatte vermutlich nicht richtig nachgedacht. »Jetzt, wo wir alle wieder vollständig sind, würde ich sagen, wir teilen uns auf«, erläuterte Jim ernst. »Sam, du fährst mit Sarah zurück aufs Revier und schaust den Kollegen auf die Finger. Die sollen sich beeilen. Herr Kügler, Sie ...« »Es tut mir leid, Sie unterbrechen zu müssen, ich muss leider sofort losfahren. Die Presse hat schon zu viel über diesen Fall erfahren. Ich versuche Schadensbegrenzung zu betreiben. Wenn zu viel durchsickert, werden die Ermittlungen fast vollständig behindert. Glauben Sie mir, das ist nicht der erste medienbezogene Fall, den ich betreue.« Walter drehte sich um und ging zu einem Wagen, der in der Nähe des Eingangs parkte. »Jim, was machen wir?«, fragte ich aufgeregt. »Wir fahren zur Verkehrsleitzentrale und versuchen auf den Überwachungsaufnahmen den Wagen von Sievers zu orten und herauszufinden, wo er hingefahren sein könnte.« »Alles klar, Jim! So machen wir es«, bestätigte Sam, während er und Sarah in den einen Wagen stiegen und Jim und ich zu den anderen gingen. »Möchtest du jetzt?« »Nein, Jim! Ich möchte Kim immer noch nicht sagen, was sich ergeben hat«, erklärte ich ihm etwas genervt, während ich auf meine Uhr sah. »Oh Gott! Wir haben ja schon vier Uhr!«, sagte ich nervös. »Ich muss Kimberly zumindest einmal anrufen. Wieder sagen, dass es heute später wird.« *Mal wieder,* dachte ich. Aber Kimberly war nun auch dran gewöhnt. Sie bereitete immer das Essen für acht Uhr vor, weil sie mittlerweile aus Gewohnheit wusste, dass ich es nie früher schaffte. Doch heute war alles anders. Ich wollte pünktlich da sein, um sie zu fragen, wie ihr Tag mit ihrer Freundin war. Um ihr zu zeigen, dass ich für sie da sein würde. Aber auf der anderen Seite war ich so kurz davor herauszufinden, was mit unserer Tochter passiert war, dass ich nicht ohne ein Ergebnis nach Hause kommen wollte. Ich saß zwischen zwei sehr unbequemen Stühlen.

Ich nahm mein Handy aus der Jacke und wählte ihre Nummer. Mein Herz rutschte in die Hose, als ihre Stimme am anderen Ende der Leitung zu hören war.

»Hey Liebling. Ich komme heute etwas später. Hoffe ich bin um acht Uhr da. Dann reden wir über alles! Versprochen«, flehte ich schon fast. »Also alles wie immer«, antwortete sie mit einem frechen Unterton. »Danke«, gab ich zurück, bevor sie auflegte. Ich wusste nicht, wie ich diesen Unterton deuten sollte. War alles wie immer, oder war sie sauer, dass ich mich mal wieder verspätete? Auch wenn mich die Antwort auf die Frage brennend interessierte, musste ich mich nun auf die Arbeit konzentrieren. Ich atmete einmal tief durch und sah wieder aus dem Fenster, wie die Bäume an uns vorbeizogen. Doch diesmal konnte ich mich nicht in meinen so geliebten Tagträumen verlieren. Viel zu groß war die Sorge um meine Tochter, und viel zu groß war auch die Angst, sie nicht wiederzufinden.

»Jim. Was ist, wenn wir sie nicht finden? Was ist, wenn Halmer meine kleine arme Tochter auch geschlagen hat? Ich kann und will es mir vor allem auch nicht vorstellen«, seufzte ich leise vor mich hin. »Thomas.« »Nein, Jim! Ich kenne diesen Ton! Versprich mir nichts, was du nicht halten kannst. Vor allem keine Versprechungen über meine Tochter.« Jim sah mich an und nickte verständnisvoll, bevor er seinen Blick wieder auf die Straße richtete. »Ich werde alles geben, dass wir sie wiederfinden. Wenn wir Sievers erst einmal haben, dann werden wir ihn auseinandernehmen! Er wird uns sagen, wo sie ist, und dann befreien wir sie, Thomas.« In Jims Stimme lag eine Zuversicht, die jeden Zweifel in mir mit einem Paukenschlag verstummen ließ. Es war merkwürdig, aber ich glaubte ihm das. »So, Thomas. Wir sind da. Wir gehen nun da rein und suchen Sievers auf den Bändern und schnappen uns diesen Mistkerl von Arzt. Dann wird sich alles klären, du wirst sehen«, versicherte mir Jim. Ich sammelte allen Mut zusammen, den ich jetzt noch aufbringen konnte, ging mit Jim in die Verkehrsleitzentrale und suchte auf den Verkehrsüberwachungen einen blauen Audi Q 7, den Sievers fuhr. Meine Augen flogen wie Pingpong-Bälle von einem Bildschirm auf den anderen. Vor mir war eine Wand aus mindestens zwanzig Bildschirmen aufgebaut. Alle ca. 50 × 40 cm groß. Auf jedem Bildschirm war eine andere Kamera geschaltet, die einen anderen Bereich der Straßen aufgenommen hat. Das Team der Verkehrsleitzentrale hat sich um uns herum versammelt und schaute mit uns auf die Bildschirme, die nie enden wollten. Die ganzen verschiedenen Bilder, die um uns herum auf uns einstrahlten, sorgten dafür, dass ich leicht die Orientierung verlor, auf welchen Bildschirm ich schon geschaut hatte. »Da!«, schrie Jim. »Können Sie diesen Wagen verfolgen«, fragte Jim einen aus dem Team, während er mit dem Finger auf den Wagen zeigte, der gerade vor einer roten Ampel wartete. »Bist du dir sicher, Jim?« »Schau auf das Kennzeichen!«, protestierte Jim. Das Bild wurde angehalten und das Kennzeichen herangezoomt. »Wow!«, rutschte mir raus. »Du hast gute Augen, Jim!«, lobte ich ihn bewundernd. Ich konnte das Kennzeichen erst bei fünffacher Vergrößerung erkennen. »Ja, das ist er! Können Sie herausfinden, wo er hingefahren ist?«, fragte ich nervös. Das war das erste Lebenszeichen von Sievers, nachdem er überstürzt das Krankenhaus verlassen hatte, als er irgendwie erfahren hatte, dass wir kämen. »Ich kann das Kennzeichen eingeben, und die Kameras suchen automatisch danach; dann können wir eine Route erstellen, dadurch können sie die Suche eingrenzen«, erklärte mir ein Mitarbeiter, während er das Kennzeichen in den Rechner eintippte und ein Programm startete. »Jetzt müssten wir in weniger als zehn Minuten wissen, wo sich dieser Typ aufhält.« »Das ist gut.« Plötzlich vibrierte es in meiner Hose. »Thomas, du vibrierst«, erklärte mir Jim. Ich hasste es, wenn er mich auf etwas aufmerksam machte, was offensichtlich war. »Danke, hätte ich sonst nicht bemerkt.« Ich verdrehte die Augen und nahm mein Handy aus der Hosentasche. »Es ist Sarah«, erklärte ich aufgeregt. »Ja, Sarah?« »Wir haben das Handy von Sievers geortet.« »Das ist ja super«, jubelte ich. »Freu dich nicht zu früh, Thomas. Wir konnten keinen genauen Standort lokalisieren. Wir konnten es an einem toten Industriegebiet etwas außerhalb der Stadt orten. Der kann in einem der vielen leer stehenden Gebäude sein.« »Danke, wir kommen nun dahin«, erklärte ich noch, bevor ich auflegte. »Die haben Sievers Handy geortet. Das befindet sich wohl …« »Darf ich raten?«, unterbrach mich der Mitarbeiter. »Vermutlich befindet es sich in dem stillgelegten Industriegebiet, etwas außerhalb der Stadt?«, prahlte er.

»Nichts, was wir nicht schon wüssten!«, versuchte ich ihm den Wind aus den Segeln zu nehmen. »Dann darf ich es etwas weiter einschränken. Das Industriegebiet reicht von der Heinrich-Heine-Straße über die Groß-Bethel-Allee bis schließlich in die Hamburger Straße. Sein Wagen befindet sich an der Ecke Heinrich-Heine-Straße und Groß-Bethel-Allee.« Er zeigte mit dem Finger auf den Bildschirm mit der Nummer vierzehn. »Wow, danke!«, klopfte ich ihm auf die Schulter. »Los, Jim! Den schnappen wir uns!«, rief ich ihm zu, während ich schon auf dem Weg nach draußen war. Ich war so kurz davor herauszufinden, was wirklich mit meiner Tochter passiert war! Ich wollte keine Zeit verlieren. »Hey Sarah. Sievers ist irgendwo zwischen der Heinrich-Heine-Straße und der Groß-Bethel-Allee. Dort hat er seinen Wagen abgestellt«, erklärte ich Sarah, als ich sie zurückrief. In mir drehte sich alles. Mir lief ein kalter Schauer über den Rücken und gleichzeitig dachte ich, ich verglühe. Es war ein Wechselbad der Gefühle. In meinem Kopf schwebten die Fragen nach meiner Tochter, die Frage, was genau Sievers mit dem allem zu tun hatte und welches Spiel hier genau gespielt wurde. Irgendwie kam mir das alles sehr spanisch vor. Ein Chefarzt bringt Leichen ermordeter und misshandelter Kindern weg, deckt den Mörder noch, und zur Krönung soll er diesen Monstern neue Kinder beschafft haben, an denen diese Kreaturen ihre kranken Fantasien ausleben konnten. Ich konnte mir beim besten Willen nicht vorstellen, dass Sievers das freiwillig gemacht hatte! Aber egal welche Erklärung ich auf dem Weg von der Verkehrsleitzentrale zu dem Wagen von Sievers zu finden suchte, keine genügte wirklich allem, was wir bis dato wussten. Je länger ich darüber nachgedacht habe, desto mehr schlich sich der Gedanke ein, dass das, was wir wussten, nur die Spitze des Eisberges darstellte. Dass unter dem Wasser noch eine kilometerlange Strecke vor uns lag, die wir weiter abzulaufen hatten, und dass das, was wir bis dato sahen, nur der Anfang war. Jim raste mit mindestens 100 km/h, begleitet von Blaulicht und

Martinshorn, durch die Stadt, auf dem schnellsten Weg zu Sievers. Auch Sarah und Sam machten sich auf den Weg dahin, begleitet von fünf Streifenwagen, alle ausgerüstet mit Blaulicht und Martinshorn. Ich konnte schon die Reporter ihre Taschen packen und in ihre Autos springen sehen, damit sie noch genug für eine gute Story in der Klatschpresse abbekamen. Dass es hierbei um Menschenleben ging, die eventuell in Gefahr waren, war denen egal. Ich glaube sogar, dass diese Reporter für eine gute Geschichte töten würden. Am liebsten wäre ich gefahren, dann wären wir schon da, aber ich wollte Jim nun nicht unter Druck setzen, auch wenn mein Bauch immer lauter schrie *TU ES*. Wenn wir einen Unfall bauten, war auch keinem geholfen. Jim bog links ab und fuhr nun geradewegs auf das verlassene Industriegebiet zu. »Die Ecke, an der sein Wagen stehen soll, müsste gleich um die Kurve liegen. Die Nächste rechts abbiegen«, erklärte ich wie unter Trance. »Woher weißt du das?«, fragte Jim mich verblüfft. »In meiner Ausbildung, als ich noch mit Kügler gearbeitet habe, hatten wir hier einmal einen bewaffneten Raubüberfall. An der Ecke, an der Sievers Wagen steht, hatten wir den Mistkerl gefangen. Daher weiß ich das noch.« »Alles klar.« Jim bog nach rechts ab und steuerte geradewegs auf den Wagen von Sievers zu. Auch wenn es eigentlich überflüssig war, überprüfte ich das Kennzeichen, als ich es erkennen konnte. »Das Kennzeichen stimmt!«, gab ich vor. »Das ist sein Wagen.« Sarah und Sam waren nun direkt hinter uns. Die fünf Streifenwagen parkten um uns rum. Ich öffnete die Tür und stieg aus dem Wagen, während ich gleichzeitig nach meiner Waffe griff. Ich spürte einen kalten Windzug am Nacken. Es war kein gewöhnlicher Windzug. Es fühlte sich wie der kalte Hauch des Schicksals an, das mich nun heimsuchen würde. »Teilen wir uns auf. Sam, du gehst mit zwei Kollegen nach Süden. Sarah, du nach Westen, ich nach Osten. Und du, Thomas, du gehst mit zwei Kollegen nach Norden. Wir halten uns immer auf dem Laufenden«, organisierte Jim den weiteren Ablauf. Ich schnappte mir zwei Kollegen und fing an das nördliche Gebiet abzusuchen. Auf der Strecke gab es nicht sonderlich viel. Nur unzählige leer stehende Fabrikgebäude, die allesamt abgeschlossen waren. Dennoch ging ich zu jedem hin, um wirklich sicher zu sein, dass die Tür verriegelt war und kein Fenster offen stand, durch das Sievers hatte einbrechen können. Aber negativ. Ich schlich von dem ersten Gebäude weg und überquerte die Straße, um das nächste zu sichern. Dieses Gebäude war das einzige, das nicht von Bäumen oder Sträuchern eingegrenzt wurde. Somit stand ich beim Sichern des Gebäudes auf dem Präsentierteller, wenn Sievers irgendwo auf mich warten würde. Vor dem eher kleineren Gebäude überlegte ich, wie wir am besten vorgehen könnten. »Herr Tomsten. Sie geben mir Feuerschutz! Ich sichere das Haus. Herr Schmidt, Sie bleiben hier stehen, sodass keiner entwischen kann«, ordnete ich an. Ich atmete einmal tief durch und kontrollierte vorsichtig die Eingangstür, die mit einem großen und sichtlich schweren Schloss gesichert war. »Sicher«, gab ich weiter, während ich zum ersten Fenster ging, um es zu kontrollieren. Auch dieses war nicht eingeschlagen und ließ sich ebenso wenig öffnen. Ich schlich vorsichtig um das Haus, während mir Tomsten Feuerschutz bot. »Was ist denn das?«, fragte ich misstrauisch, als ich einen Blick hinter das Grundstück dieses Gebäudes warf. »Das ist doch Sievers.« In mir brodelte die Wut. Er war weit entfernt und daher nur schemenhaft zu erkennen, aber diesen Mann hätte ich auch aus drei Kilometern Entfernung noch erkannt. Am liebsten wäre ich sofort rübergerannt und hätte ihn mir geschnappt. »Jim, Sarah, Sam! Er ist in meinem Bereich. Nordöstlich. Hinter dem zweiten Fabrikgebäude. Er scheint uns noch nicht bemerkt zu haben«, erklärte ich durch das Walkie-Talkie. »Tomsten, wir warten hier, bis die Verstärkung da ist, und behalten Sievers im Auge. Macht er merkwürdige Bewegungen, schnappen wir zu.« Doch so weit ist es nicht gekommen. Jim und die anderen waren schon da und standen etwas abseits von uns. »Bist du sicher, dass das Sievers ist?«, fragte Jim. »Von hier aus würde ich nicht einmal meine eigene Frau erkennen.« »Das ist traurig!«, mischte Sarah einen ihrer fiesen und unpassenden Kommentare unter. »Ich bin mir sicher!«, versicherte ich Jim. »Okay. Er scheint auf einer Anhöhe zu stehen. Keine Ahnung, was das ist. Wie kommen wir dahin?«, fragte Jim verwirrt. »Die Straße runter ist eine Treppe. Vermutlich führt sie hoch. Wir sind eben daran vorbeigefahren«, erklärte Tomsten. »Okay! Sie bleiben hier! Verstecken Sie sich, sodass Sievers Sie nicht sieht, Sie ihn aber im Blick haben. Wenn sich etwas tut, dann melden Sie uns das«, befahl Jim. »Wir gehen nun zu ihm.« Jim ging voran, und Sarah, Sam und ich folgten ihm auf dem Fuß. Mein Herz begann zu pochen, und meine Nerven waren zum Zerreißen gespannt. Die Treppe war nur rund hundert Meter von dem Gebäude entfernt. Sievers hätte uns unter normalen Umständen hören und vor allem sehen müssen. Erneut stieg dieses Gefühl der Ungereimtheit in mir auf. Die Treppe sah aus, als wenn sie seit Jahren nicht mehr benutzt worden wäre. »Was ist das hier?«, fragte Sam. »Oder war das …?« »Ich weiß es nicht.« flüsterte Jim. Wir schlichen die Treppe hoch, alle mit der geladenen Waffe in der Hand. Uns war klar, wir brauchten Sievers, und das lebend. Die Waffen sollten in erster Linie nur einen Abschreckeffekt haben. Als wir die Treppen hochgelaufen waren, stand Sievers ungefähr dreißig Meter von uns entfernt, mit dem Rücken zu uns. »Ich habe Sie erwartet«, teilte uns Sievers mit. Ich sah mich um und verstand sofort, um welche Art von Anhöhe es sich hier handelte. »Das war ein Bahnhof, aber vermutlich jahrelang nicht mehr in Benutzung«, flüsterte ich Sam zu. Sein Blick löste sich und sah sich um. Überall lag Müll herum, der Boden war voller Vogelfäkalien, und das Dach war schon entfernt worden. Es standen nur noch die Pfeiler, die das Dach mal gestützt hatten. »Sie haben uns einiges zu erklären«, rief Jim Sievers zu. Unsere Blicke waren allesamt auf Sievers gerichtet, während er sich langsam umdrehte. »Das glaube ich Ihnen. Und ich würde Ihnen das alles so gerne erklären. Aber ich fürchte, dass dafür keine Zeit mehr bleibt! Sie haben vermutlich die E-Mails von Halmer und mir gefunden. Die Leiche habe ich hinter meinem Haus vergraben. Was er mit den Kindern gemacht hat, können Sie sich denken. Aber nicht, wo er sie versteckt hält. Er hat eine kleine Hütte im Wald, in Nähe der Grenze. Neben Halmer kenne ich keine weiteren Kunden. Er hatte mich damals erkannt und mich erpresst.« »Wobei erkannt?« »Das spielt nun keine Rolle. Ich habe meinen Job erfüllt.« »Welchen Job meinen

Sie?!«, rief Jim ihm zu, während er einen weiteren Schritt auf ihn zuging. »Auch das spielt nun keine Rolle. »Halmer hat seine Kinder missbraucht, aber das wissen Sie bereits. Wenn Sie gut waren, wissen Sie auch, dass ein Kind nicht durch Frau Halmer das Licht der Welt erblickt hat.« »Durch wen sonst?« »Das weiß ich nicht. Mir wurden nie Namen genannt. Sie hatten alle Nummern!« »Wer hatte Nummern?! Wovon sprechen Sie, verdammt noch mal?!«, rief Jim, während er einen weiteren Schritt auf Sievers zuging. Nun waren wir nur noch knapp fünfzehn Meter von ihm entfernt. »Es tut mir leid, dass ich nicht mehr Ihre Fragen beantworten konnte.« »Was ist mit meiner Tochter?«, rief ich voller Aufregung. In mir drehte sich alles, und mir wurde schwindelig. Ich konnte mich kaum noch auf den Beinen halten. »Haben Sie meine Tochter an Halmer gegeben? Lebt sie noch?«, schrie ich lauter. Irgendwas verursachte plötzlich einen großen Lärm. »Sie lebt noch«, schrie Sievers mir zu, während er nach hinten sah. »Halmer hat sie nicht! Es war ein Pakt mit dem Teufel!« Meine Augen wurden immer größer, als ich erkannte, was Sievers sah. »Halt ihn auf, Jim!«, schrie ich, doch dann es war zu spät. Meine Hoffnung, meine Tochter wiederzufinden, hatte sich soeben vor einen Intercityexpress geworfen. »So eine Scheiße!«, rief Jim, und damit hatte er recht. Wir waren genauso schlau wie am Anfang. Wir wussten nicht das Geringste. Das Einzige, was ich wirklich herausfinden konnte, war die Gewissheit, dass meine Tochter lebte. Doch wusste ich nicht, wo sie war, wie es ihr ging oder warum Sievers das gemacht hatte. Auch die Tatsache, dass Halmer sie nicht hatte, tröstete mich nicht über meine Enttäuschung hinweg.

30. KAPITEL

Die Massenmedien unserer Zeit
bieten dem aufmerksamen Beobachter
immerhin eine Chance,
die Lüge von gestern
mit der Lüge von heute
vergleichen zu können.
   (Erich Limpach)

Walter Kügler, Kevin

»Hast du alle Unterlagen zusammen, Kevin?«, fragte Walter seinen
Mitarbeiter, der ihn vor dem Krankenhaus abgeholt hat. »Ja, Boss.
Ich habe alle Kopien der Akte und die Zeitungsartikel vorliegen.«
»Sehr gut, Kevin. Hast du auch meinen Anzug aus der Reinigung
abgeholt? Du weißt, die Leute von der Presse erwarten immer
den perfekt gestylten Polizisten, der ihnen erklärt, wie die Polizei
arbeitet und welche Erkenntnisse sie gewonnen hat. Diese Naivität kann eigentlich nur noch von deren Einfältigkeit übertroffen
werden. Die Presse liebt Dramen, Kevin. Also gebe ich ihnen
die Dramen, die jeden Blick der unwissenden Bevölkerung sofort
auf die Schlagzeile ziehen. Merk dir das, wenn du irgendwann
mal meinen Job übernehmen willst. Je übertriebener und unglaubwürdiger die Geschichte ist, desto besser lässt sie sich verkaufen. Die Menschen wollen aus zwei Gründen diese Schlagzeilen lesen. Weißt du auch, warum?«, fragte Walter. »Erzählen
Sie es mir.«
   »Die einen ergötzen sich am Pech und an dem Leiden anderer
Menschen. Sie empfinden ihr eigenes Leid dann als weniger
gravierend. Dann gibt es die andere Sorte von Menschen. Diese
leiden mit denen, denen so etwas Grausames passiert ist. Ich weiß
nicht, welche Sorte von Menschen mir größeres Vergnügen bereitet. Die, die so eine Empathie zu anderen entwickeln, dass sie

schon fast anfangen zu weinen, wenn ein Köter beim Hausbrand draufgeht. Oder die anderen, denen einer abgeht, wenn sich jemand mit dem Auto überschlägt oder niedergeschlagen wurde. Die Gattung Menschheit ist eine barbarische Organisation von Schwachköpfen. Merk dir das, Kevin, und nutz dieses Wissen zu deinem Vorteil aus.« Walter lachte laut. »Warum lachen Sie?«, fragte Kevin neugierig. Er merkte sich alles, was Walter tat, und vor allem, wie er es tat. Er wollte irgendwann den Job von Walter übernehmen und mindestens genauso erfolgreich sein. »Ich dachte nur an das Interview in Köln von 2008. Es ging um einen Serienmörder, der Frauen lebendig aß und zerstückelte. Mein Chef sagte mir damals, dass kein Wort von einem Serientäter fallen und ich auch nicht von mehr als dem schon bekannten Opfer erzählen dürfe. Ich erklärte den Medien, dass die junge Frau ersten Erkenntnissen nach von einem Rudel Wölfe verstümmelte wurde, nachdem sie beim Wandern einen Fels hinuntergestürzt war und sich dabei tödlich verletzt hatte.« Walter lachte erneut. »Und was ist nun so lustig?«, fragte Kevin erneut. Nun noch verunsicherter. »Wann hast du in Westdeutschland das letzte Mal ein Rudel Wölfe gesehen? Damals habe ich noch in Nordrhein-Westfalen gearbeitet. Außerdem wurde die Frau in einer Wohnung in Köln gefunden. Wo ist in Köln bitte sehr ein Wald mit einem Felsen, von dem aus die Frau sich zu Tode stürzen könnte?« »Stimmt«, sagte Kevin nachdenklich. »Daran erkennst du das, was ich eben meinte, Kevin! Je unglaubwürdiger und dramatischer die Geschichte ist, desto mehr lieben die Menschen diese. Klar wäre es noch dramatischer gewesen, die Wahrheit zu sagen, doch verkraften das die Menschen nicht. Sie fühlen sich sicherer, wenn sie nur Angst vor Wölfen in Köln haben müssen als vor einem Serienmörder, der seine Opfer lebendig frisst und zerstückelt. Das ist auch noch etwas, was du lernen musst. Du darfst keine Hysterie auslösen. Erstens boykottiert eine Hysterie die Ermittlungsarbeiten. Bürger verlassen ihre Häuser nicht mehr, rufen ständig an und nerven. Zweitens weiß der Täter dann, dass ihr von ihm wisst. Dann kann er verschwinden und woanders wieder weitermorden. Wir wollen den Polizisten helfen und die

Mörder hinter Gittern einsperren. Dabei haben wir den Frei-
fahrtschein, so viel Schwachsinn zu erzählen, dass die Menschen
sich keine Sorgen über die wahren Begebenheiten machen. Verstehst du?«, fragte Walter einfühlsam. Er wirkte wie ein Lehrer,
der seinem Schüler den Sinn des Lebens versuchte zu vermitteln.
»Ja, das habe ich.« Walter nickte und lächelte.

»Gut, dann gehe ich mal raus und gebe den Reportern und
der Bevölkerung die Geschichte, die sie hören wollen. Du kannst
dich gern in die Masse stellen und zuhören.« »Danke. Werde ich
gleich auch machen.« Walter stieg aus dem Wagen aus, der am
Hintereingang eines Nobelhotels parkte, wo er auch gleich vom
Hotelmanager in Empfang genommen wurde. »Wir haben Ihr
übliches Zimmer für Sie bereitgestellt, Herr Kügler.« »Danke.«
Walter ging in das Hotel und schnurstracks auf sein Zimmer. *Was
für ein Schwachsinn*, dachte Walter, als er im Fahrstuhl die Artikel
der örtlichen Presse las.

Leichen gefunden – Gesamtes Jugendamt involviert

Walter nahm die nächste Zeitung und schüttelte erneut den
Kopf.

Neue Erkenntnisse im Kindermord-Fall: Polizei vermutet
weitere Kinderleiche im Krankenhaus

Wenn die wüssten, warum wir wirklich da waren, schmunzelte Walter.
*Aber kein Wunder, dass die Menschen um diesen Fall so viel Wirbel machen.
Die Presse übernimmt ja quasi schon meinen Job.* Walter sah aus dem
Fenster nach unten, wo sich die Reporter schon um die Eingangstür
versammelt hatten und nur noch auf seine Ankunft und sein Interview warteten, damit sie die Menschheit noch weiter in die Irre
führen könnten und die Menschen noch mehr Infos hätten, über
die sie sich ihr Maul zerreißen könnten. Walter duschte, zog sich
an und bereitete die Karten vor, die er auf dem Weg nach unten
versuchte auswendig zu lernen. Es musste so ehrlich wie möglich wirken. Wenn die Presse das Gefühl bekam, dass die ganze
Geschichte nur erfunden war, konnten die Ermittlungen noch
mehr gefährdet werden. Denn dann witterten die Reporter eine
ganz große und heiße Geschichte und versuchten sie auf eigenem
Wege herauszufinden. In der Lobby angekommen wartete Walter

einen kurzen Augenblick, ordnete noch einmal die Karten und ging sie in Gedanken durch. Der Hotelmanager kam auf Walter zu. »Da draußen warten die Raubkatzen.« Walter schmunzelte. »Ja, aber heute werden sie auf Diät gesetzt. Ich gebe nur mein Statement zu dem aktuellen Fall ab und verschwinde wieder«, erklärte Walter Kügler etwas unfreundlich. Der Hotelmanager nickte und verschwand in Richtung der Zimmer. Walter atmete einmal tief ein und aus, bevor er das Hotel verließ, um sein Statement vor den Massen von Pressemitgliedern und Schaulustigen zu halten.

»Sehr geehrte Damen und Herren.« Walter pausierte, um die ganze Aufmerksamkeit auf ihn zu richten. »Wie Sie mitbekommen haben, ermittelt die örtliche Polizei in enger Zusammenarbeit mit anderen Behörden wegen eines Kapitalverbrechens. Das Opfer dieses Verbrechens ist vor wenigen Tagen von einem jungen Paar in einem Wald außerhalb der Stadt gefunden worden. Die Verletzungen des Opfers waren ungewöhnlich, sodass deren Aufklärung das geschulte und geübte Auge eines Spezialisten gefordert hat. In dem Krankenhaus des Arztes haben die Polizisten große Schritte für die Aufklärung dieses Verbrechens machen können. Erste Zeugen und Sachverständige wurden bereits verhört. Die Ermittlungsbehörde vermutet, dass es sich um einen Einzeltäter handelt, und sucht im Umfeld des Opfers nach Hinweisen. Das Opfer, ein Kind um die drei Jahre, ist ersten Erkenntnissen zufolge erstickt worden. Die Familie des Kindes steht noch unter Schock, wird aber in den nächsten Tagen vernehmungsfähig sein und durch das Jugendamt betreut. Die Ermittlungen dauern noch an.« Walter atmete aus. Die Pressemitglieder schrieben Wort für Wort mit. Es schient, dass sie die Story gefressen hatten.

»Wir bitten auch die Bevölkerung sich an uns zu wenden, wenn sie etwas Auffälliges beobachtet haben. Ein Phantombild des Kindes wird morgen in der örtlichen Lokalpresse veröffentlicht. Zudem auch die Rufnummer, unter der sich die Bevölkerung melden kann. Ich danke Ihnen für Ihr Erscheinen und Ihre Geduld.« Walter drehte sich um und ging in das Hotel zurück, während er versuchte die Rufe und Schreie der Reporter zu überhören, die doch noch Fragen hatten.

31. KAPITEL

Gewöhnlich umwickelt sich
der Charakter eines jeden Menschen
mit einer Menge von
Hüllen und Schleiern,
die ihn etwas ganz anderes
scheinen machen, als er ist.
Stirn, Augen und Miene
lügen öfters,
die Zunge fast immer.
(Cicero)

Thomas Terenz, Kimberly Terenz, Sam Weiß, Sarah Porte,
Jim Corta und Kimberly Terenz

Wir standen immer noch wie angewurzelt da. Der Moment, in
dem Sievers sprang, lief gleichzeitig in Zeitlupe und binnen Millisekunden vor meinen Augen ab. Ein Team aus Polizisten, Not-
ärzten und Seelsorgern war angerückt, um sowohl den Führer
des ICEs als auch die Fahrgäste zu beruhigen. Wir standen alle
zusammen und mussten uns ebenfalls erst einmal fangen. Wir
hatten schon öfters Menschen vor ICEs springen sehen, doch
war es diesmal anders. Irgendwie kam in mir das Gefühl auf,
dass Sievers nicht prinzipiell als Täter, sondern eher als Opfer
anzusehen war. Als er sagte, dass es sein Job gewesen war, klang
eine Spur Verzweiflung mit. So eine Spur wie die, die man bei
Frauen findet, die zwangsprostituiert werden. Es wäre eben ihr
Job. Genau das Gefühl hatte ich bei Sievers auch. Ein Polizist,
der eben noch den Lokführer vernommen hatte und ihm eine
Decke und einen Kaffee zur Beruhigung gab, kam nun auf uns
zu. »Ich muss leider auch Ihre Aussage aufnehmen«, erklärte uns
der Kollege. Er ließ eine Brise Mitgefühl mitklingen. »Wir vier
waren zusammen und haben so weit alle das Gleiche gesehen.

Um das Prozedere abzukürzen, würde ich sagen, dass ich die Aussage mache und meine Kollegen nur etwas ergänzen, wenn ihnen noch etwas anderes aufgefallen ist oder sie es anders in Erinnerung haben. Wir hatten wirklich eine anstrengende Woche hinter uns, und unsere Verbindungsperson zum Täter und zum Opfer versuchen Ihre Leute gerade vom ICE zu kratzen. Verzeihen Sie uns also, wenn wir das alles nicht unnötig in die Länge ziehen wollen.« Der Kollege nickte. Ich glaube, er kannte auch solche Fälle, die einen mehr forderten als alle anderen zusammen. »Wir machen es kurz. Berichten Sie einfach, was passiert ist«, bat uns der Kollege. »Sievers, der nun vor dem ICE hängt, kommt eine Schlüsselrolle in einem aktuellen Fall zu. Wir vermuten, dass er erhebliche Erkenntnisse und einen nicht zu unterschätzenden Einfluss auf den Täter hatte. Um Letzteren und ein vermutlich noch lebendes Opfer zu finden, brauchten wir Sievers Aussage, doch bevor wir ihn festnehmen konnten, floh er. Wir ließen sein Handy und seinen Wagen orten, und die Spur führte uns genau hierher. Vermutlich wollte er, dass wir ihn finden. Er hat auf uns gewartet und uns freiwillig einige Informationen zukommen lassen, doch noch nicht alle. Als wir ihn befragten, sah er nach hinten. Unser Teamkollege Terenz erkannte die Situation früh, aber dennoch zu spät, um Sievers von seinem Suizid abzuhalten. Er sprang, ohne dass wir eine Chance hatten einzugreifen. Ich war am nächsten an ihm dran. Ich stand ca. 15 m von ihm weg. Meine Kollegen hatten die Treppe gesichert. Somit waren sie noch weiter weg«, berichtete Jim. Wir nickten alle, um seine Version zu bestätigen. »Gut, dann nehme ich das so auf. Danke für Ihre Kooperation«, verabschiedete sich der Kollege, der noch dabei war, alle Informationen zu notieren. »Ach, eins noch. Halten Sie sich bitte für weitere Fragen zur Verfügung.« »Ach. Was ganz Neues«, paffte Sarah den Kollegen an. Nicht einmal ein Suizid konnte sie daran hindern, ihrem Sarkasmus freie Bahn zu lassen. »Okay, Leute. Wir machen für heute Schluss. Es ist das Beste, wenn wir eine Nacht über alles schlafen und morgen mit neuem Elan und neuer Energie an die Sache rangehen. Wir werden heute sowieso nichts mehr erreichen.« Da stimmte ich Jim nur zu und war dankbar, dass ich nun nach Hause zu Kimberly fahren konnte und mit ihr den Abend verbringen durfte. Es täte uns auch gut, da wir morgen ja zu Dr. Morens fahren würden. Dennoch bekam ich eine Gänsehaut und einen kalten Schauer, der meinen Rücken runterjagte, wenn ich daran dachte, dass ich Kimberly heute, aber spätestens morgen Nachmittag aufklären musste, dass unsere Tochter noch lebte, aber ich keine Ahnung hatte, wo sie war. Ich hatte Angst, dass sie es nicht verkraften würde. Auf dem gesamten Heimweg habe ich mir jedes nur erdenkliche Szenario für die nächsten paar Stunden ausgemalt, und je länger ich malte, desto schlimmer wurde das Bild am Ende. In mir haderte ich mit der Entscheidung, wann ich es Kimberly sagen sollte, und je näher ich meinem Haus kam, umso größer und schwerer war der Kampf. Ich stellte langsam den Motor ab und schloss das Garagentor. Ich saß mit Sicherheit noch mindestens zehn Minuten im Auto und überlegte, wie ich es Kimberly sagen sollte. Ich löste den Sicherheitsgurt und stieg aus dem Wagen aus. Mein Kopf pochte so extrem, dass ich Angst hatte, dass er gleich explodieren und die Wände mit meinem Hirn gestrichen würden. Ich atmete einmal tief durch und massierte mir selbst leicht die Schultern und den Nacken, um mich zu entspannen und meine Kopfschmerzen etwas wegzumassieren. Doch musste ich fortwährend an Sievers und an meine Tochter und an Kimberly denken, sodass meinem Kopf keine Chance blieb, sich zu entspannen. Ich öffnete die Tür zu unserem Haus und stand im Wohnzimmer. Es kam mir vor, als wenn ich Jahre nicht mehr hier gewesen wäre, dabei waren es nur Stunden. Doch in diesen Stunden sind für mich Jahre vergangen. Also stimmte es doch irgendwie, dass ich Jahre nicht mehr hier war. Doch wurde meine philosophische Abschweifung schnell unterbrochen. »Bist du es, Thomas?«, rief Kimberly von oben. Sie klang merkwürdig. Eine Spur Nervosität und Hektik lag in ihrer Stimme. »Ja, wo bist du?« Mein Blick war auf den Ofen in der Küche gerichtet. Es war merkwürdig. Es stand nichts zu essen auf dem Tisch. Dabei knurrte mein Magen ganz schön. Durch das ganze Adrenalin in meinem Blut war mein Energiehaushalt heute fast doppelt so schnell aufgebraucht worden als sonst. »In deinem Arbeitszimmer.« Meine Augen fixierten nicht mehr die nicht vorhandenen Kochtöpfe an, sondern nur die Treppe. *Was macht sie denn bitte da?* Verdutzt ging ich bis zur Treppe. »Was machst du denn da, Schatz?«, versuchte ich normal zu fragen. Doch es kam keine Antwort. »Schatz? Was machst du da?«, fragte ich nun etwas energischer. »Kann ich nicht erklären! Komm einfach hoch«, rief sie mir zu, während ich etwas fallen hörte. *Wehe, mein Pokal für das gewonnene Fußballspiel gegen die Antiterror-Truppe ist da nun kaputtgegangen!*

Ich ging langsam die Treppe hoch und sofort in mein Arbeitszimmer. Zumindest vermutete ich, dass das mein Arbeitszimmer war. Es sah aus, als wären drei Bomben hochgegangen, nachdem ein Rugby-Team dem Chaos seine ganze besondere eigene Würze verliehen hatte. »Kim…«, starrte ich mit offenem Mund auf mein einst so aufgeräumtes und sortiertes Arbeitszimmer. »Was hast du gemacht?« Eine Frage für Dumme, aber in Anbetracht des vorliegenden Chaos eine sehr berechtigte Frage. »Sieht man das nicht?«, giftete sie mich an. »Ja, du hast mit meinen Unterlagen allem Anschein nach Football gespielt«, antwortete ich genauso giftig. »Ich habe was gesucht.« »Atlantis? Den heiligen Gral? Sachen, die im Bermudadreieck verschollen sind?« »Haha, Thomas! Ich suche Unterlagen aus dem Krankenhaus. Ich kann mich beim besten Willen nicht an seinen Namen erinnern!« »Lorenz«, antwortete ich reflexartig. »Nicht der. Der andere! Der uns auf dem Flur entgegengekommen ist und dir diese komische Karte in die Hand gedrückt hat!« Mir lief erneut ein kalter Schauer über den Rücken, und mein Herz blieb stehen. In mir drehte sich alles. »Warum?«, versuchte ich mir nichts anmerken zu lassen. »Ach, nur wegen etwas, was Larissa mir heute erzählt hat«, sagte Kimberly, während sie auf dem Boden hockte und meine Sachen weiter durchsuchte. »Liebling. Schatz. Der Mann hieß Dr. Sievers.« »Genau«, fiel sie mir laut ins Wort. »Hör mir zu.« Kimberly sah nach oben und hörte auf zu kramen. »Ich hatte den ganzen Heimweg überlegt, wann und vor allem wie ich dir das erzähle, was ich nun sagen muss.« Ich reichte Kimberly die Hand, um ihr beim Aufstehen zu helfen. Wir gingen die Treppe runter und setzten uns auf die

Couch. Kimberly hatte auf dem Weg kein Wort gesagt, sondern mich nur angeschaut. Als wir dann saßen, schaffte sie es, ihre Stimme wiederzufinden.

»Was ist hier los, Thomas?«, fragte sie aufgebracht. Ich schluckte einmal und legte mir die Antworten auf ihre Fragen in meinem Kopf bereit. »Also gut.« fing ich an. »Wir ermitteln derzeitig in dem Fall der misshandelten Kinder, wie ich dir erzählte.« Kimberly nickte. »Wir haben jemanden verhaften können, der mit den Leichen in Verbindung steht. Wer, ist erst einmal egal. Auf jeden Fall haben wir seinen Rechner beschlagnahmt und fanden darauf verschlüsselte E-Mails zwischen ihm und Sievers. In denen wurde klar, dass Sievers etwas mit den Kindern zu tun hatte. Lange bevor sie starben. Wir suchten Sievers auf und wollten ihn zur Rede stellen, doch er wurde gewarnt. Von wem wissen wir nicht. Jedenfalls war Sievers nicht mehr im Krankenhaus. Wir suchten ihn und fanden ihn dann schließlich in einem verlassenen Gewerbegebiet etwas außerhalb der Stadt. Dort haben wir kurz mit ihm reden können, bevor er sich vor den Zug warf.« »Hast du ihn …« »Ja, ich hab ihn nach unserer Tochter gefragt. Durch den Inhalt der E-Mails schlich sich bei mir der Verdacht ein, dass unsere Tochter noch leben würde. Sievers hat mir, kurz bevor er gesprungen ist, noch gesagt, dass unsere Tochter lebt. Aber er hat mir nicht gesagt, wo sie ist.« Ich sah Kimberly an, doch sie regte sich nicht mehr. Ich konnte sehen, wie sie gerade versuchte diese ganzen Informationen zu sammeln, ordnen und verstehen. Es war eine Flutwelle von Informationen, die, wenn sie wieder abebbte, eine Spur der Verwüstung hinterließ. »Unsere Tochter lebt?«, sah sie mich mit großen Augen an. »Ja.« »Ich weiß nicht, was ich sagen soll. Ich habe es gespürt. Tief in meinem Herzen. Ich wusste es einfach, Thomas«, erklärte sie in Trance. »Ja, du hast recht, aber …« »Aber wir werden sie nicht zurückbekommen, oder?« Wieder sah sie mich mit diesen großen Augen an, aus denen nun jedes Leben gewichen war. »Kimberly …«, seufzte ich. »Ich weiß es nicht.« »Was heißt, du weißt es nicht?« »Das heißt, dass ich nicht weiß, wo sie ist. Ich hatte keine Chance, Sievers zu fragen. Er hat sich vor den Zug geworfen. Ich will sie genauso schnell wieder haben wie du! Aber ich weiß nicht, wo wir suchen sollen.« »Durchsucht seine Wohnung, alles! Verdammt! Irgendwo wird er doch notiert haben, wem er unsere Tochter gegeben hat«, protestierte sie, während sie mich strafend ansah. Bevor ich antworten konnte, änderte sich ihr Blick. Er war verzweifelt und hoffnungslos. »Oh nein. Nein! Sag nicht, dass dieser Sievers unsere Tochter so jemandem gegeben hat, der auch die anderen Kinder getötet hat.« Mein Blick wurde leer, und mein Kopf neigte sich. »Nein, Thomas!«, schrie sie, als sie von der Couch aufsprang. »Das kann nicht dein Ernst sein.« »Meinst du, das habe ich mir gewünscht? Ich weiß nicht, wer unsere Tochter hat! Wir werden morgen seine Wohnung auseinandernehmen, alles durchsuchen, und dann werden wir einen Hinweis finden, wo unsere Tochter ist! Ich weiß nur, wer sie nicht hat! Es ist ein kleiner Trost, aber kein Schritt in Richtung der Suche nach ihr. Doch ich werde alles tun, damit wir sie finden, und ich werde sie finden. Koste es, was es wolle! Sie ist unsere Tochter, und ich überlasse sie keinem Fremden, egal wer es auch ist. Und das verspreche ich dir.« Ich atmete einmal durch, und Kimberly setzte sich wieder. »Holst du sie mir wieder?«, fragte sie, während ihre Tränen ihre Wangen runterkullerten. »Ja!« Sie kuschelte sich an mich, und ich nahm sie in dem Arm. »Darf ich dich dennoch fragen, wie du auf Sievers kamst?«, sah ich sie vorsichtig an. »Wegen Larissa. Sie sagte, dass Sievers sich merkwürdig verhalten hätte. Normalerweise würden Eltern bei ihren sterbenden Kindern bleiben, und die Ärzte würden sie nicht wegschicken. Das machte uns misstrauisch, warum er uns wegschickte. Es bestätigte einfach meine Vermutung, dass meine Tochter, unsere Tochter, noch lebt und dass Sievers irgendetwas im Schilde führte. Verstehst du?« »Ja, klar versteh ich das.« Ich sah auf die Uhr. 21:14 Uhr. Ich war fertig wie ein Brötchen. Ich wollte einfach nur noch ins Bett und hatte das Gefühl, dass auch Kimberly müde und geschafft von dem Tag war. »Hmm. Da ist mein Plan, dass Larissa dich ablenken soll, wohl nicht aufgegangen.« »Das macht nichts, Thomas. Sie hat mir geholfen meinem Gefühl auf den Grund zu gehen.« Ich nickte. »Ich werde morgen rechtzeitig zu dem Termin bei Dr. Morens da sein. Aber morgen früh muss ich Sievers Wohnung und Büro auseinandernehmen. Das verstehst du hoffentlich?« Kimberly sah mich strafend an. »Ich wäre sauer auf dich, wenn du nicht gehen würdest!« »Dann ist es gut. Du, aber nun was ganz anderes, ich würde jetzt gerne schlafen gehen.« »Ja, du musst für morgen ausgeschlafen sein!«, bestätigte Kimberly, während sie aufstand, meine Hand nahm und mich nach oben ins Schlafzimmer führte.

32. KAPITEL

*Ohne eine allumfassende
Enttäuschung kann es
keine allumfassende
Erkenntnis geben.
(E. M. Cioran)*

Thomas Terenz, Kimberly Terenz, Sam Weiß, Sarah Porte, Jim Corta, Dr. Morens und Rafael Näf

»Guten Morgen, Jim.«, rief ich Jim zu, der vor dem Wohnhaus von Dr. Steven Sievers stand. »Hey Thomas. Sam und Sarah sind bereits oben. Geh schon einmal vor.« Ich gab Jim einen beherzten Klaps auf die Schulter und ging an den Kollegen der Polizei vorbei, geradewegs auf die Wohnung von Dr. Sievers zu. Vor der Tür standen auch noch zwei Kollegen, die darauf achteten, dass keine unbefugte Person Zutritt zu der Wohnung erhielt. Ich grüßte sie mit einem freundlichen Nicken und ging dann in die Wohnung. Als ich noch neu im Team war, musste ich bei jedem zu untersuchenden Ort meinen Dienstausweis herausholen. Nun kennen mich die meisten Polizisten und Spurensicherer, sodass ich ungefragt jeden Tatort besichtigen kann. *Wow*, dachte ich, als ich die Wohnung von innen sah. Es war eine Mischung aus Kolonialstil mit einigen gezielt platzierten orientalischen Ornamenten. Im Wohnzimmer, welches ein Esszimmer integriert hatte, befand sich eine riesige Tafel, die Platz für sechzehn Personen bot. Im Wohnzimmer standen dunkle Ledersessel, die Wände waren mit dunklem Holz vertäfelt, die Schränke hatten verschiedene Schnitzereien im Holz und schienen sehr alt zu sein. Aber das Highlight, das wirklich jeden Blick fing, war der riesige Goldkristall-Kronleuchter über dem Wohnzimmertisch. Es war, als wenn man in eine andere Welt eingetaucht wäre. Die Wohnung, die Möbel, das

Feeling nahmen einen völlig ein und ließen einen vor Staunen die Luft anhalten. »Beeindruckend. Nicht wahr?«, fragte Sarah, die mich im Wohnzimmer mit offenem Mund stehen sah. »Oh ja.« »Dann solltest du dir mal das Schlafzimmer ansehen«, berichtete Sarah. »Dafür haben wir aber keine Zeit. Wir sind hier nicht in einem Museum!«, meckerte Jim. »Kommt lieber einmal in das Arbeitszimmer. Ich glaube, da haben wir etwas.« Jim ging vor, und Sarah und ich folgten ihm. Der Stil zog sich durch jedes Zimmer, wie ich sah. Auch das Arbeitszimmer gestaltete sich entsprechend. Der Schreibtisch schien direkt aus dem Oval Office zu kommen. Er hatte erstaunliche Ähnlichkeiten mit dem Resolute Desk. Ich fühlte mich wirklich wie in einem Museum. Ich fragte mich, wie sich Dr. Sievers vorkommen musste, hier in diesem Museum zu leben und zu arbeiten. Rund um den Schreibtisch standen drei Mitarbeiter der Forensik, die eifrig damit beschäftigt waren, die Spuren zu sichern. »Hallo Jim« begrüßte einer von ihnen unseren Chef. Seinem Akzent nach zu urteilen war er wohl Schweizer. »Hallo Rafael!«, begrüßte Jim ihn auch. »Hast du was gefunden?« »In der Tat! Euer feiner Doktor war wohl ein Technikass. Unser Pech. Der Laptop war komplett verschlüsselt. Wir haben ihn den Leuten von der IT-Abteilung gegeben. Lanz hieß der Gute. Den müsstet ihr ja auch schon kennen.« »Ja, den haben wir auch schon kennengelernt«, erklärte Jim. »Schrecklicher Mann. Na ja, wie es auch ist. Auf jeden Fall sind wir froh, dass er der Technik nicht alles anvertraut hat. In seinem Aktenschrank fanden wir unzählige Akten. 90 % davon waren Akten aus dem Krankenhaus. Patienten, die er behandelt hatte. Patienten, die seine Assistenzärzte behandelt hatten. Akten über seine Assistenzärzte. Also nichts Besonderes. Die anderen Akten konnten wir nicht zuordnen.« Nun wurden wir alle hellhörig. »Was steht in den Akten?«, fragte Sarah. »Ich glaube, wenn Sie es sehen, können Sie mehr damit anfangen.« Rafael nahm eine Akte und legte sie geöffnet auf den Schreibtisch.

Nummer: 49; Standort: 13

Seite 1 – Allgemein

Herkunft
- Land: Russland
- Stadt: Yurga

Person
- Alter zur Zeit der Verlegung: 16
- Geburtsdatum: 17. August 1996
- Größe: 169 cm
- Maße: 96-77-105

Zustand
- Jungfrau

Familie
- Mutter: tot
- Vater: schwer krank
- Geschwister: keine

Freunde
- Kaum welche
=Kein Druck bei der Suche

Krankheiten
- Keine ersichtlichen
- Erbkrankheiten nicht ausgeschlossen
- Psychisch gut

Bildung
- Schulabschluss nach Sekundarstufe I

Kategorie
- B (−)

Nummer 49, am Standort 13, ist eine gute Kandidatin für einen längerfristigen Aufenthalt. Sie wird von niemandem vermisst, da ihre Familie so gut wie tot ist und sie die Schule abgeschlossen hat. Vor der Suche eines Jobs wurde sie zum Standort 13 verlegt. Ihre Gesundheit scheint auch optimal zu verlaufen. Ihre psychische Verfassung zeigt eine starke Persönlichkeit. Bei der Verlegung wollte sie kämpfen. Sie scheint nicht leicht unterzukriegen sein. Daher lege ich fest, dass sie bis zu acht Kinder zur Welt bringen kann. Leider ist ihre Bildung nicht optimal, sodass ihre Kinder nicht für Kunden der Kategorie 19 aufwärts zu gebrauchen sind. Ihre Kinder dienen somit nur den Kategorie-Klassen 7–13.

Seite 2 – Geburten

17. Dezember 2013 – Geburt eines Sohnes

Gewicht: 4,5 Pfund
Augenfarbe: blau-grau
Größe: 42 cm

Erste Tests ergeben, dass es sich bei dem Kind um ein Kind der Stufe CD handelt und es somit an Kunden der Kategorie-Klasse 7 bis 9 verkauft werden kann.
Wert: 12.000 €

Verkauft: 02.01.2014, 12.000 €
Käufer: Kunde 14723
Zufriedenheit: gut

Ich traute meinen Augen kaum. »Wir haben fünfzig solcher Akten gefunden. Immer andere Nummern und insgesamt vier Standorte. Alle sind gleich aufgebaut. Allgemeines zur Person, zu Geburten und am Ende die Art des Todes. Wenn sie glauben, die Frauen hätten noch nicht genug gelitten, sollten sie lesen, wie sie sterben müssen.« Rafael schüttelt sichtlich bestürzt den Kopf. Er nahm eine weitere Akte und schlug die letzte Seite auf.

Nummer 22, Standort 5, hat ihrem Zweck gut gedient. Sie hat insgesamt neun Kinder der Kategorie-Klassen 19 und höher geboren. Leider ist sie mittlerweile zu alt, um sie als Sklavin zu verkaufen. Daher wird ihr Tod nun wie folgt festgelegt:

Nummer 22, Standort 5, wird in einem abgeschotteten Keller an der Wand gefesselt, entkleidet, und ihre Haut wird leicht eingeschnitten. An den Oberschenkeln, am Bauch und an den Oberarmen. In den Keller werden dann vier Rottweiler gelassen, die einige Tage kein Futter bekommen haben. Die Tiere werden Nummer 22, Standort 5, bei lebendigem Leib fressen. Ihre Knochen werden verbrannt und die Asche verstreut.

»Ach nein! Das ist doch wohl ein Scherz!«, rief Sarah. Auch ich schüttelte den Kopf. »Wissen wir, wo die Standorte liegen, wer die Nummern sind, wer die Käufer sind oder was die Kategorie-Klassen bedeuten?« »Leider steht das nicht in den Akten. Wir haben sie alle durchforstet, aber nichts gefunden. Ich schätze, dass unser Akten-Freund die Infos wohl gehütet auf seinem Laptop hat, den er besser gesichert hat als Fort Knox.« Mir ging das Bild nicht mehr aus dem Kopf, wie eine Frau gefesselt in einem Keller von Hunden gefressen wird. In mir drehte sich alles.

»Kommt ihr mal mit ins Wohnzimmer«, befahl Jim und ging voraus. »So ein Wichser! Hätte ich gewusst, was der hier für eine Scheiße abgezogen hat, schwöre ich. Nein, schon gut« Jim schüttelte den Kopf. Keiner von uns wollte noch etwas dazu sagen. »Okay. Also, wir warten nun, bis Lanz und sein Team den Rechner entschlüsselt haben und uns hoffentlich mehr Infos geben können. Bis dahin vernehmen wir noch einmal Halmer. Ich will wissen, was da passiert ist! Wir haben nun mehr Infos, und diesmal lassen wir uns das Verhör nicht aus der Hand nehmen. Thomas, du kommst nach deinem Termin wieder dazu. Hoffentlich finden die auch Informationen zu deiner Tochter.« Jim klopfte mir mitfühlend auf die Schulter. »Ihr solltet besser noch nicht gehen«, rief Rafael uns hinter her. »Wir haben hier noch etwas.« Wir eilten wieder in das Arbeitszimmer, wo Rafael einen Umschlag in der Hand hielt. »Der war in einem Geheimfach in seinem Aktenschrank. Nun wissen wir, wie und warum der Doktor bei diesen Spielchen mitmachte.« Wir starrten uns gegenseitig an. Rafael öffnete den Umschlag und legte uns einen Brief und vier umgedrehte Fotos hin. »Was ist das?«, fragte ich ängstlich. Rafael drehte das erste um, danach das zweite und dann die anderen beiden. Mit jedem von ihnen vervollständigte sich die Geschichte, die mit den Fotos erzählt wurde. Auf dem ersten Bild war Sievers auf dem Dach eines Krankenhauses zu sehen. Hinter ihm ein stehender Helikopter. Auf dem zweiten Bild geht er Seite an Seite mit einem Mann, der einen Koffer trägt, zur Tür des Daches. Der Inhalt des Koffers ist auf dem dritten Bild zu sehen. Es waren Geldscheine. Auf den ersten Blick sicherlich 100.000 . Auf dem letzten Bild sieht man, wie Sievers dem Mann etwas gibt, was das Gefäß, in dem es lag, rot färbte. Auch ohne in das Gefäß geschaut zu haben, wusste ich, was darin war. »Sievers hat sich also etwas nebenbei verdient. Er ist in Organschmuggel verwickelt gewesen.« »Genau«, bestätigte Rafael, der gerade den Brief in der Hand hatte. »Ich lese vor.

Guten Tag Herr Sievers,

wir wissen, dass Sie Organe von verstorbenen Unbekannten an einen Schwarzhändlerring in Polen verkaufen.
Wenn Sie wollen, dass diese Informationen keinem Dritten zukommen, werden Sie nun für uns arbeiten.
Was Ihr genauer Job ist, erfahren Sie im nächsten Brief.
Damit Sie uns auch glauben, haben wir Ihnen einige Andenken an Ihre kriminelle Zeit beigelegt.

Ihr neuer Arbeitgeber.«

Jim schüttelte einfach nur den Kopf. Auch mir fehlten schlicht und ergreifend die Worte. Ich war hin- und hergerissen von dem Gedanken, auf welcher Seite Sievers bei der ganzen Geschichte stand. Hatte er das alles aus freien Stücken gemacht, hatte es ihm wohlmöglich auch noch gefallen oder hatte er das alles nur zum Schutz seiner Karriere gemacht? So oder so warf das alles hier kein gutes Licht auf Sievers.

Ich sah auf die Armbanduhr und stellte fest, dass in nicht einmal fünfzig Minuten mein Termin begann.

»Jim. Ich will ja nicht drängeln, aber ich muss los«, erinnerte ich ihn. »Verdammt. Stimmt. Los, Thomas, fahr. Komm nur danach wieder ins Büro, wenn es geht.« »Ich versuche es«, rief ich ihm noch hinterher, während ich schon aus dem Gebäude stürmte.

Hoffentlich komme ich nicht zu spät, dachte ich, während ich ins Auto stieg und mit quietschenden Reifen losfuhr.

33. KAPITEL

Selbst die tiefste Erkenntnis
ändert nichts am Wesen der Welt,
so wenig wie Selbsterkenntnis
am eigenen Wesen.
    (Ernst Hohenemser)

Thomas Terenz, Kimberly Terenz und Dr. Morens

Noch zehn Minuten, dachte ich, als ich auf die Uhr auf meinem Armaturenbrett geschaut habe. Ich atmete erleichtert auf. Ich schaffte es also doch noch pünktlich. Nur noch einen Parkplatz suchen und hoch in den dritten Stock zu Dr. Morens laufen. Kimberly würde vermutlich schon da sein. Ich hoffte, sie hatte noch gut geschlafen und die Erkenntnisse des gestrigen Abends irgendwie verarbeitet. Doch wie sehr ich versuchte mich auf den Termin zu konzentrieren, die Eindrücke aus der Wohnung von Sievers holten mich bei jedem weiteren Schritt ein. Entkommen zwecklos. Sie nahmen mich immer mehr ein, doch genau jetzt musste ich mich auf meine Frau konzentrieren. Ich merkte gar nicht, wie ich die Treppen hochgespurtet bin. Meine Gedanken kreisten nur um die Erkenntnisse und die Gewissheit, die wir eben gewonnen hatten. Aber neben diesen ganzen gewonnenen Erkenntnissen blieben die Umstände des Verschwindens unseres Kindes im Unklaren. Ich wusste noch nicht, wie ich meiner Frau erklären sollte, dass ich nun alles zu glauben vermochte, was diesen Sievers anging, aber auf die Frage, was mit unserer Tochter passiert war und wo sie sich aufhielt, keine Antwort geben konnte.

Ich blieb vor der Tür stehen und atmete noch einmal tief ein und aus. Ich versuchte meinen Kopf abzuschalten und ging mit diesem Vorsatz durch die Tür in die Praxis von Dr. Morens. Kimberly saß sichtlich nervös im Wartebereich. Ein kurzer Blick auf meine Uhr verriet mir, dass ich noch pünktlich war. *Die erste*

Hürde gemeistert, dachte ich mir. Ich ging in den Wartebereich, setzte mich neben meine Frau und nahm ihre Hand. »Hey Liebling.« Mehr brachte ich nicht zustande. Doch auch Kimberly schien mit ihren Nerven durch zu sein. Ich senkte meinen Kopf, und die Gedanken schossen wieder durch ihn hindurch. »Es wird alles gut«, versuchte ich nicht nur Kimberly, sondern auch mir einzureden. Meine Frau sah mich mit einem Blick aus Verzweiflung, Wut und Hass an, der auch in meiner Brust schmerzte, selbst wenn er nicht für mich direkt bestimmt war. »Wie soll das denn wieder gut werden?«, griff mich Kimberly an. Doch bevor ich etwas erwidern konnte, kam Dr. Morens' Assistentin rein, um uns zu Dr. Morens zu bringen. Kimberly nahm ihre Handtasche, und wir folgten der jungen Frau bis in das Sprechzimmer von Dr. Morens.

»Schönen guten Tag, Herr und Frau Terenz«, begrüßte er uns. Ich nickte, um seine Begrüßung nonverbal zu erwidern, und Kimberly setzte sich. Ich konnte es ihr nicht verdenken, dass sie so reagiert hat. »Ich merke schon, dass etwas zwischen Ihnen passiert ist. Mögen Sie mir erzählen, was genau?«

Dr. Morens sah uns mit seinem Blick an. Dem Blick, der jeden sofort zum Reden bringt. So einen Blick könnte ich für so manche Verhörung ganz gut gebrauchen.

Dr. Morens hielt seinen Blick aufrecht, und ich sah zu Kimberly, die sich in sich selbst zurückgezogen hatte. Dr. Morens' Stirn schlug sichtbare Falten. Er machte sich Sorgen. Nur worüber, fragte ich mich. Schweren Herzens entschloss ich mich dazu, dass ich ihm erklärte, was genau passiert war. Die letzten paar Tage vergingen wie Jahre, und genauso gealtert fühlte ich mich auch. »Also …«, fing ich an. Ich suchte noch verzweifelt einen Satzanfang, als Kimberly schon die ganze Geschichte im Kopf hatte. »Wie ich Ihnen letztes Mal erzählt habe, lebt unsere Tochter noch«, keifte Kimberly Dr. Morens an. »Wie kommen Sie darauf?« »Eine Mutter spürt das eben!« »Wir haben fundierte Erkenntnisse, dass sie wirklich noch lebt«, schritt ich dazwischen, bevor Kimberly zähnefletschend auf Dr. Morens losgehen konnte. »Erzählen Sie«, forderte mich Dr. Morens auf. »Mein Team und ich untersuchen derzeitig einige Mordfälle.« »Mordfälle?«, fiel er mir ins Wort. »Ja. Es handelt sich um Kinder, die vor einigen Tagen ermordet aufgefunden wurden. Wir sind den Spuren nachgegangen und haben herausgefunden, dass ein Arzt aus dem Krankenhaus der Kopf eines organisierten Händlerringes ist.« Dr. Morens schaute mich fragwürdig an.

»Dieser Händlerring scheint wohl auf den Verkauf und Handel von Kindern spezialisiert zu sein.« »Das ist schrecklich«, fiel Dr. Morens mir erneut ins Wort. »Aber das ist noch kein Beweis dafür, dass Ihre Tochter noch lebt.« Ich sah ihn recht zweifelnd an. Dr. Morens drängelte eigentlich nie so. »Da haben Sie recht, aber die Geschichte geht ja noch weiter. Wir haben den Schriftverkehr zwischen ihm und einem seiner Kunden gefunden. Daraus ging ganz klar hervor, dass unsere Tochter noch lebt.« Dr. Morens hob die Augenbraue. »In der Textnachricht, die wir gefunden haben, wurde der Kauf einer neugeborenen Weißen vereinbart. Diese Vereinbarung fand genau einen Tag vor der Geburt meiner Tochter statt.« »Das mag ja stimmen. Aber sagten Sie nicht, dass Sie nicht wussten, welches Geschlecht Ihr Kind haben würde?«, entgegnete uns Dr. Morens. »Ja, das stimmt. Wir wussten es nicht, aber es stand in den Klinikunterlagen. Und Dr. Sievers, als Chefarzt des Klinikums, hatte vollen Zugang zu den Unterlagen, und somit konnte er nachverfolgen, welche Frau ein weißes weibliches Kind in der nächsten Zeit gebären würde. Problem für Sievers war, das Kind für die Eltern sterben zu lassen. Bei der Vorgeschichte meiner Frau nichts leichter als das.« Kimberly schaute langsam wieder hoch, und Dr. Morens schein den Ernst der Lage endlich zu begreifen. »Wir haben Dr. Sievers aufgesucht und kurz mit ihm reden können, bevor er Suizid begangen hat.« »Und was hat er gesagt?« Morens lehnte sich nach vorne. »Er hat gesagt, dass meine Tochter noch leben würde und dass sie nicht bei dem sei, der die Verbrechen begangen hat.« Dr. Morens lehnte sich zurück, die Hände über den Kopf zusammengelegt. »Puhh«, äußerte er, während er schwer ausatmete. Kimberlys Blick ging weiter nach unten. Wie sollte sie mit dieser Situation klarkommen, wenn nicht einmal ein Psychologe damit umgehen konnte? »Hat Dr. Sievers noch etwas gesagt?«

»Nein. Wirklich nur das«, erwiderte ich etwas enttäuscht, während ich das Gespräch im Kopf noch einmal durchging. »Dann hat Ihnen Sievers schon vorher erklärt, wo ihre Tochter ist.« »Wieso sollte er das?«, fragte ich neugierig, aber auch misstrauisch. »Weil Sievers Ihnen nicht den Hinweis gegeben und die Hoffnung geschenkt hätte, wenn Sie Ihre Tochter nicht finden könnten.« Das schien mir logisch. »Also gehen wir den Tag noch einmal durch. Die Situation, in denen er Ihnen im Krankenhaus begegnete. Diesen Moment müssen wir nun beleuchten. Ich bin sicher, dass er Ihnen, eventuell unbewusst, die Informationen zu Ihrer Tochter mitgeteilt hat.« Kimberly sah nach oben, getrieben von Hoffnung. »Wir standen draußen vor dem Fenster und sahen in den Raum, in dem unsere Tochter lag. Zumindest sagte man uns, dass das unsere Tochter sei«, erzählte sie, wie aus der Pistole geschossen. »Und dann?« »Dann kam dieser Sievers und hat mit Thomas geredet.« »Er sagte, dass er sich nicht vorstellen könnte, wie wir uns fühlen mussten«, erklärte ich. »Sonst noch was?« »Nein«, sagte ich, während ich Kimberly ansah. Auch Kimberly dachte nach, doch auch ihr fiel nichts mehr ein. Ich versetzte mich zurück. Dachte an den Geruch, den ich damals wahrnahm, und an das Gefühl, das ich verspürte. »Warten Sie!«, schrie ich. »Sievers hatte mir eine Karte gegeben, als er sich von mir verabschiedet hat!« Dr. Morens richtete sich auf und lehnte sich nach vorne. »Was stand drauf?«, fragte er aufgeregt. »Es stand nur drauf: *Sie wissen, wann Sie diese Nummer anrufen müssen.* Aber es war keine Nummer drauf.« »Keine sichtbare«, entgegnete mir Morens. »Wie meinen Sie das?« »Ganz einfach, Herr Terenz. Es gibt spezielle Stifte, deren Tinte nur unter speziellen Umständen, mit besonderen Mitteln und unter bestimmtem Licht sichtbar wird.« In mir begann mein Hirn auf Hochtouren zu arbeiten. »Wo hast du die Karte, Thomas?«, fragte Kimberly aufgeregt und energisch. »Die liegt zu Hause. In meiner unteren Ablage.« Meine Adern öffneten sich, eine Gänsehaut zog auf, und ich war hellwach. »Ich würde vorschlagen, dass Sie nach Hause fahren und diese Karte untersuchen lassen.« »Auf jeden Fall!«, brachte ich stammelnd vor. Kimberly war schon rausgestürmt, während ich Dr. Morens noch verabschiedete und ihm dankte.

34. KAPITEL

Der Begriff des Guten und des
Bösen kann nicht durch die
allgemeine Abstimmung aufgelöst werden.
Es steht nicht in der Macht
irgendwelcher Wählerschaft,
die Lüge zur Wahrheit und
das Recht zum Unrecht zu stempeln.
Das menschliche Gewissen ist
unabhängig von Stimmzetteln.
  (Victor Hugo)

Thomas Terenz, Sam Weiß, Sarah Porte, Jim Corta und Christoph Lanz

»Jim! Jim!«, rief ich durch die gesamte Abteilung von Christoph Lanz. Jim und die anderen waren vermutlich wieder in dem Büro von Lanz. Ich eilte, so schnell ich konnte, durch die Abteilung, den Blick nur auf die Tür gerichtet. »Was ist denn nun wieder los?«, fragte mich Sarah, in ihrer patzigen Art, während sie sich leicht aus der Tür lehnte. »Wo ist Jim?« »Jim, er will dich!«, rief sie in das Büro rein, während sie ihre Augen verdrehte. Ich ging in das Büro, bevor Jim die Chance hatte, herauszukommen. Völlig außer Atem und nach Luft ringend versuchte ich Jim klarzumachen, was ich beim Psychologen herausgefunden hatte.

»Jaja, Thomas!«, winkte er meinen Versuch ab, ihm alles zu sagen. »Wir haben hier etwas viel Besseres! Sieh dir das an!« »Besser als meins, wohl kaum!«, protestierte ich. Doch dieser Einwand wurde gekonnt ignoriert. »Was habt ihr denn herausgefunden?«, fügte ich mich widerwillig der Ignoranz meines Bosses. »Wir haben die Dokumente von eurem feinen Dr. Sievers gefunden. Einige von ihnen waren versteckt, andere wiederum waren einfach zu finden«, erklärte Lanz fasziniert. »Aber erst einmal in sein

System zu kommen bedurfte meiner nicht unerheblichen Erfahrung und des Könnens meiner Mitarbeiter. Egal, für wen Sievers gearbeitet hatte, derjenige kannte sich verdammt gut mit Sicherheitssystemen aus. Jemand wollte nicht, dass diese Dokumente in die *falschen* Hände gerieten.« »Sind auch die Standorte darin erklärt?«, fragte ich nervös. »Das werden wir jetzt herausfinden.«, erklärte Jim. »Also hast du die kranke Party noch nicht verpasst«, schmunzelte Sarah. Ich stellte mich wieder zu Jim und Sam und versuchte nachzuvollziehen, was Lanz gerade machte. Seine Finger tippten schneller, als der Computer reagierte. Plötzlich öffnete sich ein Ordner mit der Überschrift »*Der Schatten*«. »Ich denke, das ist das, was ihr braucht?« Jim nickte nur. Sarah legte ihre Arme auf die Schultern von Lanz und beugte sich weiter nach vorne. »Macht dir doch nichts aus, oder?«, fragte sie, während ihre Augen fest auf den Bildschirm gerichtet waren. Lanz sah sie verdutzt an, beließ es aber dabei. »Jim, bring mir mal die Akten, die wir bei dem Wichser gefunden haben!«, rief sie, während sie die Dateien in dem Ordner durchlas. »Ich glaube, wir haben gerade den Jackpot gezogen«, triumphierte sie, während sie ihren Blick kurz von dem Bildschirm löste. »Dieser Wichser war wohl doch kein so großes Arschloch.« »Was meinst du damit?« Jim runzelte die Stirn. »Cleveres Schwein!«, schmunzelte Sarah. »Er hat sich eine Rückversicherung aufgebaut!« »Rückversicherung?« »Ja, für den Fall, dass der Obermacker ihn über den Tisch zieht. Und es hat ganz den Anschein, dass dieser Schatten der Obermacker war.« Sarah sah zu uns in die Runde. »Ach! Ihr schnallt echt null! Kommt her! Dann zeig ich es euch!« Diese Aufforderung konnte ich nicht ausschlagen.

Sarah schubste Lanz von seinem Stuhl, nahm sich den erstbesten Block und einen Stift und öffnete im Internet einen Atlas von Deutschland.

Ich nahm mir einen Stuhl, um mir auch mal Sievers' Rückversicherung anzusehen. Ich sah auf den Bildschirm, auf dem mindestens zehn Dokumente geöffnet waren. »Das darf doch wohl nicht …« »Ja, da staunst du nicht schlecht. Sievers hat selbst wohl recherchiert und herausgefunden, was es mit den Klassen,

Kategorien und Nummern der Kunden auf sich hat. Und das war seine Rückversicherung!« »Dann war er nicht der Kopf hinter der ganzen Organisation?« Jetzt war ich nur noch verwirrt. »Nein, so wie es aussieht, wurde er von denen wegen der Organgeschichte erpresst und dann gezwungen. Aber er wollte alles aufdecken, wie es aussieht! Doch an alles ist er nicht drangekommen. Die Standorte sind noch verschlüsselt! Ich fange mal mit den Buchstabenkategorien an.«

Sarah zog das erste Dokument in den Vordergrund.

Buchstabenkategorien:

A: Intelligent
A+:   Hochbegabt
A−:   Überdurchschnittlich
B: Gebildet
B+:   Sehr gute Bildung
B−:   Geringe Bildung
C: Ungebildet
C−:   Nie zur Schule gegangen

»Damit haben sie die Frauen in Bildungsstufen eingeteilt. Aber warum nur?«, fragte Sam verwirrt.

»Das wird im nächsten Kapitel klar!«, erklärte Sarah mit dem Stift in der einen Hand und der Maus in der anderen. Sie öffnete das nächste Dokument.

Kundenkategorie:

Kategorie 0−5: Kunden mit schlimmer krimineller Vergangenheit; Morde, Vergewaltigung, Kinderpornografie

Kategorie 6−10: Kunden mit einer weniger schlimmer krimineller Vergangenheit; Verantwortungsgefühl vorhanden, dennoch enorme Gefahr für das Kindeswohl

Kategorie 11–14: Kunden ohne kriminelle Vergangenheit; keine Erlaubnis zur Adoption, da keine Jobs, somit kein Geld; oftmals Spieler oder andere Süchte; Verwahrlosung möglich

Kategorie 15–19: Kunden ohne kriminelle Vergangenheit; keine Adoptionserlaubnis; Mittelschichtsbürger

Kategorie 20–24: Kunden ohne kriminelle Vergangenheit; keine Adoptionserlaubnis; psychische Probleme

Kategorie 25: Kunden ohne kriminelle Vergangenheit; keine Adoptionserlaubnis; schwere psychische Erkrankung; Oberschicht

»Ich verstehe so langsam! Je besser die Bildung der Mutter, eine umso gehobenere Güteklasse bekommen die Kinder. Wie in Indien, mit den Kasten!« »Genau, Thomas! Man wird reingeboren und kann es nach der Geburt nicht mehr ändern«, fügte Sam noch hinzu.

»Genau! Dann braucht ihr die nächste Datei nicht zu sehen! Da wird nur erklärt, welche Klassen die Kinder durch die Geburt bekommen. Abhängig auch von Gesundheitszustand und Verhalten.« Sarah drehte sich zu uns um. »Leider hat Sievers nicht rausbekommen, wie die Käufernummern codiert sind.« Sie atmete tief aus. »Er hat aber versucht die Standorte herauszubekommen. Jedoch ohne Erfolg. Er ist nur dahintergekommen, dass die Standorte, die von 1 bis 16 gehen, durchgängig nummeriert sind. Er konnte sie aber noch nicht entschlüsseln.« Sarah drehte sich wieder um. »Darf ich mal sehen?«, fragte ich. Sarah schaute mich an und räumte ohne einen Mucks den Platz. Ich rief die Datei auf und hoffte nur, während sie sich öffnete, dass ich mich nicht überschätzte.

»Ich liebe Rätsel. Damals bei einer Schnitzeljagd habe ich alle codierten Hinweise entschlüsseln können.« Die Datei öffnete sich und zeigte ihre codierten Inhalte. »Okay. Jeder Ort ist durch eine Abfolge von sechs bis sieben Zahlen gekennzeichnet. Am Ende dieser Zahlenabfolge steht ein Buchstabe. Danach folgt eine Klammer, in der zuerst einige Buchstaben stehen; in weiteren Klammern

sind Zahlen codiert.« Ich atmete einmal tief ein und aus. »Okay.«
Ich drehte mich einmal um. Alle sahen mich mit Augen voller
Hoffnung an. »Diese Zahlen und Buchstaben codieren ja den Standort. Wie wir von Dr. Rother erfahren haben, stammen die Kinder
aus verschiedenen Orten dieser Welt und wurden alle in unserem
Park gefunden. Wenn die Kinder aus unterschiedlichen Ländern
und Kontinenten stammen, müssten wohl auch die Erzeuger der
Kinder aus unterschiedlichen Ländern kommen. Somit müssten
diese Informationen für alle Länder die gleiche Bedeutung haben.
Also kann es nichts spezifisch Deutsches, Englisches oder sonstiges
sein.« Ich überlegte, welche Zahlenkombinationen jedes Land gleich
hat. »Es müsste etwas Genormtes sein«, erklärte Sam das Offen-
sichtliche. »Ja, etwas, was in jedem Land gleich ist! Eine Folge aus
sechs bis sieben Zahlen mit einem einzigen Buchstaben!«, erklärte
ich genervt. »Lass mich mal kurz sehen, Thomas!«, forderte mich
Sam auf, ihn am Rechner zu lassen. »Ahhh! Hinter den Zahlen
steht immer nur ein Buchstabe. Wie ich sehe entweder E, N, W
oder S. Wie Beispiel eins: 50.77694 N 6.09261 E. RNH (18; 15;
20; 19; 9; 5; 6 [23 5 7] X)« Sam drehte sich zu uns um und grinste
verschmitzt. »Ich weiß, was die Zahlen und die Buchstaben für eine
Bedeutung haben!« »Und welche?«, fragte Jim aufgeregt. »Überlegt doch mal selbst. Es müssen Codierungen sein, die jedes Land
benutzt, die aus sechs bis sieben Zahlen bestehen und bei denen
am Ende ein E, ein N, ein S oder ein W steht.« Keiner von uns
begriff, was er meinte. »Es handelt sich um Längen und Breitengrade! Damit haben sie die Stadt in einem Land eingegrenzt!«
»Schön, und was bedeutet der Rest?«, fragte ich. »Okay, überlegen
wir doch mal. Nun wissen die Leute, um welche Stadt es sich
handelt. Aber es gibt Städte, und es gibt Städte.« »Was meinst du
denn nun damit?« »Also es gibt Städte, da läufst du hundert Meter
und fällst in die nächste Stadt, und es gibt Städte, da könntest du
Tage durchlaufen und fändest kein Ende. Also müssen die ja ungefähr wissen, in welchen Bereich sie müssen.« »Was meinst du
mit Bereich?«, fragte ich verunsichert. »Ja Bereich, Stadtteil!« Ich
rannte zum Rechner und sah mir den Standort 4 genauer an.
»Du hast recht! Wenn 50.77694 N und 6.09261 E die Längen

und Breitengrade sind, sehen wir nach, um welche Stadt es sich handelt.« Ich öffnete das Internet und suchte nach der Stadt, die diese Längen- und Breitengrade hat. »Aachen!«, rief ich. »Logisch! Aachen liegt sowohl an Belgien als auch an den Niederlanden. Perfekt für den Menschenschmuggel. In den Niederlanden gibt es auch noch Eemshaven. Von dort können sie Mädchen aus der ganzen Welt importieren«, erklärte Sarah. »Aber was bedeutet dann bitte sehr RNH?«, fragte ich beunruhigt. Sarah nahm die Tastatur in die Hand und öffnete eine Liste von Stadtteilen von Aachen. »Ronheide. Der Stadtteil, der am nächsten an der Landesgrenze liegt!« »Wir haben die Schweine!«, triumphierte Sarah, und ich war nicht ganz abgeneigt, ihre euphorische Stimmung unmittelbar zu teilen. »Lanz, können Sie die anderen Koordinaten auch den Städten zuordnen und den dortigen Kriminalkommissaren übergeben?«, bat Jim ihn. »Gewiss. Aber so ungern ich Ihren Siegeszug unterbreche: Sie haben doch noch etwas vergessen! Die Zahlen in den Klammern!«, holte uns Lanz auf den harten und trockenen Boden der Tatsachen zurück. Auch wenn wir uns jetzt schon auf einen Stadtteil beschränken konnten, konnten wir den Standort immer noch nicht weit genug eingrenzen. »Ich kann mich an einen Artikel erinnern«, warf Sam ein. »Dabei ging es darum, dass es in Berlin fast fünfhundert Straßen gibt, die Zahlen beinhalten. Für uns kaum vorzustellen, aber diese Straßen wurden wohl vergessen. Ich habe in Erinnerung, dass man Zahlen nehmen kann, wenn man sich noch nicht sicher ist, wie die Straße heißen soll. Wenn es eine Andeutung auf eine historische Besonderheit an der Stelle gegeben hat oder sonst was. Was ist, wenn unsere Täter sich immer Straßen mit dieser *Nummer* gesucht haben?«, erklärte Jim. »Das denke ich nicht. Ich bin zwar kein Kriminalkommissar wie Sie, aber ich denke, dass dies hier einen viel einfacheren Hintergrund hat.« »Der da wäre?« »Wir gehen von ausländischen Mitmenschen aus? Stellen Sie sich vor, Sie kommen nach Deutschland, können kaum ein Wort sprechen und müssten die Straße Bischöflich-Geistlicher-Rat-Josef-Zinnbauer-Straße oder die Carl-Zuckmayer-Straße finden. Ich denke, dass die Buchstaben für die Straße stehen. Jede Zahl steht für einen Buchstaben in der Straße, und die Nummer in der anderen Klammer ist die Straßennummer. So kann sich jeder zurechtfinden!«, erklärte Lanz. Auch wenn ich es ungerne zugebe. Seine Theorie ist wesentlich logischer als unsere.«

»Damit wäre es der Rotsiefweg. Und das X steht eventuell für die römische Ziffer 10! Und den gibt es sogar! Das Rätsel wäre gelöst. Ich werde einen Algorithmus schreiben, womit die anderen Standorte auch identifiziert werden können. Einer von denen wird wohl auch in unserer Nähe sein. Sobald wir die Infos haben, werde ich sie sofort anrufen.« »Danke Lanz«, erwiesen wir uns erkenntlich bei ihm. Ohne seine Mithilfe wären wir nicht einmal ansatzweise so weit gekommen. »Wir treffen uns in unserem Meetingraum. In fünf Minuten.«, befahl Jim uns, nachdem er eine SMS erhalten hatte. Somit gingen wir sofort zum Aufzug und fuhren in unsere Etage. »Was uns wohl nun Schönes erwartet?«, fragte Sarah sarkastisch. Die Fahrstuhltür öffnete sich, und ein Bild der Ordnung und Gelassenheit breitete sich aus. Ganz anders als erwartet. Doch eine Person stach heraus. Ein Mann stand vor meinem Büro und starrte auf die Treppe zum Meeting-Raum. »Dein Date?«, fragte Sarah, während sie in ihr Büro ging. Ich hätte mich gerne über sie aufgeregt, doch bringt das nichts als graue Haare. »Kann ich Ihnen helfen?«, fragte ich den jungen Mann vor meinem Büro. »Ja. Ich soll Ihnen das Ergebnis der Untersuchung bringen.« Er drückte mir die Akte in die Hand und verschwand in der Ordnung. Ich sah ihm noch kurz hinterher und schloss dann mein Büro auf, um die Akte zu lesen.

Untersuchung des Beweises, eingebracht von Herrn Thomas Terenz

Die von uns untersuchte Karte wies kleine Einkerbungen auf der Rückseite auf. Diese wurden unter ultraviolettem Licht untersucht. Darauf befand sich eine Abfolge von zwölf Ziffern. Vermutlich handelt es sich um eine Telefonnummer. Vorsorglich haben wir die Einkerbungen intensiviert, sodass die Zahlen auch ohne das spezielle Licht sichtbar sind.

Eine Fotografie wurde der Akte beigefügt.

35. KAPITEL

Der Optimismus ist ein
unmittelbares Zeichen
der Gesundheit
und ist umso verdienstvoller,
je schärfer er die Gefahr
ins Auge fasst.
Auf alle Fälle führt die Hoffnung
weiter als die Furcht.
*   (Ernst Jünger)*

Miljana Koleva

Ich bin vermutlich nun im fünften Monat schwanger, zog ich ein Resümee über die vergangenen Monate in diesem Zimmer. Ein Palast im Gegensatz zu meiner Zelle bei den anderen Mädchen. Auch wenn die Männer hier mich wesentlich besser behandeln und das Zimmer an echten Luxus grenzt, wünschte ich mir nichts sehnlicher, als wieder in meiner Zelle zu hausen und mich von den Männern dort schlecht behandeln zu lassen. Ja, selbst die Vergewaltigungen würde ich lieber ertragen. Alles würde ich lieber haben als das Schicksal, welches mein Kind bald erleben müsste. Wenn ich bei den Mädchen wäre, würde das bedeuten, dass ich nicht schwanger wäre und dass meinem Kind ein solches Schicksal erspart bliebe. Ich starrte die Decke an, wie ich es jeden Tag machte, und stellte mir vor, wie ich auf einer Blumenwiese liegen, in den blauen Himmel schauen und langsam die weißen Wolken an mir vorbeiziehen lassen würde. Diese Gedanken halfen mir den Tag zu überstehen. Außer Essen und Gymnastik stand nicht viel auf der Tagesplanung. Wir wurden in einzelne Glaskabinen gesteckt und konnten uns einander sehen, aber nicht hören. Wir bekamen Übungen vorgemacht und mussten sie in unseren recht großen Kabinen nachmachen. Einige von den Mädchen kenne ich. Sie habe ich zuvor in unseren Zellen gesehen, bis sie eines Tages nicht wiederkamen. Damals rätselten wir, ob sie verkauft wurden oder getötet. Wie falsch wir damals lagen. Ich richtete mich auf und sah an die Wand, an der das stets verschlossene Fenster war. Links neben dem Fenster war eine Uhr, an der wir ablesen konnten, wann wir für die Gymnastik fertig zu sein hatten. 14:36 Uhr, las ich ab. In mir stieg ein komisches Gefühl auf. *Die Leute verspäten sich doch sonst nicht?,* dachte ich mir, als ich erneut einen Blick auf die Uhr warf. 14:38 Uhr. *Schon acht Minuten zu spät! Da stimmt was nicht!* Ich stand vorsichtig auf und drückte mein Ohr an die Tür. Ich versuchte zu hören, ob die Leute gleich kämen. Doch das, was ich hörte, konnte ich nicht identifizieren. Es war ein Lärm getränkt mit Schreien. Die Stimmen wurden deutlicher, aber ich verstand kein Wort von dem, was gesagt wurde. Ich hörte plötzlich schnelle Schritte und eine sehr deutliche laute Stimme, doch sprach sie keine Sprache, die ich verstand. Es war auch keine Stimme, die ich kannte. Es mussten also Fremde sein. In Gedanken ging ich durch, wie ich mich am besten zu verhalten hatte. Sollte ich schreien? Wenn das nun Männer waren, die mich erneut entführen wollten, sollte ich besser leise sein, damit sie mich nicht entdeckten. Sollten es aber Männer sein, die mich befreien wollten, sollte ich besser schreien, sodass ich auch befreit würde. Es zerriss mich innerlich. Ich wusste nicht, wie ich mich verhalten sollte. Ein lauter Schrei zusammen mit einem lauten Knall riss mich aber aus meinen Gedanken und brachte mich dazu, selbst laut aufzuschreien. Es hörte sich an, als ob geschossen würde. Ich hielt mir sofort die Hände vor den Mund und bereute unverzüglich, dass ich mich nicht selbst unter Kontrolle hatte. Ich hörte, wie die Schritte und die Stimme immer näher zu mir kamen. Ich ging sofort von der Tür weg und versuchte mich hinter meinem Bett zu verstecken. Ich schloss die Augen und verschränkte meine Arme über meinem Kopf, während die Männer gegen meine Tür traten, um sie aufzubrechen. Ich betete, dass die Tür ewig standhalten würde, doch gab sie schon nach, bevor ich mein Gebet zu Ende sprechen konnte. Den Schritten zufolge waren es mindestens zwei Personen. Ich traute mich kaum die Augen zu öffnen, als ich merkte, dass eine Person vor mir stand. Ich saß wie versteinert da und wartete darauf, dass der Mann mich packte. Doch nichts passierte. Er stand einfach nur da. Ich öffnete langsam meine Augen und sah mich um. Ich sah einen ca. 1,90 m großen Mann, der mir seine Hand reichte, während er sich zu mir kniete.

»Hello. My name is Thomas Terenz. I'm a police officer. I'm here to bring you back to your family«, erklärte mir der Mann mit einem Lächeln im Gesicht, und das erste Mal seit Langem hatte ich so was wie Hoffnung.

36. KAPITEL

Die Wahrheit ist keine Dirne,
die sich denen an den Hals wirft,
welche ihrer nicht begehren;
vielmehr ist sie eine so spröde Schöne,
dass selbst wer ihr alles opfert,
noch nicht ihrer Gunst gewiss
sein darf.
  (Arthur Schopenhauer)

Sam Weiss, Sarah Porte, Jim Corta, Thomas Terenz

»Sam! Ich hab noch eine!«, rief ich durch das Telefon Sam und Sarah zu. Ich reichte dem total verschüchterten und ängstlichen Mädchen vor mir eine Decke und rief eine Kollegin, die die junge Frau in einen Streifenwagen brachte und mit ihr aufs Revier fuhr, wo wir alle befragen und herausfinden könnten, wo sie herkamen. »Wir haben die Schweine gefasst, die das Ganze hier betrieben haben«, rief Sarah mir durch das Telefon zu. *Wundert mich auch nicht, wenn wir fünfzig Kollegen zum Einsatz mitnehmen.* Dachte ich mir. Aber nichtsdestotrotz war ich froh, dass wir sie geschnappt hatten. Nun hatten wir die Chance, endlich aufzuklären, was hier passiert war. »Corta«, ging Jim an sein Handy. »Super! Das ist wirklich prima.« Er pausierte. »Wir haben dreißig Mädchen gerettet! Ja, es ist wirklich ein tolles Gefühl«, sagte er, kurz bevor er das Gespräch beendete. »Das waren die Kollegen aus Aachen. Sie haben vierzig Mädchen gerettet und zehn Leute verhaftet«, erklärte mir Jim erleichtert. Auch mir fiel ein Stein vom Herzen. »Gut, fahren wir ins Revier und verhören diese Arschlöcher.« Jim und ich sahen Sarah verwirrt an. »Oder habt ihr hier noch etwas verloren?«, fragte sie berechtigt. »Nein«, erwiderte Jim. »Na also!« Sarah ging den Flur runter, und wir folgten ihr. Der Blick über die Gänge dieses Hauses jagte mir einen kalten Schauer über den

Rücken. »Thomas! Kommst du?«, rief Jim mir nach. Ich konnte meinen Blick kaum von den Räumen lösen. Doch ich folgte den Bitten von Jim und ging raus. »Von außen sieht es aus, wie jedes andere Haus auch«, erklärte Sam. »Da hast du recht.« Ich stieg zu Jim in den Streifenwagen, und wir fuhren aufs Revier.

»Haben wir genug Dolmetscher?«, fragte ich besorgt. »Ich will jeden dieser Arschlöcher bis zum letzten Tropfen ausquetschen. Aber wenn die mich erst gar nicht verstehen, wie sollen wir dann die Informationen bekommen?«

»Brauchen wir nicht.« Ich sah Jim verwirrt an.

»Sarah hat einen jungen deutschsprachigen Mann verhaftet. Wie es aussieht, ist er der Boss der Einrichtung gewesen. Den werden wir befragen. Und gnade ihm Gott. Wenn er nicht auspackt.«

»Wer wird das Gespräch führen?«, fragte ich mit der Hoffnung, ich dürfte dieses Verhör führen. »Das werden wir gleich im Team besprechen, Thomas. Ich weiß, dass du das Gespräch führen willst, aber wir können es uns nicht leisten, dass du das Gespräch für deinen persönlichen Rachefeldzug missbrauchst.« Ich sah aus dem Fenster. Auch Jim schwieg nun.

Ich stieg aus dem Streifenwagen und ging ins Revier. Jim und ich schwiegen uns über die gesamte Fahrt an, und es setzte sich auf dem Weg ins Meeting-Zimmer fort. Sarah und Sam schlossen sich unserem bedrückten Schweigen an. Wir landeten einen der größten Erfolge unserer Karrieren, aber uns war weder zum Feiern noch zum Reden zumute. Der schwierigste Teil kam noch auf uns zu. Den Boss dieser Scheiße zum Reden zu bringen.

»Setzt euch«, befahl uns Jim. »Wir haben heute einen wirklich großen Schritt geschafft. Wir haben die Zellen dieser Schweine aufgedeckt. Wir haben ihre Männer gefangen genommen, aber uns fehlen immer noch die Männer im Hintergrund. Die, die nicht bei den Frauen waren. Die, die diesen ganzen Scheiß organisiert haben! Wir haben die Mietverträge der Häuser geprüft, in denen sie die Frauen gefangen hielten. Die Namen sind frei erfunden gewesen. Auch die Arbeitsstätten, die sie angegeben hatten, existieren nicht. Wir haben eine Kopie der Ausweise bekommen. Da waren Profis am Werk. Wir wissen nur, dass bei allen sechzehn Standorten ein und derselbe Mann den Vertrag unterzeichnet hat. Aber jeweils mit einem anderen Namen. Die Vermieter sagten, dass das Geld immer pünktlich da gewesen sei und die Nachbarn sich nie über die Mieter beschwert hätten.« »Also fangen wir bei null an«, erklärte Sam. »So sieht es leider aus.« »Können wir nicht das Bild des Mieters durch die Datenbank schicken, um zu sehen, was die ausspuckt?« »Das haben wir schon gemacht, Sam.« »Und?« »Kein Ergebnis. Wir wissen nicht, wer das ist!« »Aber eventuell weiß ja unser Mr. Boss, wer seine Miete bezahlt?« »Apropos Miete! Haben wir schon das Konto gecheckt?«, fragte ich. »Es existiert jeweils ein Konto unter dem Namen, mit dem der Mann auch gemietet hat. Dort wurde zu jedem Monatsersten der Betrag für die Miete und andere Auslagen eingezahlt. Das Geld kommt von einem Offshore-Konto auf den Caymaninseln. Also nicht zurückzuverfolgen.« Ich schüttelte den Kopf. »Das waren wirklich Profis«, merkte ich an. »Also liegt unsere Hoffnung bei diesem Arschloch?«, rollte Sarah die Augen. »Scheint wohl so«, erwiderte ich. »Dann müssen wir uns einigen, wer das Verhör führen soll«, warf Jim in die Runde. »Auch wenn einige das für einen Fehler halten …« Ich sah Jim an. »Ich denke, dass ich das Verhör optimal führen könnte, trotz meiner Vorgeschichte.« »Willst du denn alleine da rein?«, fragte Jim. »Nein. Ich denke, dass man zu zweit mehr erreichen kann.« »Und wen willst du dabeihaben?« »Ich denke, dass ich mit Sarah am meisten aus ihm rausbekommen kann.« Jim nickte. »Gut!« Sarah legte ihre Beine auf den Tisch und kaute auffällig ihren Kaugummi. »Machen wir den Pisser fertig.«

»Ich lese mir noch einmal die Akte durch. Sehen wir uns in zehn Minuten vor dem Verhörraum?«, fragte ich Sarah. »Klaro«, bestätigte sie, während sie aufstand und ging. »Denkst du, dass sie wirklich die Richtige für den Job ist?«, fragte mich Sam. »Ja, gerade wegen ihrer Art. Diese Männer verachten Frauen, behandeln sie wie Vieh. An Sarah werden sie sich ihre Zähne ausbeißen.« Jim nicke überzeugt. »So ist es.«

»Ich werde mich dann mit der Akte noch einmal vertraut machen.« »Wie willst du vorgehen?«, fragte Jim. »Ich werde ihm die Wahl lassen.« »Wie meinst du das?« »Wenn er nicht auspackt, werden die Häftlinge erfahren, dass er Kinder für sexuellen Missbrauch verkauft hat. Dann können wir ihm zum Einzug in sein neues Zuhause gleich eine gute Krankenversicherung empfehlen. Die wird er da brauchen. Ich will nicht nur wissen, wer die Hintermänner sind, sondern auch, wer die Käufer sind! Und ich gehe nicht, bevor ich die Infos habe«, machte ich deutlich klar. Ich stand auf und ging zum Verhörzimmer, wo Sarah schon auf mich wartete. »Können wir?«, fragte ich. »Sekunde noch.« Sarah spuckte ihren Kaugummi in ein Taschentuch und warf es weg. Ich sah sie an. »Danke.« »Gerne. Nun können wir.«

Wir öffneten das Zimmer, und vor uns saß ein wirklich junger Mann. Schätzungsweise fünfundzwanzig Jahre jung, mit strubbeligen braunen Haaren, einer Brille und ausgewaschener Kleidung. Er sah aus wie der ehemalige Mathe-Nachhilfelehrer meiner Schwester, der nicht einmal als Millionär eine Chance bei einer Frau gehabt hätte. Geschweige denn mit seinem Verhalten. Meine Mutter hatte ihn einmal erwischt, wie er in der Unterwäsche meiner Schwester geschnüffelt hatte. Sie hat ihn sofort aus dem Haus geschmissen. Eigentlich war er zu bedauern, aber nach der Nummer war er nur noch eine Lachnummer. Ich war gespannt, ob der junge Mann auch zu einer Lachnummer würde, wenn wir mit ihm fertig waren.

Sarah ging vor und drehte sich den ersten Stuhl um, sodass sie vor der Lehne saß. Ich schloss die Tür und stellte mich neben den Tisch. Wir sahen uns einige Zeit an und ließen den jungen Mann von unserem Schweigen einschüchtern. Ich öffnete die Akte und las darin.

»Herr Jan Schmidt«, sah ich den jungen Mann an. »Geboren am 15. April 1990 in Hamburg.« Mein Blick haftete immer noch auf ihm;, er senkte seinen Blick. »Sie sind weit gekommen. Herzlichen Glückwunsch.« Er sah zu mir auf, und sein Blick verriet seine Verwirrung. »Sie haben es geschafft von Hamburg nach Marienberg zu kommen. Da Ihr kleines Spielchen zu spielen und nun in Ketten vor uns zu sitzen und sich fast ins Höschen zu machen.« Sein Blick wurde ernster. »Mit fünfundzwanzig

Jahren hätte ich so was nicht geschafft.« »Nicht?«, fragte Sarah provozierend. »Nein. In dem Alter hatte ich schon genug Eier, um in einer solchen Situation meinen Mann zu stehen.« Ich wollte ihn zum Reden bringen. Und das war meines Erachtens der schnellste Weg. »Und nun sitzen Sie hier. In Ketten. Mit beiden Beinen schon in der Untersuchungshaft. Aber das finde ich nicht fair.« Jetzt hatte ich ihn richtig verwirrt. »Warum findest du das unfair?«, fragte Sarah gelangweilt. »So ein kleiner, unreifer Bube wie er kann niemals im Leben so eine Organisation wie die hier auf die Beine stellen. Nun muss er sich für etwas verantworten, wozu er niemals in der Lage sein würde.« Ich sah, wie die Wut aufkochte. Ich hatte ihn da, wo ich wollte.

»Ja, das stimmt«, bestätigte Sarah. »Ich habe schon Männer hiergehabt, die Schränke waren, echte Männer, nicht solch einen Lappen. Und selbst die hätten das nicht hinbekommen.«

»Ich bin kein Lappen!« Nun hatten wir ihn geknackt. »Nein? Was sind sie denn?«, fragte ich. »Ich bin ein Genie!« »Ein Genie?«, wiederholte ich. Sarah lachte laut auf. »Guter Witz«, fügte sie hinzu. »Sarah, nun sei nicht so böse. Warum halten Sie sich denn für ein Genie?«, fragte ich. »Ich habe es geschafft, eine Marktlücke zu finden, diese zu schließen und damit reich zu werden! Reicher als ihr je werden könnt!«, prahlte er mit falschem Stolz. »Hmmm.« Ich öffnete die Akte erneut, legte sie auf den Tisch, nahm mir einen Stuhl und setzte mich. Ich blätterte in der Akte und nickte dabei. Man merkte, wie er mit jedem Blatt nervöser wurde. »Alles klar.« »Was ist klar?«, fragte er nervös. »Es ist mir nun klar, dass sie ein unreifer kleiner Junge sind, der bis heute keinen Stich bekommen hätte, wenn sie keine Nutte dafür beauftragt hätten, euren kleinen Pimmel in den Mund zu nehmen. Es ist auch klar, dass sie ein verkiffter, zurückgebliebener Schulschwänzer sind, der heimlich in die Mädchenumkleide gelinst hat. Der von der Schule geflogen ist, weil er zugedröhnt eine Mitschülerin belästigt hat, die euch in die Eier getreten hat.« Er starrte mich an, mit offenem Mund. »Hier steht auch drin, dass sie Halbwaise sind. Den Vater nie kennengelernt. Vermutlich hat ihre Mutter es mit so einem Verlierer nicht mehr ausgehalten und ist an großer Enttäuschung gestorben. Vor allem ist mir nun klar, dass sie nicht der Mann sind, den wir suchen. Denn der Mann, den wir suchen, ist kein Verlierer.« Ich stand auf, schloss die Akte und wollte gerade rausgehen.

»Der Mann, der das alles organisiert hat, ist ein Witz gegenüber mir! Wenn Sie ihn sehen würden, würden Sie über ihn lachen!« »Wer ist es denn?« »Ich kenne ihn unter den Namen ›Der Schatten‹!« »»Der Schatten‹?«, fragte ich. »Keiner kennt seinen Namen! Er ist ein alter grauer Mann mit dickem Bauch! Also eine Lachnummer gegenüber mir!« Ich überlegte kurz. Er scheint den Namen nicht zu kennen. Dann will ich aber wenigstens die Infos über die Käufer haben. Nur wie komme ich da dran? Während ich noch überlegte, schien Sarah die Antwort schon gefunden zu haben.

»Ich sehe das anders als mein Kollege.« »Und wie sehen Sie das?«, fragte er genervt.

»Ich finde es bewundernswert, dass sie so viele Frauen entführt, gefangen gehalten und diesen Markt erschaffen haben.« »Danke.«, äußerte er sich nebenläufig. »Wissen Sie, was ich mich nur frage?« »Nein.« »Haben Sie diese unschuldigen Frauen geschändet? Haben Sie sie vergewaltigt?«»Nein!«»Wie war das Gefühl? Die Macht über sie zu haben?«»Ich habe sie nicht angefasst!« »Nein? Haben Sie sie nicht angefasst? Nicht gespürt, wie sie gezittert haben, während Sie sich an ihnen vergingen? »Nein«, schrie er. »Wie sie gebettelt haben? Wie sie gefleht haben? Hat das dafür gesorgt, dass Sie früher kamen?« »Sie haben es doch gar nicht anders verdient!« »Nein?« »Nein, dass waren wertlose Kreaturen, Mittel um den Markt zu führen! Sie mussten es spüren, dass sie es nicht wert waren!« »Wert? Was waren sie nicht wert?« »Zu überleben!« Er prahlte wieder. Diesmal aber mit echtem Stolz. Ich war so stolz auf Sarah. Ich ging um den Tisch herum und stand hinter dem jungen Herrn Schmidt, beugte mich vor, ganz nah an sein Ohr, und flüsterte ihm etwas zu. »Wissen Sie, was mit Menschen wie Ihnen im Gefängnis passiert? Sie werden nicht gefeiert, Sie werden nicht gelobt. Nein, Sie werden das Gleiche erleben wie die Frauen, die Sie bei sich gefangen hielten.« Er sah mich verwirrt an. »Sie werden von allen Insassen vergewaltigt, so oft und so heftig, dass Sie bei dem Gedanken, sich zu setzen, die schlimmsten Schmerzen erleiden werden. Denn Menschen, die sich an Kindern vergehen oder dafür sorgen, dass man sich an Kindern vergehen kann, stehen dort auf der T-Liste.« »Die T-Liste.« »Das T steht für Tötung. Und glauben Sie mir, keine angenehme Art.« Er schaute mich weiterhin an. »Man wird Ihnen wortwörtlich den Arsch aufreißen, Ihre Zähne ausschlagen, Ihnen alle Knochen zwei Mal brechen und dafür sorgen, dass jeder Schatten für Sie zur Bedrohung wird.« Er schluckte schwer. »Vor allem wenn diese erfahren, dass Sie Kinder quasi *züchteten*, damit sie von Männern missbraucht würden, werden Sie von Anfang an leiden müssen. Es sei denn …« Er sah mich mit Hoffnung an. »Es sei was?«, fragte er vorsichtig. »Sie erklären mir, wie ich herausfinden kann, wie die Käufer codiert wurden. Wenn Sie uns dabei helfen, wird keiner im Gefängnis erfahren, was Sie genau gemacht haben. Klar so weit?«, fragte ich. »Geben Sie mir Blatt und Stift und in fünfzehn Minuten ist der Code entschlüsselt, und Sie werden alle Käufer identifizieren können.« Ich nickte zu Sarah, die einige Blätter und einen Stift holte. »Fünfzehn Minuten, sonst …« »Ich weiß, sonst bin ich ein toter Mann.«

Schmidt fing an zu schreiben, und Sarah und ich gingen aus dem Raum.

37. KAPITEL

Die Stärke einer Familie liegt,
wie die Stärke einer Armee,
in ihrer inneren
Loyalität.
    (Mario Puzo)

Thomas Terenz, Kimberly Terenz, Familie Lohoff

Ich starrte auf diese Abfolge von zwölf Zahlen und wünschte mir so sehr, dass Kimberly schnell hier wäre.

Ich hatte sie angerufen, dass ich einen Hinweis auf den Aufenthaltsort unserer Tochter hätte. Sie hat nicht einmal das Telefonat beendet, bevor sie losfuhr. Das war nun zehn Minuten her, und ich starrte immer noch auf die Nummer. Ich wollte wissen, ob diese Nummer zu guten und lieben Menschen gehörte, die unsere Tochter gut behandelten, oder ob sie zu dieser Art von Menschen gehörte, denen ich die schlimmste Todesart wünschte. Ich wollte aber auch nicht anrufen, um es herauszufinden, aus Angst davor, dem Unvermeidlichen ins Auge blicken zu müssen. Ich stand vor dem vermutlich letzten Schritt einer schier unendlichen Reise mit mehr Tiefen als Höhen und einem Rätsel nach dem nächsten. Ich nahm das Handy in die Hand, entsperrte das Display und ging auf Anrufe. Ich versuchte die Nummer einzutippen, doch meine Finger weigerten sich.

»Hey Thomas«, hörte ich Kimberly sagen. Mir fiel ein Stein vom Herzen. »Endlich bist du da!«, sprang ich auf und umarmte sie. »Ich bin auch froh nun da zu sein, aber erkläre mir jetzt, welchen Hinweis gibt es?« »Setz dich bitte«, sagte ich mit freundlichem Ton und einem Lächeln im Gesicht.

»Auf der Karte, die Sievers uns gab, war eine Nummer notiert, die nur unter speziellem Licht sichtbar wurde. Er wusste, dass ich als Kriminalkommissar an ein solches Licht komme.

Und wenn die Karte in die falschen Hände hätte geraten sollen, hätte niemand die Nummer erkennen können und auch nicht gewusst, von wem die Karte war. Es ist eine optimale Botschaft gewesen, die nur ich verstand.«

»Hast du die Nummer jetzt?«, fragte Kimberly euphorisch.

»Ja, aber ich wollte warten, bis du da bist, bevor ich anrufe.« Kimberly strahlte über beide Ohren. »Bedenke aber, dass diese Menschen auch böse sein können.« »Warum sollte Sievers dir dann die Karte geben, wenn es böse Menschen wären?« Kimberlys Optimismus war ansteckend. Ich holte mein Handy aus der Jacke, kniete mich vor ihr hin, legte meinen Kopf auf ihre Beine. »Okay«, gab ich nach. Ich sah sie an, entsperrte das Display und wählte die Nummer. Kimberly kam mit ihrem Kopf ganz nah an den Hörer und lauschte dem Freizeichen. Mein Herz schlug immer schneller, und ich wurde von Sekunde zu Sekunde nervöser. Das Freizeichen verschwand, und eine nette Stimme stellte sich mit Frau Lohoff vor. In mir verstummte alles. »Hallo?«, fragte die Stimme am anderen Ende. »Ja, hallo. Hier ist Herr Terenz. Ich weiß nicht, ob Sie mich …« »Endlich rufen Ssie an.« »Endlich?« »Ja, Steven hatte gesagt, Sie würden uns in den kommenden Monaten anrufen, wenn es in Ihrem Leben etwas ruhiger geworden ist.« »Es tut mir leid, aber ich verstehe nur Bahnhof.«, gab ich zu. »Steven hatte uns damals angerufen. Er wurde erpresst, weil er einem kleinen Mädchen helfen wollte. Er hat ein Organ auf dem Schwarzmarkt verkauft und dem Mädchen damit das Leben gerettet. Das wurde entdeckt, und er wurde erpresst. Er hat uns nicht viel erzählt, nur dass es um Mädchen ginge, die entführt und als lebendige Gebärmaschine benutzt werden sollten. Steven war dafür zuständig, dass während der Schwangerschaft keine Komplikationen auftraten.

Eines Tages hatte er einen Kunden gesehen, weil er sich verlaufen hatte. Der Kunde erkannte ihn und erpresste auch Steven. Der Kunde, den sie als Herrn Halmer kennen, hat nach Stevens Angaben einen sehr hohen Verschleiß von Kindern gehabt. Halmer verlangte von Steven nicht nur, dass er die Leichen entsorgte, sondern dass er ihm auch neue Kinder bringen würde. Als Letztes wollte er Ihr Kind haben. Doch da hat Steven einen Schlussstrich gezogen. Er hat Ihr Kind offiziell sterben lassen, uns aber Ihre Tochter gegeben. Damit niemand Verdacht schöpft.« *Wow,* dachte ich. »Eine Frage habe ich aber noch.« »Welche denn?« »Warum ist Sievers nie zur Polizei gegangen?« »Er hat gesagt, wenn er aussteigt und es der Polizei meldet, sind die Personen schneller weg als ein Zirkus über Nacht. Er wollte das Richtige tun. Er hat selbstständig Ermittlungen geführt, woher die Mädchen kommen, wo die Standorte liegen, was das alles bedeutet und wer der Anführer ist. Er sagte aber auch, dass wenn er geschnappt werden würde, er keinen Ausweg sähe als den Selbstmord. Was er letztendlich ja auch gemacht hat.« »Und wie geht es meiner Tochter?« »Ihr geht es wunderbar. Wir würden uns freuen, wenn wir die Kleine ab und an besuchen dürften!« Mein Herz schlug schneller, und meine Tränen flossen die Wangen runter. »Wann dürfen wir sie abholen?«, fragte ich voller Freude. »Wann immer Sie wollen.«

38. KAPITEL

Weder Verleumdung noch Verrat richten den meisten Schaden in der Welt an, weil sie fortwährend niedergekämpft werden. Es ist die glitzernde und sanft ausgesprochene Lüge; die freundliche Ungenauigkeit; der einschmeichelnde Trugschluss; die patriotische Lüge des Historikers; die vorsorgliche Lüge des Staatsmanns; die eifernde Lüge des Parteipolitikers; die barmherzige Lüge des Freundes und die leichtfertige Lüge jedes Menschen gegen sich selbst, die den schwarzen, geheimnisvollen Trauerflor über die Menschheit breitet.
(John Ruskin)

Franz Seidel (Polizeipräsident)

»Sehr geehrte Damen und Herren. Sehr geehrte Presse.

Ich darf mit Stolz verlauten, dass wir den Mord der vor einer Wochen gefundenen Kinderleiche aufklären konnten. Das Kind wurde von dem jungen Freund der Familie entführt und kurz darauf erstickt. Der 25-jährige Verdächtige hatte wohl versucht das Kind sexuell zu missbrauchen. Da das Opfer sich heftig zur Wehr setzte, fügte der Verdächtige ihm mehrere Frakturen zu. Anschließend erstickte er das Kind in der Hoffnung, dass seine Tat nicht rauskäme.

Wir konnten den Verdächtigen in einer etwas außerhalb liegenden Stadt festnehmen. Zeugen hatten den Täter gesehen und uns verständigt. Wir haben sein Haus durchsucht und Proben sichergestellt, welche auch zur Überführung dienten.

Nur aufgrund der guten Arbeit der Kriminalkommissare ist dieser Fall so schnell gelöst worden.

Ich möchte mich im Namen der gesamten Justizbehörde für ihren großartigen Einsatz bedanken. Ohne diese Menschen würde der Täter immer noch unter uns herumlaufen und möglicherweise erneut zuschlagen.«

39. KAPITEL — EPILOG

Ein noch weit böseres Geschöpf
als selbst der Mörder
ist der Verräter an der Menschheit.
Er weiß es, dass es der Menschheit
heiligste und unveräußerlichste Rechte sind,
die er mit Füßen tritt;
er weiß es – und dennoch
tut er es.
(Bernard Bolzano)

Der Schatten

»Wie lange müssen wir denn noch warten?«, nörgelte ein junger Mann.

»Hab Geduld! Habe ich dich das nicht gelehrt?«, erklärte der Mann, der unter dem Synonym ›Der Schatten‹ durch das Leben lief.

»Doch, hast du. Aber es ist 3:45 Uhr nachts. Und wir stehen hier auf einem Rastplatz. Ich friere mir die Klöten ab.«

»Stell dich nicht so an«, erwiderte der Schatten.

Er holte einen Satz Schlüssel aus seiner Jackentasche und einen Zettel mit verschiedenen Zahlen und Buchstaben.

»Was ist das für ein Zettel?«, fragte der junge Mann den Schatten.

»Sieh ihn dir an.« Der Schatten gab ihm den Zettel.

47.67427 N 12.02485 E, konnte der junge Mann nur lesen, bevor der Schatten ihm den Zettel wieder wegnahm.

»Die Lieferung ist da.« Ein Lastwagen fuhr auf den Rastplatz, ein Mann stieg aus dem Führerhaus aus und kam auf die beiden Männer zu.

»Gab es Komplikationen mit der Polizei?« »Nein. Alles lief wie am Schnürchen.« »Gut. Wie viele Nummern haben wir nun wieder?« »Ich habe vierundzwanzig dabei. Es kommen die Tage noch zwei Lastwagen mit Lieferung. Soviel ich weiß, hat jeder rund dreißig dabei.« »Sehr gut! Wir sind wieder im Geschäft! Hier hast du die Wegbeschreibung und die Schlüssel! Es ist alles vorbereitet. Aber diesmal müssen wir aufpassen, dass wir nicht wieder auffliegen!«, ordnete der Schatten an. Der Mann nickte, nahm die Schlüssel und den Zettel und stieg wieder in seinen Lastwagen.

»Und was machen wir nun?«, fragte der junge Mann.

»Wir fahren nun nach Hause und lassen die Steine wieder rollen. Davor musst du aber noch die neuen Mietverträge unterzeichnen. Deine Ausweise hast du, oder?«, fragte der Schatten. Der junge Mann nickte. »Wir werden die Schlampen diesmal noch mehr quälen«, erklärte der Schatten.

»Das gefällt mir, Kügler … Das gefällt mir sehr.«

»Wie oft noch, Kevin? Nenn mich Walter!«, zwinkerte Walter Kevin zu.

»Wir arbeiten ab sofort noch enger zusammen.«

Die Autorin

Tracy Sue Bormes wuchs in Bergkamen auf. Im
Jahr 2012 absolvierte sie dort ihr Abitur und
studiert seitdem Rechtswissenschaften, mit
Schwerpunkt Verwaltungsrecht, an der Universität Bielefeld. Seit 2009 gibt sie Nachhilfe in
verschiedenen Instituten und einer Sprachschule.
Der Schwerpunkt ihrer Tätigkeit liegt dabei auf der
Mathematik, sie unterrichtet aber auch Deutsch
und Biologie. Im Jahr 2015 hat sie auch, im Wege
einer Fortbildung, in der JVA Herford unterrichtet.
Zudem hat sie eine Vorliebe für das Reisen. Sie besuchte Länder in Afrika, Europa und Asien.
Neben dem Studium und dem Schreiben legt
sie ein besonderes Augenmerk auf die Welt der
Haie. Auch sportlich war sie jahrelang aktiv. Sie
schwamm sechs Jahren im Verein, war im Hand-
ballclub HC TuRa Bergkamen aktiv und war
mehrere Jahre Bogenschützin.

Der Verlag

Wer aufhört
besser zu werden,
hat aufgehört
gut zu sein!

Basierend auf diesem Motto ist es dem novum Verlag
ein Anliegen neue Manuskripte aufzuspüren, zu ver-
öffentlichen und deren Autoren langfristig zu fördern.
Mittlerweile gilt der 1997 gegründete und mehrfach
prämierte Verlag als Spezialist für Neuautoren in
Deutschland, Österreich und der Schweiz.

**Für jedes neue Manuskript wird innerhalb
weniger Wochen eine kostenfreie, unverbind-
liche Lektorats-Prüfung erstellt.**

Weitere Informationen zum Verlag und
seinen Büchern finden Sie im Internet unter:

www.novumverlag.com